THE DEATH OF THE HEART

心之死

〔英〕伊丽莎白·鲍恩 著
王雨佳 译

人民文学出版社
PEOPLE'S LITERATURE PUBLISHING HOUSE

著作权合同登记号　图字 01-2020-7426

Elizabeth Bowen
The Death of the Heart

图书在版编目(CIP)数据

心之死/(英)伊丽莎白·鲍恩著;王雨佳译. 一北京:人民文学出版社,2021
(20 世纪现代经典文库)
ISBN 978-7-02-016917-7

Ⅰ. ①心…　Ⅱ. ①伊… ②王…　Ⅲ. ①长篇小说-英国-现代　Ⅳ. ①I561.45

中国版本图书馆 CIP 数据核字(2021)第 005824 号

责任编辑　**朱卫净　刘佳俊**
封面设计　**钱　珺**

出版发行　**人民文学出版社**
社　　址　**北京市朝内大街 166 号**
邮政编码　**100705**

印　　制　**山东新华印务有限公司**
经　　销　**全国新华书店等**

开　　本　**890 毫米×1240 毫米　1/32**
印　　张　**13.875**
字　　数　**295 千字**
版　　次　**2021 年 1 月北京第 1 版**
印　　次　**2021 年 1 月第 1 次印刷**

书　　号　**978-7-02-016917-7**
定　　价　**75.00 元**

如有印装质量问题,请与本社图书销售中心调换。电话:010-65233595

第一部
世　界

1

那天清晨的冰轻脆得像一层薄膜，碎裂开来，在水面漂浮。这些浮冰随着水波分分合合，形成一条条暗淡的水道，几只天鹅在其间吃力地游动着。此时正值午后三四点，天寒地冻，湖心岛就矗立在这样一片衰草枯木的褐色黄昏中。空气中夹杂着泥土的味道，那是来自公园外城市的气息，厚重而沉郁，搅扰了原本的清新；湖边树林光秃秃的枝丫直插天际，在这片浑浊中更显突兀。一月份古铜色的寒冷冻结了天空与大地，阴沉的天上看不见太阳——然而在这片萧瑟中，湖中的天鹅、碎裂的浮冰，甚至苍白而沉闷的摄政风联排别墅却焕发出一种异样的光彩，仿佛寒冷也可以是某种光源。冬天的步伐不紧不慢，却有种不容置疑的势头，一点点漫过大桥，拂过乌黑的人行道。寒冬已全然降临，今晚的冰必会结得更厚。

连接小岛和大陆的步行桥上，一男一女斜靠着栏杆正在交谈。凛冽的严寒逼迫得路人行色匆匆，然而这两个人却像在夏日暖阳下闲话家常一般。他们旁若无人的姿态看起来就像一对恋人——然而实际上，两个人的手肘还隔着好几英尺的距离：让他们神情专注的不是对方，而是女士所说的话。厚重的大衣把他们裹得严严实实，像性别不明的两枚棋子：生活优渥的人才穿得起的厚毛皮大衣将温暖牢牢地锁在身体周围，严寒于他们来说只是一种视觉上的理解——或者说，即使能感觉到，也仅限于手脚。男人偶尔会跺跺脚，而女人时不时将暖手筒举至脸前。桥下的河渠不时有浮冰漂过，两个人的倒影便在这些冰块的搅扰下不断地破碎融合。

男人说：“你居然敢动那个东西，简直是疯了。”

“话虽如此，圣昆汀，我敢肯定换作是你也会那么做的。”

“不，这可不见得。说真的，我对别人的想法从来没兴趣。”

“我要是早知道……”

“但你还是做了。”

“并且感到前所未有的难受。”

“可怜的安娜！……话说回来，你到底是怎么找到的？”

“噢，我可没想找，”安娜立刻答道，“我宁愿自己从不知道它的存在。你看，在我发现之前压根儿不知道有这东西。洗衣房把她的白裙子和我的一条裙子一起送了回来；我想穿自己那条所以就拆了包装；又因为马谢特不在，我就亲自把她的那条拿去她房间挂起来。那个时间波西娅还在外面上课呢。她的房间和我预想的一样惊人：各种各样的物件儿堆了一屋子，马谢特根本不愿意收拾。你也知道有的下人是什么样——他们总有一大堆借口不好好工作，还把责任全推在小孩子和动物身上。”

“你把她当成小孩子？”

“某些方面我倒觉得她更像动物。她来之前我明明把那间屋子整理得那么漂亮，谁知道她会这么邋遢。现在我很少再进去了，看着就让人沮丧。”

圣昆汀含糊地附和了一句：“这可真够你头疼的！”他的脑袋在围巾的层层包裹下努力地扭了扭，朝安娜表达着象征性的关切。安娜有一种特别的聊天方式，和他在一起的时候，会自嘲地谈论起自己或者她自怨自艾的心情，直到感觉对自我的看法和他对女性的看法吻合为止。她就是这样顺着他的意，带着一丝友好的傲慢，乖巧地营造着自己的形象。他从安娜的刻意中看到了某种虚张声势的心机，这是他喜欢安娜过于其他人的地方。她那优雅的身形、讽刺而从容的笑意，以及真心微笑时收敛下颚的动作，都让他联想到一只外形温和，表情却带着嘲讽的白色鸭子。不过，此时此刻安娜的不悦毫无疑问绝不只是演技：她的下巴缩在宽大的毛皮衣领中，厚厚的毛绒帽子下露出的额头因激动而皱了起来。她不快地低垂着双眼看着暖手筒，浓密的金色睫毛在颧骨上投下些许阴影，不时地从暖手筒中抽出一只手来，捏着手绢轻点着鼻尖。她能感觉到圣昆汀在看她，却并不介意：她能敏感地觉察到这个人在对女性的心怀怜悯中隐含着些许的不以为然。

“我所做的，”她继续说道，“不过是把她的裙子挂起来，然后稍微打量了一下房间而已，我觉得这是应该的。和往常一样，我的心一下子就沉了。我想我真的有必要再强硬一点，可是跟她好像总不在一个调子上——每次我态度强硬的时候，她都不明白是为什么。她对‘物品’简直无比冷酷——就拿帽子来说吧，无论什么样的帽子她都像对待旧信封一样毫不珍惜，就好像那些不是她的东西一样，你明白我的意思吧。这让人觉得给她送任何礼物都是白搭，除了吃的；但即便是吃的她也不见得总会领情。会变成这样大概是因为他们一家总住在旅馆里。话说，有一件东西我以为她一定会喜欢，就是托马斯母亲家的一张小写字台——估计她父亲也用过。我让人把它放在她的房间里：那张写字台不仅有带锁的抽屉，桌面还蛮大的，而且也能上锁。本以为送这个能让她明白，我们希望她好好过自己的生活。你知道吗？虽然看上去可能有点草率，我们还把钥匙给了她。结果她好像把钥匙弄丢了——该锁的地方一个也没锁上，钥匙也不见了踪影。”

“真烦人啊！”圣昆汀再次附和道。

“确实。因为要是——不过……唉，总之那张可怜的写字台引起了我的注意。里面装了很多东西，应该说是塞满了各种东西，像个垃圾桶一样。她似乎很喜欢囤积纸张；明明根本没收过几封信，却总爱收集一些平常换了我和托马斯都会直接扔掉的东西——比如来求情借钱的信啊，宣传健康理论的传单之类的。拿马谢特的话来说就是‘让人相当意外’。”

“你把写字台打开以后呢？”

“唉，简直一团糟。桌面根本关不上——下面塞得满满当当，纸张都从边缘挤出来了，还有不少被卡在桌板的铰链里！看到这一幕我真是气得浑身发抖——千万别问我为什么！于是我把那些乱七八糟的纸全部捞出来，扔在扶手椅上——我本打算让它们就那么放着，等她回来好好说说，要她记得整理房间、保持整洁。谁承想那一堆堆的废纸下面还有她上课用的练习册，上面有些笔记，而练习册的下面就是这本日记了。如你所知，我看了。就是那种样式最普通的笔记本，一先令就能买到的、黑色带波纹印痕封皮的便宜货……这一看可不得了，我只能再把东西一件件原样放回去。”

“完全照原样放好了吗？”

"放好了，我很确定。当然了，想要重新摆得乱成那样也不容易，不过反正她也看不出来。"

此话一出，两个人之间有一阵短暂的沉默，圣昆汀望着远处的一只海鸥。过了一会儿他开口道："真是太给人添麻烦了！"

安娜的双手紧紧地攥在暖手筒里，抬眼愤懑地盯着湖面。"除了添麻烦她还能干什么，打在娘胎里的时候起不就已经这样了嘛。"

"你是想说，她的出生本身就是一件令人遗憾的事吗？"

"可不是嘛，我就是这么想的。当然，我宁愿你别说得这么直白——她毕竟是托马斯的妹妹。"

"可你会不会把事情想得太严重了？乍见出乎意料之事，人总是比较激动，容易把事情想得比实际情况更糟些。"

"还有什么能比那本日记更糟的吗？我的意思是，对我来说，那已经是最糟糕的事了。看的时候我还只是一时着恼——但事后越想越气。那上面写的让人生气的事情可不止一件两件，这几天我不断回想起她写的那些片段。"

"是很……刻薄的话吗？"

"那倒不是，不是那种可气。相反，我倒觉得她想帮助我们。"

"那……是矫揉造作的自怨自艾吗？"

"不仅如此，我认为根本就是荒谬扭曲。我一边看一边想，这情形要么是她疯了，要么是我疯了。可我并不认为自己疯了，你说呢？"

"你当然没疯。可是，既然这本日记说明她脑子不正常，你又何必如此生气呢？是内容很让人难受吗？"

“简直歇斯底里。”

“你得允许别人有自己的写作风格啊。笔下的内容往往和实际情形有出入，甚至很多事在现实世界中根本没发生过。写作总会有些夸张演绎的成分在——就算作者本人知道自己原本想写的是什么也免不了，更何况以她现在的年纪，多半不怎么知道。要想杜撰一件事情还不容易吗？方法多着呢。人的看法总是越来越偏颇，而并非更加诚实。这一点我该清楚。”

“我当然知道你清楚了，圣昆汀。但那种东西怎么能跟你的锦绣文章类比呢？我看它们连文章都算不上。”安娜顿了顿，又接着说，“她对我意见可大了。”

圣昆汀看起来有些沮丧，他伸手摸索着寻找自己的手绢，找到后拿起来擤了一下鼻子接着说，声音里透着一种笃定：“写作这东西本就有些虚构的成分，但又不能没有风格。你想想，就连写个信封都有那么多规矩——这还仅仅只是为了罗列信息而已。而说到底，日记就是一个人写来聊以自娱的东西——所以当中就算有不少虚构的成分也不奇怪。日记写不写完全取决于个人意志，你再想想人一般都在什么状态下写日记——回到房间、暮色沉沉、疲惫不堪、只身一人……人都是一样的，安娜，所以一定是她的日记中有什么让你在意的东西。”

“一翻开就看到了我的名字。”

“于是你就从那儿开始一篇篇往后读了？”

“不，我翻开的是最后一篇，看完之后又回头从第一篇开始读。最后一篇日记写的是关于前一天晚餐的事情。”

“你们办了派对了？”

“不，不是的，哪有那么热闹。就只有她、我和托马斯而已。她肯定是吃完就上楼，关起门来事无巨细地把什么都写下来了。看完那篇我怎么可能不从头开始读呢，我想看看她到底为什么会这样做。可直到现在我还是一头雾水，不明白她写那些干吗。”

“或许，”圣昆汀委婉地说，“她纯粹是对这些经验感兴趣呢。”

“有这可能吗？她才多大，迄今为止的人生体验也乏善可陈。经验的乐趣唯有在自我重复之时才能体会——甚至应该说，在那之前什么都称不上是‘经验’。”

“跟我说说，你还记得第一句话是怎么写的吗？”

“记得很清楚，”安娜回答，“‘就这样我和他们住在了一起，在伦敦’。”

“‘和他们住在了一起’之后有个逗号？……这逗号用得不错，这就是风格……我得说，我还挺想拜读一下。”

“话虽如此，我还是庆幸你没看，圣昆汀。你要是看了，说不定以后就再也不来我家做客了，即便来了，可能也不敢畅所欲言了。”

“这样啊。”圣昆汀简短地应了一声。戴着手套的手搭在桥梁上，浑身冷到麻木的圣昆汀皱着眉头盯着湖面上游弋的天鹅，直到它顺着水流缓缓消失在桥下。他的双眼深嵌在眉骨下方，就像那只天鹅。他突然说：“一想到她在观察我！她可真是个狠角色啊！可她看上去还挺自然的。她是不是认为我故作聪明？”

“她倒是觉得你彬彬有礼，并不认为是什么奸诈之辈，虽然她总觉得身边充满了阴谋。基本上没有什么事能逃得过她的眼睛，也没有什么事能逃得过她的曲解。这让人不得不想，说实话——圣昆汀，你怎么一直在跺脚！你的脚有那么冷吗？跺得桥都在晃了。”

圣昆汀带着一丝心不在焉的焦躁说：“要不我们再走会儿吧。”

“我想我们是该回去了，”安娜叹着气无奈地说，“不过，现在你应该明白我为什么宁愿待在外面了吧？”

圣昆汀不着痕迹地迈出一步，面上飞快地掠过一丝对湖景的厌倦之色。空气中的寒意终于开始逐渐侵蚀他们的身体，寒气从脚底直蹿上来。安娜回头遗憾地望了一眼大桥：想说的话还没说完呢。两个人背朝着湖泊向公园围栏内侧的树丛走去。围绕摄政公园的道路在这个时间点上愈发繁忙，来往车辆呼啸而过，片刻也不停留。再过一小会儿便是掌灯时分了——很快公园看守便会吹响清场的哨笛。路尽头的那排摄政风别墅仿佛缓缓沉入了这暮色之中，看上去愈发遥远：它们在傍晚的天空下蜕变成一抹灰暗的剪影，有种苍白的华丽，脆弱而冰冷。尚未点亮灯火的房间和紧闭的窗帘让那一栋栋别墅显得死气沉沉，仿佛无人居住……圣昆汀和安娜顺着公园围栏的内侧走着，她的房子就在公园的转角处。想说的话没能说完，安娜怏怏不乐地跟在圣昆汀身后，暖手筒随着她的步伐左右摇晃，走得有些吃力。

圣昆汀走路总是很快——仿佛对身边的环境感到厌恶，又似决心要赶紧摆脱当下的处境。他笔挺的身躯和浑身散发的魄力给人一种不苟言笑的古板印象，像军人般严肃——但这其实都是对他的误解。他身材挺拔，一头黝深的短发像刷子般浓密，嘴上留着两撇厚厚的小胡子；因其名声在外，经常不得不面对一些令他着实反感的场合，所以有人的时候他总不自觉地露出一种略显冷淡的清高自持——作家们似乎总能遇上一些不请自来想要利用他们的人，而圣昆汀只有在面对安娜和另外一两个朋友时才会流露出一丝略带懒散的亲切，除此之外，他对于太过亲密的关系深恶痛绝，因为这种无间的距离带给他的除了痛苦别无是处。对于公众场合的抵触让他总是行色匆匆，言辞间常有种近乎粗鲁的轻率，也不在乎是否有所误解。即便亲如安娜也不知道自己什么时候、哪句话可能冒犯到圣昆汀——但总的来说他俩关系一直挺好，于是她也就渐渐放了心。圣昆汀对安娜的丈夫托马斯·奎恩也很有好感，因此总登门造访，仿佛一个曾经品尝过婚姻的甜蜜并对之念念不忘的幽灵。既然他们是夫妻，圣昆汀便算是奎恩一家的好朋友。今天的安娜一方面为自己说了太多而略感不安，一方面又气喘吁吁地忍不住还想说下去，这时候她真希望圣昆汀能走得慢一点，因为只有当他停下来的时候，她才能说得上话。

“可真不像托马斯啊！”圣昆汀突然开口道。

“什么？”

“我是说她。”

“绝对的。但只要想想他们各自的母亲差多远就明白了。而可怜的老奎恩先生，可以说，基本上没在他俩身上留下太多影子。”

圣昆汀重复了一遍刚才听到的句子：“‘就这样我和他们住在了一起，在伦敦’。难就难在这里。”他说。

“和我们住在一起这件事？”

“没有别的办法了吗？”

“遗嘱里的吩咐能有什么办法——或者应该叫作临终嘱托，这本是不合法的，但这才更糟。奄奄一息让老奎恩先生第一次掌握了人生的主动权——或者至少可以说，是艾琳出现后的第一次。托马斯对他父亲的遗嘱相当重视，连带着让我都觉得应该谨遵其言。”

“说起来，我很怀疑这种善良的责任感能有什么用。你肯定会后悔的。你真的幻想过这孩子会跟你们一起幸福地生活吗？”

“要是老奎恩先生除了波西娅还有别的遗产的话，兴许现在就没这么头疼了。当然，他去世以后所有的财产都归艾琳所有，等艾琳去世后再由波西娅继承——一年几百镑。他就这一个遗愿，当然不敢多提别的条件：只是苦苦哀求我们收留他的女儿，我都能想象（因为当我们收到信时，他已经孤零零地去了）他那虚弱颤抖的声音。绝大多数的财产，你知道都在托马斯的母亲手里——我不认为可怜的老奎恩先生一辈子能赚多少——而托马斯的母亲过世的时候，她的钱便直接由我们继承了。你一定还记得，托马斯的母亲是四五年前去世的。我觉得正是她的死，在某种程度上，以一种说不清道不明的方式间接导致了可怜的老奎恩先生之死，虽然和艾琳生活对他也不是全无好处。他、艾琳和波西娅在“蔚蓝海岸”[①]最冷的地区四处奔波、颠沛流离，身体越来越弱，直到他染上风寒在一所疗养院中去世。过世前几天，他托人将有关波西娅的遗嘱写成信件

---

① 蔚蓝海岸（Riviera），地处地中海沿岸，属于法国东南沿海普罗旺斯—阿尔卑斯—蓝色海岸大区一部分，为自瓦尔省土伦与意大利接壤的阿尔卑斯省芒通之间相连的大片滨海地区。这里被认为是最奢华和最富有的地区之一，世界上众多富人和名人汇集于此。

寄给了艾琳，那本是最终要寄给我们的，然而艾琳恨我们——这一点倒是可以理解——却把信放在手套盒子里收了起来，直到去世也没拿出来。老奎恩先生的意思，自然是希望这封信只在艾琳有什么不测的时候才生效：他可没想让我们拆散她们母女。但我猜他当时应该已经预料到艾琳的身体估计也撑不了多久，而他的估计是正确的。艾琳死后，她的妹妹从她在瑞士的家里找到那封信，转寄给了我们。”

“这接二连三的丧事真是祸不单行！”

“听到艾琳的死讯，我们自然都松了口气——但在收到那封信之后，我们才明白这意味着什么。我的老天啊，她真是个可怕的女人！”

“托马斯为有个继母的事感到羞耻吗？”

“艾琳这人，你知道，换了是谁都看不上的。不过是看在托马斯父亲的分上，我们试着忽略这一点。他的父亲觉得错都在自己，可怜的老人，觉得自己不配别人对他好。我们并不常见到他：我想他是觉得自己没资格——没资格仅仅因为想见就常去探望托马斯。有一次我们在福克斯通见面一起吃午餐，那时他就说过类似于不想给我们的生活添麻烦这样的话。我想是因为我们当时的态度让他以为我们并不介意，所以才会留这样的遗嘱。我们每次见面的时候——其实也就两三面而已——他的态度都不像托马斯的父亲，倒像是这个家里某个无足轻重又潦倒的旧识，总担心自己是不是不该前来打扰。他把不见我们当作自我惩罚，而这几乎已经成为了他的习惯：我感觉到最后他已经‘不想’来见我们了。我们渐渐觉得，或许这样他才更安心。我们对于他的生活一无所知，直到收到那封信才知道这么多年的漂泊让他一直为波西娅感到遗憾，遗憾她所错过的——或者说，他认为她所错过的一切。他在信里说，波西娅因为不幸错生为他的女儿（并且是以那样的方式），不仅从小就被迫远离祖国，更从未感受过‘正常、快乐’的家庭生活。所以他恳求我们能让女儿过一年这样的家庭生活，体验一下。”说到这里，安娜顿了一下，斜瞄了圣昆汀一眼，“你看，他把我们想得太好了。”她说。

“一年的时间能够吗——就算你们是最普通的家庭？”

“他一定希望我们能一直收留她——要不就是，我猜想，希望她能从我们家嫁出去。要是这两种可能都无法实现，她就会被送去某个姨妈家寄养，比如艾琳的妹妹，去国外生活……他说只要一年，托马斯和我目前也并未考虑过让她多住。人生可长着呢——有时候短短一年也能如隔三秋。”

“比如今年？”

“嗯，似乎从昨天开始有这种感觉了。但这话我绝不可能跟托马斯说——是的，是的，我知道我家就在前面。可我们非得现在进去吗？”

“我当然是听你的，但你迟早总得回去。现在嘛，四点还差五分钟：要不然我们从另外那座桥过去，沿着湖边再走一圈？——不过你也知道，安娜，这会儿温度越来越低了——散完步，或许我们可以回你家喝杯热茶？你这么不情愿回去（我倒是想喝茶得很），难道是因为家里还有别的人在吗？”

“她也可能会找莉莉安出去喝茶。”

“莉莉安？”

“噢，莉莉安是她的朋友。不过她几乎没怎么去过。”安娜郁闷地说。

“可是安娜，说真的——你别为了这种事如此沮丧。”

“我都明白，可你是没看到她都写了些什么。而且你知道吗，你似乎认定无论如何人们总能轻易找到解决问题的办法。但就眼下这件事而言，恐怕真的没有更好的办法了。”

在那座横梁交错的铁桥边，三棵光秃秃的白杨树静静矗立，就像三把冻僵的扫帚。圣昆汀走到桥上停了停，伸手紧了紧围巾，又扯了扯大衣，把身体严严实实地包裹起来——他恋恋不舍地抬头望了一眼安娜家的客厅窗户：里面壁炉的火光正雀跃欢腾。“事情听起来的确相当复杂。”他一边答道，一边仿佛认命般快步向前。眼前沉睡的小丘静静起伏，暮色低垂，天空下的摄政公园有种泥塑般空旷而寒冷的寂静。圣昆汀带着些惆怅无可奈何地转身，背对着安娜家的温暖客厅朝反方向继续前行。

“也谈不上有多复杂，”安娜说，“只是彻头彻尾的愚蠢而已。就是那种俗套的故事，不新鲜但很丢人。其实老奎恩先生对前妻一直十分专情——就是托马斯的母亲——无论发生什么他都从没想过要离开她。艾琳出不出现，他的心都会一直留在老奎恩夫人那里。夫人是一位好到令人无法拒绝的人，体贴周到、善解人意。老奎恩先生和夫人在一起的时候生活平静而美好——怎么可能不好呢。当他从商界退休之后，两个人搬到了多塞特郡生活。头几年倒是一切如旧、相安无事，可怜的老奎恩先生是后来才出问题的。他们俩结婚的时候都很年轻——尽管婚后的一段时间两个人一直没要孩子，托马斯是几年后才出生的——但这种情况让奎恩先生根本没有犯傻的机会和条件。另外我想，那时候夫人的好也一定让他在不知不觉中产生了超越年龄和本心的安定感吧。另一方面，夫人是那种相信天下所有男人的内心都住着一个好孩子的女人，并且不遗余力地按这样的形象塑造着奎恩先生。结果证明这么做到底还是有弊端的。东窗事发前不久拍的一张照片里，老奎恩先生看上去完全就是一副上了年纪却依旧精神焕发的天真模样。那时候的他形象出众，单纯又正派，好像随时都愿意反躬内省的样子。只是夫人从不让他有机会自责，但这样一来却无异于抢走了小孩子手里的玩具。老奎恩先生常说夫人对自己的信任比什么都宝贵，然而这种信任说不定也让他感到十分沮丧。那样确实会让人有种被忽视和小看的感觉，对吧？”

“是的，”圣昆汀回答，“有这可能。”

“这些事我是不是以前都跟你讲过了？”

“没有像这样完整地讲过。不过，我从你的只言片语中推断出了一部分情况。”

“把整件事讲完需要不少时间，而且每每想起我都觉得挺难受……唉，一切是在老奎恩先生五十七岁那年发生的，当时托马斯还在牛津大学读大二。那时候他们一家已经在多塞特郡住了一段时间，而老奎恩先生也似乎做好了安享余生的准备。他平时没事就会和朋友打打高尔夫、玩玩网球和桥牌，还管着一个童子军小队，在好几个地方委员会里也担任了职务。除此之外，他闲来无事还把大半个花园都铺整了一遍，拾掇好一切后，夫人又让他引了一道溪水进花园。独自一人做的事情一多，老奎恩先生便觉得心里有些空落落的，因此只要有时间他便总跟在夫人左右。多塞特郡的人都乐于见到他们，因为他俩就像一对恩爱的小夫妻。夫人并不是很喜欢伦敦，所以才催着他早早退休——我也不认为他在伦敦的生意做得有多大，但那是老奎恩先生除了夫人以外生命中唯一拥有的东西。不过，尽管搬到了多塞特，体贴的夫人却常常整理好行李，打发他去伦敦——所谓经常就是每两个月一次——让他在自己的俱乐部里住上几天，见见老朋友、看看曲棍球赛，或做点别的什么消遣。可他觉得这样的伦敦很无聊，总是迫不及待地回家，这么做夫人自然是很高兴的。直到有一次，他并未像往常那样归心似箭，而是发了一封电报，询问夫人是否可以让他在伦敦多住几日。实际的原因嘛，就是他当时在温布尔顿的一场晚宴上遇到了艾琳。这女人只是一个小寡妇，颇有些不顾一切的奋勇；她刚从中国回来，一双小手汗津津的，声音沙哑，因为泪腺有问题，两只眼睛总是水汪汪的。她的眼神楚楚可怜，头发蓬松得像个鸟巢，即使戴上发卡也会被埋在里面看不见。那时候她也就二十九岁左右，举目无亲，但凭着那股子奋勇劲儿，倒是有人给她介绍了一份花店的工作。她在诺丁山门区那边租了一间公寓，在老奎恩先生住在温布尔顿的朋友太太手下做学徒。那天晚宴上，老奎恩先生碰巧被安排坐在她旁边。等到宴会结束的时候，老奎恩先生早已被她迷得七荤八素，坐上的士把她送回了诺丁山门的公寓，又顺理成章地被请到屋里喝好立克①。没

① 好立克（Horlicks），一种牛奶咖啡味的饮料。

人知道究竟发生了些什么——更无从了解究竟为何会发展到如此地步。但就从那天晚上起，托马斯的父亲算得上是彻底失去了理智。他又待了十天才回到多塞特，而那个时候——正如后来所知的——他和艾琳早已如胶似漆。我常想象他们清晨在诺丁山门公寓醒来的样子，艾琳一边流着眼泪一边寻找发卡，而老奎恩先生坐在床边后悔自责。他的夫人那么厚道善良，哪里懂得那些撒娇讨巧之道，但我敢说艾琳这方面肯定厉害着呢——只要你吃那套。我敢肯定她一定装模作样地对他表示倾慕，她一定有手段让老奎恩先生相信她从来没有像这样深爱过别人——当然她也可能真的没有这么喜欢过别人。她又不是人见人爱的那种类型。很可能她让老奎恩先生觉得，从今以后这个小女人一辈子的幸福都担在他的肩上了吧。那十天的生活让老奎恩先生完全失去了判断能力，已经分不清楚自己究竟是个混蛋还是圣人。

“无论如何，他满怀心事地回了多塞特，然后开始挖池塘说要种水仙，结果挖到第十四天的时候突然含糊其词地提起一个什么裁缝，便又匆匆赶回了伦敦。那年的整个夏天基本上都是这种戏码——他和艾琳是五月认识的。当托马斯六月回到家时立刻就察觉到了不对劲，他还记得那个时候感觉到家里哪里不一样了，但他母亲什么也没说。然后托马斯和朋友出国旅行，等他再回来的时候已是九月，他的父亲看上去简直抑郁得要死——心情全写在脸上。托马斯在家的时候他一次也没去过伦敦，但那个小女人开始给老奎恩先生写信。

“就在可怜的托马斯回牛津之前，终于东窗事发了。老奎恩先生在凌晨两点叫醒了托马斯的母亲，然后把一切和盘托出。至于为什么我想你也应该能猜到——艾琳怀上了波西娅。她除了把这个消息告诉老奎恩先生之外倒也没做什么多余的事情，只是在诺丁山门的公寓里等待事情接下来的发展。奎恩夫人果然了不起，她安慰着老奎恩先生，让他别哭，然后径直走下楼去厨房泡茶。托马斯和父母住在同一层，半夜醒来的时候直觉告诉他有什么事不对劲——于是开门查看，发现走廊的灯亮着，并正巧看见他母亲身穿睡袍，托着茶壶茶具从面前走过。据他说，那姿态看起来就像医院里的护士。母亲没说话，只是温和地朝托马斯笑了笑：当时他还以为是父亲生病了，根本没想过会是婚外情。而对老奎恩先生来说，这一夜显然折腾得够呛，他不停地用拳头敲打着床头，口里翻来覆去地说着：‘真不是个省油的灯！’随后将艾琳的整整一摞来信和三张照片都翻了出来，一起递给奎恩夫人。夫人看完了所有的信，又礼貌地称赞了那几张照片后说，现在他必须和艾琳结婚。等他回过神来，意识到这将意味着从此离开这个家，便忍不住又哭了起来。

“对于这个决定，老奎恩先生从一开始就坚决反对。这事要真追究起来，只能说是老奎恩先生实在太蠢了，根本不考虑后果。他和艾琳的事不过是一时冲动，就像做了场梦，而老奎恩先生并没打算一直待在梦里。梦醒之后的平淡安稳才是他真正想要的生活，那样的生活只有奎恩夫人能给他。我估计连他自己也不清楚究竟是什么时候从那场迷梦中清醒过来，想要回到现实的——但谁又能想得到这样一个老人家会做出那种事呢？无论如何，他从未想过自己有一天必须离开那个家。他就像个孩子那样依恋着这个家。那一整晚他都坐在卧室的大床边，裹着鸭绒被不停地哭泣，直哭到上气不接下气、再也无法完整地说出一句自责的话为止。然而奎恩夫人心意已决：实际上，她第二天就恢复了神采，甚至还有些兴奋的样子。说不定她早就为这一天的到来做好了准备——说实话，我认为她潜意识里是一直有准备的。老奎恩先生最后的希望只剩下幻想，幻想着如果自己现在蜷缩起来睡一觉，第二天早晨醒来时就会发现这一切都只是一场梦罢了。于是最后，他便抱着这样的希望沉沉睡去。夫人却可能一夜无眠——这些听起来是不是很无聊，圣昆汀？”

“一点也不会，安娜。事实上，这故事听得我脊背发凉。”

“第二天一早下楼吃早餐时，奎恩夫人看起来虽然疲惫却毫无憔悴之色，而老奎恩先生自然是竭尽所能地讨好她。托马斯一看便知必然是发生了什么特别糟糕的事情，于是一直装傻充愣地回避。用过早餐，夫人跟托马斯说，你现在已经是个男人了，然后带他绕着花园一边走一边将所有的事情用最委婉的方式说给他听。托马斯看见他的父亲站在吸烟室的窗帘后一直望着他们。她让托马斯答应和她一起竭尽所能帮助他的父亲、艾琳和那个尚未出世的可怜的孩子。这个未出世的私生子让托马斯替他父亲感到无比羞愧，直到现在也不知道该如何形容这件令人蒙羞的荒唐事。尽管如此，他却依旧不愿见到自己的父亲从此离去，便问奎恩夫人难道这是唯一的办法吗？她回答，是的。她用一晚上的时间把一切安排妥当，甚至细致到应该搭哪一班火车回伦敦。她似乎对艾琳的印象并不差，已经接受了她的存在：艾琳的信对奎恩夫人所起的作用比对老奎恩先生大多了，毕竟后者并不喜欢书面的东西。说真的，比起后来出现的我，奎恩夫人恐怕倒是更喜欢艾琳。老奎恩先生一开始还抱着一丝微弱的希望，祈祷着这件事能就此揭过，又或者他的太太能想到什么万全之策，然而这最后的希望也在看着他们母子绕着花园长谈时，一点一点消亡殆尽了。他根本不被允许发表任何意见——不说别的，他一直强烈反对离婚这种事。

“离开前的短短两日（他都住在吸烟室里，每天的饮食都是盛在托盘上送过去的），奎恩夫人的坚定已如星星之火蔓延至家里的每个角落，也深深地影响着老奎恩先生。对艾琳的露水情缘般的激情慢慢退去，他从道德上再一次为夫人倾倒。当年夫人便是这样让二十二岁的奎恩先生深深着迷，而时隔多年，她在奎恩先生五十七岁之际又以同样的原因再次赢得了他的心。他不停地念叨着她的好，跟托马斯说他的母亲简直就是活圣人。两天后，奎恩夫人让老奎恩先生收拾好行李，把他送上了午后回伦敦的火车去找艾琳。托马斯被责令开车送父亲去车站：从离开家到在车站等车，一路上老奎恩先生都一言不发。就在火车即将发车的一瞬间，老奎恩先生忽然靠向窗边挥了挥手，似乎想要说些什么，然而终究却只说了一句：‘看着火车离开会有坏运气哦。’接着便仿佛泄气一般一屁股坐回椅子上。托马斯一直望着火车远去，说那截空空如也的车尾厢看起来是那样的残破和绝望。

“第二天奎恩夫人也启程去了伦敦，并立刻着手办理离婚手续。据说她甚至还给艾琳打了个电话，亲切地聊了几句。随后夫人便一个人回了多塞特，并未就此事多说一个字，从此独自持家直到去世。一直对出国深恶痛绝的老奎恩先生在那之后也立刻启程去了法国南部，大概那是他认为合适的地方；艾琳在几个月后跟了去，刚好赶上参加婚礼。波西娅是在芒通出生的。唔，他们后来基本上一直在那附近生活，几乎再也没有回过家。托马斯的母亲曾让托马斯去探访过他们三四次，但依我看他们彼此应该都觉得挺难堪的。老奎恩先生和艾琳带着波西娅要么住在旅馆背阴的屋子里，要么就是在看不见风景的别墅里租一个昏暗的房间。老奎恩先生一直无法适应那里阴冷的傍晚，托马斯觉得这个总有一天会要了他的命，而结果也的确如此。老奎恩先生在去世的前几年曾和艾琳一起回到伯恩茅斯住了四个月——我估计他选那里是因为那儿没人认识他。那期间托马斯和我还去看过他们两三回，但当时波西娅不在，她被留在法国没跟来。所以在她被送到我们家生活之前，我从没见过她。”

“送到你家生活？我以为她只是暂时借住而已。”

“不管这话怎么说吧，总之结果都是一样。”

“说起来，她为什么会叫波西娅这个名字呢？”

安娜看上去有些吃惊，说：“这我们倒真没问过。”

当老奎恩先生的爱情故事讲完时，他们已经绕着公园的湖泊走了一整圈。清场的哨笛早已吹响：公园的围栏门留了一条缝，就是为了等他们出来，看守正一脸不耐烦地等在旁边，那表情让圣昆汀不由得加快了脚步、小跑起来。外面环绕公园的马路上不断有车灯划过，昏黄的路灯光在夜晚的雾气里晕染开来，在通往奎恩家的路上弥漫。安娜左右摇晃着暖手筒走路的样子看上去轻快了许多，这会儿她可没那么排斥进屋喝茶这件事了。

2

温莎大街2号别墅的大门在地毯上发出重重的摩擦声，然后“咔”的一声关上了。屋外冷冽的寒气随着波西娅的步伐涌进门内，又迅速融化在屋内的融融暖意中。白色双拱门洞后，暖意沿着楼梯向上攀爬。她松开手肘，将手臂下夹着的书本滑到门口的小桌台上，又顺势将钥匙串放回口袋，走到暖气片前脱下手套。她从镜子里瞥见自己的身影，大厅里一片昏暗——楼上楼下没有一盏灯亮着。空旷的回音在屋内四处回荡：此时正值家里常备的下午茶聚会前短暂的空白时间。这间别墅平日里所有的活力几乎都集中在楼下，而此刻主人尚未归来；于是，黑暗和沉寂便理所当然透过巨大的窗户溜了进来，在屋内悄悄盘踞。她松了口气，把手拢到暖气片前。

这时地下室的门开了：有人刻意顿了两三秒才拾级而上。脚步声听来颇为谨慎——带着下人特有的恭谨自持。马谢特泛白的长脸和围裙在脚步声中从通往地下室的幽暗拱门后慢慢出现。“啊，你回来了？”她说。

“刚回来。”

“我听见了。你门关得那么快，该不会又把钥匙忘在外面了吧？”

“没有，我拿着呢，你看。”波西娅把钥匙从衣服兜里捞了出来。

“你不应该把钥匙装在衣兜里。不要这么随便——尤其还跟钱放在一起。早晚有一天你会把它们都弄丢的。她不是给了你一个提包吗?”

“我觉得拿着包好奇怪。感觉很蠢。”

马谢特有些严厉地说:“你这个年纪的女孩子人人都拿着手提包。”

对波西娅的无可奈何让马谢特咬了咬牙,她不悦地叹了口气,腰带嘎嘎作响。但昏暗的暮色横亘在两个人之间,她们看不清对方的脸——于是她毫不犹豫地伸手按下了墙柱上的开关。明亮的灯光从头顶倾泻而下,透过安娜精致的雕花玻璃灯罩在白色的石砖地面上投下繁复的阴影。波西娅头上的帽子有些向后倾斜,露出了前额,灯光下的身影略显迟疑;她和马谢特一动不动地盯着彼此,只偶尔眨一眨眼,这种短暂的静止让人想起动物之间初次遭遇时的相互试探。

马谢特的手还撑在廊柱上。她长了张一本正经的脸,尖锐的面部线条让她看起来十分严肃,甚至有些刻薄;一头干枯坚硬的中分鬈发工工整整地梳向脑后,她并没有戴着仆人的白色发带,走路时眼睛习惯性地看着下方,隐隐透着青色血管的眼皮有种难以轻易妥协的执拗。此时她双唇紧闭,刚才勉强扯出的微笑还残留在嘴角。她的表情与神态无一不透出审慎和警觉。这种仿佛修道院修士般无欲无求的冷淡让她宽大的臀部十分突兀,仿佛那是为了方便用金别针把围裙紧紧固定起来的某种构造,唯有双手能偶尔流露出一丝内心潜藏的情绪：此刻她的一只手正扶在门柱上，看起来却像是在支撑着这根弱不禁风的柱子；另一只手的五指如扇子般张开，像油画中的人物那样垂在系着围裙的臀边。在她思考或者盘算事情的时候，低垂的眼睑总会轻轻颤动。

现在是下午四点差五分。家里的厨娘今天晚上放假，正在享受温暖的午后沐浴：客厅女佣菲莉斯正对着茶水间的镜子试戴着新的发带。这两个姑娘是安娜找来的，负责安排照料楼下的各种派对活动；而马谢特的存在却并不是安娜的主意：托马斯·奎恩的母亲还在世的时候，她便一直照顾着夫人的起居，奎恩夫人去世后她便收拾好所有管辖的家具物件跟着一起搬到了温莎大街 2 号别墅。目前家里还有一位叫作韦伊太太的女佣，负责清洁洒扫的工作，这理应让马谢特从纷繁的工作中解脱出来，以便更好地照顾安娜、波西娅和托马斯的日常起居，然而实际上韦伊太太的工作范围十分有限。这不得不说是马谢特的某种嫉妒心理在作祟——这么一来，马谢特待在别墅里的时间就比谁都要长。她一个人住一个房间，在储藏室的隔壁：同一层还住着厨娘和菲莉斯，她们都住在整洁通风的阁楼上，能从窗户看见外面公园的景色。

即使在白天她也总会保留独处的时间。地下室的前半部分被划分成菲莉斯的茶水室和一间小小的起居室，这间小起居室被马谢特在闲余时间当作自己的休息室，安娜对此并未过问。用小瓦斯炉和水壶烧上一壶热茶自得其乐的马谢特，只有在吃晚餐的时候才会出现在厨房的小聚会上：若地下室的门正好开着，她一走就能听见厨房里一度中断的欢声笑语再次响起。马谢特高人一等的地位从她不必佩戴仆人标志性的白色发带这一点上就能得到印证：两个年轻姑娘必须听安娜的号令，而马谢特却可以提供建议。不过，这两个年轻的仆人并不讨厌马谢特——她或许比较严厉，但平时喜欢一人独处——她们明白这世上没有绝对完美的事物，而安娜作为女主人已经算得上是和蔼可亲了，甚至对家事并不太上心。没人知道马谢特下午休息时都去哪儿了：她是从乡下来的，在这里并没有什么朋友。她从不在人前显露疲态，除了眼睛：在属于她的小小起居室里，有时她会放下平时看书或者做针线活时戴的眼镜，用手支着额头坐在椅子上，看起来一副远眺的神情——却闭着眼睛。还有些时候，她会解开鞋子上的扣绊儿、松开嵌进脚背的鞋带彻底地放松，一副什么都不想操心的样子。但绝大多数时候，她都挺直腰板坐着，在洒落的灯光中专注地做着针线活。

别墅的二楼是她的主要工作场所，奎恩一家就住在这一层。每当她从镶花木地板上走过或者上楼梯时，脚步声中总透着一种压抑与谨慎。

现在到四点还差五分钟，离下午茶还有一小会儿。波西娅有些别扭却又慎重地转过身，再次面对着暖气片，把手放在上面几英尺的地方，舒展开手指让暖意包裹指间的每一寸皮肤。她的手上还残留被屋外寒冷侵蚀的痕迹，指尖苍白，毫无血色。马谢特沉默地看了一会儿，然后说："这么烤会得冻疮的。你得揉一下——来，把手给我！"她走过来，把波西娅的双手握进自己手里揉搓起来，粗大的骨骼磨得波西娅生疼。"安静，"她说，"别老往回缩。我还从没见过哪个姑娘这么怕冷。"

波西娅不再挣扎，却问："安娜在哪儿?"

"那个米勒先生来了，他们一起出去了。"

"那我能和你一起喝茶吗?"

"她出门前说四点半会回来。"

"哎呀，"波西娅说，"那可真糟。你说她是不是一直守在家里啊?"

马谢特面无表情地无视了这个问题，俯身拾起波西娅的一只羊毛手套。"把这个拿上楼去，"她说，"还有那些书。托马斯夫人说过的你的那些练习册。楼下只能放撑得起门面的东西。"

"还有别的什么地方需要注意的吗?"

"她一直在抱怨你的卧室。"

"哦天哪！她进去过了?"

"是的，而且看起来很不开心，"马谢特用没有起伏的声音说，"今儿早上她跟我说，房间里堆得那么乱，难道我不觉得打扫起来很麻烦吗？她指的是你的'小熊盛宴'，还有些别的东西。'麻烦，夫人?'我说，'如果这就算麻烦，那我就不配做这份工作了。'然后我问她是否有什么地方不满意。她正在戴帽子——在她楼上的卧室里。'噢，亲爱的，没有。'她说，'我只是为你着想，马谢特。如果波西娅小姐能稍微收拾一下……'我没说话，她便让我把手套递给她。出门时走到一半，她回过头拿眼看着我。'那些东西波西娅小姐很喜欢，是专门那么放着的，夫人。'我回答。她说：'啊，那是自然。'然后便出门了，没再多说什么。倒不是说她自己有多会收拾，只是她对什么东西该怎么摆放有自己的看法。"

马谢特平淡的声音听不出情绪，话一说完便紧紧闭上嘴唇。波西娅微微低头，任由额发落下遮住面颊，她俯身拾起桌上的书本夹在腋下，直起身子准备上楼。

“我的意思是，”马谢特接着说，“别再给她更多挑你毛病的理由。我指的可不是一天两天，而是要坚持到这一切结束为止。”

“可是她来我的房间做什么？”

“可能就是想看看吧。不管你喜不喜欢，这毕竟是她的家。”

“但她不是总说那是我的房间嘛……她有没有动过我的东西？”

“我怎么知道？就算她动了又如何？你这个年纪本来也没什么秘密。”

“我发现我给小熊做的蛋糕上撒的牙膏粉掉了不少，还以为是风吹的。就算是鸟儿也能知道是不是有人碰过自己的蛋：要是碰了，它们会直接弃窝离开的。”

“这话说的，你离开了能去哪儿？——我看你还是赶紧上楼吧，免得她和米勒先生回来跟你撞个正着。他们应该会提早回来，今天天这么冷。”

波西娅叹着气往楼上自己的房间走去。坚硬的石头阶梯上铺着厚厚的地毯，一点脚步声都听不见，只有她的手肘和敞开的校服外套时不时地扫在白色墙壁上，发出沙沙的声音。波西娅上到二楼时忽然俯身问道：“圣昆汀·米勒先生会留下来喝茶吗？”

“有什么不行的吗？”

“他话好多。”

“噢，他又不会把你吃了。别瞎担心。”

波西娅继续上到三楼。当听见她关上卧室门的声响后，马谢特也转身回了地下室。菲莉斯正戴着她的新发带忙碌，准备着待会儿要送去客厅的茶水和茶点。

安娜和紧随其后的圣昆汀走进客厅时，里面初看似乎空无一人——然而他们很快便发现了房间远处的角落里，波西娅坐在落地灯和壁炉的火光中若影若现的身影。她穿着深色连衣裙坐在凳子上，昏暗的光影中她几乎同背后深色的墙壁融为一体——此时她已站起身来，与圣昆汀礼貌地握手。“原来你在啊，”安娜说，“什么时候回来的？”

“就刚才。我一直在洗衣服。”

圣昆汀闻言答道：“学校可真脏！”

带着某种刻意的亲切和兴趣安娜继续问：“今天过得好吗？”

“今天上了宪法历史、音乐欣赏和法语课。”

“我的天哪！”安娜一边惊呼一边看向茶盘里已经放好三只茶杯。她打开所有的灯，把暖手筒扔到椅子上，脱下毛皮大衣和里面穿的两件针织衫，搭在手上四处望了望。波西娅开口：“我帮你把这些挂起来吧？”

“如果你不介意的话——等等，把帽子也拿上吧。”

“真体贴……”等波西娅走远，确定听不见他们的谈话后圣昆汀脱口而出。然而安娜用手斜靠在壁炉台上十分忧郁地看着他。这间美丽的客厅彻底隔绝了屋外的寒冷，里面挂着精美的宝石蓝色窗帘、高级的英式卷臂沙发和呈半圆形排列的几张黄色座椅，从真丝缎面的落地灯罩下洒落的光芒映照着墙上的镜子和地上的波斯地毯。房间里有淡淡的小苍兰混合檀香木的味道：从寒冷的公园回到家里真是太好了。“总之，”圣昆汀说，“我们终于可以好好享受下午茶了。”随着一声满足的叹息，他找了一张有扶手的沙发椅坐下——跷起二郎腿，抬高下巴，顺着鼻梁垂眼盯着炉火。这样的姿态令房间里的紧张氛围更加明显，他却有意识地置身事外。一切都近乎完美——安娜拿手指一下下轻轻敲击着大理石的台面。

他开口道：“我亲爱的安娜，这样的日子还长着呢。”

波西娅回到客厅说：“我把衣帽都放在你床上了，可以吗？”她坐回凳子上继续喝茶，装茶点的盘子搁在膝上，茶杯和茶托放在身旁的木地板上——喝的时候就着茶杯微微向前弓起身子。她的位置斜靠着壁炉，能够清楚地看见坐在沙发上倒茶点烟的安娜和拿手帕不停擦拭蹭到手上的黄油和面包渣的圣昆汀。她的目光平稳而谦逊，将两个人的一举一动尽收眼底。这时电话铃声响起，安娜生气地伸出手、越过沙发的靠背接起了电话。

“是的，是我。”她对着电话那头说，“但下午茶时间我不在，我一般都不在，不是告诉过你嘛。我以为这种时候你都特别忙？难道不是吗？……是的，我当然有……有必要吗？……那六点吧，或者六点半。”

“六点一刻，”圣昆汀插了句嘴，“我六点就走。”

“六点一刻吧。”安娜补充道，然后面不改色地挂断了电话。她缩回沙发里叹道：“装模作样……”

“是吗？”圣昆汀说。两个人无声地交换了一下眼神。

"圣昆汀，你的手帕上全是黄油。"

"是你家的烤面包太美味……"

"你就一直在擦——波西娅，你确定要坐在那只没有靠背的凳子上吗？"

"我特别喜欢这只凳子——今天我是走路回来的，安娜。"

安娜没有接话，并不打算听她的回答。圣昆汀说："真的吗？我们刚刚才从公园散步回来。湖面都冻住了。"他补充道，给自己切了一块蛋糕。

"呃，应该还没有完全冻住吧，我看见有天鹅在湖上游水。"

"你说得没错，不是完全结冰。安娜，你到底怎么了？"

"对不起，我只是在想事情。我真讨厌自己这不爱记事儿的性子。尤其讨厌别人利用这一点占我便宜。"

"恐怕你这性子现在也来不及改了。你已经定型了——反正我是这样。波西娅多好，还有大把改变的机会。"

波西娅有些茫然的深色眼眸定定地望着圣昆汀。她的脸上兀地勾起一抹警觉的微笑，未及停留便已散去，神情中已少了些孩童的天真。她依然缄默着——圣昆汀猛地交换了一下跷着的二郎腿。安娜打了个呵欠说："她能变成什么样谁知道呢……波西娅，你房间壁炉台上的小熊可真够多的。都是从瑞士来的吗？"

"是的，它们大概挺容易积灰尘的。"

"我倒是没注意到灰尘，只是觉着看着好大一堆。全是手工雕刻的吧，我猜，瑞士乡下的工匠……我去你的房间把你的白裙子挂起来了。"

“如果你希望的话，安娜，我可以把它们收起来。”

“别啊，干吗收起来？它们像是在开茶话会的样子。”

奎恩家有一部内线电话，铃声响起时并非普通的“丁零”声，而是一种尖锐的嘶鸣。此刻这种尖锐的铃声便响了起来，安娜伸手去接电话：“一定是托马斯。”她拿起听筒：“喂？……是的，圣昆汀还在。好的，亲爱的，马上。”挂上电话她说，“托马斯回来了。”

“你可以跟他说我马上就要走了。有什么重要的事吗？”

“就是打声招呼说他回来了而已。”安娜抄起手臂，仰面靠在沙发背上望着天花板，接着说：“波西娅，你要不要去楼下书房见见托马斯？”

波西娅的神色亮了起来。“是他叫我吗？”她问。

“他可能还不知道你回来了。但我敢肯定他见到你会很开心的……跟他说我很好，等圣昆汀离开我就下去找他。”

“帮我跟托马斯带声好。”

波西娅小心翼翼地起身，把茶杯和碟子放回托盘上，然后挺直脊背，端正得让她自己都不禁打了个寒战。她抬脚，带着一种寄人篱下时特有的小心谨慎，脚掌稳稳着地，一步一步轻缓地向客厅门走去。她侧着身子，仿佛对面坐着的是皇室贵胄，不可用背对着他们——房间里的另外两个人静静地看着直到她远远消失在门外。她穿着一条黑色的羊毛连衣裙，以安娜的高品位看来，那是一条从脖子到裙边都镶满了扣子的奇怪裙子，腰上还系着一条厚重的皮带；皮带随着身体的移动滑落到她瘦削的臀部，又被紧张地用手抓住提了上去；穿着短袖的纤细手臂骨节明显。她身形消瘦，四肢就像是被松松垮垮拼接在一起的零件，动一下就会摇晃，每个动作都透着点夸张，仿佛有什么神秘的力量要从里面溢出来。可她同时看上去又十分谨慎，对自己生活的环境有所认知。她已经十六岁了，孩童的单纯与天真正在逐渐退去。圣昆汀和安娜的注视让她感觉自己正被迅疾的海浪冲刷着，又像是被什么蜇了一下，为了不出差错地离开客厅，她咬紧牙关、握紧了拳头——双手僵硬地贴在腿边。终于走到门边了，她庄重地拉开房门，一只手搭上门把，然后转过身来，像完成了一件壮举般自豪地准备再说点什么。然而安娜却忽然拿起冷掉的茶壶给自己续满，圣昆汀则低着头用脚后跟抚平了地毯上的一条褶皱。直到门关上，她的耳中都是一片安静。

等门彻底关好后圣昆汀说："其实，我们刚才可以稍微随和一点的。你那样不太好，安娜——大张旗鼓地评论那些小熊。"

"你知道原因的。"

"而且那通电话你都说了些什么。"

安娜放下茶杯咯咯笑了起来。"唉，这个事，"她说，"可真值得一写。她一定觉得很有意思。你想啊，我们其实挺无趣的呢，圣昆汀。"

"不不，我可不认为我无趣。"

"是，我也不认为。我的意思是，我也不是个无趣的人，但她会那么觉得啊，如果你知道我在说什么的话。她给我们贴标签，固执地把我们想成这样或那样的人——至于具体是什么，我不太清楚。"

"两个坏人——她额头可真高。"

“她对你印象可没那么差，亲爱的。”

“也不知道她这高额头是随了谁。根据你的描述，她母亲长得可真不怎么样。”

“噢，那是奎恩家的特征：托马斯也这样，真的。”安娜答道——然后显然对这个话题已经失去了兴趣，她在沙发一端蜷坐起来，伸出双臂卷起袖子，欣赏起自己的手腕来。其中一只正戴着一块钻石手表，指针安静地走着、没有嘀嗒的噪声。圣昆汀没发现自己被无视，还在继续说着：“在我看来，额头高脾气暴……刚才是艾迪吗？”

“那通电话？是的。怎么了？”

“艾迪是傻没错，但你有必要用那种态度跟他说话吗？就算波西娅在。‘我不在，我一般都不在。’哎——哟！”圣昆汀说道，“虽然这不关我事。”

“是啊，”安娜接口道，“我想这的确不关你的事，对吧？”她还想再说些什么，门却被推开了，是菲莉斯进来收拾茶具。圣昆汀盯着自己的手帕，对上面满满的黄油皱了皱眉头，又放了回去。两个人都没有说话。茶具收走后安娜再次开口：“我得下楼去找托马斯了。要不你也一起来？”

“不了，他要是想见我，”圣昆汀说，语气并无芥蒂，“就会直接过来了。我马上就走。”

“哦，我想问你来着——你的书写得怎么样了？”

“非常顺利，谢谢你！”他郑重地回答，态度恳切，又回以询问道，“你下楼以后要怎么样？会让波西娅离开吗？”

“离开她哥哥的书房？我怎么可能这样？”

当同父异母的妹妹推门走进书房时，托马斯·奎恩正站在电炉旁，手里握着杯子，皱着眉头，刚想卸下一日的疲惫。波西娅——头发高高向后梳起，用发网在脑后扎了一个髻，相隔略远的深色双眸显得有些无神——她白净的脸在书桌灯光的氤氲中慢慢浮现，仿佛一弯月色。能进入这间书房的都是亲近之人，因为这里是属于托马斯的私人空间。虽名为书房，他却从未在这里做过什么学问，除非能把放松和休憩也算作一种学问。称之为书房主要是为了彰显其重要性和随时保持安静的必要。房间的墙壁涂着哑光灰的墙漆，挂着“毕加索蓝”的窗帘，置了几把扶手椅和一个条纹褥布面的沙发，除此之外还有几张用来摆放书籍的桌子、几个书架和一张餐桌那么大的书桌。听出来人并非安娜，托马斯烦躁地把踏在山羊毛地毯上的脚又狠狠往下踩了几分。

“噢，你好啊，波西娅。”他说，“你今天好吗？”

“安娜说你或许想见见我。”

“安娜在做什么？”

“米勒先生来了。我看他们也没聊什么特别的事。”

轻轻摇晃着杯中残留的酒水，托马斯说：“看来是我回来早了。”

“您累了吗？”

“没有。不是的，我只是刚回来。”

波西娅站着，一只手放在扶手椅背上，先是用手指划拉着布面上暗红色的条纹，然后又划拉起灰色的条纹，双眼从头到尾一直盯着自己的手。她见托马斯没有要继续说话的意思，便绕到扶手椅前坐下——屈起膝盖，抱着胳膊，出神地望着电壁炉凹陷处的红色火光。壁炉地毯另一边的托马斯也坐了下来，望着虚空呆呆地出神，面露疲色，一副百无聊赖的样子。每天傍晚的这个时间，除了安娜，任何人的接近或者要求都会让托马斯难以忍受，而这种时候他最希望的就是一个人安安静静地沉浸在暮色中。一旦有人在，他便会觉得应该说些什么或做些什么而无法放松。实际上，每天晚上六七点的时候他的思想和感知都基本处于空白状态。

"外面可真冷啊，"他总算不情不愿地开了口，"脸冻得生疼。"

"是啊，我的脸都冻僵了，很疼——手也疼。我是一路走回来的。"

"安娜出去过吗？"

"我想她去公园散过步。"

"真是不要命了。"托马斯说着，带着一种宠溺。他掏出香烟盒，轻轻扫了一眼，烟盒已经空了。"你介不介意，"他说，"把那个香烟盒递给我——不是那个，在你的手肘边——你今天做了什么？"

"我帮你把烟盒装满吧？"

"噢，那太谢谢你了，谢谢——你刚说今天都干什么了？"

"宪法历史、音乐欣赏、法语课。"

"喜欢吗？我是说，你学得怎么样？"

"我觉得历史真是令人难过的事。"

"应该说是阴暗。"托马斯说道，"从头到尾都充斥着混乱、战争和腐败。真不明白现在的人为什么要煞有介事地研究，难道能研究出花儿来吗？”

“但是以前的人，不是更勇敢吗？”

“更野蛮吧，而且不会避重就轻兜圈子。那时候还算有点希望。一旦觉得自己如履薄冰，就无法前进了。”

波西娅一脸茫然，顿了一会儿说：“我会说一点法语。比班上其他女孩子说得稍微好一点。”

“噢，这一点，总归是个优势。”托马斯说着声音逐渐低了下去——他坐在波西娅对面，身体陷进椅子里，表情有些勉强地缓缓转开头，就像一只动物面对自己不喜欢的食物。托马斯的发色很深，头发总梳得平整服帖，眉毛也如用画笔勾勒过一样明显，这一点同父亲和波西娅如出一辙。同样与父亲很像的是他脸上倔强的表情，不过其中似乎深藏着一抹迟疑。他面容开阔、额头宽大，虽然才三十六岁，那张表情丰富又和善的脸却已有些松弛。眉眼间流露的气质仿佛一道缩影，让人多少能对他的性格有所了解，却无法看穿。他拥有那种知晓人生注定无法事事如意的人所特有的、沉郁中略带傲慢的神情，让人想起挂在博物馆里的历代帝王像。此时，他正一手握着酒杯靠在扶手椅背上，另一只手漫不经心地搭在另一侧的椅臂外，仿佛准备拾起地上掉落的东西。托马斯目前显然并不想聊天。嗡嗡闷响的窗框诉说着伦敦城的繁华，仿佛捂着耳朵听见来自远方的声音；台灯在房间里勾勒出一片朦胧的圆形光晕，壁炉的火光在地毯上映出跳跃的影子。这一切营造出浓浓的静谧，仿佛整栋别墅里只剩下了他们二人。波西娅微微抬起头，仿佛聆听着此刻的寂静。

她忽然说："比起旅馆，私人的住宅的确很安静。某种程度上，我还不大习惯。在旅馆里你能听到其他人的声音，而出租公寓里必须保持安静，才能避免打扰别人。如果是租的大公寓或许还好，但我们住的地方必须轻手轻脚，否则房东便会立刻出来抱怨。"

"我以为法国人根本不在乎这些。"

"我们租的公寓都是人家别墅里的房间。我母亲喜欢这样，若有事发生至少周围有人。但后来我们就一直住在旅馆里了。"

"那还真是糟糕啊。"托马斯应道，努力让自己开口。

"如果曾经住在别墅里的话或许的确会这么认为。但母亲和我其实都觉得，从某些方面来说那样挺好的。吃晚餐时会见到各种人，我们常常想象他们的人生、为他们编故事。看着这些不同的人来来去去其实蛮有意思的，有时候还能和他们结识。"

托马斯心不在焉地回答说："你很想念那样的生活吧。"

波西娅闻言猛地撇开眼睛，突如其来的安静让托马斯不自觉地用垂下的手敲了敲地板上的花纹。他接着说："在我看来事情可没那么简单。你母亲很堕落——那样的事本不应该发生。"

波西娅以令人吃惊的平静说："话虽如此，能和你一起住在一起真是太好了，托马斯。"

"我们希望能让你住得更开心一些。只可惜你尚未成年。"

"等到那时我说不定已经……"

波西娅顿了顿，注意到托马斯正盯着空空如也的酒杯皱眉，大概是在思考是否应该接着喝。他一边想着一边转头迟疑地望着身旁已经堆到手边的书籍，上面摇摇欲坠地搁着几本评论文章和杂志。他只看了一眼便放弃了，放下酒杯随手抓起书桌上的一份《伦敦标准晚报》。“你不介意，”他说，“让我看一眼报纸吧？”他皱着眉头浏览了一两则头条新闻，然后停下，放下报纸走到书桌的另一侧，带着些挑衅地摁下了内线电话上的按钮。

“我说，”他对着话筒说，“圣昆汀是要在这儿住吗？……嗯，那等他走了马上……不，别那样……是的，我想我是，非常。”他挂断电话看着波西娅说：“看来我确实回来得太早了。”

然而波西娅的眼神却已穿过他的身体看向了遥远的彼方，仿佛他并不存在……此刻映入她眼帘的，是瑞士午后细雨笼罩下的巍峨高山和悬崖上的“庄园”。瑞士的夏日细雨是昏暗的，连带得人也有些萎靡。站在悬崖的木栅栏边眺望，山脚下有一片静静的湖泊，包裹在乳白色的雾气中像一道横亘的黑色伤痕。住在山上每天都要面对这种巍峨高悬的危险与不便，而正是这样的危悬终结了他们三个人相依为命的生活。一天晚上，他们一家三口搭乘晚班蒸汽火车刚从卢塞恩回来，抬头仰望高耸的山崖和上面几乎与星空齐高的村庄，淅淅沥沥的雨中有万家灯火。那一刻在他们的心中，那座村庄俨然便是温暖的家。他们一起往山上走去，手挽着手、一路顺着 Z 字形的山路蜿蜒向上；他们的手肘彼此相贴，耳中聆听着夜雨冲刷松树的沙沙声，心里没有一丝惧怕。他们选择居所时总会刻意避开当地的繁忙时节，那时候村里的缆车还未恢复运行。除了他们，住在那座“庄园”里的都是德国人和瑞士人，那是一栋有着精致镂空阳台的木质建筑。尽管他们的房间位于建筑物后侧，正对着松树林，却有属于自己的阳台。多雨的午后，他们会逃离楼下的公共休息室回到自己的房间，相互陪伴着度过这段时光。他们喜欢披着外套躺在床上，任由窗户斜开，享受外面松林湿润的香气，聆听排水管中汩汩的流水声。三个人时不时翻个身，为彼此朗读从卢塞恩买来的陶赫尼茨①出版社出版的小说。茶叶、茶点、小火炉，还有一瓶紫色的甲基化燃料酒精②，一件件都放在床间摇摇晃晃的小桌台上；下午四点的时候波西娅会泡好茶，大家一边喝茶一边你一口我一口地分吃巧克力饼和法式奶油面包。松木制的墙上用大头钉钉满了一家人最喜欢的明信片以及艾琳和波西娅的画；尽管暖气已经关上，暖气片上却依旧挂着刚洗好的袜子。有时他们能听见远处传来挂在奶牛脖子上的响铃声，抑或隔壁德国人的说话声。通常下午五六点钟时雨便停了，湿润的光影顺着松树干缓缓流淌。这时候他们会起身下床，穿上鞋沿着乡间小路走到湖边的观景台，透过雾气遥望傍晚六点的汽轮呜噜噜地绕过悬崖停靠在码头；或者尝试辨认对面山崖上那座规模宏大但尚未营业的酒店的名字。他们曾一同瞭望野草坳中凸起的小屋——并常常为没有望远镜而遗憾，老奎恩先生的望远镜早已打包好寄回给托马斯了。回家的路上他们遇到了一群从村里下山的牛群——温驯的牛群浑身湿漉漉的，在身上佩戴的铃铛声驱赶下蹒跚而行。远远的山上有时会传来教堂沉郁的钟鸣，这让艾琳不自觉地叹气，曾几何时她是那么喜欢去教会。村庄里有

① 陶赫尼茨（Tauchnitz），一家德国出版公司和印刷公司，家族企业。

② 甲基化燃料酒精（methylated spirits），用作燃料的酒精，通常在里面掺入一定量的甲醇使其不可用于食用。

一座小小的天主教堂，他们有时也会怀着羞愧和忐忑的心情去参加聚会，一举一动都小心翼翼，仿佛自己窃取了神的恩慈。离开山村的那天……永远离开永不再回来的那天，山对面那座宏大的酒店才刚刚开门迎客，而缆车也即将择日重启。他们开着车，经过那条熟悉的Z字形山路飞快地驶向山下，艾琳紧紧握住波西娅的手，低声呜咽。离开的时候波西娅忍住了眼泪，因为母亲已是那般难过；可是她在卢塞恩的诊所里等待母亲手术的时候，却止不住地回想起那天的光景。正是在这间诊所的手术台上，艾琳永远地离开了人世：她死的时候刚好傍晚六点，本是一家人最幸福的时刻。

托马斯的挂钟发出一阵嗡鸣声——马上要到六点了。快到六点了呢，可是那个六月傍晚的六点却已不再。这个时间，高地上想必早已白雪皑皑，在雪夜的昏暗中，村庄的窗口正一扇扇亮起灯火，或许教堂也透着光亮吧。托马斯窝在扶手椅里等待安娜，整个房间只有他的挂钟嘀嗒作响。不过，我们房间外面的街道上一定已经堆满厚厚的白雪了吧，寒夜寂静，家里的阳台上一定也落满了雪呢。

“今天早上湖面都冻住了。”她忽然开口对他说。

“嗯，我看见了。”

“但是冰下午就融化了，我看见天鹅在上面游水……我觉得待会儿一定又会冻上的。”

楼上大厅里传来圣昆汀向安娜告别的声音。托马斯赶紧捡起《伦敦标准晚报》做出阅读的样子。波西娅用手掌按了按眼睛，飞快地起身走到角落的桌子旁翻拣着书本，因为这样她就可以背对着房间里的其他人了。桌上堆满了书籍，没有一点空隙：安娜想让这间书房看上去轻松惬意，而托马斯则把它变得乱糟糟的。当圣昆汀终于道完别并重重地关上大门离开后，安娜笑容满面地走进了书房。托马斯依旧坐着，仿佛在心里倒数了三秒一样，才从手中展开的《伦敦标准晚报》后抬起了头。

“啊，亲爱的，”安娜说，“可怜的圣昆汀走了。”

“希望不是你把他赶走的。”

“噢，不是的，”安娜轻描淡写地说，“他就像平时一样急匆匆地走了。”她发现了托马斯放在地上的酒杯，问道：“你和波西娅一起喝酒了？”

“不，只有我喝而已。”

“真希望你能把它们放在桌子上。”她提高声音说，“噢，波西娅，不是我想唠叨，但要是学校布置了作业，你不觉得应该赶紧把它们做完吗？等会儿我们说不定可以一起去看场电影。”

“我有一篇作文要写。”

“亲爱的，你听起来鼻子似乎有点塞。是不是感冒了？”

波西娅从桌旁转身面对着安娜——安娜愣了一下，原本还想说些什么的此刻却忽然说不出来了。波西娅咬着嘴唇，一只手紧紧握住腰带，鼓足勇气从安娜面前经过走出了书房。安娜走到门边确认门已经关好，然后转身惊呼道：“托马斯，你把她弄哭了！”

“哦？她哭了吗？可能是想她母亲了吧？”

“老天！”安娜很是吃惊，“为什么会想？为什么偏偏这时候想起她母亲？”

“你不是说我根本不懂得别人的感受嘛——我怎么知道为

什么？”

“肯定是你说了什么、做了什么刺激到她了。”

托马斯紧紧盯住安娜，说道：“要说这个，你倒是刺激到我了。”

“别这样，听我说，”安娜握住他的手，但和自己保持了一定的距离，“她真的想念艾琳了吗？如果真是这样那就太糟了。这感觉就像家里住着的人生了重病一样。噢，我会忍不住可怜她的。真希望我能多喜欢她一点。”

“甚至疼爱她。”

“我亲爱的托马斯，谁会想要那么做呢。再说了，你真希望我对她疼爱有加吗？希望我无微不至地照顾她、敞开心扉接纳她？不是的，你只是希望我表面上对她好罢了。可我并不是一个善于假装的人——下午茶的时候我可没让她好过。但我这么做难道是无缘无故的吗？”

“你不必一直提醒，我知道你不喜欢这样。”

“说到底，她再怎么样也算得上是你的亲人，而我嫁给你了不是吗？家家有本难念的经。看在上帝的分上，别这么激动。”

“你刚才说待会儿要去看电影？”

“是的。”

“为什么——你说说，安娜，为什么？我们已经几个星期没有好好待在一起过了。”

安娜的一只手有些犹豫地摩挲着珍珠项链，说道：“我们总不能就这么窝在家里吧。”

“我不觉得这有什么不妥。”

“总不能三个人全窝在家里吧。这让我很郁闷。你似乎不明白这种感受。”

“可她十点钟就该睡了。”

“呵，她什么时候十点睡过，你又不是不知道。我可受不了被人监视，她总盯着我们看。”

“我可不觉得她有什么必要得监视我们。”

“我倒是大概能理解。总而言之，有她在我们就没法儿那么自在。”

“今晚不妨就自在一点，”托马斯说，“我是说十点以后。”努力让自己平静下来的托马斯再次伸出手——但安娜十分紧张地退了一步避开了。她穿着贴身的黑色连衣裙站在壁炉的另一端，双手环胸、忧思重重。这片刻的沉默中托马斯一直紧盯着她，眼神如炬。然后他起身抓住她的手臂，俯身狠狠地吻了上去。“我连半点跟你独处的时间都没有。”他说。

“你也不看看现在的情况。”

“现在的情况令人绝望。”

安娜的声音变得柔和，她说：“亲爱的，别这么大惊小怪。我今天很累。”

托马斯放开她，转身去找酒杯，口中如朗诵般喃喃道：“除却热烈的情感，我们便如烟尘，微不足道。”

“这又是从哪儿看来的？”

“没从哪儿，有天晚上我从梦里醒来，听到自己在痴人说梦。”

“大半夜的你可真有雅兴。幸好当时我已经睡着了。”

3

托马斯和安娜是八年前结的婚。以前还住在多塞特的时候，安娜常去拜访托马斯母亲隔壁的朋友，于是他们就这么认识了。那时的安娜是个才华横溢、天真烂漫的姑娘，她兴趣广泛，什么都喜欢尝试一下，而且不仅能做得很好，还能凭借这些才能赚点小钱。不过她表现得十分低调内敛，或许是担心自己期待过高到头来却发现能力不足而失望吧。有段时间她曾做过室内设计，但只是小打小闹而已——因为她害怕万一自己全身心地投入最后却不能成功，那得多难堪啊。这么做是明智的，因为即使小打小闹也确实并未取得太大成就。客户数量上不去，刚开始不久就因为常常碰壁而不得不沮丧地选择放弃。她会画讽刺漫画，偶尔也弹弹钢琴，不仅博览群书，还很乐意与人交谈，可惜现在已经很少见她看书了。安娜从不参加户外运动，因为除了毫不费劲就能做好的事以外，其他事情她是坚决不碰的。与托马斯初次相遇的时候她是沉默寡言且郁郁寡欢的：那时候她刚好遭逢事业失利、感情受挫的双重打击。他们相识的时候，安娜刚刚结束一段持续了好几年的感情——并且从她当时的状态来看——结束得十分惨烈。嫁给托马斯的时候她刚好二十六岁，和父亲住在伦敦里士满区[①]一座小山丘上的别墅里，别墅四周

① 里士满（Richmond），位于英国大伦敦地区西南部的一个地区，也是伦敦郊区中比较富裕的一个地区。

风景宜人。

初次见面托马斯便爱上了她的微笑，爱上了那种忧郁的漠然，爱上了她的聪慧、她的好脾气和内敛的外表下暗自涌动的活力。尽管安娜皮肤苍白且一头金发，某种程度上却有着黑人女性的性格。可以说她是第一个白肤金发却让托马斯产生兴趣的女人，举个简单的例子，托马斯一直很厌恶红彤彤的皮肤，但安娜的皮肤天生白里透红。虽然算不上苗条但她身材匀称，举手投足张弛有度，自有一番韵味。他为她自然优雅的举止所倾倒，情不自禁地动了心。而她的穿衣品位，作为个人风格的一部分，也让他无比欣赏和迷恋。

两个人相识之前托马斯曾有过几段感情，都是和已婚的女人；初见安娜时他便隐隐感觉她或曾心有所属，这种猜测得到证实后不仅没有破坏对她的印象，反而让他觉得安娜看起来越发温柔亲近。他不擅长应付年轻姑娘，对她们直白而热切的期待感到难以招架。他害怕（准确地说是当时害怕）被人全心全意地爱着。他心里有些情绪不愿被任何人触碰，所以一直小心地保护着这些敏感的神经，尽管连他也不知道这究竟是些什么神经。认识安娜的时候他便开始考虑结婚的事了，那时的他已经具备了结婚的资本，而给已婚女人当情人终归是一件沉重且令人不悦的事。从多塞特搬回伦敦后他与安娜更加频繁地见面，单独约会或者和共同的朋友聚会。随着两个人的你来我往和打情骂俏，感情逐渐升温。求婚成功时托马斯喜不自胜而安娜也甘之如饴，他们很快便举行了婚礼，婚后，托马斯发现自己竟已对安娜产生了一种近乎狂热的迷恋，那是一种难以用言语形容的激情，仿佛野火永无止境。

托马斯用母亲的遗产入股了一家名叫“奎恩与梅里特”的广告公司，现在已经荣升为合伙人之一，而且做管理，生意蒸蒸日上。一切投机取巧或者华而不实的风险投资（老奎恩先生刚开始很不喜欢这个词）都会由老成持重的托马斯反复斟酌并谨慎裁决。他顺利地赢得了父亲以前那些生意伙伴的信心和青睐——在老一辈人看来，这家资历尚浅的公司犹如雨后春笋般以惊人的势头瞬间崛起。是否天赋异禀尚有待考证，他们看中的是实力：比起这帮老人家，托马斯算得上后生可畏。“奎恩与梅里特”从最初的坚守阵营到开疆扩土，靠的便是托马斯的稳重扎实和合伙人梅里特的敏锐机变。梅里特还负责招募充满干劲的年轻人以扩大公司队伍。托马斯从公司所得的利润和母亲遗产的利息加起来每年总共有约两千五百英镑的收入，安娜在她父亲去世后也继承了每年五百英镑的收入。

奎恩家本希望有两三个孩子在膝下为伴，但刚结婚的那几年安娜曾经历过两次流产。满腔欢喜被残酷的现实熄灭的痛苦和周围人的怜悯与同情让她逐渐丧失了信心：她已经不想再要孩子了。作为一种自我保护，她又重新捡起婚前的兴趣爱好来打发时间、聊以自慰。于托马斯而言，活得越久便越不在乎周围的事物。他不再对外面的灯红酒绿感兴趣，只想一心一意守着安娜。如今三十六岁的他恰恰无比渴望拥有一个属于自己的孩子。

随着父亲的离世以及后来艾琳万众期盼的去世，托马斯觉得自己终于能够放下心中那份耻辱感了。他的母亲曾明确强调要保留老房子墙上挂着的老奎恩先生的所有照片，仿佛这位老绅士不过是暂时离开、云游远方罢了。而母亲直到最后一刻仍旧自然地称呼他为

“你的父亲”。母亲过世后，托马斯便不再去国外探访那对夫妇，他告诫自己（这毫无疑问是正确的）这样的探访给老奎恩先生以及艾琳带来的尴尬与羞耻感不会比给他的少。每次探望他们、每次置身于那些背阴而昏暗的酒店房间里，当他看着父亲破碎的模样、听着他局促或心虚的笑声、感受到他对于艾琳和前妻的儿子同处一室的尴尬时，托马斯的心中总会隐隐泛起深深的遗憾——为他的父亲，为他自己，也为这个社会。这场违背世俗的婚姻只让他觉得厌恶，每每登门拜访——波西娅总是怯生生、战战兢兢地盯着他，那眼神就像一只孱弱的小猫绝望地等待着被人溺死的命运。当这对为他人带来痛苦的可耻的夫妇终于尘归尘、土归土之后，那种难以言说的解脱感让托马斯一口答应了父亲的遗嘱。这样才公平，这样才合适（收到信时他对自己说），应当接波西娅来伦敦居住。带着一种着魔般的执着，他强硬地驳回了安娜的抗议。“只住一年。”他说，“他只要求一年的时间。”

于是他们做了应该做的、合适的事。当马谢特听说此事时表示：“这也是不得已的事啊，太太。奎恩夫人也会说这样做是对的。”

马谢特手把手地帮着安娜整理好给波西娅准备的房间——一个有着高高窗户的房间，窗户上镶着铁栅栏，本打算做育婴室用的。直起身体透过窗户向外张望的话，能看见屋外的公园、园中纵横交错的小径、公园湖泊狭窄处的分支和那座结构交错的铁桥。但若是躺在床上望过去——安娜自己躺上去试了试——就只能看见树梢，像在乡下一样。实际见面之前，只有这一刻让安娜感觉与波西娅最为亲近。后来，她站在椅子上重新设置了墙上的布谷鸟报时钟，那是她小时候用过的东西，然后又为房间挂上了花枝纹的新窗帘，现在只剩墙纸没有重贴——毕竟波西娅只在这里住一年。房间里两个储物柜（可以放很多东西）里的东西统统被挪到储藏室，而马谢特像个强壮的黑奴一样，将书桌从另一层一路搬进了房间。安娜为床头灯装上了一个褶纹的灯罩，然后忍不住感叹说："要是奎恩夫人看到一定会很满意的。"

马谢特对此没有任何反应，她正跪在地上，将床单扎进床下。对于那种没有特定对象的话语她一向不予回应——这样说话的人通常都是自言自语，却又期待获得旁人肯定的回应，对于这些她一概不理。她会奉献出自己丰富的经验和充沛的精力回报雇主，但绝不会屈从于主人一时兴起的想法，更不会阿谀奉承；一般的用人尽管嘴上不承认，却多多少少免不了会做些讨好主人的事。不过，像她这样刚直不阿的性格有时也会成为一把双刃剑，在对别人严厉的同时，也不允许自己有任何多余的感情。马谢特整理好床单后站了起来，棉质的连衣裙在腋下咯吱作响，她踮起脚、用钉子将安娜不知从哪里找出来的雕花镶边镜挂了起来，遮住了墙上的污渍。这不是安娜原本计划悬挂镜子的地方——马谢特一转身，她便悄悄挪了挪镜子。不过马谢特难得一见的坚持至少可以让安娜免于承担部分责任。一切收拾妥当后，她说（对圣昆汀说）房间看起来漂亮极了，总在旅馆间辗转来去的波西娅看到了一定会觉得特别温馨。一切都散发着家的温暖，甚至连褪色的墙纸都显得亲切——最后一刻他们还专门在床边加了一张洁白的脚垫，以防光着脚的时候踩在地上太凉。要是真心抗拒波西娅的到来，安娜有的是手段把房间布置得令人难以忍受……波西娅抵达别墅的时候看上去又黑又瘦，活像一头只剩皮包骨的小牛，送她来的是操着一口浓浓瑞士口音并不断悲泣的姨妈——自东方匆匆赶回来处理后事。安娜见状立刻劝解道：死者已矣，伤痛悲泣不仅不能让他们死而复生，反倒只会让活着的人更加难受。她从托马斯那儿要了一张支票，带着波西娅逛遍伦敦城，为她买了蓝色、灰色、红色的连衣裙、帽子和大衣，把她收拾得干干净净、像模像样。回到家后，马谢特一边帮忙拆开买回来的一大堆衣物一边说："您真是把她打扮得五颜六色啊，太太。"

"不能让她看起来就像个凄凄惨惨的孤儿，这样对她不好。"

马谢特闭上嘴，一句话也没说。

"怎么了，马谢特？"安娜敏感地问。

"年轻人喜欢穿普通的衣服。"

自从知道波西娅要来，安娜就开始疑神疑鬼。这个消息甚至开始悄悄渗透和影响着他们的日常生活——比如从镜子该挂哪里这件事中就能明显感觉到马谢特前所未有的积极与强势，她开始主动参与到和波西娅相关的各种决定中来。于是安娜不自觉地带上一种防卫的口气回应道："我还给她买了一件纯白的晚礼服和一件黑天鹅绒连衣裙。"

"噢，这么说波西娅小姐会在楼下用晚餐？"

"当然了，得学着这么做。再说了，除了楼下她还能去哪里吃晚餐？"

马谢特的想法大概还停留在当初和老奎恩夫人一起的时候，那时候的年轻女孩子们通常都扎着马尾、系着用丝带绑成的蝴蝶结，和监护人一起在楼上房间里用餐；她们一起烤面包、一起讲故事、用苹果皮给彼此算命。然而如今的家里并没有这样的地方留给这位小小姐，她只能学着适应。可惜每天无论上楼下楼都不慌不忙、步履稳重的马谢特并不知道，有些习俗其实早已经改变。相比那些，她似乎更介意的是这间别墅里生活的活力与仪式感的缺失。丢失了奎恩家的家庭传统对于马谢特来说不仅令她困惑，更让她反感——家庭传统有时温柔，有时严苛，然而无论好歹，这种传统在如今的奎恩家都已被各种各样的理由淡化，甚至消失了。这间宽敞明亮的别墅里四处装饰着镜子和瓷器，没有一个角落能让阴影停留，也没有一点机会让情绪沉淀。每个房间都让人觉得亲切，也能让疲惫的人独自休憩。

那天晚上在帝国电影院播放的《马克斯兄弟》[①]并没能引起波西娅的兴趣。屏幕闪烁的光影映照着她僵硬的坐姿，她一点也不放松，甚至还有些惊骇的样子。观影的过程中安娜扭头跟托马斯抱怨了一两次："她对这部电影并没有兴趣。"而托马斯从鼻腔里勉强喷出几声笑意后，也显得有些悻悻。他回答说："唔，确实是一帮难登大雅之堂的家伙。"安娜越过他探出身去："你以前挺喜欢桑迪·麦克弗森[②]的，对吗，波西娅？——托马斯，你推推她，问她

① 马克斯兄弟指曾经活跃于歌舞杂耍、舞台剧、电影与电视领域的滑稽演员五兄弟。

② 桑迪·麦克弗森（Sandy Macpherson，1897—1975），英国剧院风琴演奏家，也是第二位 BBC 电视台的正式剧院风琴演奏家。

是不是喜欢桑迪·麦克弗森?”舞台上的升降台正在缓缓下降，但演奏者依旧投入地弹着风琴，从舞台上泛光灯照耀下的相思树旁降下去，进入下方幽暗深邃的凹槽；然而直到凹槽的板盖被彻底封住前，剧院里依然飘扬着《对我细诉爱语》[①]这首歌若隐若现的乐曲声。看来现代人还是比波西娅所认为的勇敢多了……《马克斯兄弟》放映结束，奎恩一行三个人拿起自己的外套和手袋，默默地往电影院外走去——他们特地错开了晚间新闻的时间好避开晚高峰。

安娜和波西娅因各怀心事而显得有些阴郁，在电影院大厅里各自默默地等待托马斯出门去叫出租车。这短短的几分钟里，她们的身影在大厅镜子的反光中看起来是那么疲惫，仿佛日复一日辛苦劳作的工人。就在此时，忽然有个人死死地盯着安娜打量起来，他和她们俩错身而过后又回过头反复确认，然后带着一丝犹疑地脱下帽子，转身回到两个人面前，有些紧张地伸出宽大的手掌说道：“费洛斯小姐！”

“马杰尔·布拉特！真是太巧了！”

“真想不到我竟能在这里遇到你。太巧了！”

“谁说不是呢，我现在都已经不是费洛斯小姐了——我是说，现在我已经是奎恩太太了。”

“真是失礼了……”

“哪儿的话，你又不知道……能够重逢真是太好了。”

“我们应该已经九年多没见了吧。上次聚会那天晚上真美

① 《对我细诉爱语》(*Parlez-Moi d'Amour*)，1930年代由让·勒诺瓦（Jean Lenoir）所作法语歌曲。

好……你、皮杰昂和我……”说到这里他忽然顿住了，眼中浮起一抹迟疑。

波西娅不自觉地站直了身体，与此同时安娜也开了口：“你还没见过我小姑吧。”她为两个人彼此做了介绍，“这位是马杰尔·布拉特——这位是奎恩小姐。”接着她用略带犹豫的口气说：“希望你觉得《马克斯兄弟》还不错？”

“这个嘛，实话跟你说——我很早就知道这个地方，但从没听过这帮人的名字，只是兴之所至进来看看。我觉得还谈不上……”

“哦，你是不是也觉得他们难登大雅之堂？”

“他们的确算得上是当红明星，但我不认为那样的表演有趣。”

“是啊，”安娜说，“他们是挺红。”马杰尔·布拉特的视线掠过安娜的笑容和不断开合的嘴唇，拂过她脖子上系着的茶花，转向波西娅戴在头上、边缘倒翻的帽子——然后停在那里。“我希望，”他对波西娅说，“你觉得电影很有趣。”

安娜接口道：“我想她并不怎么喜欢——啊，你看，我丈夫叫到出租车了。今天请务必来我家做客，我们必须喝上一杯……噢，托马斯，这位是马杰尔·布拉特。”……当四人两两一行走向出租车时，安娜咬着嘴唇低声对托马斯说：“皮杰昂的朋友——有次晚会我们曾和他一起。”

“我们有吗？我怎么不知道——什么时候的事？”

“不是我和你，傻瓜，是我和皮杰昂。好多年前的事了。这次既然遇到就一定要请他喝一杯。”

“这是自然。”托马斯回答。他面无表情地伸手扶住安娜的手臂，护着她穿过人群走出了电影院——似乎无论选择什么时间点都无法避开晚高峰的拥挤人潮。出租车上马杰尔·布拉特的存在让托马斯全程都坐得笔直，用一种近乎军人的严肃神情目不转睛地盯着窗外不断后退的景色，而他身旁的马杰尔·布拉特却在车内的阴影里仔仔细细地打量着两位女士，来回看着她们在毛绒衣领衬托下的如花容颜。一路上他时不时开口寻找着话题："恕我直言，缘分实在是妙不可言。"波西娅侧身坐着，以防自己的膝盖碰到托马斯。啊，这美好的重逢，在如此华丽的地方像故事里一样重逢——这正是她和母亲艾琳在那些上流社会出入的地方经常目睹的场景，那时候她们偶尔会一起在窗外悄悄窥探那些名为皇宫酒店的豪华场所。当出租车缓缓驶近温莎大街联排别墅区时，波西娅忽然开心地感叹道："噢，今晚谢谢你们带上了我！"

托马斯只淡淡地回了一句："可惜你并不爱看。"

"能去看电影我就已经很开心了。"

马杰尔·布拉特笃定地说："那四个家伙真不怎么样——我们到了吗？太好了。"

"是的，我们到了。"安娜回答，顺势下了车。

午后的薄雾早已被夜晚的寒冷冲散，屋外的路灯映照着回家的路，清澈的天幕下，别墅壁柱那笔直的线条无尽地向上延伸，仿佛要直插进漆黑的夜色中。波西娅打着寒颤下了车，伸手紧了紧衣领；马杰尔·布拉特走向别墅，皮鞋在砖路上留下一阵清脆的回响，他拍了拍大衣叹道："冷死个人哪。"

"明天可以滑冰，"托马斯说，"应该很好玩。"他从口袋里掏出一捧银币仔细分辨，付了车费后又伸手去摸索门钥匙。忽然他猛地转过头看向身后的联排别墅，仿佛有谁叫了他的名字或者听见了什么声响——然而浓黑的夜幕中，只看得见身后那一排排呈 E 字形排列的石柱，空洞而冷漠，就像舞台上的布景，只有漂亮的空壳子。“这里很安静。”他对马杰尔·布拉特说。

“安静得仿佛置身乡野。”

“老天啊，快让我们进屋吧！”安娜大声哀叹道——马杰尔·布拉特关切地看了看她。

书房里一片光明，暖意融融——一旦进到屋内，一切就忽然变得遥远而虚幻了起来。马杰尔·布拉特谦逊地打量着四周，一副忍不住想要感叹“多温馨的家啊”的表情，却因为不确定自己和这家人目前关系远近而迟疑。安娜一会儿把灯打开，一会儿又关上，一副魂不守舍的样子；托马斯则一边问着“苏格兰威士忌还是爱尔兰？或者要喝白兰地?”，一边往托盘上的酒杯里倒酒。一时间安娜不知该说些什么才好——她回忆起那段尘封在心底的岁月：她知道罗伯特·皮杰昂这个名字如今就像一只被封印在琥珀里的大苍蝇那样，依旧鲜活地存在于那个正直的男人的记忆里。而她的记忆只剩下模糊而破碎的片段。想要鼓起勇气说些什么，安娜却惧怕听到自己干涩的声音，她知道自己只能问出类似于“你有他的消息吗？最近常见到他吗?”或者“他现在在哪里，你知道吗?”这样的问题。多年前的那个夜晚，那个充满魔力的晚上——罗伯特和她在别人眼中还是完美的情侣——这样的记忆促使她将眼前这个男人、这个替代品请回了家。此刻托马斯已经完全退避一旁，这更让她感觉自己做了一件相当轻率且令人尴尬的事。寂静仿佛永无止境，迫使她不得不止眼看着马杰尔·布拉特，而后者正迟疑地盯着自己杯里的威士忌，明显正在担心自己是否并不应该真的喝下去，担心自己是不是本不应该来。

如果这些只是自己多虑了，那么对他来说这次重逢就比什么都好。奎恩全家人都看得出来他有多么期待来家里做客。他是那种不住在伦敦、远离大都市的繁华、在看完表演后急于寻找一个去处的人，无论哪里都可以。然而近段时间的伦敦在入夜后竟换上了一种乡下城镇的混乱与媚俗，毫无遮掩地暴露在各色刺眼的霓虹灯下，像极了一个蹩脚地穿戴上浮夸的头饰和艳俗衣裙准备出门鬼混的堕落家庭女教师。但这些并未影响首都以外的人对这座曾经无比辉煌的城市的遐想。马杰尔·布拉特是那种会像幽魂般在伦敦西区午夜街头徘徊的人——他无意于情色交易，亦不愿独自买醉，却更不想就这样回到肯辛顿的住处，只期盼着某天能忽然交上好运。然而这样的希望却变得越来越渺茫——他早晚还是得回去休息。要是错过了最后一班地铁就必须打车了，可是打车不仅费钱，还容易沾染上之前女乘客身上的香水味，这对他来说无异于一种折磨。漫长而尴尬的沉默激发了他的想象力，仿佛一台投影仪在没有窗户的空房间里播放着各种虚幻的事物。如果今天晚上一直保持这种状态的话，他还不如早点去赶最后一班地铁，那样说不定还有时间请门房在酒店会客室里喝一杯——那时候的会客室应该只有几盏灯还开着，碍事的老女人们都已回房休息，整个大厅空无一人，正是胡闹的好时机，但也不能太过放纵。

“来，敬好运气。”马杰尔·布拉特抖擞精神说，有些夸张地举起酒杯环视着另外三个人脸上有趣的表情。波西娅也举起杯子表示回应，她喝的是淡苏打水：他屈身向她微微鞠了一躬，她也回了一礼，然后对饮一口。“你也住在这里吗？”他问。

“我会在这里住一年。”

“那可有的享受了。你的家人不会担心你吗？”

“这个，”波西娅说，“他们……我……”

安娜立刻给托马斯递了个眼神，仿佛在说：你赶紧管一下。然而托马斯正低着头找香烟。她看了看波西娅，后者正跪坐在壁炉边，仰着头与马杰尔·布拉特坦然对视——她穿着短袖连衣裙、双手交叉环抱在胸口。这光景忽然让安娜有些不舒服，她怀疑是自己总把别人往坏处想——是啊，甚至包括罗伯特：或许她想得最坏的就是他了。过去每一次在约会变成激烈的争吵和互相伤害之前，罗伯特也都是这样一副心无芥蒂又期待的模样——就像他们现在这样。安娜望着波西娅心中沉吟，不知她究竟是一条老练的蛇还是天真的兔子？但不管怎样，她想着、逐渐硬起了心肠，波西娅正自得其乐呢。

“非常感谢，但是不用了，我不抽烟。”马杰尔·布拉特看着终于找到香烟的托马斯说。托马斯点上烟、疑惑地看着手里的烟盒。“烟真的变少了，”他说，“我早跟你说过。”

“那你何不把香烟都锁进柜子里？我估计是韦伊太太，她有一个男性朋友，宠得不得了。”

“她一直偷拿你的香烟吗？”

“最近没有，马谢特捉住过她一回。再说她最近似乎都忙着偷看我的信了。”

“怎么不干脆炒了她？”

“马谢特说她做事很周到。做事周到的临时工可不是满大街都有，又不是灌木丛上的野果。”

波西娅兴奋地插嘴道：“要是临时工长在灌木丛上那可真好玩儿！”

“哈哈哈，”马杰尔·布拉特笑道，“你有听过‘鞋子树’[①]的笑话吗？”

安娜抬起脚缩在沙发上，和其他人都保持了一点距离，看上去恍惚而疲惫——她不停地用手把头发拨到耳后。托马斯眯起眼睛透过手中的酒杯望着灯光，他时不时咬咬牙，强忍着打哈欠的冲动。当马杰尔·布拉特的威士忌还剩下三分之一的时候，书房里的气氛已在不知不觉中被他所主导。这里放着波西娅人生中的第一本图画书，就搁在天花板附近，露出一个角，像一只飞上屋顶的气球。托马斯忽然开口：“听说你认识罗伯特·皮杰昂？”

“的确认识！是个杰出的小伙子！”

“我却未能有此殊荣，可惜呀。”

“呃，他死了吗？”波西娅问。

“死了？”马杰尔·布拉特惊讶地说，“噢，天哪，没有——至

---

① 鞋子树，原文为 Shoetree，字面意思直译为“鞋子树”，实际的意思为“鞋楦”，即做成鞋子内部的样子、放在不穿的鞋子内防止变形的东西。马杰特在这里提到这个词，是因为前面说到“临时工不会长在灌木丛上”而故意提及，玩文字游戏。

少我认为那是不可能的。他跟猫一样有九条命，战争期间我几乎都和他在一起。”

“是啊，我敢肯定他还活着。”安娜表示同意，“不过你知道他现在在哪里吗？”

“上次有他的确切消息还是在科伦坡，去年四月的时候——我到那儿的前一个星期他才离开，刚刚错过，真是太可惜了。我们俩都不擅长写信，却能一直保持联系，很令人惊讶吧。皮杰昂不仅人聪明，这家伙什么都会，还很懂得察言观色，跟谁都能打成一片。要不是因为打仗，我肯定一辈子也没机会认识这样的人。我们是在索姆河战役中认识的，但战斗结束后才开始对他有真正的了解，那时候我们一起休假，暂时离开了军队。”

“他受过很严重的伤吗？”波西娅问。

“在肩上。”安娜回答，眼前浮现出皮杰昂肩上那道凹陷的疤痕。

“如今的皮杰昂已经是别人口中的老兵了。他的钢琴弹得比专业琴师还好——充满激情，你明白我说什么吧；在法国的时候，他曾用一块被烟熏黑的盘子随手为我画了一幅肖像画——模样神情简直分毫不差；不仅如此，他还擅长写作，写过很多东西。但他从不拉帮结派，我还真没见过像他这样从不选边站的人。”

“是啊，”安娜接口道，“我记得最清楚的是他能把盘子竖起来，在上面稳稳地放一只橘子。”

“他经常这么做吗？”波西娅问。

“倒是挺常见的。”

马杰尔·布拉特手里拿着被重新斟满的酒杯，直视着安娜：“你最近没见过他吗？”

“没有，最近都没见过。完全没有。”

马杰尔·布拉特赶紧应道：“他就是这么神龙见首不见尾的，基本上不可能在同一个地方出现两次。就连我退役后也是四处辗转，尝试过各种各样的工作。”

“那一定是段有趣的经历。”

“是，也不是。说不好。我用退役金四处闯荡，结果在马来西亚遭遇了滑铁卢，所以就打算先回来休息一段时间，看看有什么机会没有。当然我也知道这样可能不一定有用。”

“是吗，我倒不觉得会没用。”

马杰尔·布拉特闻言仿佛受到了极大的鼓励，他说：“目前确实有两三个机会，因此得在这里多待一段时间。”

安娜不知该如何回答，倒是托马斯回应道：“是啊，我想你这么做是对的。”

“我早晚还会见到皮杰昂的，我敢肯定。虽然他行踪不定，我却常常遇到熟人——就像今晚。”

“你要是遇到他，请一定代我问好。”

“他肯定很想知道你的近况。”

“告诉他我一切安好。”

“没错，就这么告诉他。”托马斯说，“当然，那得等你真的见到他再说。”

“要是你一直住在酒店里，”波西娅对马杰尔·布拉特说，“就会习惯人们来来去去了。他们看起来好像会一直住下去，但其实一眨眼的工夫就离开了，从此再不相见，也不知道他们去了哪里。说起来这样还挺有趣的。”

安娜低头看了一眼手表。“波西娅，”她说，“不是我想扫兴，但现在已经十二点半了。”

看见安娜的目光直扫过来，波西娅立刻转开了视线。这是他们回家后头一次目光相接。不过刚才说到皮杰昂的时候，安娜却能清楚地感受到一道坦率的目光从那双清澈的深色眼眸中扫过来，定定地望着她；安娜只当没看见，依旧如贵妇般慵懒地半卧在沙发上，维持着滴水不漏的镇定，她对这种需要演技的时刻早就习以为常了。若是一不小心流露出内心丝毫的烦躁与不安，波西娅那双观察入微的眼睛说不定立刻就能从她侧卧的身影中察觉出来。那双清澈坦率的眼睛仿佛紧紧地绑缚着安娜也绑缚着她的恐惧和秘密：她觉得自己就像一具被抽干了力气的木乃伊。于是，她故意抬高声音提醒波西娅时间。

很早以前波西娅就意识到自己不能盯着别人看太久。她似乎有双到哪儿都不受欢迎的眼睛，总会在不经意间忽然让对方感到羞怯与局促。这种时候她总会立刻撇开视线或者谦卑地垂下双目——除了盯着虚空、不敢再多看一眼，因此这无处安放的视线常常让她的双眼看起来有些无神。眼珠会动、会冒犯别人，但就是无法和别人交流。人们通常会在孩子的眼睛里见到这种神色，或者应该说会尽量避免与这样的眼睛四目相对——因为你不知道这个孩子下一秒会干吗。

此时此刻，波西娅却十分享受刚才和马杰尔·布拉特的相处。当你还处在对爱情毫无经验并因此没有话语权的年龄时，若被邀请参与话题——那将多么令人受宠若惊，仿佛自己作为一个活生生的人终于得到了认可。马杰尔·布拉特看她的眼神是如此温和，没有丝毫顾虑。他一直站着，如磐石般稳稳地立在她跪坐的身旁，中气十足的声音不断从她头顶落下。当安娜出言提醒时间时，波西娅的心沉了下去——她抬头看了看钟，发现果真如此。“已经十二点半了，”她惊呼，“天哪！”

她道过晚安后离开了书房，地上还掉落着她的一只手套，马杰尔·布拉特说：“这孩子一定为你们添了很多乐趣。”

4

清晨，莉莉安通常会在帕丁顿街旁的一座旧墓园里等波西娅，她们喜欢抄这条近道去上学。周围都是楼房，打开窗户就能看见这片墓园，不过这里已很久没有新的死亡降临了，于是墓园变成了一处绝佳的避难所和隐蔽的捷径。偶尔出现的一两个啜泣的扫墓人和被修建成小型亭台一般的墓碑，让这片墓地显得极为庄严，而一座座墓碑顺着栅栏的方向朝同一面排列着，仿佛面对着舞台的一排排椅子。小径中央有一座环形的亭子，看起来就像舞台。交错的小路连接着墓园的每一道门，栅栏内侧的灌木丛恰到好处地将此处与外面的街道隔开——置身于此并不让人感到悲伤，只有一种淡淡的哀愁。莉莉安享受这哀愁的滋味，而波西娅每次推门而入都觉得仿佛走进了一个只属于她的秘密天地。所以她们俩上学常走这条路。

她们要去的是卡文迪什广场。波利小姐的私塾坐落在一个庄重而堂皇的地方，是专为女孩子而设的学堂——招收的学生基本上要么身体虚弱、要么学习不好、要么正准备出国因此来这里打发时间，又或者是根本出不起国的女孩子们。她有一间可以容纳差不多二十人的教室。每天上午会有教授前来授课，下午会安排参观艺术馆、参加展览和逛博物馆，有时也会听听音乐会或者看日间表演。通过特别安排，女孩们甚至还可以在波利小姐家用午餐——但这也不过是众多特别安排当中最普通的一种：她的秘书几乎每天都挂在电话上。她的课程都安排得颇具开创性，并且效果良好——因此波利小姐的收费也很可观。最初托马斯对这个学堂还有些犹豫，但安娜大举波利小姐的各种好处并成功说服了他——首先，去上她的课能有效解决波西娅白天该干什么的问题；其次，波西娅若能学有所得或许会变得更容易沟通，而且说不定还能交上朋友。不过至今为止波西娅只交到了莉莉安这一个朋友，两家住得也不远，莉莉安家就住在诺丁汉广场附近。

安娜并不怎么喜欢莉莉安，但也没别的办法。莉莉安的头发从中间分成两片拨到胸前松松地编了两股长长的麻花辫，就像《百合少女》那幅油画中的女子。她的脸上总是挂着一副恍惚又神秘的表情，已变得凹凸有致的身材开始吸引路上男人们的目光。因为爱上了教大提琴的首席女教师，她不得不从寄宿学校退学，而这一点令她尤其难以让人接受。不过在波西娅的眼里，莉莉安却是个非常了不起的人——比如，据说她既会跳舞又会滑冰，并且两样都做得特别好，甚至还曾学过击剑。此外，莉莉安曾宣告过对她来说的两大幸事：尽量不待在家里和在家里洗头发。她总喜欢往外跑，脸上的神情很容易让人联想起照片上那些最终落得个被人杀害的下场的女孩子们，虽然到目前为止她还算平安……今天清晨看见波西娅时她也带着一副仿佛没睡醒的表情，攥着一只深红色的手套朝她招手。

波西娅急匆匆地朝她跑过去。“噢，天哪，我来晚了，咱们不会迟到吧。快点莉莉安，我们得跑着去了。”

“我不想跑，我今天不太舒服。”

“那我们搭 153 路公车吧。”

“要是能赶上的话。”莉莉安答道（这些公交车都隔很久才来一趟），“我有黑眼圈吗？”

“没有。你昨晚上干什么了？”

“唉，昨晚上简直糟透了。你呢？”

“还好。”波西娅说，声音中带着十分的歉意，“昨晚我们去了帝国电影院。神奇的是，我们竟然遇见了安娜的一个熟人，这个人还恰好认识她之前的对象。他叫马杰尔·布拉特——这不是安娜的对象，而是那个熟人的名字。”

“你嫂子遇见他有没有不开心？”

“她很惊讶，因为他连她结婚了都不知道。”

“我如果撞见熟人通常都很不舒服。”

“你见过有人能用盘子边缘托住橘子不掉的吗？”

“那个啊，谁都可以做到，只要你手稳就行。”

“安娜认识的人都好聪明。”

“嘿，你今天带了提包。”

“马谢特说我要是不带会显得很傻。”

“恕我直言，你拿包的样子好奇怪，但我想你会慢慢习惯的。”

“要是太习惯了我反而会忘记，然后很可能就把包留在别的什么地方了。不过莉莉安，让我看看你平时都是怎么拿包的。”

两个人出了墓园来到马里波恩商业大街，在那儿站了一会儿，耐心地跺着脚，张望着远处是否有 153 路公交车的影子。今天的清晨比昨天更冷，刺骨的严寒一点一滴地渗透着。然而她们并未对此多说什么，因为此刻的天气便是她们内心的写照——这是不得不早起的结果，正如成年人阴晴不定的情绪和状态，日复一日，从不停歇。一辆153路汽车摇摇晃晃地出现在街角，却完全没有要停下的意思，直到莉莉安像位被冒犯的坏脾气的女神一样把脚狠狠地踏进公交车道并举起深红色的手套示意，车子才慢慢停下。当她们在公交车上坐定后，莉莉安略带责备地对波西娅说："你今天看上去确实很开心。"

波西娅有些困惑地说："我喜欢观察生活中的小插曲。"

波利小姐的父亲是一位杰出的医生，家里有一座大别墅，她用来上课的房间就在倚靠别墅后墙而建的副楼的二层，原本是一间台球室。为了避免打扰到病人，学生们进出都是通过地下室的门。路上的行人或许会为突然涌出的一列小小的身影而惊讶，其中有些小家伙可能会从豪华轿车上跳下来，然后如同灵巧的小猫般转身消失在地下室门口。到了那里，小家伙们会按响波利小姐专门为私塾而设的门铃，然后进入门后一条铺着化纤地毯的走廊；走廊的尽头有一部盘旋而上的楼梯，楼梯的顶部是副楼的衣帽间，他们要把帽子和外套挂在那里，然后再排好队一个一个地站在一面小镜子前整理仪容。副楼内部铺设着浅黄色和蓝色的瓷砖，大理石镶嵌的台面，描金压花的壁纸和一张土耳其地毯。衣帽间有一扇彩绘玻璃窗和一股潮湿的皂角香，而铺着地毯、开着暖气的台球室（或者私塾教室）里也总氤氲着潮湿的气息——这里没有窗户，只有一个圆顶天窗，有时能清晰地看见每一寸天气的变化，有时却又雾蒙蒙的；一旦下雨便能听见雨滴在窗户外噼里啪啦的敲击声，而天气晴朗的时候会向室内洒下一道巨大的四方形光晕。临近傍晚的冬日午后，教室里会亮起电灯，然后有人会从屋顶的滚轴里拉出一道蓝黑色的釉面百叶窗帘将整扇天窗遮蔽起来。这间教室的通风条件不是很好——也许这便是波西娅每次一进教室就无精打采的原因，就像一株蔫掉的植物。她不是私塾里的优秀学生，因为总是无法专心，甚至无法像其他女孩儿那样装出专心致志的样子。她有什么想法全都写在脸上，并不会假装乖乖低头念书，那些想法像长了翅膀一样纷纷飞向头顶的玻璃窗。有的教授会走到她身边，瞪她一眼然后用手敲敲桌角；有的教授会说："奎恩小姐，注意，注意！你是来这里仰望天空的吗？"她的心不在焉有时候已经明显到了近乎失礼的地步，或者更糟，已经开始影响其他学生的注意力。

她并不习惯念书，也还无法完全理解人为什么需要学习，那些有趣的知识在她那里似乎毫无容身之处。由于不想引人侧目，也害怕惹怒教授，几个星期后她还是学会了如何安抚甚至麻痹脾气最火爆的教授，这个办法就是保持直视——双眼紧盯着教授说话时的嘴唇或者空空如也的头顶……比如今天早上的经济学课上，她便全程保持着一种沉浸在知识海洋中的陶醉状态。上课前她把自己的提包带进了课堂，放在膝盖上。课程结束时教授对大家道了日安，然后把女孩儿们分成两拨——有的将被带去参观某间私人画廊，其余的则留在私塾继续学习。留下的孩子们有些已掏出了精致的钢笔开始画地图，她们弓着身子、撅起屁股，对今天不用出去感到很高兴的样子。教室里有张大课桌，不远处的波利小姐坐在一把哥特式的椅子上，伏在自己的书桌前批改作文。今天天阴，书桌上的台灯开着，台灯的灯柱就像天鹅弯曲的脖子。她不时地翻动着纸页，让女孩们颇为紧张，热水管里偶尔传来“汩汩”的噪声——这细微的声响让教室更显安静。莉莉安一会儿停下来检查自己画的地图，一会儿低头打量自己玲珑有致的身材。波西娅用胸口紧紧地抵着课桌边缘，时不时地用手摸摸压在肚子上的提包。现在每个人都在集中精力做自己的事——这很好，波西娅觉得很安全。

她慢慢直起身向后靠去，左右环顾了一下后又向前俯身，轻手轻脚地打开了提包。她从里面取出一张蓝色的信笺纸放在课桌下的膝盖上，展开读了起来，这已经是她第二次读这封信了。

亲爱的波西娅：那天晚上你的所作所为真是太贴心了，我觉得必须要写这封信给你，让你知道我内心的喜悦。我希望你不介意——你不会介意的，因为你会理解我，因为我觉得我们已经是朋友了。那天离开的时候我很难过，原因很多，但其中一件是因为我以为你那时候一定已经睡了，而我可能再也见不到你了。所以当看见你站在大厅里、手上还拿着我的帽子时，你都不知道我有多惊讶。那时候我就明白，你一定是看出了我的郁闷，所以希望能让我开心一点，你真好。你一定不知道那天离开的时候能在大厅里遇见你并从你手里接过帽子对我来说意味着什么。我知道那天我在客厅里的表现很糟糕，在你离开后恐怕还变得更糟了，但那并非完全是我一人之过。你也知道我有多爱安娜，就像你一样，可是当她对我说出“有没有搞错，艾迪”这句话时，我的情绪一下子就爆发了，所以才做出了后来的事。我太容易受别人态度的影响了——尤其是受安娜的影响吧，我估计。人们总是当面攻击我，而我认为他们是对的，所以我先是痛恨自己，之后又会反过来痛恨他们——我越是喜欢他们，他们便越是如此。所以那天晚上我下楼取帽子的时候（是星期一的晚上，对吧?）心情简直差到了极点。然而当你出现在大厅并贴心地把帽子递过来的时候，我立刻便平静了下来。这不仅仅是因为你的出现，更因为我觉得（请恕我冒昧）你或许是专门在那里等我的，仅仅是这样的念头就已令我如沐春风。那时我说不出口，是因为担心你会不爱听，但我还是忍不住想把这样的心情写下来给你。

另外，我记得在你平时偶尔提及的众多事情之中，曾有一件是说自己没怎么收到过别人的来信，所以我觉得或许收到这封信你会觉得开心。你我都是十分孤独之人——在你，这只是机缘巧合的结果；而在我，这或许是源于我糟糕的性格。我是一个很难相处的人，而你却是如此温柔善良。今晚的我备感孤独（此刻我正在自己的公寓里，我不太喜欢这里），因为刚才我打电话给安娜，本想跟她谈一些事情，但她非常不耐烦，所以我便放弃了。我想她或许已经厌倦了我，又或者觉得我不好相处吧。噢，波西娅，我真希望能和你成为朋友。或许我们可以偶尔去公园里散散步？正坐着写这封信的我，一想到要是能够……

“波西娅！”波利小姐突然叫道。

波西娅像冷不防被开水烫了一样浑身一颤。

“我亲爱的孩子，别那样驼着背坐。别躲在课桌下面学习啊。把你的作业都放到桌面上来。你手里拿着什么？别把东西放在膝盖上。”

看波西娅依然一动不动，波利小姐推开身前的小书桌，从椅子上站了起来，迅速走到波西娅身边。教室里的所有孩子都盯着她们。

波利小姐说：“那该不会是封信吧？这里是给你读信的地方吗？我想你一定也发现了吧，其他的姑娘可没有这么做的。而且不管在哪儿也不应该躲在桌子底下看啊，没人教过你吗？你膝盖上还搁着什么呢？提包？你怎么没把它存在衣帽间？没有人会把提包拿到教室来，知道吗？现在赶紧把信收起来，把包放回衣帽间去。你知不知道，只有住酒店的人才会随身带着包。”

波利小姐也许并不知道自己说了什么，但私塾里有几个女孩闻言却忍不住微微勾起了嘴角，其中包括莉莉安。波西娅有些颤抖地站起来，转身去了衣帽间，她把手提包放在外套下方的架子上——此时她才发现，原来大家的包都整整齐齐地放在这个架子上。但是在一番纠结犹豫后，艾迪的信还是被她塞进了身上的羊毛紧身短衬裤里，并且刚好卡在一边膝盖的松紧带处。

回到台球室的时候，孩子们已经重新埋头读书了，梳得服服帖帖的头发泛着淡淡的光泽。因为有波利小姐在，课堂一片寂静；其实（大家都心知肚明）与其说是自习，不如说是学习如何在密切监视下依然能够保持目不斜视、仪态端庄。只有波西娅有空怀疑波利小姐说不定并非时时刻刻都在监视她们。波利小姐的姿势中规中矩、一丝不苟：她坐在那张庄严的哥特椅上身体微微前倾，仿佛一位大主教，光是这种姿态就足以震慑在场的每一颗小小心灵；哪怕身上有令人烦躁的瘙痒、哪怕内心雀跃欢喜、哪怕对身边的同伴感到好奇，所有的悸动似乎都能在她的威慑下消失不见。即便是平时总爱拨弄辫子或者偷看自己手臂的白嫩皮肤的莉莉安，在波利小姐面前也只能规规矩矩地坐着，安静得仿佛根本不在教室里一样。波西娅苍白的脸颊上那种火辣辣的热度还未退去，她伸手抓过一本建筑理论课本，翻开一页、盯着上面的“帕拉第奥[①]建筑外观图”一动不动。

然而此时，一种微妙的格格不入之感忽然从波西娅心底油然而生，让她如坐针毡。波利小姐刚才的话最致命的地方不在于内容，而是态度——仿佛波西娅干了件天大的丑事，让她在那些“更优秀”的女孩子面前欲言又止，替波西娅感到无比丢人似的。“从来没有人会在课桌下偷偷摸摸地读信，这种事别人连听都没听说过。”波利小姐对于私塾该收什么家庭什么阶层的学生有严格的标准。诚然，无论社会的哪个阶层皆无完人，但一个人的教养阶层与生活水平能从细节中得到体现。因此当其他的孩子一个个温顺地低着头、对艾琳的女儿选择忽视时，其背后的原因绝不仅仅只是出于勤奋或者谨慎。就算是艾琳自己——一个即便知道顺应本心任性而为十有八九都是错的却管不住自己的人——身处这间教室只怕也绝不敢越雷池一步。有那么一瞬间，波西娅觉得自己仿佛回到了过去，和母

① 帕拉第奥（Palladian），一种欧洲风格的建筑，主要源自古罗马和希腊的传统建筑的对称思想和价值。

亲一起站在门口，疑惑又羡慕地望着这间教室里的一切。那些描金印花的墙纸，那扇明亮的圆顶天窗，那张庄严的主教式高背椅……那些恭恭敬敬低着头的女孩子大概一生都会在这样高贵的地方生活，既平静又安稳——永远不会像她和艾琳那样，在荒山野岭的无人车站里一边小心避免在潮湿的地面上滑倒，一边畏畏缩缩地等待下一班火车；或者在三等舱拥挤的登船口排着队、等待乘坐廉价的蒸汽轮船；又或者因为不小心被鱼刺卡到而拼命咳嗽，盖着还残留着上一个房客味道的鸭绒被咯咯傻笑。不用上学，母女俩就手挽手沿着城市街道漫步，夜晚把床拼在一起或者挤在同一张床上相拥而眠——好像要尽力弥补出生所带来的分离感。她们很少去社交场合——每次去艾琳总会不小心做错事，然后难过得哭起来。啊，多么善良、多么善良又让人怜惜的艾琳，当她为自己犯的错哭完之后，总是擤一擤鼻子然后要一杯热茶……稍稍放松了一些的波西娅在椅子上挪了挪身体：立刻感觉到艾迪的信被屈起的膝盖压瘪了。要是被他知道了会怎么想？

波利小姐很欣赏安娜，因此不仅对波西娅深表遗憾，也为安娜感到难过。令她遗憾的是，除了问题多多的莉莉安，波西娅在这里没有交到一个朋友；不过她不是不能理解为什么会变成这样，毕竟那也是没办法的事。同样令她遗憾的是，奎恩太太不再派人来学校接波西娅放学了，尽管开学的前几周她曾这么做过。一想到波西娅和莉莉安两个女孩子在街上游荡，她就相当不安。波利小姐知道人不能古板守旧，但女孩子由仆人接回家怎么说都更体面和矜持些。

午餐设在副楼地下的起居室里，中午留在波利小姐家的女孩们都去那里用餐，那里的电灯几乎一直开着。别墅的正式餐厅原本是一间等候室，里面的橱柜看起来就像灵台：至于波利医生平时都在哪里用餐，既没人知道也没人敢问。

私塾里的午餐菜式简单，虽能填饱肚子却远称不上美味——由于家里没有仆人照顾，莉莉安便被安排在这里吃午餐；她总爱拿叉子把饭菜搅成一团。波利小姐坐在餐桌的首位，鼓励女孩儿们踊跃发表学习艺术的心得体会。这个星期三，就是收到信的这个星期三，波西娅故意选了一个尽可能远离波利小姐的位置，而莉莉安则带着十分的热切选了波西娅旁边的位置。

“刚才她那样对你真是太过分了。”莉莉安说，“害得我眼睛都不知道该往哪儿搁。你怎么没跟我说你收到了别人的信？你当时的样子看起来确实神秘兮兮的。你为什么不在吃早餐的时候看？还是说，这封信值得人反复阅读？恕我冒昧，我可以问问是谁写给你的吗？”

“是安娜的一个朋友。因为我帮他递了一下帽子。”

“他的帽子掉了吗？”

“不是的。我听见他下楼的声音，帽子刚好就在旁边，所以就顺手递给他了。”

“就这事可不值得特地写封信给你啊。他是特别凶的人还是特别有礼貌？你当时在大厅里干什么呢？”

“我本来在托马斯的书房。”

“嗨，那还不是一回事嘛。关键就在于你去了大厅。我猜你一直注意听着他的动静，对不对？”

“只不过刚好在那儿而已。安娜当时不是在客厅里嘛。”

“你真了不起。他是做什么的?”

“他在托马斯的公司工作。”

“你真的会对男人有那种心动的感觉吗?反正我觉得我做不到。”

“他和圣昆汀很不一样，就算和马杰尔·布拉特相比也很不同。”

“嗯嗯，不过我倒觉得你应该多加小心才是，毕竟我们才十六岁。这个羊肉难吃死了，你要不要加上红加仑果冻一起吃?反正我要。快把果酱从那只猪面前拿过来。”

波西娅把盛着红加仑果冻的盘子从露西娅·埃姆斯面前挪走——她很快就可以开始正式的社交了。“希望这样你能感觉好点，莉莉安?”她问。

“噢，好多了，我只是容易对想要的东西感到焦虑。”

下午的课程结束后——时间已经到了四点——莉莉安邀请波西娅回家喝茶。“我不太确定能不能去，”波西娅回答，“因为今天安娜不在。”

“啊，我母亲也不在，这样更好。”

“可是马谢特之前说要和我一起喝下午茶的。”

“我的老天，”莉莉安叫道，“你就不能换一天吗?我可是难得一个人在家啊。你来的话，我们可以把留声机搬到浴室去，一边洗头一边听音乐，我可是搞到了三张斯特拉文斯基[①]的唱片哦。然后你可以把信拿给我看看。”

---

① 伊戈尔·费奥多罗维奇·斯特拉文斯基(Igor Fedorovitch Stravinsky，1882—1971)，又译斯特拉温斯基，美籍俄国作曲家、钢琴家及指挥，20世纪现代音乐的传奇人物。

波西娅吞了吞口水，眼神有些涣散，她说："不行，我没法儿给你看，因为信被我撕烂了。"

"才没有，你不可能那么做。"莉莉安笃定地说，"你要是真撕了我一定会看见的。除非你是在去衣帽间放手提包的时候干的，可你也没在里面待多久啊。你可真让我伤心，我又不是要干吗。不过不管波利小姐说了什么，下次别再把包到处乱放了。"

"信不在我包里。"波西娅有些心虚地说。

于是当天波西娅还是选择了跟着莉莉安回家喝下午茶，尽管心中顾虑未消却仍然玩得十分开心。她们坐在客厅的壁炉前分享着松饼，不用碟子盛着而是直接搁在地毯上。火焰把她们的脸颊烤得红彤彤的，门下的缝隙里时不时溜进一丝微风。莉莉安往壁炉里加了一大铲炭火后起身从一条系着的绳子上解下三封信，那是大提琴首席女教师放假时寄给她的。她还跟波西娅讲了自己在寄宿学校的故事，说有一天她忽然头疼，席贝尔小姐是如何细心地用自己灵巧的双手为她按摩太阳穴和后颈窝的。"直到现在，我只要一头疼还是会想起她。"

"如果你今天也头疼的话，是不是最好别洗头？"

"是不应该洗的，但我不是想明天看上去漂亮一点嘛。"

"明天啊。明天你有什么事？"

"这是秘密哦，波西娅。我也不知道明天会怎么样。"

莉莉安总有数不清的这种神秘的"明天"：她也会为昨天叹息，但绝不会为之纠结踟蹰。虽然尚未成年，她却已经学会了多愁善感，总觉得不远的未来似有危机潜伏。满怀心事的日子对莉莉安来说早已不再陌生，波西娅能在许多人身上见到这样的状态。自从来了伦敦，她一直带着某种迫切的心情、不停地观察着周围人的生活——她觉得这里的人们都像被什么东西驱赶着一样不停地忙碌、不断地前进：即使在桥上短暂地停留似乎也得有某种理由；甚至连鸟儿的起起落落都有目的。大千世界里似乎只有她一个人活得不明所以：她确信身边的每个人都很清楚自己在做什么——无论走到哪里，每个人的眼睛都炯炯有神，清醒而警惕。她深信除了她，别人都对人生有着完整而清晰的规划，而这样的结论让她无比忐忑，以至于在观察时对别人的每一个表情、每一个动作乃至每一件物品都像政治研究般严阵以待，不放过任何一个细节。而家庭生活中（现在生活的新家）那些令人困惑的小细节让她逐渐看清了虚伪与矫饰的无处不在。这一切都促使她谦卑地思考：人们为什么总不说真正想说的话，常常言不由衷？而当她逐渐体会到那些隐藏在巧妙言辞与世故背后的疯狂时，便确信自己已经找到了通向正确答案的线索。

外面世界的规律反倒比家里简单。她享受独自在街头闲逛的时间——观察陌生人脸上心无芥蒂的笑容、独自前行者紧锁的眉头、情侣之间那种“此生只为一人去”的眼神流转，还有老人和落魄之人心中哀痛时脸上相似的神情等，这些都让她觉得至少人们是彼此相识的，即便他们尚不识得她，即便她尚不认得他们。今天早上开始对艾迪所产生的亲近感（那种通常只有在梦中才能感受到的朦胧的亲近感）可以说是在她迄今为止的人生中，除了在巴士上偶尔遇到陌生人投来的微笑以外，唯一感受过的对生活的亲近感。在她看来，虽然从表面上看似乎人人都过得幸福快乐，可若真的一一深究，每个人都可能独自承受着命运的水深火热。于是她退缩着、回避着那些喜欢故作神秘的人，回避着安娜的微笑和莉莉安的“明天”，也回避着那些紧闭的房门和心扉。

波西娅把唱片翻了个面、为留声机重新上好发条，斯特拉文斯基悠扬的乐曲声顿时响彻整间浴室，莉莉安就着这音乐声，倒上洗发水开始洗头。洗完头，她用浴巾裹起头发，而波西娅则将留声机搬回壁炉旁。就在莉莉安将瀑布般的长发悉数拨到面前吹干之际，七点的钟声伴着洗发液温热的香气响了起来，波西娅告诉莉莉安自己必须回家了。

“唉，他们不会管你的。你刚刚不是打过电话给马谢特了吗？”

“你是说过我可以打电话，可我最终还是没打。”

当波西娅打开大门走进温莎大街别墅时，书房里正传来安娜的声音，好像在和托马斯解释着什么。听到她回来的动静后说话声忽然顿住了，过了一会儿才重新响起。屋子里一如既往的温暖，波西娅蹑手蹑脚地踩过白色的石砖地面，朝通往地下室的楼梯走去。“马谢特？”她朝楼下轻唤了一声，尽量压低声音。楼梯底部的门应声而开：马谢特从储藏室旁的小房间里走了出来，站在门口仰头看着波西娅，一只手在额前搭了个凉棚。她说：“啊，是你啊！”

“没有吓着你吧。”

“茶已经帮你泡好了。”

“莉莉安一定要我去她家玩。”

“哦，那样挺好，”马谢特用长辈的口吻说道，“你已经很久没去过她家了。”

“但我心里有一半是难过的，因为我本来可以和你一起喝下午茶。”

“难过！”马谢特重重地重复了一遍，“那个叫莉莉安的姑娘跟你可是同龄人。不过，你的确应该打个电话回来说一声的。就是那个一头长发的姑娘吗？”

“是的。她刚在家里洗了头。”

“我最近挺喜欢那样的头发。”

“但是我更想跟你一起烤面包吃。”

“唉，鱼和熊掌不可兼得，对吧？”

“他们会出去吃晚餐吗？马谢特，我吃晚餐的时候，你可不可以陪我说说话？”

“到时候看情况吧。”

波西娅转身上了楼。很快她便听到安娜往浴缸里放水的声音，也嗅到了从楼下飘来的沐浴液的香味。波西娅关上房门时外面响起了托马斯迟疑的脚步声，转身，踏上走廊，消失在更衣室里：他需要一条白色的领带。

5

“奎恩与梅里特”的工作让艾迪无法像以前一样时常见到安娜。安娜很清楚这一点——当托马斯多少在她的影响下说服梅里特同意录用艾迪后，她便用尽可能温和友好的语气跟他说他们将来见面的机会不多了。原因之一——不如就当作唯一的原因吧——是因为艾迪会越来越忙，毕竟公司里有很多事需要处理。可惜这么做并没能摆脱掉他。让他（一开始）感激涕零的是托马斯而非安娜。安娜毫无疑问是善良的，而那时的他也需要一份工作——并且是急需：因为当时他几乎已经到了山穷水尽的地步——但她怎么可以这样随随便便地把他打发到“奎恩与梅里特”去呢，难道公司是她用来流放碍眼之人的地方吗？疑心病让他不断地给安娜送花、寄信，尤其是在刚开始工作的那几个星期；他写了好几封亲笔信，内容是看似无可厚非却又隐隐让人觉得别扭的场面话。他在信中说这份工作给了他一个洗心革面、重新开始的机会；说没有人知道他曾有多么憔悴落魄，而如今又有多么欢喜，等等等等。

其实好几年前曾有不少人对艾迪有过了解。那是在安娜认识他之前发生的事（他是安娜一位表兄的朋友，曾经一同在牛津大学读书），她的表兄曾说起过这么一个人，说他阴郁暴躁、脾气极差，而这基本上就是他给人最初也最深刻的印象。她的表兄说自己从来没见过第二个像他一样坏脾气的人，也不认为这世上还有第二个人的脾气能与他比肩。安娜的表兄名叫丹尼斯，他和艾迪当时同属一个社交圈，在那个圈子里，与众不同是受欢迎的重要条件。可是他们几乎都有过被艾迪赶走、断交的经验，他就像个一点就燃的炮仗，只要谁轻轻一碰就会立刻“砰”的一声炸开花。他出身于一个名不见经传的平凡家庭，从小就头脑聪明、学习优异，在被牛津大学录取后他一直期待着迎接受人尊敬的全新生活。然而事与愿违，自从进入大学他便成为了周围人折磨、轻视、排挤和打击的对象，并最终因为干了一件十分出格的事而被勒令退学。他的外表十分迷人：气质亲和、为人积极率真，让人见之心喜。后来又经过一年的潜心磨炼，他变得更加奔放、活泼且迷人。他成为了一个不折不扣的钻营者，一心想要往上爬——而在这个变化的过程中，人们从不知道艾迪对于这样的自我形象到底有何看法。刚开始人们或许会为他那种近乎鲁莽的坦诚（像个狂野的俄国人）感到惊讶，但是之后回头细想，那些率直与鲁莽的背后其实都有精心策划的痕迹。安娜的表兄和他的朋友们在感叹艾迪聪明得像只猴子的同时，也都认为造成他人生重大挫折的关键原因就是他那突如其来的怒火和对身边所有人公开而粗暴的谴责（时不时爆发的）——话虽如此，却也有那么一两次，人们曾对他怒火中残留下来的某种经久不衰又说不清道不明的东西肃然起敬。

离开牛津的时候他身边有一大帮酒肉朋友，其中真心可靠的乏善可陈：他与家里人的关系也是渐行渐远，毕竟，在名不见经传的城市里生活的普普通通的家庭并不能对他的人生有任何帮助。退学后的他来到伦敦，在报社找了一份文职工作，写写文章，并且充分发挥自己尖酸刻薄的本事，把闲暇时间全都投入到一本讽刺小说的创作中，然而这本小说在出版后对他造成的影响却是有百害而无一利。本就为数不多的读者明确分成了两派，一派认为艾迪的小说毫无意义，一派看懂了他想表达的意思却因此大为光火，发誓一定要好好收拾他。几乎完全依靠别人的好恶求生存的艾迪哪经得起这样得罪人，然而他却一次次向世人证明，自己在面对重大问题时基本全凭意气用事。小说出版的几周后艾迪失去了报社的工作，因为那个看似毫不起眼的主编竟然与被他写进小说里的某位人物是熟人。这件事让艾迪极为愤懑失望，他忽然从人们的视野中消失了，说是要去参军。就在人们好不容易注意到他的失踪、心里一半放心一半失望之际，他又突然回来了，不仅喜气洋洋、半点怨愤之情也没有，还莫名其妙的和一对姓蒙克斯胡兹的夫妇住在一起，开始了在伦敦贝斯沃特①富人区的生活。

没人知道他是怎么认识蒙克斯胡兹夫妇的：据说三个人曾一起攀登威尔士凯达伊德里斯山。那是一对十分和蔼可亲的中年夫妇，为人正直、没有子嗣、单纯善良，对年轻人充满了信任与期待。他们生活优渥，并且有意认艾迪作养子——虽然蒙克斯胡兹夫人或许对他还有点别的什么意思。和这对夫妇共同生活的那段时间里，艾迪十分热心地帮着他们做研究，参加了不少有意思的聚会并写了几篇评论文章和宣传册请人排版印刷；帮忙印刷的是一个女孩子，在一间阁楼里开了家出版社。在他的辛苦经营下，这些努力获得了极

---

① 贝斯沃特（Bayswater），伦敦市中心的一个地区，位于富人区。

大的回报，他的名字很快便家喻户晓。就是在这个时候，在他看起来似乎已经洗心革面、变成一个受欢迎之人时，丹尼斯首次带着艾迪到安娜府上造访：之后他便立刻再次独自登门拜访，像极了一只温顺乖巧的小狗。就在一切看似顺风顺水的当口，艾迪的一个朋友忽然找上了蒙克斯胡兹夫妇，把他追求自己女儿的事——或者应该说是始乱终弃的事——一五一十地告诉了他们，并开始挑拨离间。对此一无所知的艾迪——虽然可能隐约察觉到了山雨欲来前的某种不安——却几乎是快马加鞭地朝着毁灭幸福的方向奔去：他擅自把朋友的女儿带回了蒙克斯胡兹夫妇的公寓，这间本就不算大的公寓哪经得起这种折腾，那些不堪入耳的声音全都清清楚楚地传进了本就已深感不安的蒙克斯胡兹夫妇耳中。然而之后他们想尽了办法也没能甩掉艾迪，只好迫不得已放弃掉伦敦的公寓，收拾行李搬到国外去了。这件事深深地伤害了艾迪——他一直对蒙克斯胡兹夫妻俩非常好，孝顺、周到又开朗。艾迪对于他们残忍的抛弃感到不知所措，并在反思中恍然大悟，认定那是因为他忽略了曾经的庇护者们心中病态的渴望所造成的。于是他觉得，自己似乎已经没有人可以相信了。

对于好事者的询问，安娜总不遗余力地告诉他们是蒙克斯胡兹夫妇俩对艾迪很不好，她完全听信艾迪的说法，认为这对夫妻曾经请求过艾迪做他们的养子。那时候他还是温莎大街这座府邸的座上宾，没有任何令人不快的地方。那天早上当丹尼斯用有些幸灾乐祸的口气告诉安娜有关艾迪的悲惨消息后，她立马冲动地给艾迪写了一封信。艾迪来到安娜家，孤零零地站在客厅里，看上去很是凄惨，一副被命运摆布的样子，完全符合安娜的想象。他虽站在那里，却几乎没有什么存在感，仿佛一道幻影——同时又给人一种浓墨般的沉重感。在交谈中安娜发现，他当时根本连明天要吃什么、今晚该住哪里都不知道，却浑不在意，一副失魂落魄的样子。那张年轻且纵欲过度的脸——高高的额头、打着小卷的铜褐色头发、灵活的眉毛和翻飞的嘴唇——那一刻看在安娜的眼中竟是那样的无辜。和安娜说话的时候他甚至都不敢坐下，只是远远地站着，仿佛他们之间隔着灾难。他说自己可能会离开这里。

“可是你要去哪里呢？”

“噢，别的什么地方吧。”艾迪回答，垂下了双眸。然后他理所当然地补充道：“我想我一定天生就是倒霉的命，安娜。”

“胡说八道，”她怜爱地说，“你的家人呢？不如回家休息一段时间？”

“不行，我不能那么做。你也知道，他们一直把我当成家里的骄傲。”

“是啊，”安娜回答（想象着他平凡的家庭），“我相信他们一定以你为傲。”

艾迪看了她一眼，一丝微弱的不屑从眼神中闪过。

安娜做了一个强调的手势继续说：“但我想说的是，你看，生活还得继续不是？要不要找份工作？”

“真是个好主意。”艾迪回答，声音带上了一丝讥诮——但安娜丝毫没有察觉。“不过说真的，”他接着说，“我最不希望让你担心。我真不应该来的。”

“是我叫你来的。”

“我知道。你真是个好人。”

“我都快担心死了，蒙克斯胡兹那家人简直就是禽兽。不过或许你本来就不适合跟他们一起生活，我是说，你现在不是更自由吗？你可以选择自己想走的路——毕竟你脑袋那么好用。”

“大家都这么说。”艾迪应道，朝她咧嘴一笑。

“说到底，我们得学会思考。必须现实一点。”

“你说得太对了。”艾迪说，眼睛瞥着一面镜子。

“听我说，你一定要保持理智，跟别人好好相处。别动不动就暴跳如雷、使性子——你可没有时间浪费在这种事情上。我听说过你以前的事。”

“使性子？”艾迪重复，扬起了眉毛。他看起来不只是吃了一惊，而是真心感到万分惊讶。他难道不知道自己爱使性子吗？那也许当时他是真的生气吧。

那天剩下的时间，安娜一直被深深的忧虑折磨着，心里总不由自主地挂念着艾迪。等到六点的时候，丹尼斯打来电话说艾迪刚搬到他家也就是丹尼斯的公寓来住了，并且心情看起来相当好。他刚接到几篇文章的约稿，是那种他闭着眼睛都能写的类型。有了这个作为保障，艾迪找丹尼斯借了两英镑，坐着出租车到皮卡迪利地铁站的行李寄存室赎回了自己的东西，并保证会用剩下的钱买几瓶酒回来。

安娜听了很是担心，不悦地说：“可你那个公寓哪里住得下两个人？”

“那没关系，我马上要去土耳其了。”

“你跑去土耳其干什么？”安娜问，越发生气。

“噢，原因可多了。我不在的时候艾迪可以住在我那儿。他不会有事的，对了，他好像把那个女孩甩了。”

“哪个女孩？”

“唉，就是那个，你知道的，被他带回蒙克斯胡兹家的姑娘。他根本就不喜欢她，那就是个无趣的小妮子。”

“我倒觉得你们这些大学男生才既庸俗又无趣。”

“哎呀我亲爱的安娜，你要明白艾迪可不孤单。他多招人喜欢啊，对吧？”丹尼斯说，“他就是我常说的那种喜怒无常的人。”言罢，在安娜还未来得及说话之前他便挂断了电话。

两天后安娜差不多气消的时候，丹尼斯果然启程去了土耳其。听艾迪的口气，他一个人住在那间公寓十分的孤独。安娜觉得必须有人照顾这个孑然一身的人，于是多少默许了他时常来温莎大街造访。她很希望自己能管好艾迪，让他不再胡闹。一开始，艾迪的拜访相当顺利：安娜从未想过要做浪漫多情的女人，但艾迪破天荒地成为了她身边的那个风流浪子。他愉快且迅速地接受了，或者说假装接受了安娜对于生活的种种幻想与理解。不仅如此，艾迪还将他的感激与赞美化作诗情画意表达了出来，为安娜塑造了一个如诗如画的浪漫世界。艾迪似乎能够看穿她的心思，知道她对这浮华表象下的虚无心知肚明，看出她在强迫自己保持清醒，甚至对她从未说出口的秘密也十分了然，一切就像被放在水晶球里的玩具一样暴露在两个人眼底——于精心粉饰之下真实地存在着。对于艾迪的这份洞察力，安娜的态度和面对波西娅的日记时截然相反。艾迪经常作出一副对安娜倾慕不已的样子——多半也不吝赞美之词，如果他哪天心情不好，也一定会为了她走出低谷，粲然一笑。在安娜面前他尽可能地扮出内敛矜持的模样，仿佛每次不经意间对她流露出的亲切与宠溺都是他对内心情感无计可施后的情不自禁，这让安娜特别乐于听见别人——除她以外的人——抱怨艾迪的冷漠或桀骜不驯……技巧如此高超的恭维与讨好在略带讽刺与不羁的微笑中巧妙地维持了大约六个星期，直到艾迪做出了一个极其错误的举动——想要亲吻安娜。

更糟的是，艾迪不光想要吻她，还摆出一副这是满足安娜愿望的态度。当他看到安娜的怒火时（因为他的态度），艾迪感觉自己再一次被背叛、误导和羞辱了，而这样的感受让艾迪惊惶不已。人一旦慌乱，理智便也随之消失。他虽然不爱安娜，却真心实意地想要用自己的方式回报她的好，他以为这一切是她想要的。在他的人生经验里每个人都渴望这些。而事实上他认为，即便自己这几年确实到处留情，那也是因为人们原本就想要那样的关系：人们各怀鬼胎地与他交往，无论理由如何千变万化，最终目的其实都是一样的。促使他亲吻安娜或者说试图亲吻安娜的另一个原因，是心底对于生活极为现实的看法，这让他从不愿在没有结果的关系上浪费时间，更觉得没必要一直客客气气地绕圈子。因此当他看到安娜对他的行为大惊小怪时，立刻觉得她是一个愚蠢的女人。他并不知道皮杰昂的事情，更不知道安娜用了多少力气才从这段感情中走出来——如果她真的已经走出来的话。因此他怀疑安娜之所以如此小题大做，其实是出于自身的某些不可告人的原因。

这个小插曲让两个人都不知所措且无比懊恼，可尽管不开心，双方却都没有终止这段关系的打算。如果之前他们的友谊都是为了让彼此愉快：那么从那一刻起，这种关系就演变成了彼此挑衅和不由自主地彼此折磨。两个人相处的时候，艾迪会不时露出一副恶狠狠的神情，故意做出一些令安娜不安的肢体接触。而安娜若对艾迪全然无动于衷，恐怕就不会如此痛恨他如今的行为了；可惜正因十分清楚他的这些行为背后其实并无一丝真情，这出沉默的闹剧才让她深感冒犯。于是安娜以刻薄的讽刺来回敬他的挑衅。她想用这样的方法让他退回合适的位置——然而她却从未明确界定过什么位置才算合适。她越是努力想要矫正彼此的关系，艾迪的行为就越发过分。

有好几次安娜对艾迪几乎已经到了痛恨的地步，因为她知道这个人从未动过一丝真情。而在艾迪看来，安娜简直就是装模作样，并对她总想掌握主动权的好强性格嗤之以鼻。尽管冲突不断，两个人却都发现时不时仍能触碰到彼此的某些真情实感。安娜也曾扪心自问过他们这样究竟算什么，然而艾迪显然并无此虑。她这么做该不会伤害了一个天才吧？某次安娜心中突然有些愧疚，于是冲动地拿起电话打到了丹尼斯的公寓，而电话那头的艾迪泣不成声。那一瞬间如洪水般没顶的同情心竟莫名地将她推到了崩溃的边缘：她立刻冲下楼，对托马斯抱怨说艾迪简直让她烦得不得了。

托马斯早就预见了这一刻的来临，一直像个哲学家一样沉默地等待着，当然他也注意到了其他事情的起承转落。当时他并不讨厌艾迪，因为后者直截了当的讨好让他十分受用。他兴味盎然地看着艾迪得罪圣昆汀和他们别的朋友，津津有味地读完了他的小说，并且比安娜更加同情他：艾迪还能自由地对生活评头论足，而他自己却早已经深陷其中失去了评判的资格。所以整个阅读过程中他的脸上一直挂着了然的微笑，甚至对书里的观点深以为然。他把这本书推荐给梅里特，后者对其字里行间透露出的野性很是欣赏，便立刻将艾迪的名字记了下来以备将来所需。刚巧安娜来向托马斯建言说艾迪需要一份正常、稳定且能够发挥他专长的工作——并问他“奎恩与梅里特”公司目前有没有用得上艾迪的地方，一切就这样水到渠成，艾迪收到了公司的面试通知。

“奎恩与梅里特”打算给艾迪三个月的试用期，听到这个消息的那天安娜给艾迪打了个电话，请他过府一叙。两个人的关系注定将从这一刻起开始好转，她变成了他的庇护人。

那天早上艾迪规规矩矩地打了一条领带，整个人看起来焕然一新。不仅态度彬彬有礼，还刻意保持着得体的距离。他感谢了“奎恩与梅里特”的好心，并说自己十分期待能有机会撰写有趣的广告文章。“真不知该如何报答你。”他说。

“何必如此客气？我希望能帮到你。”

艾迪用一脸虔诚回应着她的微笑。

安娜又说：“我一直很担心你，也许是担心过了头反倒让人觉得严厉。我真心觉得你的生活应该更有规律些。托马斯觉得我会影响你的生活。”她补充道，最后这句话显然极不明智。

“那怎么可能，亲爱的。”艾迪轻快地答道。但他很快便收起了这种轻率的态度。“你们两位一直都对我这么好，”他说，“我真希望自己没给你们添太多麻烦，我一着急就容易烦躁。之前申请的工作又全都不成功。我简直就快相信是老天故意跟我过不去了——虽然我也知道这么想很愚蠢。”

“你真的一直在找工作吗？”

“不然你以为我这么长时间都在做什么？我只是没有告诉你而已。一方面因为这件事让我压力很大，另一方面担心你会觉得我窝囊。这段时间我的朋友们似乎都在刻意跟我保持距离，所以我也不愿向他们求助。不用说，我已经欠了很大一笔钱了——不说别的，光是丹尼斯请的女佣我就还欠她三十五先令的工钱。”

“丹尼斯怎么把这么贵的女佣扔给你。”安娜生气地说，“他做事真是从来不动脑子。可你多少应该有些积蓄吧？”

“这个嘛，赚的钱都花出去了。”

“你平时都吃什么？”

“唉，有什么吃什么呗。说到这个，真的非常感谢你常请我吃精美的午餐和晚餐。但愿我在餐桌上没有失了礼数，一紧张我就会消化不良。我和圣昆汀、丹尼斯还有你认识的其他人不一样——恐怕没办法像他们那么洒脱，亲爱的，无所事事让我感到万分羞耻。”

“你应该想到我们会帮助你的。你可真傻！”

“是啊，我也认为你或许是愿意帮忙的。”艾迪回答道，语气率真，“但不知为何总开不了口，到后来你总冲我发脾气，就更不敢开口了。可说归说，现在不还是照样得到贵人相助了嘛！”

安娜整理了一下情绪。“我高兴的是，”她说，“原来之前的问题全是因为钱。知道吗？我还以为是你我之间有什么矛盾呢。”

“很遗憾，”艾迪答道，“问题并不像你想的那么简单。”

“我倒认为其实没那么复杂。能否正确看待他人才是第一要紧事。”

“对吃穿不愁的人来说也许的确如此。不过安娜，你的想法是美好的。能认识你绝对是我的福气。可是亲爱的，我并不是一个有趣的理想主义者，我只在乎三餐能否果腹。”

“我很高兴现在一切都解决了。”安娜说着，笑容略有些生硬。她起身离开沙发走到壁炉台边靠在上面，手指下意识地敲击着光洁的台面。安娜是一个自制力极强且十分反感遇事慌乱的人，若是连她都禁不住显出烦躁不安的神色，那说明心底早已是翻江倒海了——艾迪了解这一点，因此对眼前的安娜感到十分惊讶。“不管怎样，”她开口道，“除开钱的事——虽然我知道它非常非常重要——到底还有什么让你变得这么难以相处？”

“这个嘛，亲爱的，一方面我想取悦你，另一方面我又担心要是一直这么磨磨蹭蹭没有实际进展的话你会感到厌倦。我之前遇到过这样的人。我的人生就像一场无休止的噩梦，所以希望能在和你的关系中找到一些简单真实的东西，好让我不至于发疯。”安娜的手指更加用力地敲击着壁炉台。“别再做噩梦了。”她说。

“噢，已经不会了，亲爱的，‘奎恩与梅里特’会把噩梦变成美梦的。”

安娜皱了皱眉。艾迪转身走到落地窗前眺望着公园。他看上去气宇轩昂，双手插在口袋里，活脱脱一副洗心革面、迎接新生的模样。宝石蓝色的窗帘在头顶垂挂成半圆的弧形，精致的挂绳和流苏闲闲垂落，长长的坠地窗帘从中间分开系在窗户两侧，他的身影便伫立在这卷起的帘幕中央，仿佛一张优雅的舞台布景图。他眼中正看着这个世界最平安喜乐的样子：寒冬已去，春意盎然；安娜窗外的栗子树上结满了花苞，公园的湖水在枝丫横斜间闪烁着粼粼波光，几只天鹅在湖面上畅游，一艘粉灰色的小船在水波中荡漾；一切都在明媚的春光里熠熠生辉。艾迪从口袋里伸出一只手来，揉搓着身旁窗帘上的波纹皱褶。这个下意识的动作并不温柔，安娜能够听见窗帘在他指间咯咯作响。

她敢确定艾迪此刻正在脑海中自娱自乐地扭曲丑化着眼前的风景。是啊，他觉得自己被安娜当成货品卖了，并且毫不掩饰地表明了这个感受，仿佛他的背上印了几个大字："奎恩与梅里特公司"。安娜忽然开口，声音清浅："很高兴你能对这个结果满意。"

"一个星期五英镑，只要乖乖听话、抖抖聪明就能得到！我能有什么不满意！"

"恐怕他们对你的期望要比这个高一点。你会认真工作吧，我希望？"

"好给你长脸吗？"

安娜没有回答，房间里忽然静了下来。艾迪夸张地转过身，脸上的笑容无比纯净真诚。"快过来看看这片湖！我想以后不会再有机会和你一起欣赏这里清晨的风景了：我一定会忙得不可开交的。"为了表明自己内心毫无波澜，安娜听话地走到窗前与他并肩而立，双手环抱在胸前。而艾迪则一副没心没肺、丝毫不在意两个人之间距离的样子用一只手扶着她的胳膊说："我真是欠你太多了！"

“你的意思我从来都听不明白。”

艾迪审视着她充满疑惑的脸——那一刻，四周的光线似乎都集中在两个人身上。他瞳孔紧缩、深深地看着安娜。“多棒啊，”他说，“拥有一家能为你所用的公司。”

“你是什么时候意识到我或许能帮你安排工作的？”

“我当然想到过这一点。只是做广告宣传这种事想想就觉得不大舒服，而且说实话，安娜，我是个很虚荣的人，一直希望着能找到比这个更好的选择。你没生气吧，亲爱的？请不要指责一个无路可退的人。”

“你的朋友们都说你总能找到化险为夷的法子。”

这句话成为了艾迪无法原谅安娜的另一件事。在令人窒息的片刻寂静后，他回答：“人若非要害我，那他也别想全身而退。”

“我听不懂。害你？谁会那么做？”

“你，还有你身边那帮人。你们成天把我当猴耍，天知道还把我当成别的什么。搞得我现在根本没脸回去见人。”

“我们哪有这么大本事能如此害你，艾迪。你的心里一定还在为什么事愤愤不平才会如此粗鲁。”

“哼，粗不粗鲁那都是我的事。”

“到底是什么事让你这么不快？”

“哈，谁知道呢，安娜。”他回答，像个任性的孩子，“我们之间似乎陷入了一个怪圈。请原谅我——我总是赖着不走。我来本是为了感谢你帮我安排这么好的工作，我原本只想好好道个谢的，没想过要弄成这样——哦，看啊，有只海鸥停在外面的折椅上！”

“是啊，想必已经入春了吧。”安娜自然地回应道，“人们都把折椅摆出来了。”她打开手袋，迟疑地点了一支烟。绿色折椅上立着的白色海鸥沐浴在阳光下，一艘条纹小船追着先前的粉灰色船儿摇摆而去，谈笑风生的行人和草坪上穿梭嬉戏的孩童交织成一幅生动的画面，仿佛舞台剧的背景。忽然，房间里响起一阵钟乐声，紧接着是咚咚的报时声。

“亲爱的，这是不是我最后一次被允许用‘亲爱的’来称呼你？”

很可能是的，她回答。艾迪的问题终于让她抓到机会用最和善的态度告诉他，将来他们没办法再如此频繁的见面了。“这个我懂。”艾迪执拗地说，“我也是这么想的，所以才要来跟你好好道别。”

“只是象征性的离别而已。你总把一切想得太夸张。”

“好吧，那我就象征性的道别。”

“有什么区别吗？”

“亲爱的，我明白你的意思。但至少得有个形式。”

结果，如此煞有介事的道别也并未让他们真的从此分离。但是，安娜告诫自己，这标志着两个人的关系已经正式进入第三个阶段，也是最和谐的阶段了。当天晚上安娜便收到一束茶花，三天后艾迪正式上班时又寄了一封亲笔信——这只是一个开端，后来他又陆陆续续写了无数封信。这封亲笔信端端正正地写在印有公司抬头和标志的文件纸上。他的言辞坦率，用孩子气得令人发指的口气一字一句地描述着公司里的人是多么友好。然而事实上安娜的善举却令他好几个星期都怨愤不已。他写的这封感叹新工作是如何帮助他改头换面、重新做人的信被安娜撕了个粉碎：一把扔进了壁炉。她问托马斯艾迪表现如何，托马斯回答说艾迪目前还在拼命挣表现，不过他有理由相信这孩子未来能有好的发展。

六天后的傍晚，艾迪再次登门拜访，手里捧着三束用蓝纸裹起来的樱花，来向安娜汇报新工作的情况。从那以后，擅长察言观色，又终于有了收入并结识了新朋友的艾迪好长一段时间都没再出现过了。不过人虽没来，礼物却是不断，并且渐渐形成了某种规律：他每个星期都会寄来郁金香、打电话问安，再写几封模棱两可的感谢信，郁金香送完了又换成玫瑰。托马斯在安娜的追问下回答说艾迪做得挺不错的，不过他本人很谦虚，对自己还不太满意。当丹尼斯终于从土耳其返回英国打算收回公寓时，安娜终于给艾迪回了信，叫他别再送花了，因为他得付房租。信寄出后确实没有再收到过花，但取而代之的是艾迪重新开始频繁地登门拜访，仿佛花的缺失减损了他们之间的交流。所以当波西娅住进这个家时，无论是不是休息日，都能常常在这栋温莎大街的别墅里看到艾迪的身影。

6

晚上十点半，马谢特将波西娅卧室的门轻轻推开一条缝，屏住呼吸向里张望，走廊上的一缕灯光溜进门缝落在屋内的黑暗中。波西娅躺在枕头上一动不动地轻声说："我还醒着。"其实现在顶楼除了她们俩，一个人也没有。托马斯和安娜去了剧院，但不管他们在不在家马谢特都不会在礼数上有所松懈，并且总是小心留意着他们的行踪。这两个人当中若有任何一个还留在家里，她都绝不会上楼来道晚安。

十点以后，马谢特会把声音放低，说话也比平时更为简洁，仿佛生怕惊扰了谁的睡眠。她在等待寂静如海浪般覆盖整个别墅。每到这个时间，她便会启动一套小小的仪式来迎接睡眠——比如把睡衣取出来展开放好，将倒下的枕头扶起来放平，轻轻地掀开被角，俯身点燃卧室的炉火，再弯腰将酒瓶悄悄塞到被子下，完成这一切就仿佛完成了恭迎夜晚大驾光临的仪式。这种不带情绪的庄重使得经她之手准备好的床榻有种祭坛般的神圣感：规矩繁多的大房子里，一切都似乎带着点宗教意味。而在仆人的服侍下，人也能更加清晰地感知昼夜交替。

入夜后波西娅总是本能地轻言细语，她已经习惯了不隔音的房间。静静地看着房门被轻轻关上、把从走廊涌入的灯光隔绝在外，她听见马谢特轻手轻脚地穿过房间走了过来。和往常一样，马谢特走到窗前拉开帘子——窗外的夜色此时竟如将明未明的清晨一般，空中隐隐透着暗红的光亮，仿佛伦敦城正在大火中熊熊燃烧。外面偶尔传来汽车呼啸而过的声音，围栏紧锁的公园里一片死寂，那种静默浓稠而压抑，与乡村夜晚的静谧截然不同。波西娅的卧室里明暗交织，能看清各种家具的影子，马谢特的围裙——在黑暗中像涂了荧光般明亮，正逐渐向她靠近，最后在床沿上坐了下来。

“我还以为你不会来了。”

“我得做些针线活。托马斯先生把床单烧了个洞。”

“他平时总在床上抽烟吗?”

“上周抽过，她不在的时候。烟灰缸里堆满了烟蒂。”

“你说他会不会本来就喜欢在床上抽烟，只是为了她才不那么做?”

“他睡不着就会抽烟，就像他父亲一样，都不喜欢被独自抛下的感觉。”

“我不认为有谁抛弃了父亲。母亲从不曾抛下过他——可‘她’曾有过吗？我是说，老奎恩夫人？——噢马谢特，听我说，要是她现在还活着——我是说，要是托马斯的母亲还活着——我应该怎么称呼她呢？恐怕根本没有合适的称谓。”

“嗨，有什么关系？她已经不在了，你也不需要跟她打招呼了。”

“是的，她已经死了。你觉得我和托马斯这么不一样是不是因为她?”

“不是的，相比于母亲，托马斯先生一直和他父亲更亲近。你不像托马斯先生吗？你想要多像他呢？”

“我也不知道——我说，马谢特，老奎恩夫人难过吗？我的意思是，她曾为不得不独自一人生活而伤心吗？”

“独自一人？她有托马斯先生。”

“可她做出了那么大的牺牲。”

“牺牲者，”马谢特说，“可不需要同情。需要同情的反倒是那些被牺牲的人。呵，那些牺牲者，一举两得。一个人不会不清楚自己能承受些什么。是，奎恩夫人的确很舍得施予，但从长远看来，她是不会让自己有任何真正损失的。你在法国出生的消息传来的那天，她的表现就像获悉自己的第一个孙女出生了一样。她还追着我跑到被褥室来，激动地传达这个消息。‘多可爱的小生命啊，’她说，‘哦，马谢特！’她说，‘他一直想要个女儿！’之后她又下楼去给托马斯先生打电话。‘噢，托马斯，好消息。’我听见她说。”

每次听这个故事波西娅都十分入迷，她翻了个身侧躺着，曲起膝盖、把身体弓成弧形对着马谢特。坐得笔直的马谢特调整了一下姿势，床也随之发出“嘎嘎”的声响。波西娅把一只手悄悄地伸到枕头下面，抬头望着幽暗的虚空，问道：“那天是什么样子？”

“我们这边吗？啊，那可真是阳光明媚的一天哪，虽然只是二月，却已经像春天一样了。家里的花园完全沐浴在阳光下，这就是房子坐落在小山丘向阳面的好处。我看着她走到草地上，连帽子都没戴，跨过老奎恩先生造的小溪，兴奋地采摘起小溪另一边盛开的雪花莲。”

“他怎么可能‘造’了一条小溪呢？”

“说起那个，那里原本是有一条小溪的，可是位置不在老奎恩夫人想要的地方，所以老奎恩先生就自己挖了一条小沟，把溪水引到花园里来。那个夏天他一直在做这件事，直到后来离开为止——他忙得汗流浃背，我都能把他的衣服拧出水来。”

“可是我出生的那天——你说什么了没有，马谢特？”

“当她告诉我你出生的消息时？我说了：‘这可真是件大事，夫人。’或者差不多类似的话。我知道她本以为我会多说点什么的，但这让我忽然有种……有种如鲠在喉的感觉，所以除那之外什么也说不出来。话说回来，我干吗要多说些什么？——我是说，干吗要跟她多说些什么。当然了，我们都知道你就快出世了，所有人都在等着看老奎恩夫人的反应，我想她不会不知道这一点。我回去放被褥的时候自言自语地说：‘真是个可怜的小家伙！’她听到了，并一直对此耿耿于怀——虽然她可能自己并没有意识到。”

“你为什么觉得我可怜？”

“那时候我有那么想的原因。总之，她不停地摘着雪花莲，还时不时直起身仰头望着天空。我敢肯定她是觉得全能的神正在看着。从窗户里能看见整片花园——之前只要站在窗前就总能看到老奎恩先生弓着背劳作的身影，像个小孩子一样。后来她终于摘够了雪莲花回到屋里，把那些花精心地摆放在一个陶瓷碗里，她很珍惜那只碗——一直小心收藏着，直到有一天被一个粗心的女佣摔坏了。（她拿着瓷碗的碎片来找我，脸上带着一贯的微笑。‘又一小片人生消失了，马谢特。’她说，可从未因此对那个女佣说过一句重话——不会说的，她太爱惜羽毛了，不会允许自己失态的。）然后那天下午托马斯先生专程搭火车从牛津赶了回来，我敢说他一定是觉得有必要亲自查看一下他母亲对于这个消息的承受情况。我整理好房间，他当晚便住在家里。他用一副难以置信的表情四处看了看，胸前的纽扣缝里插着奎恩夫人送的三朵雪花莲。有一次，他停在门边看着我，似乎觉得自己应该说些什么。‘呃……马谢特，’他对我说，声音很大，‘这么说我有妹妹了。’‘是的，没错，先生。’我回答。”

“托马斯就只说了这些吗？”

“我想那天家里的气氛一定会让他这种年轻人觉得诡异吧，简直就像是那间别墅里真的有新生命诞生一样。说实话连我们都有这种感觉。那天的晚些时候，老奎恩夫人开始弹钢琴给托马斯听。”

“他们当时看起来有哪怕一点点的开心吗？”

“这我怎么知道呢？他们一直在弹钢琴，直到晚饭时间。”

“马谢特，如果托马斯真的那么喜欢钢琴，为什么这里一架也没有？”

“奎恩夫人死了以后他就把钢琴卖了。噢，服侍她的这十五年来，我从未受过亏待。对用人来说，没有比她更好的雇主了。只有一件事会让她不开心，那就是让她觉得她对你照顾不周。她希望我能明白她对我的器重。‘家里的事就交给你了，马谢特。你办事，我放心。’每次我出门办事前，她都会在门口这么说。看着她的棺木被抬出去的那天我就一直想着那个场景。是啊，她从不高声说话，开口也总是温言细语，但我就是没办法喜欢她，她太没有个性了，简直没脾气。我经常能感觉到她看我的眼神怪怪的。她对我的工作结果很满意，却从不喜欢我的工作方式。我都记不清有多少次听见她跟自己的朋友们说：‘对下人好一点，多关心他们，这样他们就会心甘情愿地为你做任何事。’这就是她的思考方式。我嘛，挺喜欢在那里工作的，从一开始就喜欢，而她对我这种纯粹只为工作本身奉献一切的态度始终无法释怀。每次我在清晨打扫客厅的时候，或者拿着刷子和软皂清洁大理石地板的时候，她都会过来对我说：‘啊，你打扫得真是太干净了！我很满意，真的。’哦，她自是一番好意，但干活最重要的是你肯不肯付出，而不是面子功夫。那些只知道取悦主人的小女佣能干得好吗？她们只不过装装样子罢了。但她才不管这些呢。反之，每次打扫卫生的时候如果遇到老奎恩先生，不管是在吸烟室还是别的什么地方，这种时候就算是他那样的好脾气也会面露不耐烦，仿佛在说：‘你给我出去！’因为他知道要是让我待在吸烟室就一定会管着他。如果发现什么东西被挪了位置也会大声呵斥，因为他很不喜欢我总是我行我素的做事风格，但那并不要紧，因为至少老奎恩先生是有脾气、有个性的。只要不惹着他，你想怎么做事情他都不会管你。可她不一样，什么事情她都要插一手。摘雪花莲也好，弹钢琴也罢——都不过是她为了确保自己有份参与你出生这件事而做做样子罢了。

“她去世的那天，尽管我并不在她卧房里，却能清晰地感觉到她在等着看我的反应。‘唉呀，’我对自己说，‘这可难办了——我又不会弹钢琴。’我当然也难过了，毕竟家里有人去世、未来也会随之改变，但也仅此而已。这里一点感觉都没有。”马谢特说着，毫不犹豫地用手按住胸口。

她侧身坐在床边，膝盖对着波西娅枕头的方向，黑色的连衣裙融进了四周的黑暗，只剩下白色的围裙清晰可见。她的上半身在被窗户切割成四方形的暗红色的天光中变成了一道模糊的剪影，四周的幽暗侵蚀着她的脸颊，就像一尊被风雨侵蚀的雕塑，偶尔被一晃而过的车灯照亮。从刚才开始她便笔直地坐着，仿佛庄严的法官，又像一只盛满回忆的花瓶，必须小心翼翼地不让回忆洒出来；然而此刻她忽然动了，像要卸下沉重的过往般，伸出一只手撑在波西娅身后的床上，身体顺势倚了过去，弓成一个弧形俯视着下方的人。

一隅床脚在她半弓起的身体下隐约可见。马谢特斜着身子，腋下温热的麝香味微微传来，呼吸时还能听见腰带与衣物轻轻摩擦的声音。她觉得这是不需要接触身体又能与对方最为亲近的姿势，同时为了平衡这种亲密的距离，她刻意拉远了声音。

"唉，我觉得很难受，"她接着说，"因为无法原谅她。倒不是为了老奎恩先生的事——虽然这件事情我也无法原谅。当护士传下话来说奎恩夫人快不行了的时候，厨娘提议我们上去看她最后一眼。她说，既然话都已经传下来了，他们应该是希望我们能做些什么。（厨师的意思是"她"会希望我们做些什么。）于是我和厨娘一起上了楼，站在门外的走廊上，其他人都因为太紧张而不敢上来。厨娘是个天主教信徒，于是开始祷告。托马斯先生和太太在房间里守着她。当托马斯太太白着脸打开房门的时候我们就知道，一切都结束了。她只对我说了一句：'哦，马谢特'。而托马斯先生则一言不发地从我们身边经过、离开。我早已在餐厅里为他准备了威士忌，他们很快就进去了。托马斯先生、太太与老奎恩夫人不同，他们有自己排解烦恼的办法。”

“可是马谢特，她本是一番好意。”

“不，她只想做正确的事罢了。”

波西娅带着一丝迟疑叹了口气，转身将手覆在马谢特膝盖上，黑暗中忽然苏醒的手指带着一丝为逝者申诉的急切。然而当她碰到那片洁白的围裙，抚摸到她宽阔而温暖的膝盖和皮肤僵硬触感时立刻明白，此刻的马谢特根本劝不动。

“你只知道她做了什么，却不可能知道她内心的感受吧？想想孤零零被人抛下的痛苦。或许除了保持正确她已经别无他法了。形单影只也许比死还要可怕。”

“她不过是好整以暇地待在自己喜欢的地方罢了，谁走都无所谓。是，他是对不起她，所以她要还自己一个公道。呵，她就像块坚硬冰冷的铁石。比死还可怕？对你父亲来说，离开家才是比死还可怕的事。他像个孩子一样依恋着自己的家。离开？——不，他是被赶走的。那个家是他在这个世上最爱的地方，他喜欢自己动手修修补补。那条小溪可不是他的第一个作品。像他这样的绅士根本不适合旅居海外。真不明白她怎么能天天看着那座花园却无动于衷。”

“但如果是因为我非出生不可呢？”

“他是被赶走的，连我和厨娘都不如——呵，她怎么舍得赶我们走，我们太符合她的要求了。托马斯先生把父亲塞进车里送走的时候，她就站在旁边看着，仿佛被塞进去的只是个不懂事的小孩子。居然让托马斯先生对自己的父亲做这样的事，真叫人情何以堪啊！再想想你父母过的是什么样的日子：居无定所、被人轻视。老奎恩先生可是受人尊敬了一辈子的，是谁让他落到后来那般田地?”

“可是母亲跟我说她和父亲曾经对老奎恩夫人做了很残忍的事。”

“可她又是怎么对他们的呢！想想他们的处境和遭遇吧：半点积蓄也没有，可能你一生下来就过着那样的生活，所以觉得没什么，但老奎恩先生可是过惯了养尊处优的日子啊。”

“可是他喜欢去新的地方。反倒是母亲想要个固定的居所，父亲并不这么想。”

“若非迫不得已，本性哪有那么容易改变。”

波西娅有些惊慌地反驳道：“可是我们在一起很幸福，马谢特。我们拥有彼此，父亲、母亲和我——哦，求你别这么生气，你这样会让我觉得一切都是我的错，我就不应该被生下来。”

“这种话除了你谁又有资格说呢?天要你来到这世上你便会来。听到你出生的消息那天，我一边整理被褥一边想着：啊，又多了一件事。既然发生了，那便一定有其意义。”

“大家都这么想；所以大家都瞪大眼睛看着。要是我能成为优秀的人他们或许就能原谅我了。可是我连自己应该变成什么样都不知道。”

“好了，”马谢特忽然有些强硬地说道，“你可不许难过。”

波西娅说话时下意识地用手抵着马谢特藏在围裙下的膝盖，仿佛想要推走一堵墙。然而一切都无动于衷。黑暗中，波西娅收回了手覆在脸上，不自觉地打了个寒颤，床也随之微微地震了一下。她张口轻轻咬住手背——惊惶之下的动作却小心翼翼，生恐自己的反应又被责怪为怪异或不合规矩。她开始默默地抽泣，努力压抑着不断涌出的泪水，无助地哭了起来，像一个入戏太深的小演员，难以自拔。她的悲伤或许一直只能在沉默中表达——事实上，这具忽然虚脱并顺从地躺卧着的小小身躯从出生起便注定要承受所有的艰难与伤痛，无论这些是否超过她所能承受的。此刻她将双臂紧紧环绕在胸前，似乎想让自己深深地没入被褥之中，似乎只有这样才能感到安全。步步紧逼的命运仿佛不断迫近的脚步，一声一声扣人心弦，压得人只有匍匐在黑暗中才始觉安稳。于是眼泪忽然如决堤的河水般汹涌而下，她感到无比脆弱和无助。

抖动的肩膀摩擦着枕头，细碎的声响清晰可闻，身体的颤动通过床铺传递给马谢特。她垂目，透过黑暗紧紧地盯着波西娅，静静地听着她抽泣，仿佛在等待悲悯之情在心中满溢。"你这是何苦，"然后她轻声说，"何必要这样伤自己的心？若早知你心里还放不下此事，我绝不会跟你讲这么多。显然是我错了，但你又何必一直追问。明知听了会伤心，打一开始就不该问。现在别再想了，做个乖孩子，赶紧闭上眼睛睡吧。"她调整了一下姿势，重新直起身体，用手摸索着握住了波西娅濡湿的手腕，轻轻分开她紧紧环抱着的双臂。"天哪，"她说，"这真是何苦来哉？"这个问题没有什么实际的意义，却显然很有用。马谢特感觉床上的人情绪平复了下来。她伸手理顺了被子，把波西娅的手轻轻放在上面，像摆放了一对艺术品。她低伏着身体细心地护着它们。马谢特长长地吁了一口气，那声音从半空远远掠过，仿佛一只天鹅从遥远的天穹振翅飞过。当一切再次归于寂静后，她试探地问道："要不要我帮你把枕头翻过来？”

“不用了，”没想到波西娅飞快地应道，又立刻补充了一句，“但你别走。”

“你不是挺喜欢我帮你翻枕头的吗？无论……”

“我们不是应该忘了这件事吗？”

“唉，等你需要记住的事越来越多自然就会忘了这件事。说到底，你就不该问。”

“我只是想知道我出生那天的事。”

“唉，事情总是环环相扣的。提起一件就不得不提到其他的事。”

“除了你和我根本没人在意。”

“是的，这个家里没有过去。”

“那他们为何还如此敏感？”

“他们希望忘记过去——换句话说，宁愿过去的一切都不存在。所以也难怪他们自己都不知道自己在干什么。没有记忆的人自然也看不懂当下。”

“所以你才要告诉我这些吗？”

“我倒是宁可没跟你说这么多。我从不是多嘴的人，也不会随便改变习惯。很多事我看见听见，却缄口不言，我有自己的工作要做。只是那么多事情就发生在眼皮子底下，想不注意也难，再说我又不健忘。这些事一件件加起来总会产生某种结果。可是，闲言碎语是说不完的，而我并不想参与其中。我生来嘴紧，那些管不住嘴的必然招来麻烦和是非。别人问我我才说——这样就足够了。”

“是不是只有我问过你这些事？”

“他们没有你这么傻。”马谢特回答。感受到波西娅已经放松的身体，她满意地回身，再次用一只手半撑在床上。“有些事不说并不表示会随时间消失。”她接着说，“只是当这些事情被久久尘封之后，就会变成大多数人不敢触及的往事。说起来，夫人刚过世时托马斯先生对于我的到来并不是特别欢迎，不过他依旧彬彬有礼、掩饰得很好。‘真不可思议，马谢特，’他说，‘我感觉仿佛又回到了那个家。’托马斯太太倒是很快就接受了，她本就需要人手，又知道我是个肯做事的人。从老奎恩夫人那里继承的一应器物在这里都得到了最好的照顾，托马斯太太知道这是必须的。啊，那些家具多好啊，托马斯先生和太太不会不懂得它们的价值。对于值钱的东西，老奎恩夫人和托马斯太太难得的意见一致。经我之手打扫的东西都光洁如新，而这恰好符合托马斯太太对外观的要求。”

“可是你为什么会选择来这里继续伺候他们呢？”

“这是我认为该做的事情。再说我也舍不得离开那些家具啊，原因我自己也说不清。正是为了它们我才一直留在老奎恩夫人家。不得不离开的那天，我看着被我擦得锃亮的大理石地板，心中深感遗憾，但这也是没办法的事，所以我也就不想了。”

“那些器物会想念你吗？”

“家具器物其实什么都知道，我敢说没有什么事情能逃过它们的眼睛，而桌椅板凳并不是那么容易朽坏的东西。每次用抹布擦拭客厅里的东西时，我总会对它们说：‘看看你们，又知道得多一些了。’我的天，来到这里以后，我看着托马斯太太如何摆放老奎恩夫人的东西——不是我傻，要是家具会说话，它们当时的脸色肯定很难看。可惜家具并不会说话，所以我也什么都没说。如果托马斯先生和太太真的如你所说那么神经紧张的话，一定是因为那些未能言说之事。我并没有资格责怪他们，他们也不过是想尽力过得好些罢了。家里的气氛如果有什么不自然，家具器物们全都能感受到，你还别不信。好的家具能清楚地感知一切。它们知道自己的存在是有意义的，并且珍惜这种存在——当我说你的存在也是有意义的时候，你哭了。啊，把这么好的家具放在这样一个渴望抛弃过往的家里真是可惜了。换作是我，要是只能日日大眼瞪小眼地面对它们，一定也会神经紧张的，但换成工作这就没什么可怕的了。你想啊，那些家具——我年复一年地清扫，可以说是了如指掌……哦，是的，我很在乎它们。可是我不是主事的人，也没有时间。他们选择接受那些家具也就是接受了我，并且很快便发现接受那些对他们来说并无影响。"

"可是我的到来一定让事情变得更糟了。"

"你应该来，"马谢特立刻说，"这是他离开后做的第一件像样的事……"

"我知道，这就是父亲之前提过的地方。他曾跟我说过这里有多好。虽然他从没来过，有一次却从这里路过。他说这栋房子有蓝色的大门，坐落在街角，我想他肯定想象过里面是什么样子。'在伦敦就该住在这样的地方。'他曾说，'那些房子都是直接向国王租赁的，外观也和白金汉宫很相配。'有一次他在尼斯[①]买了一本关

---

① 尼斯（Nice），法国南部的一座海滨城市。

于水鸟的书，指着里面的图片跟我讲哪些鸟儿能在这里的湖面上看到。他说自己曾经见过。他还说这里有一片深红色的花圃——我曾无数次想象过花海蔓延到湖边的样子，完整的一大片，没有那条小路。他说这里是伦敦唯一仅存的绅士花园，除了这里没有别的地方配得上托马斯。他还经常跟我和其他遇到的人说托马斯有多会做生意，安娜又是多么美丽——很时尚，他曾这么形容——说他们俩有多招人喜欢，也提到过他们举办的各种热闹的派对。他以前常说，年轻男人要想生活得好就必须稳定。但凡去什么高级的地方，他总会对年轻女士们的着装特别注意，然后对我说，'你看，那件衣服要是穿在安娜身上一定很好看。'是的，他一直为托马斯和安娜感到深深的自豪。每次说起他们，父亲总是特别开心。那时候我还小，什么都不懂，所以经常问他，'那我们不如马上去见他们吧？'而那个时候他总会回答。'会有机会的。'他答应我说有一天一定会让我和他们在一起生活——所以现在，如他所言，我来了。"

马谢特用一副得胜的口气说道："啊！到最后——他总算是达成所愿了。"

"我喜欢他们是因为他们能让父亲感到自豪。但是只有我和母亲在一起的时候，却不得不忘记他们——你也知道，对她来说他们只意味着麻烦。她总觉得安娜在嘲笑我们的生活。"

"呵，托马斯太太才懒得嘲笑谁呢。别人的死活她可不关心——只要对她没有妨碍就好。而你们并没有妨碍到她。"

"可是她不得不收留我。"

"她把这间卧室空出来，等着。"马谢特猛地打断她说，"但这里的家具可不是她自己动手搬的，她可聪明着呢。不过，她对什么东西要怎么摆放却很有想法——一件件地指挥我们往房间里安置挂钟、书桌和小摆设。（倒是挺好看的，我希望你也喜欢。）她的品位是很不错，并且善于运用。但她愿意做的也就仅此而已。”

“你的意思是，她永远都不可能喜欢我？”

“原来你想要她喜欢你？”马谢特惊讶地说，带着些许嫉妒之情猛地凑近波西娅，后者畏惧地往被子里缩了一下。

“她是比我更有资格像这样待在你身边的。”马谢特用一种冰冷漠然的口吻说道，“我原本就没资格在楼上多作停留，何况还有那么多针线活要做。”她的身体有些僵硬，说着说着便直起身来，两手严肃地交叠在胸前，好像要将心里的疼爱狠狠赶回胸膛锁起来一般。波西娅望着她背对窗户的身影，知道她的反应并非出于愤怒，而是自尊——她的声音听上去仿佛来自天边。“我有自己工作要做，”她说，“而你应该去讨更合适的人喜欢。如果能讨得到我也替你高兴。哦，不过那天夫人跟我说你诞生的消息时，我还蛮开心的。但我或许应该祈祷你不必生下来受苦才对。”

“你别生我气——啊，千万别！别再说了，马谢特！”

“你这会儿可别使性子哦！”

“但你别……别总急着走……”波西娅哀求道，十分急切。她忽然不再说话，只是笔直地伸出双手，被子窸窸窣窣地落到了地上。马谢特犹豫着慢慢放松了身体，交叠的手臂也一点点松开。终于，她还是再次俯身看着下方——萦绕在枕头周围朦胧的昏暗中，她们的脸慢慢接近、四目相接却都看不清对方。有什么东西顽固地阻挡在两个人之间，她们从未亲吻过彼此——此刻四周的空气仿佛静止了一般，有种说不清的压迫感。过了一会儿，马谢特的身体终于放松了下来，她深深地吸了一口气。“唉，看来我的确是个急躁的人。”可是波西娅因为紧张而有些僵硬的手仍然紧紧环绕着她粗壮的脖颈和紧实的脊背。马谢特的怀抱有种谨慎的疏离，仿佛在呼唤着那堵无形的墙，而非抗拒。四周的黑暗让人看不清她脸上的表情。终于，她开口说：“我现在帮你把枕头翻过来。”

波西娅身体猛地绷直。“不，不用了。这样就好——别，别翻。”

“这是为何？”

“因为我喜欢这一面。”

但是马谢特的手已经伸到了枕头下面，准备把它翻过来。就在此时，她的手忽然触到什么粗糙的东西而停了下来。“你在下面藏了什么？说话，下面是什么？”

“只不过是一封信而已。”

“你把信放在这里做什么？”

“只是无意中顺手放那儿罢了。”

“说不定还是它自己长脚走过去的呢。”马谢特说，“而且谁会给你写信呢？我想问。”

波西娅竭尽所能乖巧地沉默着。她任由马谢特把枕头翻了一面，然后听话地躺下，把脸贴在崭新而干燥的枕头上。有将近一分钟的时间，她摆出一副准备乖乖入睡的样子，想要安抚身边的人。然而下一秒，当她悄悄地将手伸进枕头下方——信不见了。“哦，求你了，马谢特！”她大叫。

“信应该放在你的书桌抽屉里。不然托马斯太太专门为你搬来这张书桌做什么？”

“我就喜欢把刚收到的信放在枕头下面。”

“那可不是你这个年纪的孩子该放的地方——这样不好。再说你现在也还没到收这种信的时候。”

“不是你想的那种信。”

“那这信是谁写的，我能问吗？”马谢特说着，抬高了声音。

“不过是安娜的一个朋友而已——就是艾迪。”

“哈！原来是他？”

“因为我帮他递了一下帽子。”

“他可真有礼貌啊！”

“是的，”波西娅坚定地说，“他知道我喜欢收到别人的来信。我已经好几个星期没收到过信了。”

“哦，他知道，对吧——他知道你喜欢别人寄信给你？”

“对，马谢特，我的确喜欢。”

“所以他觉得有必要为了感谢你帮他递了一下帽子而专门写信给你？这恐怕是他唯一这么有礼貌的一次了，平时倒像个黄鼠狼似的进进出出。礼节？他根本没资格。若有下次，你就让菲利斯给他拿帽子，要么叫他自己去拿——他一天到晚往这儿跑，还能不知道帽子在哪儿……没错，你记清楚我的话，我知道我在说什么。”

马谢特的声音里透着担忧和轻蔑，像一卷旧磁带一样在耳边嗡嗡作响，直到说完最后一个字。波西娅一言不发地躺着，大气也不敢出，枕头下的那只手一动不动地抚在原本信所在的位置。屋外突然一片寂静，伦敦的交通仿佛瞬间凝固了一般。她转动眼珠看向窗外，漆黑如墨的天幕上泛着隐隐的红光。马谢特束着袖口的手飞快地伸向床头灯，像一只振翅怒飞的小鸟，摸到褶皱灯罩后打开了灯。波西娅立刻闭上眼睛，一言不发地乖乖躺好，仿佛躲避着喷涌而出的强光。她想，现在大概已经很晚了，说不定已经过了午夜，黑夜的暗流正在时光的汪洋中缓缓流淌，而明天正以某种神秘的方式逐渐成形。那道突如其来的刺眼的白光，在灯罩褶皱的阻挡下，营造出一种类似于急诊病房的氛围，仿佛她此刻正躺在病房里，而灵魂早已不知所踪。

马谢特坐在床边，被缴获的信就放在膝盖上。蓝色信封的一角在她如孩童般紧握的手中，在干枯的手指间折叠破损。她捏了捏信封，估算着里面的分量，却没有打开。“你不能相信他。”她说。

现在暂时安全，波西娅缓缓闭上了双眼。她静静地躺着，脑海中浮现出和艾迪一起的画面。恍惚中她看见了夕阳下的一方土地，丘陵如海浪般起伏，暗黄的阳光洒在树梢上，仿佛洒进他们灰暗的心底。大地像一块被忽然敲击的玻璃，发出沉闷的鸣响。这片郊外乡村的景致在暗沉的黄昏中泛起绵密的波纹，缓缓涌到脚边，他们坐在一间小棚舍的门槛上。她能感觉到隐藏在身后暗影中的小屋。梦幻般的微光映照在他们脸上，忽明忽暗；她看见那光芒漫过他的脸颊，在睫毛尖上跳动，当他转头望着她时，幽深的眼珠上也闪烁着金色的光芒。她看见他的双手闲闲地垂落在双膝间，而她的手则安然放在身体两侧，两个人并肩坐在小棚舍门口的台阶上。她感受到一种前所未有的平静与彼此接纳，这是连接两个人的唯一关联。身后的小屋里有什么她不清楚，只知道这道微光是永恒的，而他们将在这里永不离开。

然而她听见了马谢特打开信封的声音。她猛地睁开眼，叫道：“别碰它！”

“想不到你会这样。”

“要是父亲还在，他一定会理解的。”

马谢特摇了摇头：“你根本不知道自己在说什么。”

“你真不讲道理，马谢特。你什么都不知道。”

“我知道艾迪无利不起早，还知道他惯会利用别人。什么都不知道的是你。”

“我想知道的时候就会知道。这一点我很清楚。”

7

马杰尔·布拉特觉得登门访友是一件水到渠成的事：身边的一切似乎都暗示着这件事。比如他首先发现了一条极好的公交路线，74路，可以直接从克伦威尔路直达摄政公园。他不是那种先打电话再上门的人，他习惯直接到门口按门铃。事先打电话通知对方在他看来是自视甚高的表现，他擅长的是谦恭有礼地登门造访。他曾在国外待过一段时间，在那里直接登门访友是件稀松平常的事，在他看来这事一点也不复杂。那栋位于温莎大街的别墅在他印象里是那样温暖明亮，心里十分期待今天能有机会再去那里的客厅坐坐。自上次偶遇以来他几乎一直待在酒店里，再也没遇见过别人，于是温莎大街2号就变成了他所有希望的寄托之处，这种寄托感让他无比期待再次见到善良的安娜和那个可爱的小姑娘。他的内心满是热切与柔情，却无关风月。对于一个浪漫的男人来说，身边有两位可爱的女士相伴会比只有一位更令人振奋：他的感情似乎刚好在这两位女士中间找到了一个黄金平衡点。他今天来便是要重温这样的迷人时光，这里是整个伦敦城唯一的绿洲。那天晚上奎恩一家把他送到门口时曾诚恳地笑着说："有时间再来啊。"他把这话当成了真心实意的邀请——于是如约而至。至于托马斯最后补充的那句"来之前先打个电话"，显然并不在他的记忆范围内。在他看来，他们给了他绝对的自主裁量权，于是便决定随自己的心意行动。他想着，星期六应该是个不错的日子。

星期六下午托马斯从办公室回来后便一个人坐在书房里，一边在记事簿上画猫，一边等待着出门和朋友吃午餐的安娜回家。对于安娜选择在周六中午外出聚餐且迟迟未归这件事，他很失望。当门铃声骤然响起时，他有些恼火地抬起头（虽然有万分之一的可能是安娜忘记带钥匙了）皱眉听了听，低头给猫咪添上几根胡子，又再次抬起头来。如果是安娜回来，她会连按两三次门铃，但刚才的门铃声只响了一声——徒留下恼人的余音在空中回荡。周六不大可能有邮递包裹，发电报通常也会改成打电话，此刻心情不佳的托马斯根本没想过会有客人来访。这栋别墅里从来没有过临时登门的访客。这种事情是被禁止的，根本不可能发生。奎恩夫妇的家庭生活十分隐秘，仿佛他们是一对私奔的恋人所以不得不掩人耳目。帮助维持这种隐秘性的是一道“电栅栏”——即便是朋友也要先打电话通知才可以过来。

这种习惯是如此根深蒂固，以至于连总是泰然自若、仪表端正的菲利斯一时间都忘了该如何接待一位突然来访的客人。她很了解那些“说好了”的访客，他们笃定地推门而入，毫不迟疑地与她擦肩而过。有人会对她致以微笑，有些人则视而不见——但她能够准确分辨家里的常客一般会有怎样的神情。而且，除了中午和晚上的餐会之外，不熟的人平时也是不来的。

所以当她毫无准备地推门见到马杰尔·布拉特时，便觉得有必要拿出点架子来。她扬眉一言不发地看着来人；而对门外的人来说，这扇象征着希望的门后竟然站着一个女佣，也是十分令人意外。他不是不知道家里有女佣——实在是上一次离开这儿的时候他只记得大厅里灯火通明，人人脸上都洋溢着微笑，女士们送行时厚厚的衣裙摩擦，发出窸窸窣窣的声响。他忽然有些退缩，原本充沛的自信颇受了些打击，而菲利斯敏感地捕捉到了这个信号。对卑微者本能的蔑视让她对眼前的人生出了一丝轻蔑，仿佛他是一个落魄的前政府官员，而如今只能做清洁工，又像是某个打扮不合时宜的傻瓜。

她带着些趾高气扬的表情告诉他，奎恩太太现在不在家。马杰尔迅速调整好心情，转而询问是否能见见奎恩先生——这个举动让菲利斯确信此人必是有事相求。她倒也没有想错，他的确有所求——大费周章地赶来只为拜见这里圣洁的一家人。

“奎恩先生？这我可说不好。”菲利斯傲慢地回答。她上下打量了马杰尔一番，补充道：“先生，”她说，“如果不介意稍等一下的话，我可以帮您问问。”她又看了他一眼——没有带包。于是她引他进了门到大厅里等待。机灵的菲利斯没有立刻往书房里张望，而是先下了楼，拿起放在地下室楼梯口的内线电话打了过去。就在她拿起话筒准备说“打搅了，先生，我想您有……”的时候，却听见托马斯猛地推开书房门走了出来，并跟来人打起了招呼。这事情要是换了奎恩太太，绝不可能发生。

在托马斯推门而出前的片刻时间中，马杰尔·布拉特终于有所察觉，比起兴之所至地唐突造访，这个家还是在有主人邀请的时候更为可爱。他抬头望着白色门廊后索然无味的楼梯，感觉心中的某种兴致渐渐冷却了下来。他瞥了一眼门口的置物台，琢磨着现在大概还没到放下帽子的时候，他强打精神站在那里，心中忐忑不安。然而当脚步声从熟悉的门后传来时，他又再次兴奋了起来，像一条看到主人的小狗，嘴上的两撇小胡子向上抬了抬，做好了微笑的准备。

“哎呀，是你啊，真是稀客！”托马斯说——他伸手、掌心向上，一副热切诚挚的模样，“我就感觉好像听到有人说话呢。这可真是的，我真是太抱歉了，让你……”

“别这么说，我希望没有……”

“嗨，说什么呢，怎么可能！我不过在等安娜回家而已。她和朋友出去吃午餐了——你也知道这种聚会有多长。”

然而马杰尔·布拉特并不知道——在他看来这会儿已经差不多快到下午茶的时间了。他说：“看来她们一定相谈甚欢。”托马斯此时正一脚跨进书房，半侧着身子十分热切地招呼他进去。曚昽沉郁的黄昏薄暮氤氲在书房里——托马斯回家后在这儿小睡了大约一个小时，醒来后便拧开笔、翻开记事簿，扯下几张纸坐下开始画画。“每个人都有一肚子的话要说，”托马斯回答，“反正我是想象不出该怎么应付那种场面，你能吗？”他有些不舍地看了一眼刚画的猫，合上记事簿，又把桌上的纸张扫进抽屉，最后“啪”的一声上了锁。这一系列动作仿佛在说：我刚才其实在忙，不过没关系。与此同时，马杰尔·布拉特拽着膝盖的裤管、提起裤脚在一张扶手椅上坐了下来。

托马斯努力让自己集中精神，问道：“白兰地？”

“谢谢，不用了。这会儿暂时不太想喝。”

托马斯微微有些不快——这样一来气氛岂不是会更尴尬吗？马杰尔·布拉特显然以为能喝上下午茶呢，但奎恩家更愿意省略这个传统，安娜其实不喜欢过分丰盛和冗长的午餐，所以今天回来的时候说不定很是心烦气躁。她和托马斯原本计划要去公园散个步，然后等快到五点的时候再去看场法国电影什么的。一起去电影院看电影会让他们找到些情侣的感觉，回家的时候通常也手挽着手去叫出租车。托马斯有种感觉，说不定马杰尔·布拉特这个人就算只能见到波西娅这个小孩子，也能足够开心——说不定她其实才对他胃口。但烦人的是，此刻连波西娅也不见踪影。星期六是她的自由活动时间，这种时候通常应该在家，可是今天午饭的时候托马斯被告知，她吃完午餐就出门了——没人知道去了哪里。马谢特说她打过招呼说可能不回来喝下午茶了。托马斯发觉自己在不知不觉间竟然对波西娅产生了一种惯性思维，一旦周六下午在家里见不到她就会生气。

烦恼一个接一个地累积，托马斯不禁暗自哀叹，自己刚才干吗要去开门？怎么不继续躲在书房装死？是因为独自待在这里的压迫感吗？还是说，他其实比自己所知的更寂寞？除此之外，还不得不坐下来应付面前这个温暾的男人，简直让他烦躁！想到此处，他不由自主地横了马杰尔·布拉特一眼，目光闪烁，带着几分刻薄。这人一看便知正在待业中，之前他不是提过在等几个还不错的工作机会吗？那就说明他一定是有所求才来的吧。不得不说，此人身上确实有些能让“奎恩与梅里特”广告公司看得上的特质——但这样的老古板他们见得多了。

但接下来托马斯又忽然陷入了深深的自我厌恶。他飞快地把头转开，仿佛对自己的行为感到羞愧，不敢直视那个端坐在扶手椅中、一脸诚挚的男人。他清楚地看见从商的经历已经在不知不觉中把他自己——托马斯，改造成了一个充满戒心的可恶的家伙。现在的他似乎只会管中窥豹、吹毛求疵地评价别人的仪态和观点。习惯让他的视野变得狭窄而世故。一旦有什么风吹草动，哪怕是一只动物，他也会想：这个行为的目的是什么？哪怕一个简单的动作也会让他警觉，哦，原来他是这个目的啊……唔，他到底想要什么？人类社会的核心本质无非自私自利，只不过外面包了一层光鲜亮丽的壳而已。无处不在的窃窃私语常逼得人喘不过气来。好友聚会上也总免不了乏味的沉默，人们此时总会若有所思地偷偷瞥一眼时间。似乎只有爱情是这一切压抑与束缚的救赎，能于瞬间融化所有的不安。仅凭这一点他便愿意去爱，也因此比一般人爱得更加义无反顾——这大概便是精明之人反而常遭爱情背叛的原因吧。

不过不管他是不是有所图，托马斯心想，我们都肯定不能用他。奎恩与梅里特公司需要的是有才干的、朝气蓬勃的人。像艾迪这样的员工那是多多益善，但布拉特这样的能免则免。他觉得布拉特应该尝试寻找像地区销售这样的职位——不过他很可能已经在这么做了。他身上唯一的亮点（也许）便是丰富的人生阅历、稳重谨慎的性格和温和坦率的气质，而托马斯认为这种气质很容易取得别人的信任。当然，他还很有勇气——可惜就目前看来，这种勇气来得无凭无据，即没有用处又无处安放，跌跌撞撞四处碰壁，最终也不见得能得到什么结果。男人就像汽车，会随着时间而老化生锈；

马杰尔·布拉特是"一战"的退伍军人，现在这种人已经没有市场了。说实话，要不是他本人还坚持活着早就该被送去废品回收厂了……不，我们不能雇用他。托马斯再次偏了偏头。马杰尔·布拉特（坦白说）是被淘汰的废弃品这一判断，是托马斯为他所不喜欢的那个世界画上的句点。

马杰尔·布拉特看着托马斯固执地递到眼前的烟盒，犹豫了一下，然后决定还是抽一支，这样应该能让自己冷静下来。（托马斯并不知道他需要冷静。）托马斯的存在，或者应该说托马斯是安娜丈夫的这个事实至今仍令马杰尔·布拉特感到震惊。在他的记忆里，安娜一直和皮杰昂是一对。那个美好的夜晚——只有安娜、他和皮杰昂——像一副珍贵的画作至今仍清晰地留在脑海，从未随时光淡去——那是身无长物之人的宝贝，无论去哪儿都不忘随身携带。在帝国电影院遇见安娜的时候，他理所当然地认为在她身边的一定是他：于是心里立刻雀跃了起来，以为马上就可以见到皮杰昂了。没想到穿过大厅向他们走来的却是托马斯，他一面说着出租车的事，一面伸手挽住了安娜的胳膊，露出一丝宣示主权的微笑。当时，这一幕让他震惊得不能自已（尽管安娜早就跟他说过自己已经结婚了），并且直到现在还未从余震中走出来。那个美妙的夜晚——是属于他、安娜和皮杰昂的珍宝——一直是他漂泊无定的人生中唯一确定且贯穿始终的东西。每次心情低落时他便会回忆那时的情景，自始至终都满怀希望地等待着安娜与皮杰昂终成眷属。面对皮杰昂自始至终的缄默，他也从未产生过怀疑，认为那不过是两个人没找到合适的机会罢了。没人能比得上曾亲眼目睹过真爱的人之于爱情的忠贞。因此，安娜嫁给托马斯并作为他的太太在伦敦已经度过了整整八年的时光，这对于马杰尔·布拉特来说，无异于摧毁了他心中最为珍贵的东西。在帝国电影院里，他注意到了安娜脸上那平和却并不开心的笑容，并认为那是因为她也意识到了这件事情对他的打击，所以才对会他如此友善以表歉意。后来回到安娜家，当她客客气气地引导他提起皮杰昂——两个人之间唯一共同的朋友——之时，他只觉连心中至宝的碎片也灰飞烟灭了。当安娜谈论着皮杰昂，说起他用盘子顶橘子的小把戏时，一时间他竟不知该如何回应。要不是波西娅在场，他真觉得自己会撑不下去。

但人既然活着，就必须好好地活下去。我们在别人身上投入的时间精力绝不会毫无回报——哪怕只是和不熟悉的人小聚。有失必有得，无论是灯火通明的房间里欢聚一堂的人群，还是列车窗外果园丛中惊鸿一瞥的身影，都会留驻在我们的记忆中，成为人生低谷时支撑的力量。对于内心情感丰富的人来说，幻想不啻一种艺术，而我们若想活着，生命中便不能缺少艺术。说到底，人不可能违背自己内心真实的情感，只是学会了用其他方式来弥补。马杰尔·布拉特认为那天晚上在别墅里之所以觉得难过都是皮杰昂的错，而他已不可抑制地依恋起那里的温暖。于是，热情好客的主人和那个坐在地毯上的女孩便立刻取代了皮杰昂在他心中原本的位置。原来即便多愁善感如他也有无情的一面——他眼下正孤独地寄宿在克伦威尔路的酒店里。地毯上火光盈盈，安娜斜卧在沙发上、玉足微蜷，托马斯朝他友好地点点头、示意他也抽支烟；波西娅轻柔地环抱着双臂，仿佛正搂着一只可爱的小猫——一切的一切都让他如坠梦中。然而即便如此，托马斯这个人的存在还是让他有些难以接受。于是他希望通过接受托马斯的香烟，通过再欠他一个小小的人情，能够让他们达成男人间的融洽相处。

原本在他眼中，托马斯就是一个中了头彩的幸运儿。可是星期六傍晚逐渐暗淡的天光却仿佛折射出一片孤寂的云彩笼罩在他书桌周围。杂乱的纸张、烟灰缸里尚未清理的烟蒂和空空如也的咖啡杯，让这位取代了皮杰昂的男人看起来少了一丝胜利者的优越，仿佛并未获得任何奖赏一般。就连壁炉里的火苗也是那么微弱，像招贴广告上的蹩脚画。马杰尔・布拉特并不善于猜测别人的心思，却对人的情绪和气场有着敏感的直觉。他能感受到此刻托马斯的礼貌背后止隐藏着某种压抑和不安，也注意到了他不自然地转头。马杰尔・布拉特敏感的心里升起了一种不祥的预感，就像嗅到了危险的动物，本能地想要离开或者退避。那种氛围让他觉得今天仿佛是带着皮杰昂一起来的，并且后者耀武扬威，而托马斯不得不看在他的面子上忍气吞声一样。他决定先抽支烟，于是从烟盒里拿了一支，火光映照在他凝固的石灰色眼眸里。他知道自己应该尽早离开——只是需要一个合适的时机。

此时托马斯也好不容易收拾停当，稳稳地坐进了椅子，随即露出一副轻松惬意的模样。他忍不住打了一个大大的哈欠，然后为了掩饰尴尬又不得不没话找话地说："真可惜，安娜不在。"

"哦，这也是没办法的事，我想过她可能不在。毕竟是我没有事先打招呼。"

"今天波西娅也不在，实在是太不巧了。连我都不知道她去哪儿了。”

“我想她一定经常出去玩吧？”

“那倒也不是。还没到那个年纪，她还小。”

“恕我冒昧，这孩子性格挺好的。”马杰尔·布拉特说，心情忽然间好了起来。

“嗯，是啊，还行吧……你知道，她是我妹妹。”

“多好啊。”

“严格说来，应该是我同父异母的妹妹。”

“都一样。”

“是吗？”托马斯应道，“呵，我想是吧。不过总觉得哪里怪怪的。就拿年龄来说吧，她和我差不多隔了半辈儿。好在目前来看一切还算顺利。我们打算先让她在这里住一年试试，看她是否适应这种生活。她是个孤儿，你知道——一个人太不容易了。虽然一直想念她，但我们从前其实很少见面，因为父亲喜欢住在国外。我们觉得她恐怕也是不得已才来的。母亲新丧，她又尚未成年，所以还不能跟着安娜出去社交；我们觉得她或许认为伦敦有点……该怎么说呢……唉，不过总的来说，到目前为止一切顺利。我们送她去了不错的私塾，这样也能结交一些同年龄的女生朋友……”

托马斯说着说着声音渐渐低了下去，仿佛觉得这个话题非常无聊，他的身体向后靠了靠。可是马杰尔·布拉听得很认真，显然还在期待下文。“家里有个这样的孩子真好，每天都能热热闹闹的。”他说，“你刚说她多大来着？”

“十六岁。”

“有她陪伴一定很棒吧——对奎恩太太来说。”

“安娜？哦，谁说不是呢。你和安娜重逢真是缘分哪。她虽然和老朋友们疏于联络，却十分想念大家。”

“我很高兴她还能记得我的名字。你知道吗？其实我们就见过一面。”

“哦，是啊，和罗伯特·皮杰昂一起。很遗憾我从没见过他。他好像总是四处辗转，而我就扎根在这儿了。”托马斯向马杰尔·布拉特投去最后一瞥怀疑的目光，补充道：“我在这里做生意，你知道吧。”

“是吗？”马杰尔·布拉特礼貌地回应，他把烟灰弹进桌上沉甸甸的玻璃烟灰缸中，“那可真不错，如果你喜欢城市生活的话。”

“难道你更喜欢住在别的地方？”

“是的，这一点我必须承认。不过就目前的状况来看这得分情况了，取决于接下来怎么发展。我有不少……”

“有潜力的好机会？我完全相信你。”

“是的，一次不成还能有下一次，最后总能有一件成的吧……唯一的麻烦是，我目前没什么人脉。”

“哦，是吗？”

“是啊，看来我在国外待得太久了。我希望现在能够慢慢建立自己的人脉，所以想在国内多待一段时间。”

“你想建立哪方面的人脉？”托马斯问，“想得到什么？”

略微的迟疑和一瞬间的不解让马杰尔·布拉特皱起了眉头，然后举目看向托马斯，眼神中多了一丝探究。但托马斯的脸有些模糊——逐渐在书房里拢聚的暮色似乎形成了一道帘子，挡住了视线。“这个嘛，”他开口，“总会有些什么的吧。你看——我的意思是：总的说来，你知道，有些事情你们都……”

“我们都？我们是指谁？”

“呃，比如说，你。”马杰尔·布拉特说，“总会有些什么的吧——这就是为什么我感觉自己现在认识的人太少了。我相信你这个圈子的人总有些可以合作的事。”

“或许是有，”托马斯说，“但我想不出来。而且说实话，我并不认为我们会合作。大家都过得不容易，却都不希望别人知道。我想大概再没什么比好胜心和沮丧感更能让人彼此疏远的了，我们都这么觉得。然而具有讽刺意味的是，其他人却总想着能从资本家身上分一杯羹，以为我们成天过着花天酒地的日子。至少我认为他们是这么想的。其实他们根本不知道，我们并不懂得如何照顾家业。结果这反倒让他们比以前情况大好的时候更加痛恨我们了。可是重操父辈的旧业并不容易，是需要胆量的。而我们只不过是一群躲在祖辈荫蔽下混日子的家伙罢了。唉，生活还得继续，虽然我很怀疑能有什么意义。我们唯一能盼望的，就是在被别人瓜分之前靠着这些祖产得过且过罢了。”

“我说，你对事情的看法是不是太消极了？”

“你的意思是，我应该多运动？或者吃点兴奋剂还是什么的？不不，我想说的是，我并不觉得你比别人差多少。我不认为现在的时局有多景气——不过，安娜说不定消息更灵通些——抽烟吗？”

“不了，谢谢，这会儿不抽。”

“什么声音？”托马斯突然提问。

马杰尔·布拉特心怀同情地转过了头。他们都听见了钥匙插进大门锁孔的声音。

“是安娜。”托马斯说，故意显出无所谓的样子。

“呃，那什么，我想我差不多也应该……”

“别傻了。她见到你会很开心的。”

“但她带了客人回来。”门厅里显然有不止一个人的声音，她们窃窃私语着。

一个声音重复地说着“不，你别走，留下来”，语气恳切，托马斯猛地从椅子上站起来向门口走去，他一把拉开书房门，力气之大像是要去镇压暴乱一般。接着便听见他用十分生硬的口吻吃惊地说：“哦……你好，波西娅……哦，是你啊，下午好。”

“下午好。”艾迪应声而答，声音亲切有礼，这是他下班后面对托马斯的态度。

“那个，别让我们扫了二位的兴，我们马上还要出去的。”艾迪熟练地伸手，绕过波西娅，从她身后关上了托马斯家的大门。他此刻的轻松随意显示出极好的心理素质——毕竟不是什么事都能让托马斯老兄如此急切地破门而出吧？波西娅一言不发，站在艾迪身旁，笑得有些僵硬。在托马斯眼里，这俩人简直就是一对难兄难妹——都倔强地扬着头保护脆弱的自尊，并对他报以同谋者般相似的笑容。显然，他们本想悄无声息地潜回家里，不让任何人知道——而此刻他们正拼命掩饰着内心的慌乱，那模样充分说明托马斯的突然出现完全在他们意料之外。大概因为走得急，他们的脸都红红的。

托马斯也很意外，他毫不掩饰地狠狠地扫了二人一眼，然后解释说："我以为是安娜回来了。"

艾迪风度翩翩地回应："真抱歉我们不是。"

"她不在吗？"波西娅机械地问了一句。

"我可以告诉你谁在，"托马斯说道，"马杰尔·布拉特。波西娅，你最好来打个招呼，只需要你一会儿时间。"

"我们……我们正准备出门。"

"嗨，几分钟耽误不了什么事，不是吗？"

这个无比固执且阴郁的人转身回了书房，他有时会表现出十分强硬的一面，会忽然采取主动逼人就范。只要他想，任何事物都逃不过他的眼睛，哪怕小到一滴雨水从天空滴落到玻璃上的方式，或者宠物猫狗最微弱的情绪反应。托马斯似乎对于自己把波西娅从艾迪身边拉开、推进书房和马杰尔·布拉特打招呼的做法感到很满意。他一手搭在波西娅的背上，坚决却不着痕迹地把她拉到自己跟前。然而艾迪却好像打定了主意要充当一个不速之客，也紧随其后地进了书房。

门厅里的对话尚在进行中的时候，马杰尔·布拉特就乖乖地坐在书房里，保持着两腿分开的姿势，轻轻动了动手腕、拨弄了两下袖口。不管听见什么他都让自己立刻忘掉，绝不多想，就像一条没有主人号令绝不行动的忠犬。那个小姑娘几乎是被推进门来的，然后托马斯顿了一顿，又介绍了艾迪。波西娅和艾迪并排站在一起，冲马杰尔·布拉特露出心虚又讨好的微笑。他能清楚地从两个人眼中看出兴致被忽然打断的无奈。

“我不请自来，”马杰尔·布拉特对波西娅说，“恐怕给你哥哥添麻烦了。不过你好心的嫂嫂说过……”

“哦，她说的是真心话。”波西娅接口道。

“总而言之，”他继续着自己的话题，带着十二万分的诚恳和歉意说，“幸亏她不在，听说出去吃午餐了，不然就会像你哥哥一样被我搅扰得连打盹儿的时间都没了。”

“这是哪儿的话。”托马斯说，“你能来真是求之不得。”他回到座位上，态度依然强硬，这就意味着波西娅和艾迪只能要么找个地方坐下，要么继续这么傻站着（目前他们还站着），好让他们的心不在焉和迫不及待暴露得更加明显。虽然两个人之间还隔着些距离，看上去却有种手牵手的错觉。波西娅失神的目光越过艾迪，盯着半空发呆，努力削弱着自己的存在感：她知道自己不可以朝艾迪看。艾迪也开始抽烟，但动作谨慎。如此明显的亲密感——几乎已经到了旁若无人的地步——让托马斯倒抽了一口凉气，家里又多了一件糟心事要管。他对艾迪的胆量感到讶异……可是，对于心思单纯、情感丰富的马杰尔·布拉特来说，这种不寻常简直神圣而美好。

“你去哪儿了？”托马斯问——无论从什么角度来看，他都有资格和权利这么问。

“呃……我们去了动物园。”

“今天去那儿不冷吗？”

那俩人对视了一眼，似乎完全没有想过这一点。“风是挺大的，而且很臭。”艾迪回答，“不过我们还是觉得那里很漂亮，对吧，波西娅？”

托马斯心中暗自惊叹，他想：这小子可真有种。等安娜回来如果知道了，不知会是什么反应。

8

“那个老家伙是谁?”

“马杰尔·布拉特。他是安娜的一个熟人的朋友。”

“哪个熟人?”

“叫皮杰昂的。”

艾迪闻言嗤笑了起来，问道：“他死了吗?”

“哦，没有。马杰尔·布拉特觉得他肯定还好好地活着。”

“我从来没听说过这个皮杰昂。”艾迪说着皱了皱眉。

波西娅心无城府地问：“她的朋友你都认识吗?”

“我早跟你说过一定会被人发现的，你这个小傻瓜。我就知道，可你非得回去。”

“可是，是你让我回去拿东西……”

“那倒是——我不得不说，那个马杰尔·布拉特肯定不是个好东西。眼神闪烁，不怀好意。”

“才没有呢，艾迪——他不是那样的人。”

“好吧，看来他不是。”艾迪回答，看起来情绪有些低落，“看来他人一定比我好。”

波西娅转头紧张地盯着艾迪的额头，说道：“他看起来好像很难过的样子。”

“可不是嘛，”艾迪说，“他肯定是想来蹭点什么的吧。或许他比我好相处，但亲爱的，我不得不说，那种人让我觉得恶心。且不说别的，你看看他给托马斯添了多少麻烦——可怜的托马斯完全被打了个措手不及。没错，布拉特就是个混蛋。你没发现吗？波西娅，就是因为那种人的存在，才让我这样的人落到如此田地！他到底是怎么进你家门的？”

“他说是安娜邀请他来的。”

“安娜可真伪善！”

“艾迪，我真的觉得你凡事都想得太夸张了。”

“我对什么算是正常的没什么概念，谢天谢地。那个老家伙显然很不待见我。”艾迪说完夸张地吐了一口气。

“我的天哪，”波西娅说，“我们要是没遇到他就好了。”

“你看，我就说只要我们回去就会遇到人吧。你不觉得那个家就像一张罗网吗？”

“是你说想看我的日记。”

此刻他们正在杜莎夫人蜡像馆喝下午茶，应该说是刚点好茶水。波西娅从没来过这里，所以当她发现女服务生们全是活人时颇有些失望：哪有什么以假乱真的蜡像——它们都在蜡像馆的另一边。他俩并肩坐在一张可容纳五六人的长桌前。她专程回别墅取来的日记正好整以暇地放在两个人手肘间的桌面上，外面绑着一根粗壮的橡皮圈。她说：“你说安娜伪善是什么意思？”

“她的善举背后都藏着些坏心眼儿。不过我倒无所谓。”

“如果真的无所谓，你又为什么会不开心呢？”

“说到底，亲爱的，她只是一介凡人。她的性格确实曾让我很不开心。从认识她到现在，我的性子倒变得比她还差。要是能早点遇见你就好了。”

“怎么个差法？你觉得自己是坏人吗？”

艾迪的身体微微向后靠了一些，转头四下环顾，目光扫过餐厅里明亮的灯光、整齐摆放的桌椅和墙上光洁的镜子，他在认真地思考着这个问题，仿佛对方是在询问他有没有哪里不舒服似的。隔了半晌他才回过头来，双眼直视着波西娅，带着近乎爽朗的笑容答道：“是的。”

“怎么个坏法？”

就在此时，一个女服务生端着餐盘走了过来，放下茶壶、开水罐、一碟小煎饼和一盘装饰得缤纷可爱的各色蛋糕。等一应物品摆放妥当后，回答问题的时机也已经过去了。艾迪拿起盖子看了一眼煎饼。“真不明白，”他说，“她为什么不把盐一起拿过来？”

“跟她招手问问吧——我可以倒茶了吗？……可是，艾迪，我看不出你哪里坏。你到底怎么个坏法？”

“唔，你最讨厌我什么？”

“我不觉得我……”

“那我换个问法——你最不喜欢我什么？”

波西娅想了一会儿然后说：“不喜欢你经常莫名其妙地挤眉弄眼。”

“我只有在心里特别无奈的时候才会那么做。我不希望别人看穿我的心事。”

“但那么做反而会引人注目，一般人都会注意到的。”

“无所谓，那么做会给他们造成错觉。他们会想：我的天哪，他要发脾气了；他可能真的要骂人了。然后他们会激动起来，觉得浑身难受。这样我就可以争取到整理情绪的时间，然后迅速恢复平静了。”

“我明白了，可是……”

“不，亲爱的，事实上我常觉得周围的人很可怕——你应该懂我在说什么吧？”

“我懂。”

“你懂就好，这对我非常重要。从某种程度上来说，有你在场的时候我对别人的态度往往会变得更糟：比如对安娜，因为我总觉得你能理解我，而这种感觉会怂恿我，让我控制不住自己。所以你可千万别让我觉得你其实并不理解我。”

“万一我真的让你有这种感觉怎么办？”

艾迪说：“那我从此以后再也不会拿真面目示人了。”他把她的手套揉成一个小球，放进掌心紧紧攥着，然后抬头，目光越过波西娅的帽檐，神情恐惧地看着某个地方。波西娅转头顺着他的目光看去，发现了两个人在墙壁上镜子里的倒影。

“我觉得我能理解你所有的感受。但如果我有时候听不懂你说的话，你会生气吗？”

“完全不会，亲爱的。”艾迪干脆地说，“你想啊，我们之间又不会聊什么太复杂的事情。其实我都不知道为什么要和你说这么多。无论从哪方面来看，我似乎都不应该跟你说这些。”

“但我们总得找点话题。”

“可我觉得这样特别对不起你。总把你弄得糊里糊涂的，一脸可爱又傻乎乎的样子。你是不是从来都没见过像我这样的人？”

“你不是说你是独一无二的吗？”

“但有很多人想要成为我这样的人。我估计你还没遇到过这种人——我说亲爱的，赶紧倒吧，不然茶就凉了。”

“希望不会洒出来。”波西娅说，用手帕垫着握住了金属茶壶的把手。

“波西娅啊，以前从来没人请你喝过下午茶吗？”

“没有自己一个人去过。”

“也没和别人出来吃过饭吗？你真让我开心！”他看着她慢慢低下茶壶嘴，棕黄的液体汩汩流出，渐渐填满茶杯。“不说别的，这样至少能让我感到安心。你是唯一一个让我觉得能够放松相处的人，和别人在一起的时候我总得绞尽脑汁思前想后。而且我觉得你和我很像：我们是那种要么特别坏，要么就特别单纯的人。刚才我说安娜心眼儿坏的时候你看上去好像很开心。”

“你才没有那么说，你说的是她伪善。”

“只要每次一想到给她送花浪费的钱，我就火大！”

“那些花很贵吗？”

“对我来说挺贵，这只能说明我蠢。整整三年我一直负债累累，身边连一个愿意帮忙的朋友也没有——不，没关系，亲爱的，茶钱我还是承担得起的——我承担不起的是失去理智。你一定听人说过我总是依附着别人过活吧？但实际上真相是：他们花钱买我这个人。大家都以为我艳羡着他们有而我却没有的东西，所以就以为可以用那些来跟我交换，以为这是公平交易。”

“我觉得某种程度上也算是吧。”

“唉，你不明白，亲爱的——要是我说自己长相俊朗，你会觉得我虚荣吗？”

“不会。我觉得你确实长得非常好看。”

“是啊，没错，你瞧瞧，不仅如此，我还很有个人魅力，知道怎么哄人开心。他们根本不在意我是否有才学——他们总是这么瞧不起人。没人喜欢我的才学，因为我从不拿这个来显摆，这也是大家讨厌我的潜在原因，有时候甚至连我自己也觉得讨厌。要不是因为我聪明善学，当初又怎么会和这些蠢猪认识呢。上次回家探亲，你知道吗？波西娅，弟弟还嘲笑我十指不沾阳春水。”

波西娅从刚才起就不敢直视艾迪，怕她的眼神会让他说不下去。她把小煎饼切成碎片、蘸上盐，一块块放进嘴里心不在焉地嚼着。吃完第一片，她停下来用纸巾擦了擦手，然后慢悠悠地喝了一口茶。她一边喝一边隔着杯沿瞄着艾迪。隔了一会儿，她放下茶杯说：“人生总是这么复杂。”

“不仅仅只是人生——还有我。”

“我认为是包括你在内的所有人。”

“我想你是对的，可爱的小天使。我只和喜欢我的人打交道，可惜好人都不喜欢我。”

波西娅瞪大眼睛瞧着他。

“当然，除了你——我说，要是哪天你不喜欢我了，可千万别让我知道，行吗？”

波西娅瞥了一眼艾迪的茶杯，已经空了。接着她又低头看了看日记本——盯看上面黑色的封皮，说道："你之前说我很美。"

"我说过吗？转过来让我看看。"

她听话地转过头去，一半骄傲一半羞怯。可艾迪却咯咯笑了起来："亲爱的，你下巴上全是黄油和盐巴，就像圣诞卡片上的雪花一样。我来帮你擦擦吧——别动。"

"我本来还想再吃一块小煎饼的。"

"噢，那就不必擦了——不，这可不行，我不希望你把我的话太当真。"

"你什么时候才会认真？"

"经常……我发誓。"

"你多大了，艾迪？"

"二十三。"

"天啊。"她重重地感叹道，开始吃第二块小煎饼。

艾迪表情愉快地看着她吃，说道："你有一张看上去傻乎乎却讨人喜欢的脸。仿佛脸上写着'善解人意'几个大字。我以前怎么没多花点时间跟你在一起？每次跟其他人聊天，他们总在心里极尽嘲讽，笑我太夸张。对啊，我就是夸张——怎么了？我就浑身是戏。莎士比亚写的就是我。大家都会被戏剧的张力征服，所以他们才对莎士比亚爱得死去活来。只是他们不敢表露出来，只有我敢，所以他们才一窝蜂地斥责我。去他的，一群蠢货——"

波西娅一边吃，一边盯着他的额头，心情大好，却不想说话。她细致地观察着艾迪，那神情简直就像一个正在观看外语话剧的人：因为听不懂演员们在说些什么——所以只能仔细研究他们的动作和表情。受到她的神情影响，艾迪忽然停了下来，有些担忧地问道："我说的话是不是很无聊，亲爱的？"

"不是的……我只是在想，除了莉莉安，这还是我第一次跟别人聊天呢，我指的是来了伦敦以后。和我在脑海里幻想过的一模一样。"

"那可比我脑海里幻想的聊天愉快多了。每次一想就会忍不住责备自己。我跟自己根本无法好好相处——不过，我记得你好像说过，有时候晚上会和马谢特聊天？"

"是的，可她并不是'伦敦的人'，她整天只待在家里。而且最近她对我冷淡了许多。"

艾迪的脸立刻耷拉了下来："估计是因为我吧？"

波西娅犹豫了一下："我的朋友她都不怎么喜欢。"

他对她的掩饰感到不快："你又没什么朋友。"

"有莉莉安。"

他没接话茬儿，眉头紧锁。"不，她这个人的毛病就是嫉妒心强，小心眼儿的老女人。势利眼，典型的用人心态。你对她太好了。"

"她以前对我父亲非常好。"

"对不起，亲爱的——但你听好：看在上帝的分上，千万别在她面前提起我，跟谁也别提。"

"怎么可能会提，艾迪？我绝不会说的。"

"每次一想到别人心里对我的看法，我就恨不得杀了他们。"

“哎呀，艾迪，小心点——你把茶洒到我的日记本上了！马谢特之所以那样是因为她发现了你的信。”

“这些东西你怎么能到处乱放！”

“我没有，她是从我藏着的地方翻出来的。”

“从哪儿？”

“我的枕头下面。”

“我亲爱的波西娅啊！”艾迪叹道，一副十分感动的样子。

“我一直看着，她只是拿在手上而已，并没有打开。她只知道你给我写了一封信而已。”

“可她知道你把信放在哪儿。”

“我敢保证她绝不会告诉别人的。我的事那两个人并不关心，她却很在意。”

“我想你说得没错，她口风很紧。而且我见过她看安娜的眼神。她把这件事瞒下来好在将来为自己所用。唉，千万小心老女人——你不知道她们有多爱管闲事儿。把你的东西都锁起来，全部藏好！任何时候都不能掉以轻心。”

“就像秘密行动一样？”

“我们这就是秘密行动，要保持警惕，不可松懈。”

波西娅有些紧张地说：“可是这样的话，我们还有别的时间吗？”

“什么别的时间，你想说什么？”

“我是说，留给我们自己的时间。”

他无视了这个问题，继续说：“秘密行动——这是一场革命，是我们的使命。周围的人都与我们为敌。所以要藏起来，把一切都藏好。”

“为什么要这样？”

“你根本不知道人有多坏。”

她忽然想起了什么：“马杰尔·布拉特看出来了，我觉得。”

“那个想当然的老蠢货！我们还被托马斯抓了个正着——我早跟你说过不应该回去。”

“可你说过想看我的日记。”

“唉，我们真是疯了。一旦安娜有机会跟布拉特聊天，你就等着瞧吧。要不要我给你演示一下到时候我和安娜的对话？”艾迪摆好姿势，侧起身体用一只手斜靠在桌面上，摆出一副安娜特有的漠然而优雅姿态。他伸手慵懒地划过额头，假装将散落在额前的头发拨到脑后，然后用一种迷人的迟疑口吻，字斟句酌地说：“艾迪你听我说，你可千万别生气，我也不想提这件事来扫兴，可我觉得……”

波西娅紧张地环顾四周：“啊，你一定要在这里模仿安娜吗……”

“现在不做以后我就没兴趣了。只要一想到安娜，我气就不打一处来。她要是真想这样做开场白，我倒很想让你听听她会对我说些什么……她一定会警告我，说你还是个孩子。她会说她想象不到我能从你身上得到什么，然后暗示她知道我一定有什么目的，而她只想知道那是什么。她还会让我信任她，她绝对不会把我的真面目告诉你，说她知道跟我相比，你觉得她和托马斯很无趣，因为我是个天才，又自视甚高，除非把事情恭恭敬敬地交托给我，否则一律不屑做。她还会说：当然了，不得不靠辛勤工作来维持生计的人是比较无趣，然后说她知道我为了过上自己想要的生活一定很辛苦，所以能够理解我想寻求刺激来舒缓情绪的心态。最后的最后，她会说：'不过话说回来，她到底是托马斯的妹妹。'"

"可是，我不明白她为什么要说这些。"

"你当然不明白了，亲爱的，但我懂。安娜会坐在沙发上，而我则要从她那些该死的黄色椅子中选一张乖乖地坐着。一旦我想起身她便会说：'你可真不让我省心。'她会开始抽烟，就像这样。"艾迪打开烟盒，用指尖慵懒地拨弄着里面的香烟，像个弹奏竖琴的女子一样偏着头，然后轻轻拿起其中一支，若有所思地前后看了看，用考究的姿势点上烟，再假装把掉落在额前的头发拨回脑后。"她会说，"他继续说，"你还是快走吧……波西娅一定已经在大厅里等着了。"

"啊，艾迪——她应该不会说这样的话吧？"

"她什么都敢说。安娜这个人就喜欢把别人都说得像是骚货一样，自己却不敢明着骚。"

波西娅听得一头雾水："可你明明是喜欢她的。"

"是的，某种程度上我是喜欢她，所以才会这么不爽。"

"你以前还说她人很好。"

"曾经的确是——这就是她最让我恼火的地方。亲爱的，你不觉得我刚才扮成安娜的样子很好笑吗？"

"不怎么好笑。我觉得你并不开心。"

“唉，怎么不好笑，我觉得非常搞笑。”艾迪固执地说。

接着他做了几个鬼脸，并夸张地动了动手脚，像是要把身上残留的最后一丝安娜的影子都甩掉一样。他的模仿（波西娅注意到）都带着压抑的怒火：从虚拟的安娜嘴里吐出的每一句话都像一支无形的利箭，插着恶魔般的微笑做的箭翎。艾迪终于拿起茶杯，仰头一口气喝掉了里面早已冷掉的茶水。他的神情看起来有些吓人，有那么一瞬间，波西娅以为他会把茶吐出来——就像用冷茶漱口那样。可他把茶咽了下去，然后笑了笑，那笑容很是疲惫，像一个刚演完重头戏的演员。不过他的表情看上去很放松，甚至还有一丝安详，仿佛终于卸掉了身上的重担，或者完成了某个重要任务，看起来十分平静。最后，他转头看向波西娅，双目盈盈，仿佛流浪的旅人终于回到阔别已久的家。

停了一会儿后，他说：“是的，我的确挺喜欢安娜。但总得有人当坏人。”

波西娅没有立刻回应。当他还在侃侃而谈“当坏人”的话题时，她吃着小煎饼，眉毛疑惑地拧在了一起。艾迪对于安娜的看法尽管并不让她意外，却有种无形的安抚之力。她在感到困惑的同时又隐隐觉得兴奋，心情就像狂风中的小树不停颤动。艾迪的言谈举止像一阵旋风，吹散了她心头积压已久却不明所以的耻辱感，以及始终无法融入所谓“正常的生活方式”的挫败感。她无需做作便能满足他对于“朋友兼恋人”的角色的一切要求。艾迪的冲动和言行仿佛可以让生活的围墙在他们周围彻底崩塌，随即再以一种全新而浪漫的秩序重新组合。在感情的世界里掺杂任何一点世故的影子都是他绝对无法容忍的——他是风，而你必须随风而动。波西娅未经世事的青涩与心无城府——让温莎大街的家变成了一个规矩繁多又令人费解的深宫内院，于是艾迪便成了她的定心丸和唯一的慰藉。她没学过严苛的礼法教条，也没有需要抛弃的观念。她生性温厚，对他偶尔紧张的偷瞄背后也都是满满的热切而并无质疑。对他毫无保留地敞开心扉让她感觉自己连一颦一笑都在复制着艾迪，好像自己的眉毛、眼睛和嘴唇都变成了他的，她觉得自己正在一点一滴地了解并拥有艾迪，体会着：原来艾迪是这样的。他的一言一行、他的每一个表情都让她难以自拔。其实从一开始她便不觉得他陌生，或许可以说，自从艾琳死后她第一次觉得身边出现了一个正常的人。

单纯总被置于尴尬的境地，因为内心单纯的人最终都被逼着学会不真诚。这样的人因找不到合适的语言来自我申辩而只能退居一旁，任由他人作出并不准确的解读。他们是孤独的，每次尝试和别人建立联系时总免不了作出违心地妥协——他们焦躁而迫切地渴望着沟通，渴望着感受来自他人的温暖。但普通人的情感认知系统在他们的眼中却十分混乱和堕落。因此他们总会冒失犯错，然后被骂成是骗子。在爱情中，他们对爱人的义无反顾的奉献往往伴随着对许多没那么单纯的人的背叛。他们无可救药地与这个世界格格不入，却总像英雄般奋不顾身地追求着幸福。他们的孤独、莽撞和始终如一的坚持必然有其残忍的一面，也因此招来别人的残忍。这样单纯的人太少，茫茫人世要找到另外一个谈何容易——一旦相遇，必定为身边众人带来痛苦。

波西娅和艾迪并肩而坐，那本日记就放在两个人之间的桌上，她用一只手轻轻搭在上面，抬眼望着对方，两道同样坦率的目光初时有些闪烁，但很快便凝聚交汇。为了这种眼神交汇，他们像是用尽了全身力气般凝望着对方，眼神里更多的是惺惺相惜的理解，而非温柔缠绵的爱意。你可以把他们想象成某个案件的同谋，今天第一次有了可以正大光明交流犯罪心得的机会，或者两个忽然得知彼此均为皇室后裔的孩子。关于爱情，他们无话可说：似乎对此既无计划也无欲望。他们今天的谈话内容几乎都是关于相互理解的话题，此时此刻对他们来说，这才是最重要的。

波西娅的人生至今为止一直活得小心翼翼，乖巧而顺从，但这种顺从并不让她觉得可怜。可是如今她虽然并不自责，却忽然有些可怜那些被她牺牲的人——马杰尔·布拉特、莉莉安、马谢特，甚至安娜——她必须先舍弃他们才能和艾迪见面。她知道将来还会继续发生这样的事，因为牺牲并非一劳永逸的行为。别墅里的那家人会因此而为她受苦，但这不是公正与否的问题，因为无可避免，按理来说不相关的人并不应该因为他们的爱情受苦。安娜也曾违背世俗成见向她流露过善意，而马谢特的关怀即便更像她的个人倾诉，但也的确是爱：可是为了爱情，她连这些也必须舍弃。

对艾迪来说，波西娅的爱可以说是对他多年来所承受的各种外界非议最好的驳斥，也是对内心自我责难的最好化解。他的内心累积了数不清的怨愤，向波西娅倾诉过的连一半都不到。因为虚长她几岁，他在这罪恶且伪善的人世受的苦也更久。他觉得自己变成如今的模样与其说是情有可原，不如说是一种必然。他的错误就在于花了很多时间四处结交朋友，最后才发现这些人和自己根本不是一类。给他依靠的胸膛就算再怎么善良温暖，久而久之也能察觉到其中对他荒谬的评价与要求——而一旦发现这点，他便会很快对这个人感到厌恶。在一次次灾难般的感情经历后，他的心中还依然保持着某种处子般的忠贞——平日里带着爱意与别人的接触（包括亲昵的举止、回应的微笑和那双有情还似无情的眼睛），只是他以进为退的自我保护方式，保护着那些不愿让人触碰的东西。他风流倜傥的程度早已超出了本人所能承受的后果，肉体的纯真也在逐渐消失。然而他心底最本真的东西却依旧完好地保留在灵魂深处，渴望着尊严与安宁。尽管这些年似乎与父母和家人有些生疏，但从某种意义上看，他其实从未离开过家。他恨安娜，之所以恨是因为在她眼中看到了无尽无休的询问："接下来你想干吗？"可他眼中没有"接下来"的事，只有"现在"。

他低头看着波西娅的手，说道："这日记本可真厚！"

波西娅抬起胳膊，露出底下黑色封皮的日记本。"写了一半多了，"她说，"已经。"

"这本要是写完了，你会再买新的吗？"

"哦，我想会的。生活中总是不停有事发生。"

"要是有一天你对这些事不感兴趣了呢？"

"不管发生什么，午餐、上课和晚餐总会继续。有的时候一天除了这些就再也没有别的事了，那样的话我一般什么都不写，留一页空白。"

"你认为它们值得你留一整页的空白？"

艾迪拿起日记，用手掂了掂重量。"这些都是你真实的想法吗？"

他问。

“有一些是。但你这么问，搞得我都开始担心是不是不该想这么多了。”

“别，我喜欢你有想法。要是你不思考了，对我来说就像手表半夜突然不转了一样……这里面是你哪一类的想法？”

“比较具体的那种。”

“亲爱的，我很高兴你愿意让我把日记带回去……可我要是把它忘在巴士上了怎么办？”

“上面有我的姓名和住址，可能会被送回来的。但是，为了以防万一，或许你可以把它放在你的口袋里？”他俩一起把日记塞进艾迪的大衣口袋。“实话说，”她说，“现在有了你，我说不定已经不需要再写日记了。”

“可我们又不能经常见面。”

“我可以把自己的想法都记住，等见到你再说。”

“不，把它们写下来给我看吧。我喜欢看你当时的想法。”

“可是这样一来，我写的东西就会不一样了。我是说，这会让我的日记变味。以前我都是写给自己看的。如果要继续那么写，就必须当你不存在。”

“我怎么可能给你那么大的影响？”

“是你让我不再感觉孤独。而我写日记的一部分原因就是孤独。刚来伦敦的时候我谁也不认识，只能自己陪自己。”

“我说——这本日记留在我这儿的这段时间，你要怎么写呢？我们要不要一起去史密斯文具店买本新的？”

“这边的史密斯文具店周六不开门。不过，我不认为应该把今天的事写进日记里。”

“不错，别写，你想得没错。我不希望你把我们的事写在日记里。老实说，你最好完全别提。你可以答应我绝对不会在日记里提到我们吗？”

“为什么不可以？”

“我不喜欢那样。嗯，你就写写每天的日常，写你上的课，还有和莉莉安聊的那些奇怪的话题，写你吃了什么、大家说了什么就好。但是，你要发誓绝对不会把你的感受写下来。”

“就算我写了你也不知道。”

“我不喜欢写作，也不喜欢艺术——比这些有意思的事情多了去了。我才不要你整天琢磨该用什么词汇来形容我呢。你要是写了，这日记就会变成一个可怕的陷阱，而我和你在一起也会感到不安的。但我不希望你停止思考，我希望你能像一只钟表一样，永不停歇，但是你我之间的事一句也不能提。其实能借走这本日记我就已经很满足了，哪怕只有几天的时间。这下好了，我猜你肯定没听懂我在说什么，是不是？”

“是不太懂，但没有关系。”

“陪你聊天的应该是马杰尔·布拉特……啊，我的天！”

“怎么了？”

“已经六点了。我还有别的事。我得走了——给，我的天使，你的手套……我说，你怎么了？”

“你可别忘了日记在大衣口袋里哦！”

9

日　记

星期一

这本日记是艾迪邮寄回来的。他没有附上任何的信件，主要是因为忙。寄来的包裹上有公司的标识。我得加紧写了，因为已经整整九天没写日记了。

床边的白色垫子拿去清洗了，因为我不小心打翻了涂小熊的漆。马谢特帮我换了一张红色的备用垫子，很扎脚。

今天我们上了翁布里亚画派艺术史、会计课和德文写作课。

星期二

艾迪还没有告诉我对日记的感想。莉莉安今天上课的时候情绪有点暴躁，不得不出去透气，她说她有心事的时候脾气就会变暴躁。今天回家的时候安娜不在，所以我终于可以和马谢特一起在楼下喝下午茶了。她在忙着修补安娜的紫色纱裙，所以什么都没有问我。安娜回来的时候让我上楼去见她，说想带我去听晚上的音乐会，因为多了张票。她看起来不太开心。

今天我们上了英国散文课、急救课和一堂关于拉辛[①]的讲座。

---

① 让·拉辛（Jean Racine，1639—1699），法国剧作家，与高乃依和莫里哀并称17世纪最伟大的三位法国剧作家。

现在我必须去换音乐会的裙子了。

星期三

艾迪还没有告诉我关于日记的感想。今天早上的第一堂课我和莉莉安迟到了，她母亲最近让她减肥。昨天晚上和安娜一起坐出租车回家的时候，她对我说希望那天我和艾迪散步还算愉快。我说是的，然后她说：艾迪说他很开心。我望着窗外。她忽然说她头疼，我问那去听音乐会不是会更疼吗？她说是，自然会疼。头疼还不得不带我去，她一定很不情愿。

今天我们上了卫生课和法文写作课，写了关于拉辛的文章，然后去了国家美术馆看翁布里亚画派的作品。

今晚托马斯和安娜要出去吃晚餐。不知道马谢特会不会来跟我说晚安。真希望我的白色垫子能快点送回来。

星期四

今天我收到了艾迪的来信，可他还是没有提到关于日记的事情。他说他和安娜吃了午餐，安娜很亲切。他说他想过要给我打电话却没打。他没解释原因。他说他感觉自己仿佛开始了新的人生。

不知道那天爽约安娜音乐会的人究竟是谁呢。

他说我们应该早点见面。

今天我们写了关于翁布里亚画派的作文，要求说明这个画派的艺术特点，还上了关于海涅的课，上次写的德语作文也发下来的，另外还有一堂关于本周时事的讲座。

星期五

我给艾迪写了封信，但是没有提到这本日记。

给艾迪写信的时候是四点半，我才回家，写完又出门买了邮票去寄信。两次进出马谢特都没有听见，要么就是她听见了但没有上来查看。今天安娜邀请来喝下午茶的是两个新朋友，他们看起来很不确定是否应该跟我搭话。安娜对他们并不是特别热情，而他们也没有特别热络。喝完茶我就回房间了。

今天回了两次家，感觉有点奇怪，因为平常我一旦回来就不会再出去了。买完邮票回来的时候感觉家里比平时更不自然了，气氛是一如既往的奇怪。每次越到下午，这种感觉就越强烈。托马斯回来的时候，脸上的神情就像是不小心闻到了被别人藏起来的食物一样。在这栋房子里，情绪和感受都带着某种味道。自从认识艾迪以后，我便开始思考这些味道背后有什么含义。

今天老师发了上次写的关于拉辛的作文，有的同学围在一起讨论各自写了些什么。此外还上了关于梅特涅[①]的课，然后出去听了一场关于《巴赫音乐赏析》的讲座。

明天又是星期六了。

星期六

我收到了艾迪的回信，是关于星期天的事。他让我如果去不了

---

① 克莱门斯・文策尔・冯・梅特涅（Klemens Wenzel von Metternich，1773—1859），出生于德意志的奥地利政治家。

就给他打个电话，但要是去的了就不用打。午餐前托马斯和安娜开车出去了，这周末他们要去度假。安娜说我可以请莉莉安来家里喝茶，托马斯给了我五个先令去看电影，叫我多注意安全。莉莉安来不了，所以我现在一个人在书房的壁炉边待着。有值得期待的明天真好。

星期天

我就只写“星期天”好了，艾迪觉得这样比较好。

星期一

今天开始我们要上锡耶纳艺术课和会计课，还读了一部德国话剧。安娜要在家里举办盛大的晚宴，她不让我去，说我应该会觉得很无聊。

不过没关系，有昨天就够了。

星期二

今天我跟托马斯聊了会儿天。他回家的时候先打电话问安娜在不在家，我回答不在，然后问他需不需要我下楼来找他，他听起来不是很确定但还是跟我说，下来吧。我下去的时候他正靠着书桌看报纸，见我进来便说，最近天气暖和些了不是吗？他说他总觉得心里有点闷。那是因为昨晚家里办晚宴，所以没机会见到我。然后又问我周末过得好吗？他说希望我不是一个人孤零零过的，我回答，没有。他问我是不是觉得艾迪人挺好。我说是的，然后他问，昨天他来家里了，是不是？我回答是的，我们在书房坐了一会儿，并说希望托马斯不介意有人偶尔来他的书房坐坐。他回答说，哦，我不介意。说的时候声音听起来有点含糊，像是从很远的地方传来。他说他希望我和艾迪只是朋友而已，我说是的，我们是朋友。之后他便低头继续读晚报，像发现了什么大新闻似的。

他其实有点希望我离开，我也确实有点想离开，但并没有走。这是托马斯第一次认真问我问题。坐在沙发扶手上听着艾迪的名字让我很开心。后来他想抽烟，并且下意识地问我要不要抽，于是我忍不住笑了出来。他说，我搞错了，然后又说，你可千万别像那些大人一样。他说，你也知道我们家里错误层出不穷。他跟我说，父亲刚跟我母亲在一起的时候，还和老奎恩夫人住在多塞特，但烟忽然越抽越厉害。他说父亲为自己抽了那么多烟感到羞愧，于是开始收集烟蒂，放进信封然后埋在花园里。因为那时候是夏天，家里没有生火，没法烧掉那些烟蒂，但他又不想让马谢特知道自己到底抽了多少。我问托马斯他是怎么知道这些的，他笑了笑说，有一次他正在这么做的时候恰好被我捉了个正着。托马斯说父亲不喜欢被人抓住错处，但他只是觉得好玩。

托马斯说他也不知道自己为什么会想起这些事来，说完瞥了我一眼，他以为我没在看他。除非面对的是安娜，否则托马斯只会选择别人没有望着他的时候才看他们。不过当他发现我也看着他的时候并没有多说什么。毕竟我们有着同一个父亲。虽然他和安娜组成了家庭，但他们身体里流的毕竟不是一家人的血，不像我和他。然后他忽然靠近我飞快地问了一句，我希望艾迪没对你无礼吧？我问他是什么意思。他回答，呃，我不是很了解艾迪，他有动手动脚吗？然后又说，算了，你可能不明白我的意思。我回答他，是的。然后他说，果真如此倒也还好，或许。我说我们只是聊天而已，托马斯直视着地毯垫，仿佛知道我们那天就坐在那儿，然后说，哦，是吗？我知道了。

然后托马斯一直拿脚后跟蹭着地毯垫，弄得皱巴巴的，像是不喜欢曾有人坐在上面似的。灯光照在他的脸上，映出深深浅浅的沟壑，仿佛这间书房里只有他一个人。他说，那就这样吧，看看你们能相处得如何。他拿起一本书，说道，爱上一个人是一个错误。我说：要是结婚了就好了，不是吗？他立刻说：哦，当然了，你说得没错。接着，我听到出租车停在门口的声音，像是安娜的，于是说我要走了，然后上了楼。我的心情和托马斯一样，很高兴听见出租车在门口停下。

星期三

今天我们上了卫生课和法语演讲课，然后去国家美术馆欣赏了锡耶纳派的画作。在去国家美术馆的路上，莉莉安说真不知道我自己在想什么，我没回应，她却责怪我不认真听她说话。参观完美术馆她让我陪她去一趟彼得琼斯服装店，帮她选一条半正式的晚礼服。莉莉安的母亲让她自己挑选衣服，这样可以形成个人品位。可是莉莉安并没有什么品位。我说我得先给马谢特打个电话，莉莉安却说总有一天我会觉得这样做很丢人。最后莉莉安选了一条漂亮的蓝色连衣裙，很贴身，花了四个几尼①。

① 几尼（guinea），旧时英国的一种金币，最早用从西非进口的黄金于1663年铸成，后定值为21先令，1817年起被沙弗林取代。

回家的时候听见安娜在书房里说话。昨天之后我就没再见过托马斯。

星期四

我收到了艾迪的信，他问我有没有人问过上个星期天的事。说他给我画了一幅画，但忘了装进信封。说他下周末有事要去别的地方。

我的白色垫子终于送回来了，感觉比以前更松软，就像猫咪肚子上的毛那样。希望我再也不会把东西洒在上面了。

今天我们写了关于锡耶纳艺术的作文，老师让我们分析它的什么特点是翁布里亚画派所没有的。然后又参加了本周的时事讲座，来了一位女士教我们念新闻。

莉莉安的母亲说那条蓝色的裙子太紧身了，但莉莉安不同意。

今晚的雾真大。

星期五

醒来的时候窗外昏沉沉的，像一块褐色的大石头，连房间里的东西都看不清。整栋房子里都是这样，但那不是夜晚的昏暗，仿佛空气生了病的样子。吃早餐的时候看见窗外的行人都紧紧抓着门外的栏杆一步一探地走着。一般我吃完早餐后托马斯才会下来用餐，但是今天他提前来了，说这一定是我来伦敦以后经历的第一场大雾[①]。接着安娜也派人下来，问我要不要今天干脆别去波利小姐那儿

---

① 这里的“大雾”实际上是指伦敦 20 世纪的雾霾天气，因为波西娅不懂，用的还是自然的“雾”这个词。

了。但我说，没关系的，我想去学校。于是她又派人来说如果要去最好让马谢特送我。托马斯说她说得很对，因为今天路上根本看不清车辆和行人，前进只能靠摸索，而马谢特的手肯定比我的有力。

上学之路就像一场冒险。公园门外有火光，马谢特说那是照明用的。她还让我把嘴捂上别说话，免得把雾吸进肚子里去。走到一半我们便得打车了，马谢特坐得笔直，好像自己是司机一样。她还是不让我说话。到了波利小姐那儿，班里一半的同学都还没来。今天一整天都开着灯，但感觉有点像在放假。下课的时候雾已经没有那么重了，但马谢特还是来接我回家。

我们本来要上《莫扎特音乐赏析》，但因为雾太大而改成了对“愚蠢地墨守成规是见识浅薄者之陋习”[①]这一观点的辩论会。除此之外我们还写了关于梅里特政策的论文。

今天晚上安娜和托马斯在家吃了晚餐。她说每次雾霾天她都觉得是不是自己做错了什么，但是看她的表情并不像是认真的。托马斯说他估计大多数人都会这么想，但安娜说肯定不可能。吃完饭我们一起在客厅休息，但他们并不希望我在。

明天是星期六，可惜没有什么安排。

星期六

今天果然没什么安排，连雾都散了，虽然空气看起来还有些棕色。托马斯和安娜出门度周末去了，不过这次是搭火车。我坐在客

① 爱默生的名言，完整的原话为“愚蠢地墨守成规是见识浅薄之人的陋习，却往往受到平庸的政客、哲学家和教士的青睐”。

厅里开始读《远大前程》。马谢特正忙着修补安娜的衣服。我下楼找她喝茶的时候，她说："唉，你可真像个幽灵，神出鬼没。"但其实真正像幽灵的是这栋房子。菲莉斯邀请我和她一起在厨房用留声机听音乐。只有安娜不在的时候她们才敢这么做。

和艾迪约会前我对这里从来都没有过这种感觉，或者虽然有我却不知道。

星期天

现在正是上周今日的同一个时刻。

今天早上起床后我去公园散步了。公园里没什么人。许多宠物狗四处乱跑，一会儿便不见了踪影，于是主人们便吹起口哨召唤它们，空气中弥漫着泥土的味道。我走过之前曾一起散过步的地方，可一切看起来是那么不同。有时候星期天很令人悲伤。下午马谢特带我乘巴士去圣保罗大教堂参加午后弥撒。人们唱了《求主同住》的圣诗。回家路上马谢特问我知不知道托马斯和安娜四月的时候会离家一段时间，她说他们计划要去国外。我很惊讶。她用我熟悉的态度说，她在想我是不是什么都没注意到，又说等他俩觉得合适的时候一定会告诉我的。我问她，到时候我是不是要留在家里？但她说，你不可以留下，到时候我会给整栋房子做春季大扫除。我问为什么不可以，她却闭口不言。巴士外的街道看起来比刚才暗淡了许多，沿街的店铺都关了门。

我真希望这世上能有个特别喜欢我的人，趁我不在的时候回家来，在门厅的小桌子上留下一个小小的惊喜，等我回家就能看见。

从圣保罗回来的时候，马谢特选择从地下室的门进屋，却让我用钥匙打开大门进来。

吃过晚餐，我又去了托马斯的书房，在壁炉前的地毯垫上坐了一会儿。我坐在那里回忆着艾迪说过的话。

他的父亲是建筑工人。

当他还是个小孩子的时候就能轻松记住《圣经》里的经文。

他很怕黑。

他最喜欢的两样食物是奶酪和清汤肉冻[①]。

他并不希望自己拥有太多钱财。

他说，当你爱上一个人，一直隐藏在心底的渴望便会喷涌而出。

他不喜欢被人嘲笑，所以才扮成逗别人发笑的样子。

他有三十六条领带。

这样写简直就像课堂上老师布置的学生作文一样。不知道艾迪会不会想到某天趁我不在家的时候在小桌子上留下什么惊喜呢。

星期一

艾迪在外地的时候给我写了封信，说他非常不喜欢身边那些人。他让我给办公室打个电话，告诉他安娜哪几天晚上不在家，可是我不知道怎么才能知道这些。

今天我们又学了有关锡耶纳派艺术的内容，还有会计课和德文

---

① 清汤肉冻（jellied consommé），胶状的炖肉清汤。

写作课。今天莉莉安没有在墓园里等我，实际上她上课迟到了。她被一个男演员气到了，然后邀请我明天一起喝茶。回到家，安娜看起来很开心，兴冲冲地跟我讲起她的周末之旅，仿佛在跟圣昆汀聊天一样。或许她真正开心的是能去海外度假吧。她一定是想等确定如何安置我之后才告诉我这件事。

星期二

啊，真是美梦成真！马杰尔·布拉特寄了一个拼图游戏给我。回家的时候在门厅的小桌子上发现的。他说他能想象到我努力拼图的样子。

今天我们学了英语散文和急救课，然后去一所女子学校看了《熙德》[①]。然后我和莉莉安一起去喝下午茶，听她讲那个男演员的事情。她是通过别人介绍认识那个人的，见面后便给他写了一封信说很崇拜他、被他的演技折服。但一直到第三封信寄出去以后，那个演员才回复了莉莉安，邀请她一起喝茶。莉莉安便穿着那条蓝色连衣裙去了，在外面套了一件大衣。当时还有其他人在场，可他直言不讳地邀请莉莉安留下，然后做了一些很出格的行为。她说他很热情。莉莉安看起来很难过，说她回家后给那个人连写了两封信表达自己的心情，可他一封都没回。莉莉安觉得一定是自己伤了他的心。这件事让她又烦躁了起来。

我的房间里没有能摆下整张拼图的桌子。不知道马谢特会不会

---

① 高乃依（1606—1684）所作的《熙德》（*Le Cid*），是法国第一部古典主义名剧，取材于西班牙史。熙德是历史上的英雄。

允许我在地上玩。

星期三

马谢特要把安娜的白色天鹅绒裙子送去快捷干洗店，因为安娜明晚要穿。我问，在家里吗？她回答，不是，在外面。我得告诉艾迪，我答应过他的。

今天我们学了卫生课和法文演讲课，然后去伦敦博物馆参观各个历史时期的服饰：总算可以看点不一样的东西了。我们还被带去参观了伦敦大火的模型，波利小姐说，每个人都必须竭尽所能避免将来再次发生战争。

我给艾迪打了个电话。

星期四

艾迪说我们撒谎并没有错。我跟他们说今天要和莉莉安出去，他们同意了，但让我在十点前回家。回来之前我得先去一趟莉莉安家，免得他们派马谢特来接我。可是艾迪住在离莉莉安家很远的地方。要是我带的钱不够该怎么办啊？

星期五

昨天一切安好。

星期六

今天早上安娜带我去逛街了。下午托马斯带我去了动物园。安娜让我自己挑选想吃的午餐。他们是不是有商量过什么，不知道会不会告诉我出国度假的计划？

星期天

他们带我去肯特的朋友家一起吃午餐。所以今天一天除了下车吃午餐之外，我大部分时间都坐在车里想事情。安娜和托马斯坐在车前，每隔一会儿他就会问：她还好吗？然后安娜便回过头看看我。

回家后我一直在玩拼图游戏。

上周四晚走进艾迪房间的时候我很意外，他住的地方跟我想象的完全不一样。他不喜欢自己的房间，这一点一看便知。他向我展示了自己所有的书，然后说很高兴我不喜欢阅读。我们拿厨房专用的纸餐盘吃了美味的冷餐，艾迪给我买了马卡龙[①]当甜点，我们用小燃气炉煮了咖啡。他问我会不会做饭，我说母亲在伦敦诺丁山门住的时候曾自己做饭吃。厨房里有好几把叉子，但只有一把餐刀，好在熏肉是已经切好的。他说他从未邀请过别人来家里吃晚餐，一个人的时候会去餐厅吃，有朋友来也是去餐厅。我说那样真棒，可他说并非如此。我问他是不是从没邀请过别人来家里做客，他说，哦不，也有其他人来过，喝下午茶。我问是谁，他回答说，哦，一些女士，你知道的。然后开始模仿其中某位女士的动作：他假装把手里的帽子随意扔到长沙发上，然后走到镜子前用手整理着头发；接着，他转身绕着房间走了一圈，作出好奇地查看各种物品的样

① 马卡龙（macaroon），又称作玛卡龙、法式小圆饼，是一种用蛋白、杏仁粉、白砂糖和糖霜制作，并夹有水果酱或奶油的法式甜点。口感丰富，外脆内柔，外观五彩缤纷，精致小巧。

子，走路的时候身体扭来扭去。之后他又学着女人蜷缩在椅子上，用莫名的眼神看着他微笑的样子。模仿完女人，他又给我表演了一遍当时他做的事，比如用那位女士的狐皮围脖挽成一只猫咪。我问他除此之外还做了些什么，他回答，所有能让我应付了事的事，亲爱的。我问他，既然如此为什么还要请她们来家里喝茶，他说这样总比请她们出去用餐便宜，虽然长此以往会很累。

说完他作势把刚才扔在长沙发上的假想的帽子拾起来，扔到地上，然后跳起来，双脚狠狠地踩在上面。他说我的存在让他轻松了很多。他把最后一个马卡龙让给了我，然后装作要睡觉的样子把头枕在我腿上说，小心别把碎屑掉进我眼睛里。等他醒来的时候，又说，如果现在他是女士的狐皮围脖而我是他的话，我一定会轻轻抚摸他的头。于是我这么做了，而他假装自己是一条装着玻璃眼珠的狐狸皮。

他说，真遗憾我们还太年轻，不能结婚。然后又大笑起来，问道，我这么说是不是很奇怪？我回答，我觉得没什么奇怪啊，艾迪。于是他说，是啊，一点儿也不奇怪，反而很浪漫。说完又闭上了眼睛。九点四十分的时候，我把他的头从腿上轻轻挪开，告诉他我必须叫车回家了。

我向他保证不会把这些事写下来，可星期天总叫人回忆往事。

要是不快点完成拼图，马杰尔·布拉特大概会很失望吧。

星期一

今天下午从波利小姐的私塾放学回家，竟发现安娜在我房里玩那个拼图游戏。她说她很抱歉，可就是忍不住，于是我就和她一起玩了一会儿。她问我放拼图的桌子是哪来的，我说是马谢特从别的地方找来的。她说，哦。她拼好了一个角，可以看得出来是天空，还能看见飞机。她微笑着伸手去找其他碎片，一边说，说起来，你帅气的新朋友们最近好吗？她说她应该邀请马杰尔·布拉特来家里吃晚餐，然后让他来拼比较简单的天空的部分。她又接着说，还有谁可以邀请呢，要不要叫上艾迪？她对我说，你来定吧，这是为你安排的派对。我们一直在一起玩拼图，直到安娜需要梳妆出门为止。

今天我们开始学习有关托斯卡纳艺术的内容，还上了会计课和德语语法课。

星期二

下楼吃早餐时经过了安娜的房间，门突然开了，她正跟托马斯说着话。她说，那是你自己的事，与我无关。早晨安娜喝咖啡的时候，托马斯一般都会在床上坐着。然后安娜说，她可是艾琳的亲生女儿，你知道的。

莉莉安还是没有收到那个演员的任何回复。

今天我们上了急救课，评讲了之前写的英语作文，还去听了一场关于科尔内耶[①]的讲座。

---

① 作者这里指的应该是小米歇尔·科尔内耶（Michel Corneille the Younger 1642—1680），法国画家、蚀刻师和雕刻家。

星期三

我收到了艾迪的来信，信里没说他周末干了些什么。他让我别跟安娜讲他模仿女人的事，因为安娜也去他家喝过一两次下午茶。他以为我都跟安娜聊些什么？有时候我真搞不懂他。

今天下了好大的雨。我们上了卫生课，讨论了关于科尔内耶的话题，然后组织去国家美术馆参观。

今天下午，安娜带我去了一家很漂亮的咖啡厅喝下午茶，连椅子都是金色的，我看见几个同年级的女孩子也在。我穿了那条黑色的天鹅绒连衣裙。有位女士来跟安娜打招呼，说："我听说你也要去国外度假。"安娜回答，噢，还不确定呢，然后看了我一眼。

星期四

今天我们上了本周时事课，还听了一堂关于萨伏那洛拉[①]的特殊讲座，还上了演讲课（德语的）。

今天的晚餐只有我和托马斯两个人，因为安娜和别人出去用餐了。他问我今天吃完饭可不可以就在家里待着，因为他很累。他看起来是没什么精神。快吃完的时候他说，这样可能是有点无聊，不过家庭生活就是这么回事。我对他说，我们住在南法的时候也不怎么说话的。他听了说，哦，说起南法，我不记得是否跟你提过，我们要去卡普里度假。我回答说那真是太好了。他咳了一声说，我的

---

① 作者这里指的可能是佛罗伦萨宗教改革家萨伏那洛拉（Girolamo Savonarola，1452—1498）。他从1494年到1498年担任佛罗伦萨的精神和世俗领袖，以反对文艺复兴艺术和哲学、焚烧艺术品和非宗教类书籍、毁灭被他认为不道德的奢侈品，以及严厉的布道著称。

意思是我和安娜去，然后立刻补充：我们一直在商量什么样的安排对你最好。我告诉他我觉得伦敦就挺好。

星期五

昨天晚上刚把日记本藏好马谢特就上来道晚安了。见我还没上床，她催促地冲我拍了拍手。我跟她说，他们终于告诉我出国度假的事了。她说，哦，是吗？然后在床边坐了下来。她说，安娜一直让他告诉你。我说，唉，他们也没办法，我的存在又不是他们的错。她回答，话是没错，但如果他们能对你更好些，你也不会天天跟艾迪在一起了。我回答她，他们毕竟是夫妻，而我又没跟他们结婚。她说，结了又离、离了又再婚最伤人。我对马谢特说，无论如何至少我曾拥有母亲的陪伴。听完我的话，她把身子斜倚过来说，那就好，你会做个好孩子的，对吧？我说我不明白她的意思，她回答说，是啊，这就是问题所在。她说，要是托马斯有一半像他父亲，我早就……我追问，你就怎么样，马谢特？但她只回答，算了，没什么。

她站起来，掸了掸围裙，嘴唇紧闭。她说，他真会演戏，真的。又说，他有权利不管你的。最近她道晚安的感觉和以前完全不同。

明天就是星期六了。

星期六

今天早上安娜带着面具般的微笑来找我，说："艾迪打电话找你。”离听见电话铃响已经过了好一会儿，所以我猜安娜一定先和他聊了几句。他问，要不要再去公园里走走？他说，没关系，我知道，他们要去里士满。他说，三点在桥上见。

在楼梯上我遇到了马谢特，可是她像没看到我一样。

三点钟，我们在桥上碰面。

星期天

今天早上他们很晚才起床，于是我接着玩拼图游戏。他们洗漱完毕后跟我说，今天我想做什么他们都配合。我想不出来该做什么，于是他们建议去艾塞克斯郡的埃平镇。所以我们开车去了那里，在一间叫“侠盗罗宾汉”的餐厅里点了香肠当午餐。之后托马斯带我去森林里散步，安娜则留在车里看她的侦探小说。森林里的空气黑沉沉的，和伦敦一样，连树木看起来好像都有些扭曲。他告诉我，他们去卡普里的时候会安排我去海边住。我说，哦，太棒了，那里一定很好玩。托马斯看了我一眼说，是啊，他也那么觉得。

回到车里托马斯说，我刚才跟波西娅商量计划来着。安娜回答，是吗？挺好的。她真的好喜欢那本侦探小说，回家路上一直在看。

我告诉他们今天过得非常开心。

安娜说，过不了多久春天就会来了。

第二部
肉　体

1

早春三月的番红花悄悄绽放，在春风的吹拂下将公园染成一片片鹅黄与紫红。闭园的哨笛声也往后延了些，用过下午茶还能去公园散散步。仔细算来，应该是在某个黄昏的五点左右，第一缕春风悄然造访了这片土地——秋天通常在清晨降临，而春意却往往在冬日黄昏时分翩然而至。天色将晚，时光却似突然变得轻巧，在暮色中增添了些许朦胧的白光，夜的帘幕被人掀起，像要等待观赏某个盛大节日。夕阳尚未落山，树木也还未抽芽——然而世间万物却都感受到某种召唤，这种感觉是如此微妙而强烈，像意念般蠢蠢欲动，让内心的所有情绪都抹上了雀跃的色彩。

人的感受无论有多细腻也比不上大地对春意萌动的感知。当春的脚步姗姗来迟，当她的纤纤玉足稳稳踏上这片土地时，总能激起喜悦的涟漪。可是早春的造访总是行踪难测，种种沉默相伴而生——或希望独处，或盼望与爱人共度，这些情绪都能从一个眼神或一次无意识的举手投足间清楚流露——比如忽然推开的窗户，比如不经意间遥望街道尽头的眼神。城市的街道上的车流也轻快了许多，就连层层叠叠的建筑物也深邃了不少，仿佛变成了一片森林，而马路是遍布其中的林间小道。这微妙的变化似乎只有在陌生人的眼神交流间或者情侣的相互凝望中方能感知。诗情画意让年过三十的人柔肠百结。对于初春傍晚还在外游荡的人来说，周遭万物无一不令人触景伤情：被烟熏得漆黑的烟囱、灰蒙蒙的高架桥、矗立的别墅、钢筋水泥中嵌着玻璃的工厂和一排排商店，仿佛一块块巨大的岩石扎根于此，沉默地横亘在眼前。黑色的树影直冲天际，枝丫间透着点点微光。正是早春的第一抹斜阳清楚地刻画出了这片土地仿佛阵痛般强大的生命力。对某些人来说这是个可怕的时刻，于是他们匆忙回家，关门、点灯——衣袂带风，扬起路边小摊上紫罗兰的芬芳。

就在这样一个早春三月的傍晚，安娜和波西娅恰好分别都在摄政公园里散步。这是波西娅在英格兰迎接的第一个春天：豆蔻年华的人是纯粹却未经调试的乐器。他们的感知能力与自然十分接近，就像动物；他们能够不带任何纠结与痛苦地感知周围发生的一切。波西娅与安娜是不同的，后者已在困惑中以符合俗世标准的姿态度过了女人的半生，聪明的头脑只会让这样的人生变得更令人费解。细腻的情感于安娜来说是如今最不需要的东西，然而她却变得更加多愁善感了。记忆在内心不断扩张，形成一个空旷而幽深的山洞。比起回忆波西娅这个年纪的事情，安娜觉得孩童时期的记忆更令人轻松愉快：毕竟她的人生从十几岁开始便慢慢被忧伤笼罩。若非忽然间被这景致触动，她也不会记起那些原本早已忘怀的往事，她本已忘了如何追忆往昔，直到此刻猝不及防地与早春的第一个夜晚不期而遇。

她们分别于不同的时刻从湖面不同的桥上经过，看天鹅展翅，看白色湖水映照它们灰白的剪影，恍若仙境；她们遥望湖水的分支蜿蜒着在远处交汇，或抬头望着鸽子在光秃秃的树梢上喧闹；她们都曾见证暮色在番红花的掩映下泛着紫红和浅黄的光彩，像一片柔和的火焰。她们聆听着公园的宁静，也聆听着忽然传来的汽车的鸣笛声、游人的叫喊声和船桨搅动湖水的欸乃声，知道最后一切又归于平静，只看见水鸟顺着波纹在湖面上优雅地起伏。安娜走着走着便会停一下，然后又加快脚步，贴着公园的栏杆从身旁成双成对的行人身边快步走过，一袭黑色长裙踽踽独行的优雅身影吸引了不少目光。她慢慢走到公园中心的空地，看着别人家的宠物狗在草地上撒欢。而波西娅却几乎是一路蹦跶着前行，像个孩子一样兴奋。

一个人只有在寒冷的北方生活过才会对四季的变迁有如此敏锐的洞察力。在法国蔚蓝海岸生活时，波西娅对春天的印象一直是那地方特有的相思树，以及艾琳忙着把压成一团的棉质连衣裙抖开整理的身影。那时的春天于他们而言并没有任何特殊的寓意——可对于住在英格兰的小姑娘们来说，春天就意味着复活节假期：穿上小西装校服骑上自行车到处驰骋；装在衣兜里的姜汁饼干；耀眼的阳光下草地上绽放的紫罗兰；和小伙伴们一起玩纸屑追踪游戏[①]；还有彼此间的小秘密、小烦恼，以及混合曲棍球比赛。然而不管是过去的艾琳还是现在的安娜，都忽略了这些，因此波西娅至今仍对这些一无所知。母亲过世后她便立刻来了伦敦……某个周六，她和莉莉安得到家里的允许，一起乘巴士去乡下玩：她们先是在巴士站附近的小树林里散了会儿步，可惜后来忽然下起雨来，两个人只好打道回府。

---

① 一种小孩子们之间的游戏，一些人假扮兔子撒纸屑，另一些人假扮猎犬追赶。

托马斯和安娜启程去卡普里的前一天，波西娅被安排去一个叫作“海上希尔”的海滨小城，寄宿在一位姓赫康柏的太太家里。这位赫康柏太太过世的丈夫退休前曾是一位医生，后来又担任了地方高尔夫球俱乐部的秘书长一职。赫康柏太太本人结婚的时候年龄已经不小了，之前的姓氏是雅迪斯，曾被称呼为雅迪斯小姐，是安娜以前的家庭教师。安娜满十九岁之前，她一直和他们一家住在伦敦里士满的宅子里，帮忙打扫卫生，并悉心照料着安娜和她的父亲。离开伦敦的好几年前起她便不再教授安娜功课了，只作为看护人负责接送小安娜上学放学，监督她乖乖地练习钢琴，并代替安娜过世的母亲提点她作为大小姐该有的规矩。她的存在可以说是安娜家的一大特色——别墅矗立在山丘上，视野良好，能够俯瞰山边的小河，别墅里有间椭圆形的客厅和一个种满杏树的阶梯状小花园。安娜以前喜欢称呼雅迪斯小姐为“可怜的泰勒小姐”①；而当她发现雅迪斯小姐的人生轨迹竟然真的和泰勒小姐如出一辙时，也是又惊又喜——雅迪斯小姐在某年的年假结束后忽然宣布了和一位鳏夫订婚的消息。当时，安娜和雅迪斯小姐正为了某个人而处于互不信任的尴尬状态——而这个人就是罗伯特·皮杰昂，那时候他刚出现在两个人的生活中不久，而雅迪斯小姐对他十分介意。尽管雅迪斯小姐的离开令人不舍，却也叫人松了口气。于是安娜接收了她的工作，开始打理别墅并照顾家里的日常起居，虽然这样一来账单上的金额

---

① 简·奥斯丁的小说《爱玛》中的一个角色，曾是女主角爱玛的家庭教师，后来与当地一位绅士订婚。

有所增加，但早晚餐比以前可口。关于账单，安娜的父亲不仅二话不说照单全付，还对女儿赞许有加，令安娜十分感动。原来让雅迪斯小姐这些年来一直住在家里并不为别的，只是因为他觉得一个小姑娘身边应该有一位照顾她的女性。雅迪斯小姐在的时候，安娜的父亲逐渐养成了一种对周遭事物不闻不问的习惯，这大概是一种自我保护吧，这种习惯一直保留到雅迪斯小姐离开之后也未曾改变。因此，他对罗伯特或者其他更加普通的年轻男子的来去都不甚在意。

为了庆祝雅迪斯小姐的婚礼，罗伯特专程带了一大捆烟花来里士满，婚礼的当天晚上，他邀请安娜一起在花园里放烟火。放完烟火回别墅前，他第一次吻了安娜。之后他便出了国，一去就是两年的时间，而这段时间里安娜也逐渐恢复了社交。至于他后来的种种不负责任的行为，安娜明白，两个人各需承担一半的责任。事情是从他回国时开始的。他们会在深夜或者凌晨时分，手拉着手跳上车，由他开车一路狂奔回到里士满，回到安娜家的别墅。父亲早已在自己的房间里沉沉入睡，桌上不再有盛满热牛奶的保温壶，也不再有雅迪斯虚掩着房间门等待夜归的小姐。客厅炉火的余烬尚未熄灭，罗伯特娴熟地拨弄了几下便重新燃起了火苗，接着，一只中式沙发靠垫被轻柔地放到安娜的头下……可惜他们最终并没有步入婚姻的殿堂，原因是对彼此缺乏信任。

雅迪斯小姐婚后便作为赫康柏太太搬到了希尔居住，这座海滨小城位于肯特郡的海岸线上，距离伦敦约七十英里。她的丈夫在这里买了一段人造海滩，就在位于海滨大道旁的内陆一侧。他在这块土地上建了一所面朝运河的别墅，有着漂亮的阳台和日光房，还有可以抵御风暴的威尼斯百叶窗。一到冬天，狂风便会把碎石和瓦砾刮进海滨大道两侧房屋的草坪，要是忘了关窗户，还会被吹进房间落在地毯和钢琴上。不过赫康柏医生十分笃定在这里搭建别墅是一项极好的投资——事实也的确没有让他失望：每年的七、八、九月他和第二任妻子以及前妻留下的孩子们会暂时搬离希尔，去内陆的一座农场居住，于是这间别墅便会以每周六几尼的价格租出去。夏天的这段时间，赫康柏医生每天都会开着小车去希尔城里的高尔夫俱乐部。他交友广泛，和俱乐部里所有成员的关系都很好，但凡俱乐部搞活动总少不了他的身影。然而就在某次参加完聚会的回家路上，仍在兴头上的赫康柏医生开着车一路狂飙朝着夕阳进发，却不小心迎头撞上一辆大型旅游巴士。当这个令人震惊的消息传到俱乐部时，每个人都自发地为赫康柏太太捐款，最后，不幸成为寡妇的赫康柏太太收到了总共八十五英镑奠礼。这笔钱说多不多，说少也不少，于是她便把它全花在了自己和孩子们身上：为达芙妮·赫康柏报了一个秘书培训班；给赫康柏医生买了一个做工精湛的十字形墓碑，竖立在希尔的墓园中。

曾经在里士满的优渥生活让她从不需要为钱财发愁，且养成了奢侈的生活品位；之后的几年婚姻生活也是衣食无忧，惬意的生活让她逐渐懈怠，丧失了对生活的警惕性。周围关心她的人都很为她担忧，可她自己没有丝毫的察觉。诚然，丈夫并非没有留下遗产，可她对家里经济状况的估计却也太过乐观。安娜的父亲生前一直坚持支付养老保险，所以去世后家里每年都能收到保险金，于是安娜总会时不时给赫康柏太太寄些钱和旧衣服。赫康柏太太对于目前每个月收支相抵的生活倒是安之若素：她平时会去希尔和南石头城教钢琴课，以补贴家用；有时还会承接一些桌垫、灯罩或其他物品的表面描花装饰的工作，并偶尔接收一些付钱短租的客人——可惜别墅所在的位置很容易受到恶劣天气的影响，呼啸的海风和飞扬的碎石，以及前夫留下的两个孩子大大咧咧的行为，总会让这些短租客们迅速萌生去意。

赫康柏家的两个孩子很快便学会了独立并找到了很好的工作，这点实在是帮了她一个大忙。达芙妮在希尔的一间图书馆工作，迪奇也在离家四英里的南石头城找了一份银行的差事。他们依旧住在一起，这样两个孩子可以补贴一些家用。赫康柏太太不善交际，所以这两份工作都是赫康柏医生原来在高尔夫球俱乐部的朋友和两个孩子的生母的旧识帮忙介绍的。不过赫康柏太太和所有身为母亲的人一样，对孩子们怀有更高的期待：她希望迪奇能去参军，也曾尝试过纠正达芙妮的举止，希望她能变成安娜那样的大家闺秀。她刚来到这个家时——她后来才逐渐意识到，先生之所以娶她，就是为了找人照顾这两个孩子——赫康柏家的两个孩子就没少让她操心，他们是她作家庭教师时最怕遇到的类型。无论她如何竭尽全力地引导，两个孩子依旧秉性不改。尽管从没有人明说，但是丈夫的前任妻子真不是个称职的好母亲。不过，赫康柏太太天性慈爱善良，依旧不改初衷地照顾着他们；两个孩子也愿意和她一起生活，一方面是因为和她相处让人觉得舒服，另一方面是因为孩子们的熟人和朋友基本上都住在希尔；当然，还有一个原因是，他们并没有探索外面广袤世界的远大志向。他们很快便对赫康柏太太接受短租客的业务感到厌烦，尤其是当两个人都可以每周支付十五先令来补贴家用后，便立刻让她停止了这项业务。这么一来，家里一下子安静了许多。

不用上班的时候，达芙妮·赫康柏和迪奇·赫康柏常和朋友们一起去溜冰场、咖啡厅、电影院和舞厅里消磨时光。他俩都继承了父亲善结人缘和活泼开朗的性格特点，无论去哪里都有人愿意为他们买单。在海边，即使宴会和社交活动不多，年轻人也总有合适的去处。这样的生活让每个人都变得开朗、满足、奔放而倔强。希尔本身虽是个安静的小城，却有着发达的交通网，去南石头城十分方便，而后者是一个繁华热闹且资源丰富的大城市。

赫康柏太太在希尔也有不少自己的朋友。海边城镇商业化程度极高，但又不是特别讲究：她的朋友大都住在阳台华丽的庄园里，或者山坡上高墙环绕的别墅中。她找到了属于自己的圈子，不仅兼职工作做得不错，还参加了当地的合唱社。要不是总为继子女担心，她的生活完全可以称得上是逍遥自在。她很高兴自己能结婚，对于守寡的生活也并不感到遗憾。

查令十字街火车站前，马谢特把波西娅送上了火车，又盯着行李工人把箱子一个个搬进车厢。火车缓缓启动时，她冲波西娅不停地挥舞戴着手套的双手，仿佛某种神秘的信号。她给波西娅买了一罐水果硬糖，但叮嘱她别吃太多，否则会拉肚子。在去火车站的路上，马谢特的态度就像一片厚厚的云层笼罩在出租车里，并且整个下午一直压在波西娅头顶，让人觉得既压抑又紧张。她的眼睛看起来有些呆滞——或者应该说湿湿的。她像所有可靠的家庭用人那样陪伴小姐踏上旅途；一路护送波西娅抵达火车站，然后波西娅却忍不住觉得自己和她的距离因为艾迪产生了不可磨灭的隔阂。马谢特在车站小摊给波西娅买糖果时脸上的表情比平常更加严肃，仿佛不希望被人看穿自己的情绪似的。她说："要是托马斯先生在也一定会买给你的。这糖吃了容易口渴，特别是柠檬味的。别吃太多，还不知道你什么时候能喝上茶呢。"

火车发动的时候波西娅很开心。她拿出两块糖果塞进两边腮帮子里，打开随身携带的书看了起来。这是她第一次独自旅行，因此好一会儿都不敢抬头看车厢里其他的人，生怕自己的目光引起别人的注意。

当火车缓缓驶入离希尔城最近的中转站莱姆里时，赫康柏太太在站台上拼命挥舞着手臂——一开始是朝着火车引擎，像个对着火车打停站信号的列车员，接着便对着火车的窗户，希望能引起波西娅的注意免得错过。要想不注意到她是不可能的，因为站台上就只有她一个人在那里拼命挥手。这个冷清的中转站远离城镇，恰好在路堑的位置，孤独地伫立在一片树林中。常春藤像一张地毯，呈菱形在地面上铺展，周围的空气弥漫着树木静谧而潮湿的气息——只有偶尔经过的列车伴随着轰鸣的引擎声如幽灵般飘过。赫康柏太太身上的毛皮大衣是安娜以前的，穿在她身上从背后看去似乎有些紧绷。为了抵御寒风，她把衣领竖了起来。她跳上第一节车厢，像巡查般在一排排座位间来回搜索，当她看见独自呆坐在远处的波西娅时便立刻踩着小碎步跑了起来，动作流畅，仪态也丝毫不乱。等到了波西娅面前，她飞快地打量了一眼这个姑娘头上戴的圆形小帽子，暗暗估计着此人的心理年龄，然后给了她一个吻。“咱们先别急着聊天，”她说，“等上了火车再说。”行李工将波西娅的箱子搬下火车，抬到另一边的站台等着，换乘的火车很短，只有三节车厢。两个人刚放下行李坐好，火车便启动了，沿着树林中唯一的车道缓缓向前驶去。

赫康柏太太坐在波西娅对面，膝盖上放着一个空空的藤编购物篮。她有一张饱满、单纯又充满好奇的面孔，蓬松的灰色头发向上束起扣在帽子下。波西娅注意到她大衣上原来有纽扣的地方现在只剩下一条缝补过的痕迹，扣子已经被摘掉了。“真是太好了，”她开口道，“你终于来了，和安娜说得一样。告诉我，亲爱的安娜还好吗？”

“她千叮万嘱要我一定记得跟您问好。”

“听你这么说我很开心，她竟然要去国外度假了！不管遇到什么事她总是很冷静。他们的行李都收好了吗？”

“马谢特还在帮他们整理。”

“等他们走了她就要开始春季扫除了。”赫康柏太太说，想象着那个场景，“马谢特可真是个人才，经她手打理的一切都井井有条。”看见波西娅正望着窗外的树林，她又说：“也许你会喜欢在乡村暂居的时光。”

“我肯定会喜欢的。”

“我们住的地方恐怕算不得真正的乡村，应该叫海滨。不过……”

“我也喜欢大海。”

“英格兰的海，或者说环绕英格兰的大海，你应该是第一次见吧？”赫康柏太太问。

波西娅看了看她，发现赫康柏太太并没有等她回答的意思，于是心想：安娜一定已经提前跟她讲过自己的事了——比如她和家人之前住在哪里、为什么不回国，等等。若不是能跟赫康柏太太分享这些，安娜也不会继续和她见面。安娜是真心喜欢赫康柏太太，可尽管如此，除非约好一起看日间音乐会，或者安娜谈起自己的种种忧虑以唤起对方的同情，她们大概也没什么共同话题。每年安娜大概会给赫康柏太太寄三次等价于当日往返伦敦的火车票钱，然后花一整天的时间和她待在一起。这样的日子总是宾主尽欢——但没有人知道赫康柏太太心中是否也有忧虑。她有没有跟安娜倾诉过有关自己继子女的事情？“我估计他们一定很难管。”安娜曾这样说过。

“你会滑冰吗？”赫康柏太太突然问。

“恐怕不太会。”

赫康柏太太的姿势放松了些，又说：“那样也无妨。你应该去溜冰场玩玩。你喜欢看书吗？”

“偶尔会看。”

“这样挺好。”赫康柏太太说，“等你老了有的是时间看书，像我现在这样。以前有段时间安娜整天都在看书。好在她也喜欢出去玩，她总是邀约不断。其实直到现在她也活得像个小姑娘一样。你多大了波西娅，方便问一下吗？”

“十六岁。”

“那区别可大了，”赫康柏太太说，“我的意思是，十六岁和十八岁很不一样。”

“可我现在也过得很开心。”

“哦，那是自然。”赫康柏太太说，“我希望你住在我家的这段时间能尽情享受海边的生活。附近还有不少有意思的地方，比如古代遗迹什么的。没错，我希望……”

“我敢肯定我一定会享受这段时光的。”

“而且，”帽子的阴影下，赫康柏太太的脸有些微红，“我不希望你把自己当成外人。你要把这里当成自己的家，就跟住在安娜家一样。有任何问题一定记得跟我说，就像跟安娜说那样。当然，但愿不会有什么问题。可是你若有任何需要一定要记得告诉我。”

波西娅现在只想喝茶，吃柠檬糖真的很容易口渴，那种酸酸的感觉一直让她嘴里发干。她想，现在恐怕离海边还远得很——这时火车忽然穿出了树林，驶向一道高耸的山岭。带着海水咸味的风灌进车窗：她看见了，山脚下那片平整的土地彼端，绵延着一片广袤的大海。希尔城火车站突然毫无预兆地出现在眼前：这是一个大型中转站。售票厅的大门把外面的天空分割成长方形，车站就建在上山的斜坡上。赫康柏太太和行李工讲话的时候，波西娅就站在一道长长的阶梯口等待。终于抵达目的地，她感到无比兴奋，心想：“我在这里一定会过得很开心。”远处的大海、城镇和平原，以及三月灰蒙蒙的阳光似乎在她眼中汇聚成了一幅明媚的图画。“我的房子就在那边。”赫康柏太太指着地平线说，“虽然还有一段距离，但我订了出租车，司机都成老熟人了。”

赫康柏太太朝出租车司机笑了笑，然后带着波西娅上了车。

车子顺着公路行驶，绕了一个弯转进希尔城，沿途闪过一排排白色的别墅大门，门后的花园隐约可见，显得有些神秘。路上时不时还能听见画眉婉转的啼鸣。“平时我们一般会走那条路，”赫康柏太太朝左手边山脚下的一条路点了点头说，“不过今天要走另外一边，因为我得先去买点东西。我一般很少搭出租车去买东西，所以老实说还蛮期待的。宝贝安娜让我来的时候务必乘出租车，可我拒绝了，毕竟多走点路对我也有好处。不过我跟她说可能会打车绕远路回家，因为要顺道去城里买东西。”

出租车内的空间有些狭窄，仿佛四壁都在挤压着她们，波西娅只能勉强看见街道上的店铺橱窗——商业街上的店铺。可是这些店铺真有意思！——尽管面积不大，看起来却全都热闹非凡，商品也是琳琅满目，让人忍不住便想进去看看；街上的行人在店里进进出出，好不热闹。她看到了几家蛋糕店，还有古董店、礼品店、花店、高级药店和精致的文具店。赫康柏太太双手握紧着购物篮，一副跃跃欲试的样子。

藤编购物篮很快便被填满了，于是她们把剩下的包裹一个个叠放在出租车的座位上。每次回到车里赫康柏太太都会对波西娅说一次：“希望你再忍一忍，再过一会儿就能喝茶了。”市政厅大楼上的时钟正指向五点过二十分，一个男人搬了一卷地毯走过来，他把地毯竖起来放在波西娅脚边。“终于买到这个了！”赫康柏太太高兴地说，“我上周就预定了，可惜直到今天才送来……好了，现在我们只需要再到这条街的尽头去一趟就搞定了。”——所谓街的尽头指的是邮局，就在商业街的尾巴上——“我要给安娜发一封电报。”

“哦?”

“跟她报平安啊。”

“她不会担心的。”

赫康柏太太看起来却忧心忡忡。“可你从来没有离开她独自出过远门。我可不希望她出国度假的时候还心怀挂虑。”说着，她的背影消失在邮局门口，等再出来的时候，她忽然又想起来还有些东西忘了买，而要去的那家店在商业街的另一头。“搞了半天，”她说，“我们又回到起点了。看来今天还得从那条近路回家。”

波西娅知道这一切都是为了自己。看着赫康柏太太兴冲冲却又忘东忘西的样子，波西娅觉得她就像一只来来回回筑巢的水鸟，不由得同情地想：这样子要是被马谢特看到了不知会怎样数落她。马谢特一定会说，这些事情怎么等到现在才来办。但要是换了艾琳大概就会很喜欢赫康柏太太，并且和她打成一片，一会儿开心、一会儿担忧地逛街吧。出租车从运河上的桥面驶过，穿过横亘在小镇与大海间那片宽阔而平坦的土地朝着海边进发。海岸线在高耸的屋檐墙缘间忽隐忽现，一排排房屋被海风摧残得有些残破的样子，别墅间偶尔会出现一两栋红色的小平房，这些房子的地基比内陆要高，沿着海边的堤坝而建。

出租车转了个弯，沿着海堤后的道路缓缓前进，赫康柏太太打起精神开始清点刚买的物品。从这里望出去，街道旁高耸的联排别墅后墙上泥灰斑驳，从下往上看去，墙面仿佛直插天际，和伦敦的任何地方都不一样。别墅前的花园里荒草丛生，低矮的垂丝柳树茁壮生长。身后渐行渐远的海岸线上，浪潮反复拍击着海岸，发出单调的沙沙声，在这片街区渲染出一种神秘而庄严的韵味。别墅的窗户上大部分挂着白色的棉布窗帘，房间里看起来空空如也，墙外窗户间镶嵌的排水管道也是锈迹斑斑。这座城市靠北的这片区域看起来竟比大海的颜色还要灰暗。自从搬到伦敦后便再没担心过的波西娅，此刻心中又升起了忧虑：这些房子好像随时都会倒塌的样子。“这些房子里住的是什么人？”她问，有些紧张地抬头示意。

“没有人住，亲爱的。这些都是出租屋。”

赫康柏太太轻轻敲了敲司机座位后的玻璃隔板，正准备减速停车的司机猛地一踩刹车停了下来。她们下了车，波西娅手里抱着赫康柏太太拿不下的包裹，出租车司机帮她把行李箱也搬了下来。一行三个人大包小包地沿着一条陡峭的斜坡一步一步地前进，走到联排别墅的末端停了下来。赫康柏太太腾出手来给波西娅指了指海滨大道的位置。远处的大海依旧一声接一声地叹息着，头顶突如其来的一阵微风吹起她的帽檐。红色的碎石和木屑被风裹挟着吹向沥青路的边缘，划出波浪的形状；空气中夹杂着海水的咸味，那是充满活力的味道。天边有两艘汽轮缓缓前进，远处的海滨大道上空无一人。“我希望你能喜欢这里。”赫康柏太太说，“那些包裹还拿得下吗？没有专门的路直通我家门口——你也看到了，我们的房子几乎就建在海上。”

赫康柏太太的别墅名叫“威基基”，就坐落在离海滨大道约一分钟路程的地方。红色的屋顶和油画中的一模一样，不同楼层的窗户错落有致地排列着——有一扇窗户被海风吹开了，被阳光晒得褪了色的窗帘逃出屋外，在风中猎猎作响。开着的窗户下有一间玻璃阳光房、一扇玻璃大门和一块向外突出的半圆形大窗户，整间别墅的前半部分几乎是透明的。大面积使用的玻璃制材和外墙上一粒粒像泡泡一样鼓起的洁白涂漆都让这间别墅看起来十分潇洒明朗，仿佛要张开双臂勇敢拥抱大海一般，毫不畏惧海风的撕扯。

波西娅看见火光在屋内的阴影中明灭。赫康柏太太伸手敲了三下门——大门上不是没有门铃，只是它现在已经从原本的小盒子里掉了出来，被卷曲的长电线吊着悬挂在门边——一个身材娇小的女佣正一面整理着宽大的袖口，一面穿过起居室向门口走来。她打开门放众人进了屋，神态有些倨傲。“我带了钥匙，”赫康柏太太说，“但我觉得这是锻炼你的好机会，朵瑞思……我出门时总会把大门锁上。”后一句话是对波西娅说的，“海边可不比乡村……好了，朵瑞思，这位便是从伦敦来的小姐。你还记得我的吩咐吗？把行李都搬到她的房间去吧。这一卷是我刚买到的地毯。你还记得我让你铺在哪里吗？”

赫康柏太太对出租车司机道谢并付了钱，波西娅一个人站在起居室里，礼貌而谨慎地环顾四周。她时不时垂下目光，不想让人觉得自己莽撞无礼。尽管海滨大道上已经暮色沉沉，房间却在大海波光的掩映下保持着明亮。别墅里萦绕着一缕蓝色风信子的花香，刚刚绽放，是春天的味道。起居室里有一整面墙都被建成了白色的法式双开门落地长窗，推开便是阳光房，不过这些落地窗现在都紧紧地关着。她悄悄地朝阳光房瞥了一眼，看见里面似乎有几张藤编椅子和一只空着的水族箱。起居室另一端有一座装饰华丽的壁炉，熊熊火光正映照在棕色瓷砖上，明媚而跳跃；不过最耀眼的当属壁炉旁边那台无线电收音机了。窗户正对面的墙上靠放着一个镶着玻璃门的书柜，里面整齐地放满了书，可是柜门紧锁，似乎只是为了更好地反射窗外海景一样。墙上挂着一条有些褪色的深蓝色条纹雪尼绒帘子，隐隐透出一道拱门的形状，后面应该是楼梯。波西娅小心翼翼的打量着房间的其他角落，看见一台紫色的便携式留声机、一只放着各种绘画工具的托盘、一个画了一半的灯罩和一大堆像山一样垒起来的杂志。两只扶手椅和一张长沙发在壁炉前围出一个四方形的空间，当中放着一张屈腿茶几，上面早已摆好了茶具。不过装蛋糕的小碟子却还空着——赫康柏太太正从一只纸袋子里往外拿蛋糕。

海浪声还在别墅外反复吟唱，仿佛为这间起居室播放着天然的背景乐曲。波西娅把手套搭在一只扶手椅上，心下估计这间起居室就是算加上她，要坐下家里所有的人也绰绰有余。她后来才知道达芙妮把这里称作“会客厅”。

“你想先上楼休息吗，亲爱的?”

“不要紧的，谢谢您。”

“不想去你的房间看看吗?”

“我想一定没问题的。”

赫康柏太太闻言似乎松了口气。当朵瑞思把泡好的茶端上来时，赫康柏太太低声说：“好了，朵瑞思，去收拾一下那张地毯……”

赫康柏太太摘下帽子喝起茶来。波西娅望着她的头发，脑海中浮现出洋蓟的模样，似乎她的头发都是向上生长的，她把多余的头发挽起来，在头顶扎了一个扁扁的发髻，再用别针紧紧固定。这个发型不知为何让赫康柏太太夸张的表情看起来更加生动，可她的性格偏又那么温和。她毫无顾忌地跟波西娅聊着天，那种坦率甚至让已经逐渐习惯温莎大街家里的那种世故的波西娅都感到有些惊异，心想：说这么多真的好吗？现在就把话都讲完了的话，第一周之后还能剩下什么话题？她还不了解的是，女人之间的交流方式通常是以分享各种小秘密开始的，大家一见如故，聊得火热，越往后反而越变得矜持，通常只有些点到即止的闲聊。赫康柏太太给她讲起安娜小时住在里士满的事情，说她从小就美丽不可方物，然后又不遗余力地表达着对安娜没能保住两个小孩的遗憾。波西娅一直默默地听着，吃完了甜甜圈又拿起小牛油饼干，接着又吃水果蛋糕；她的目光不时越过赫康柏太太，瞄向她身后缓缓沉入暮色的大海。她想象着此刻站在海滨大道上遥望这间别墅的景象，那灯火通明的窗棂看起来该有多迷人啊，一想到屋外黑沉沉的夜色，再感受着此刻屋内的融融暖意，心里便不由得感到满满的幸福。

赫康柏太太忽然站起来，走到窗前撩起窗帘。“你还真别说，”她说，“从外面看起来其实没那么漂亮。”（她指的是从外面看这间别墅。）然后她给波西娅添了一杯茶，感叹着她一定特别思念自己的母亲，又说能跟托马斯和安娜一起生活有多幸运。作为雅迪斯小姐生活了这么些年，她早已学会了拿捏言语和行为的分寸，并随时保持着积极的心态，只有这样才能正确引导年轻人，而这样或许也使得她的心思变得更加细腻，更能体察人情。如今的独立使她获得了少许的权威感，她说什么，事情就会按照她的说法发展。她看了一眼壁炉上方嘀嗒作响的桃花心木挂钟说："太好了，达芙妮就快回来了。"关于这一点波西娅当然毫无异议，于是开口说道："我想我应该上楼去整理一下头发。"

她来到楼上自己的房间，坐在镜子前梳理头发。微风拂过摊开的行李箱，吹得里面的纸张簌簌作响，刚铺上的地毯在这海风的吹拂下起起伏伏。就在这时，她听见大门砰地响了一声：一定是达芙妮回来了。随后她便发现，这间叫作威基基的别墅不啻一座巨大的音箱：屋里的每个人在哪儿、在做什么都能听得一清二楚——除非海风的呼啸恰巧盖过他们的声响。她听见达芙妮大声地询问着什么，然后她的说话声便戛然而止了，一定是赫康柏太太做了什么手势，示意她家里有客人吧。波西娅默默地想：希望达芙妮不介意自己的到来……在这间卧室里，台灯的光芒从陶瓷灯罩下坦然洒落，带着一种温莎大街别墅里从不曾有过的轻松与惬意。这光芒在海风的吹拂下微微摇摆，波西娅只觉得新的人生即将由此展开。楼下，达芙妮打开了收音机，把声音调到最大，然后大声朝赫康柏太太问道："我说，迪奇到底什么时候才能把门铃修好？"

2

波西娅鼓起勇气下楼时，达芙妮正在茶桌边转悠，嘴里叼了一块马卡龙，赫康柏太太一边忙着画灯罩，一边努力用盖过音乐的音量冲她喊："你再吃就吃不下晚餐了。"多年的相处、多少个日夜与音乐声较着劲儿说话的习惯，让赫康柏太太即便在对达芙妮喊的时候语气也像平日一样温和、慢条斯理。她的言谈举止和举手投足间自有一种独特的韵味，此刻的她正在灯下专心致志画着灯罩，描两笔就凑过去仔细检查，然后再退后一点查看整体效果，那姿态仿佛一位在舞台剧中饰演画家的演员。

波西娅撩起门帘进来的时候达芙妮没有看她，不过立刻礼貌地关上了收音机。音乐声在渐进高潮时戛然而止，赫康柏太太下意识地抬起头来。达芙妮把最后一小块马卡龙塞进嘴里，用一张双绉掐丝手绢认真地擦拭完手指，依旧一言不发地跟波西娅握了握手。看她的样子像是那种语不惊人死不休的类型，所以如果说不出那样的话，她宁可闭口不言。她是个身材姣好的姑娘，个子很高，身上穿着一条深蓝色的贴身针织连衣裙，正好显示出她高挑的身材；一头浓密的鬈发披散在肩上，拢成光滑又整齐的弧度。她的气色很好，嘴唇上还涂着橘色的口红。她一边思索着该对波西娅说些什么，一边转头对赫康柏太太说："今晚他们都不过来了。"

"噢，谢谢你，达芙妮。"

“谢我干什么。”

“达芙妮朋友遍天下，”赫康柏太太对波西娅解释道，“不过他们今天晚上不过来了。”

达芙妮把剩下的蛋糕一股脑儿全塞进嘴里，然后一屁股坐在扶手椅上。波西娅低眉顺眼地穿过房间，走到赫康柏太太身旁，后者正用手托着装画具的盘子，就着一盏特殊的台灯一笔一画地勾勒着。身在别人家里尽管有些紧张，却完全没有住在温莎大街时的局促，因为那里如圣昆汀之流的安娜的朋友们对她总是不露痕迹地冷眼旁观。她看了一眼灯罩，上面画着橘粉色的天空和天空下紫蓝色的飞燕草以及大理石的丘比特雕塑，她惊呼道：“哇，好漂亮！”

“等上完漆才更好看呢。我觉得这样构图很美。这是别人的订单，用来当结婚礼物的，不过我想在完成这个之后给安娜也画一个，给她一个惊喜——我亲爱的达芙妮，我敢肯定波西娅不会介意你放音乐的。”

达芙妮咕哝了一声，起身重新打开了收音机。随后她踢掉脚上的船形高跟鞋，点了一支烟。“我跟你说，”她开口道，“今天简直是春寒入骨。”

“可不是嘛，亲爱的，春天来了是件好事，不是吗？”

“透进骨子里可不怎么好。”她一边说，一边饶有兴趣地打量着波西娅，“这么说，”达芙妮问道，“他们没带上你一起出国啊？”

“他们没法带啊，你想想吧亲爱的。”赫康柏太太立刻接口道，“他们去了也是寄宿在朋友家。再说了，波西娅本就刚从国外回来。”

“是嘛！那么你对我们英国的警察有什么看法？”

“我想我不……”

“达芙妮，亲爱的，别总没个正经。听话，叫朵瑞思把茶具收了吧。”

达芙妮向后仰起头大喊了一声：“朵瑞思！”后者拿着托盘扭着身体进来的时候瞥了达芙妮一眼。波西娅后来才懂得，达芙妮每天都得在如坟墓般死寂的斯穆特图书馆里待一整天，整理各种她毫无兴趣的书籍，这种工作不仅让她本能地厌恶，对身心也是有害无益。于是，为了维持某种平衡，她一回家便会想尽办法弄出些大的声响来。达芙妮拿东西的时候从不会轻手轻脚，而是一巴掌拍在它们上面，她咧着嘴的样子简直就像有人要拿刀砍她脖子似的。即使收音机的声音没有开到最大，达芙妮还是喜欢扯着嗓子说话。如此一来，每次达芙妮的脚步声在海滨大道上响起时，赫康柏太太便会默默调整好心情，等待她大张旗鼓地归来。她半辈子的工作都是教导年轻人轻言细语以免打扰到别人，她总对他们说“请小声些，亲爱的”，所以如今对达芙妮的放任倒让她有了一种偷得浮生半日闲的惬意；甚至在某种程度上来说，她对达芙妮的喧哗不羁的放纵正是对前半生一板一眼教导别人谨言慎行的经历的缅怀。她已经如此习惯达芙妮在时屋里的喧闹，以至于一旦关上收音机或者一瞬间忽然没人说话，反而会让赫康柏太太觉得不习惯，于是忍不住放下画笔，起身去关上一扇窗户或者拨一下壁炉的柴火——浑身的感官但凡体会到一丁点儿声音的缺失，都会忽然让她感觉冷清。现在她已经不再寄望达芙妮变成像安娜那样的淑女，却暗自下定决心：绝不能让波西娅从这里回到伦敦安娜身边的时候沾染上达芙妮的一丝陋习。

当朵瑞思清理了所有的茶具、把蕾丝茶巾叠好放进书柜抽屉时，赫康柏太太正好打开一罐清漆，然后一笔一笔全神贯注地往灯罩上涂抹。完成第一道上漆工序后她松了口气，仿佛终于回到了现实，说道："朵瑞思看起来精神不错。"

"能不好吗？"达芙妮答道，"她给自己找了个男人。"

"这么快？我的天！真的吗？"

"真的，我坐巴士的时候遇到他们了。那男的脖子上还有一道印子呢。我是先看到那道印痕才开始打量他的，结果没想到竟然在他身边看到了笑嘻嘻的朵瑞思。"

"但愿那是个好男人……"

"唉，我跟你说，他脖子上还留着印子呢……话说回来，姆妈，我真希望你能好好说说迪奇，让他赶紧把门铃给修好。现在那样挂着太难看了，而且还不好使。咱们怎么不买个电池的呢？"

"你父亲认为那种很容易坏，亲爱的。"

"唉，你真应该好好说说迪奇，真的。他要是不修，当初干吗自告奋勇地说他会呢？又没人逼他。"

"他那么说也是好意，亲爱的。吃晚饭的时候我会记得提醒他的。"

"晚饭他不回来吃了，有约会。他说的。"

"哦，对，他是有个约会。我怎么给忘了？"

"我哪儿知道啊。"达芙妮笑着说，"不过你也别担心，我可以吃剩菜。话说，都有些什么剩菜?”

“鸡蛋派。我觉得这个比较清淡。”

“清淡?”达芙妮惊讶地重复了一遍。

“给波西娅准备的，她毕竟长途跋涉。你要是觉得不够，亲爱的，可以开一罐肉冻[①]来吃。”

“哦，好吧。”达芙妮无奈地回答。

波西娅坐在沙发的一端，读着一本叫作《女人与美貌》的杂志。赫康柏太太的注意力全在灯罩上，达芙妮也只是坐着咕哝，波西娅真后悔没把马杰尔·布拉特送的拼图游戏带来——不然现在就可以玩那个了。只是那份拼图已经完成了四分之三，不方便带出来。头顶雪白的大吊灯洒下令人窒息的橙色灯光，将波西娅包裹在光晕里，她对这个全新的世界感到恍惚。收音机里的乐声伴着远处低沉的海浪，熊熊火光烘烤着房间，散发出淡淡的清漆味、风信子的花香和土耳其地毯特有的味道。她对这一切还感到有些陌生。真是一场遥远的旅途啊——不仅仅只是空间的距离。

她琢磨着自己住在这里会不会难捱，不由自主地想起了温莎大街的家。“这儿不是那里。”她对自己说。于是她开始回忆，一点一滴地回想着那些能让她感到欢喜的东西——她的床、冬日清晨散发着温柔光芒的床头灯、托马斯书房里的地毯、楼上走廊里刻着天使像、带抽屉的矮柜，还有楼下马谢特房间里的蜡油布。一个人只有完全习惯了孤独，才会格外注意这些琐碎之物。人和这些物品之

---

① 肉冻（galantine），用小牛肉、鸡肉等去骨扎紧，煮熟而作成的冷食。

间，因每天看得见、摸得着而逐渐生出爱意，却也对痛苦更加敏感。在回忆过往的空虚岁月时，人们往往能从物品中找到值得纪念的意义。习惯这种东西不仅让人臣服，更是一种柔软的纽带：每每重温仿佛便能感受到幸福。因此她和艾琳每次离开寄宿的旅馆，临走前环顾曾经住过的房间时总会感到悲伤，忍不住觉得这是一种背叛。每次来到陌生的地方他们总会下意识地寻找一切能让人感到熟悉的东西。我们的归属感并非来自人性中那些崇高的意识，而是来源于最本真的感受。渴望找到归宿的流浪者，通常会迅速对某个地方产生依恋：我们的生命就鲜活地存在于内心无意识的情感当中。

威基基海滨别墅二楼波西娅卧室的天花板随着房顶的形状倾斜。赫康柏太太对波西娅道了晚安，把铁窗关到只剩约六英尺宽的缝隙固定。夜色中，海滨大道上路灯的光芒柔柔地映照在猎猎作响的窗帘上。好几次波西娅都忍不住伸手去触碰头顶倾斜的天花板。赫康柏太太说希望她不要害怕一个人住。“我就在隔壁，你有什么事只要敲敲墙壁我就能听见。这间别墅的每个房间都紧挨着。你喜欢海浪的声音吗？”

“海听起来很近。”

“现在正在涨潮。不过海水不会漫过来的。”

“真的吗？”

“真的，我保证，亲爱的。你怕海吗？”

“不怕。”

“你看，这儿还有张安娜的画像呢。”赫康柏太太补充道，神情安详地朝壁炉台偏了偏头。波西娅早就看过了——那是一张安娜的水粉画，画里的安娜大约十二岁左右，手里抱着一只小猫，她柔软的长发用蝴蝶结扎成了两条小辫子。柔和的色彩和恬静的氛围让画中发辫间那张瘦削的脸颊看起来多了几分圣洁的味道。怀里的小猫用黑色涂抹出一道模糊的轮廓。“所以你不会孤单的。”赫康柏太太开心地总结，然后关灯离开了……卧室的窗帘被风吹起轻轻拍打着窗框；黑暗中，窗外的海浪声仿佛就在耳边，远远近近，冲刷着碎石，犹如一声声叹息。涨潮了吗？大海此刻仿佛就在眼前。

波西娅梦见自己正和一个小姑娘一起看书。安娜光滑的长发垂在书页上，她们坐在一扇高高的窗户边，似乎在等待着什么。她们最担心的就是忽然响起铃声，而最希望的是能在铃声响起前读完书里的某一个部分。这时波西娅忽然发现，自己看不懂书上的文字了——可她不敢告诉安娜，因为后者正看得痴迷，还不时地翻页。她知道她们必须一直读下去——所以安娜垂落的长发让她感到深深的绝望和同情，为那些即将到来且无可避免的事情。森林（她们所在的窗户下方有一片森林）被涂上了一层清漆，她们无路可逃。梦的结尾十分糟糕，似乎有人冲进了房间，紧接着不知何处忽然响起咕噜咕噜的声音和某种沉闷的怒吼——睡梦中的波西娅忍不住哭喊了起来——

“嘘，嘘……安静，亲爱的！我在这儿，没事了。那只是达芙妮放洗澡水的声音。”

“我在哪里……”

“在我家，亲爱的。”

“哦！”

“你是不是做梦了？要不要我留在这儿多陪你一会儿？”

“哦……不用了，谢谢你。”

“那就好好睡吧，乖孩子。记住，有事只要敲敲墙壁就好。”

赫康柏太太轻手轻脚地走出房间，虚掩上卧室门。接着，她和达芙妮在房间外的走廊上悄声低语。她们的声音让人想起了诊所的走廊，以及梦中残留的那片森林。“天啊，”达芙妮说，“她也太紧张了吧？”然后便听见她踮起脚尖、蹑手蹑脚经过走廊的声音，浴室里的最后一滴水终于放干了，某处的门被轻轻关上。

也许这只是波西娅的错觉，但她总觉得半夜醒来的不是好孩子，可又对刚才的梦心有余悸。她对安娜并不好，她从来就没对别人好过。她是怀着抵触的心和她一起生活的……比如，那只小猫——她会想它是不是死了？安娜从来没有说起过它。安娜上学的时候有没有觉得自己很没用？她的头发是什么时候剪的？在床头灯的辉映下，画像里的头发氤氲着相思树般的黄色。安娜是不是也会有不知该如何是好的时候？要是她总能知道该怎么办，总是知道什么时候该笑、什么时候该说什么，是不是就表示她总能做出正确的选择？每个人的心中是否都住着一个惊恐的自己，站在空空如也的房间里，不知该何去何从？波西娅躺在枕头上想，现在她走了。也许永远都不会再回来了。

赫康柏太太一定还没睡，她要等迪奇回来，提醒他别弄出太大声响。海滨大道响起了迪奇清脆的脚步声，渐行渐近，直到他砰的一声推开大门，赫康柏太太立刻对他竖起食指说：“嘘——”接着便听到迪奇挪了挪扶手椅，又踢了踢壁炉里的炭火：仿佛有个庞然大物在休息室里走动。过了一小会儿，有碗碟小心翼翼叩响托盘的声响，大概他们开了一罐肉冻。赫康柏太太低声说了些什么，可能和门铃有关，因为她听见迪奇说："现在跟我说这些干吗？……"波西娅知道明天早上肯定会和他见面，她听说迪奇已经二十三岁了，和艾迪一样大。

第二天早上八点钟她下了楼，迪奇正在狼吞虎咽地吃早餐。小城里有辆直达南石头城的公车，他得赶时间。波西娅进来的时候他正好起身，用手巾擦着粘在下巴上的蛋液。他们握了手，相互寒暄了几句后，迪奇又大大咧咧地坐回椅子上继续喝咖啡，一个字也不再多说。迪奇并没有昨晚听起来那么大块头，却也挺拔结实：他气色健康、皮肤紧致，一双眼睛明亮而坦率，像头雄鹿；下巴宽大，头发虽努力梳得油光水滑，却依旧有那么几簇倔强地竖着不肯服帖，看上去一副精力旺盛、英气勃发的样子。因为要上班，他穿着深色西装和硬领衬衫，但怎么看都觉得和他风格不符。早餐前，他无论洗澡还是穿衣服都弄得叮当作响，整栋房子都能听到。等他离开浴室，里面还萦绕着须后水清爽的香味，久久不散。在温莎大街的别墅里，层层楼板和复杂的管道会过滤掉托马斯的一切个人痕迹，而在这里，迪奇就像一只生机勃发的动物，处处都有他的存在感。这时他抬起头朝波西娅的方向看了一眼，眼神却穿过她看向了别的地方，他的神情仿佛在宣告没有什么能撼动他的习惯，然后他起身、离开餐桌，消失在雪尼绒帘子后面。过不了五分钟他又撩开帘子回来了，手里拿着帽子，一副神清气爽的样子，看起来十分体面。他对着波西娅和赫康柏太太点了点头作为道别（后者正进进出出地往餐桌上摆放新鲜餐食，因为还有人没起来），随后“哐啷”一声打开玻璃大门往公司去了。赫康柏太太透过阳光房望着他在海滨大道上渐行渐远的身影，说道：“他像上了发条一样准时。”然后满足地叹了口气。

达芙妮工作的图书馆就在希尔城的商业街上，离威基基走路只要十分钟而已，顺着连接海滨大道和城中心的一条林荫路一直走下去便到了。这份工作每天九点十五分才开始，因此她几乎总是一觉睡到天亮，在哥哥吃完早餐出门上班后才慢悠悠地下楼。当达芙妮走出浴室的时候，听见动静的赫康柏太太便会示意朵瑞思，达芙妮的鸡蛋或者煎咸鱼可以下锅了。家里的早餐就像工厂的流水线一样运作得井井有条，这都多亏了赫康柏太太的悉心安排——她的精力大概全用在这上面了，所以每天剩下的时间都是一副顺其自然的样子。达芙妮下楼吃早餐的时候总带着梳子，在等待食物上桌的间隙大大咧咧地站在壁炉的镜子前，细心梳理那一头漂亮的长鬈发。吃完早餐后她才会涂口红，毕竟有溏心蛋，更别提黏糊糊的果酱了。达芙妮梳头的时候，赫康柏太太总不放心地反复确认包裹着厚毛织保温套的咖啡壶和牛奶罐是否还热着。她的早餐是热牛奶加面包干，据她向波西娅介绍说，这是欧洲大陆的吃法。从迪奇离开到达芙妮下楼，波西娅一直规规矩矩地坐着，安静地吃着放在自己面前的早餐，手肘尽量朝身体靠拢，免得引起任何人注意。

达芙妮梳完头在餐桌前坐下，说道：“我昨天洗澡的时候吓到你了，真抱歉。”

“哦，不，那是我的错。”

“是不是昨天吃了什么东西不舒服？”

“她只是太累了，亲爱的。”赫康柏太太插嘴。

“你肯定还没习惯我家的排水管。我敢肯定你嫂子家的排水管都和白金汉宫一个级别吧？”

“我不知道什么是……”

“达芙妮只是在开玩笑而已，亲爱的。”

可达芙妮却穷追不舍：“我敢肯定她的浴缸一定是绿色陶瓷的吧？要不然就是那种装着隐藏照明的下沉式高级货？”

“不，达芙妮，亲爱的，安娜从来不爱用那么奢侈的东西。”

然而达芙妮只从鼻腔里哼笑了一声，说道：“我敢肯定她的浴缸肯定美得能让她看起来像朵水仙花。”

说着，她舀了一勺果酱放进嘴里狠狠地抿了一口，脸颊深深凹进去，看起来好像还有好多话想说，一副意犹未尽的样子。显然，只要她还把波西娅和安娜看作一派，态度就不可能温和到哪里去。任何从安娜家来的人，在达芙妮看来似乎都带着一种居高临下的优越感。她只见过安娜三次——但就在这仅有的三次见面中，达芙妮都耐心且不遗余力地搜集着安娜身上种种值得讨厌的理由。虽然如此，她却并非一个善妒的女孩，只是对所谓的上流社会怀有距离感罢了——若有机会常去伦敦，她大概会站在女人堆的最前面，打着遮阳伞张望那些装饰华丽的场合。如果打个比方的话，她就是站在人群中审视地探出头来想要一睹白色头纱下新娘真容的女子，或者剧院外无意间被过路人身上的香水味吸引的少女。像达芙妮这样的女孩，满足、狡黠又体面，毫不怀疑地遵守着旧时代的规则，也不介意推崇那些她所没有的事物。但同时，在这种表象的掩盖下，她的内心也曾有过一丝不平和反抗，并曾一度高涨，这一点从她对安娜从未中断的愤怒中便可见一斑。

她从不认为安娜是真正的上流社会（这倒没错），可尽管如此，还是觉得处处被她压着一头；她觉得安娜所拥有的超过了她本人实际所应得的。她觉得安娜装模作样。另外，她心中对于安娜曾把这个被她叫作“姆妈”的女人绑在身边作保姆这件事也隐隐有些不忿（因为不知该如何用言语形容）。安娜若真有个贵族头衔，那这一切便还说得过去。可是，她堂而皇之地无视了一个事实，那便是若没有安娜的父亲，赫康柏一家人今天恐怕也吃不起那么多肉冻。

人的性格举止有些是源于对别人的尊崇，而有的则是源自内心的敌对情绪。要说达芙妮如今的行为有什么深刻的内因，那便是无论如何都不想让自己的言行举止变得和安娜一样。此时此刻，一想到安娜，她便用发脾气一样的怪异表情狠狠咬着面包干，下嘴唇还沾了些果酱。

威基基的果酱像果冻一样黏腻浓稠，是橘子的鲜橙色；桌上摆放的陶瓷碗碟光洁如新，洁白的表面上用钴蓝色模仿中国画绘着各色花样。合成橡木的桌上放着厚厚的桌垫，就像一片片松软的面包，滚烫的碟子放在上面有些摇晃。海滨特有的明媚阳光泼洒在餐桌上，波西娅的眼神穿过身旁的阳光房向外望去，心中满是感叹：这一切真是太棒了。赫康柏一家的吃住几乎都在这间休息室里，因为他们对餐厅里那个无烟煤壁炉的供暖能力没有信心，当然那个壁炉也确实没什么用。所以，原本的餐厅基本上只会在夏季使用，还有偶尔举办大型派对的时候，毕竟人一多房间里也就没那么冷了……海鸥轻巧地掠过屋外的草坪，留下一抹白色的剪影，赫康柏太太看着达芙妮对想象中的安娜发脾气的样子，眼神里充满了遗憾。"可是没人会把水仙花放在浴缸里。"她终于开口说。

"有什么不能的，放在里面能保持新鲜。"

"那也应该是放在洗手池里，亲爱的。"

"我怎么知道该放在哪儿，"达芙妮说，"我又不喜欢水仙花不是？"她把手边的杯子往前推了推，加了些咖啡，然后整理了一下情绪，像要换成令人开心的话题似的问道："你到底有没有跟迪奇好好说说那个门铃的事？"

"他看起来不想……"

"哦，他不想，是吗？"达芙妮打断她，"迪奇就是这副德性，你明白我的意思。早知如此，他怎么不一开始就让你找斯帕丁锁店的人来修呢？唉，你还是把他们找来吧。我希望那只门铃能在明天晚上之前修好。"

"有什么特别的原因吗，亲爱的？"

"明晚有客人要来。"

"可他们以前不都是直接敲门的吗？"

达芙妮表情有些局促（这是她表达羞怯的方式），眼神闪烁地望着自己的鼻梁，说道："博斯里先生说想来拜访。"

"哪位先生？"赫康柏太太有些迟疑地问。

“博斯里，姆妈，波呃博、丝伊斯、勒伊里。”

“我好像从来没有……”

“你是没有，”达芙妮拖着嗓子大声说，“所以才要来的嘛。他以前没来过咱们家。让他看见那个坏掉的门铃多不好。他可是步枪射击军事学校的。”

“哟，军队的？”赫康柏太太说，神情一下子亮了起来，（波西娅对军队几乎一无所知，闻言耳边仿佛立刻响起从海滨大道传来的马刺声和军刀摩擦裤脚的声音。）“你在哪儿认识他的，亲爱的？”

“一个舞会上。”达芙妮简短地回答。

“那你们明天晚上是不是也想跳舞，我猜？”

“嗯，我们可以把地毯铺上。总不能让大家干站着。——你会跳舞吗？”她话锋一转，看着波西娅。

“呃，我以前住旅馆的时候和其他女孩子跳过……”

“唉，男人又不咬人。”达芙妮转头看着赫康柏太太说，“让迪奇把塞西尔叫来吧……天哪，我得赶紧走了！”

说完，她便急匆匆地出了门，身影很快消失在海滨大道尽头。达芙妮从不会说比“天哪”或者“糟死了”语气更重的词，其他人用言语表达的气势都被她用行动展现了出来。这一点上她真是和安娜完全不同，后者情绪上来的时候会用一副可怜巴巴的委屈神态咒骂。比如安娜生气起来会骂别的女人“贱人”，而达芙妮则会用“坏脾气的老太婆”这样的词。她很有女性魅力，从不污言秽语，即便有什么事惹她生气，她也只会加重语气说“你真是太过分了”，或者横你一眼……当她的身影彻底消失之后，波西娅忽然觉得有些虚脱，而赫康柏太太看上去也是睡眼惺忪的样子。对波西娅来说，达芙妮和迪奇很特别，是以前从未遇到过的类型，能够每天如此近距离地与他们接触，她感觉十分新奇。

“记得提醒我去斯帕丁锁店。”赫康柏太太说。

此刻阳光尚有些朦胧，海面却波光粼粼，反射进客厅映出一片灿烂。赫康柏太太将靠近阳光房的一扇窗户打开，好让刚用完早餐的客厅透透气，随后又走进阳光房推开一扇窗户，瞬间，带着海草咸腥味的空气、被海浪冲上沙滩又被太阳晒干的砂石和海鸥的鸣叫，都从屋外一股脑涌进了威基基的客厅。在海边待一天，浑身的感官都能清楚感知海水强烈的咸腥味、海风猎猎的张力和那种天高海阔的空寂——就像沙滩上那些干燥的、尚未被人踏碎的墨角藻[①]一样。波西娅走进阳光房，站在格子窗前眺望外面的海滨大道，然后鼓起勇气拉开了透明的玻璃大门。门外的花园周围建了一圈及膝的矮墙，其间伫立着一扇极高大的花园门，将马路与赫康柏家的领地清楚地分割开来。在抬脚跨出矮墙之前（因为花园有门，所以这种行为似乎不是特别礼貌），波西娅回头望了一眼威基基的窗户，发现并没有人朝她这边观望，那应该就表示没有人反对了。于是她跨过矮墙来到海滨大道上。

希尔的海岸边有一道清浅宽阔的海湾，缱绻成柔和的弧线。往东的地平线上，海岸逐渐向上隆起——或者应该说是内陆的山丘朝着大海延伸，山丘上盘踞着一道雄伟的建筑群，那是南石头城豪华

---

① 墨角藻（seaweed pod），英国海滩上常见的一种海藻，有像豆荚一样鼓鼓的球状部分，湿润的时候可以用脚踩爆，干燥后变得十分坚硬。

酒店中最为宏伟的建筑。金色的圆形拱顶和迎风招展的旗帜在落日的余晖中散发着夺目的光彩，气势磅礴，那金光闪闪的远方、那天堂般的富丽堂皇，是希尔城海滨大道上踮着脚张望的人卑微的叹赏。没有太阳的清晨，天边那道恢弘的建筑群就像用灰蓝色墨水画在天幕下的梦幻剪影……希尔和南石头城之间连接着一道坚固的混凝土海堤，海堤上面铺着碎石，曲折蔓延了整整两英里的距离。在这道海堤保护下的土地远远地横亘在内陆的另一侧，土质盐渍，荒无人烟。这条朦胧而孤独的堤坝一直延伸到与希尔-南石头城沿海公路接壤的地方。

希尔的西边，目及之处尽是无人湿地。毫无起伏的平坦海岸线朝着大海伸展，最终在一条尖细的海角末端汇聚。曲折的海岸线上闪烁着细碎的光芒，每隔一段便有一座石造的圆形小炮塔点缀其间，每往前一段距离炮塔就变得小一点，仿佛被阳光多吞噬了一点，唯一能打破这片寂静的，是远方时不时传来的练习火枪射击的声音。往希尔城的西边望去，世界仿佛正在渐渐模糊、褪色、消失，像被逐渐淡忘的、过去的记忆。斑驳的光影在海风的吹拂和云层的流动下纵横交织、自成一景……这片海滩上，细碎的砂石变成了柔软的细沙，咆哮的海浪到了这里也变得温柔起来，只顺着平缓的沙滩一遍遍轻抚着炮塔。

站在这两端景色的中央，背握着双手，波西娅向着大海眺望：天际线紧贴着狭长而平缓的海堤。碧空如洗，三艘蒸汽轮船吐出的螺旋状烟雾悬挂在天边——平静的海面波澜不兴。很难想象此刻巨大的螺旋桨正在不断搅碎海面下的平静。海浪冲刷着海滩，激起的泡沫来了又去，像白色的蕾丝花边，但天际线清晰笔直得像一片刀刃。

今天上午再晚些时候，那片刀刃就会把托马斯和安娜与这片土地切割开来。他们会消失在天际线的那头，只在身后留下一道短暂的螺旋形的烟雾。等抵达加莱，他们的生活于她就变成了一种假设或虚构。望着某人在离开当天会经过的海面，从某种程度上来说就是接受为双方的某种关联画上句号。我们内心的感受与身体的感官知觉息息相关，一旦这种感知被切断，它们之于内心情绪的影响也随之终止——譬如一扇关上的门、一列消失在弯道后的火车、远去的飞机引擎轰鸣声，以及被海雾吞噬或者从天际线上消失的轮船。你或许自以为能在心里清楚地记得一切，但感知在不断提醒着你，联系的缺失会让人们疏远。这世上并不存在可以永远不在对方生活中出现的朋友。当某个朋友脱离了原本的圈子，无论他有多么不情愿、多么悲伤，那都不啻于一种背叛：被抛下的人内心的情绪会变成对他的严厉审判。主动的缺席（无论这么做的人本身有多不情愿）就是爱的反义词。回忆有时候只是一种没有感情温度的责任，因为我们只记得住自己能够承受的部分。我们自觉地遵守着生活的种种惯例，用来保护自己抵御那些超出意志承受范围的惨痛记忆。我们远离充满回忆的房间、场景和事物，远离能唤醒心底尘封的痛苦记忆的一切。我们离弃那些离弃了我们的人，只因那种伤痛让人无法承受，只因我们必须想方设法地活下去。

值得高兴的是，身体的感知是无法被轻易蒙骗的——或者说，至少无法被反复蒙骗。它们最终会在我们能够承受的事物上尘埃落定，并让我们信以为真。它们是对真相鲜活而无情的背叛。波西娅之所以能够在失去艾琳的世界活下去，并不是因为否定或者遗忘了曾经的母女连心和相依为命，而是因为她已经无法再感知母亲紧贴的脸颊（艾迪的指尖曾拂过她微笑的嘴角，虽是不经意却刚发生不久，是更加鲜活的记忆），也再闻不到艾琳衣襟上的香味，更无法像过去那样在租住的房间里相拥醒来。

至于艾迪本人，就目前来看，“陪伴或缺席”的二分铁律对他似乎并不适用。爱情萌芽期的甜蜜在毫无经验的年轻人那里总能持续很长时间，所爱之人就住在心中，在不在身边都一样欣喜。他们活在救赎与被救赎那令人目眩神迷的恍惚中，现实世界究竟发生了什么并不重要。他们内心的欢喜与忐忑是如此澎湃，以至于当心爱之人真的陪在身边时反而觉得坐立难安，甚至忍不住想跟对方说：“快走，你不在的时候我才能安心想你。”甜蜜的回忆和对未来的揣测是这个阶段最美妙、最生动的时刻，只有在这个时刻，内心的情感和想象才能自由地飞翔。现在无论看见什么波西娅都能想到艾迪，每件事物中仿佛都有他的影子。此刻他在伦敦，而她在这里，这两座英格兰的城市虽相隔整整七十英里，在他俩的甜蜜世界中却如同近在咫尺，更何况还能互通书信呢。

不过，按理来说生活中没有了托马斯和安娜，她应该感到难过和不舍才对：毕竟他们与她朝夕相对。可是波西娅并不难过，也不想念他们，今天早上这个事实就像泛着寒光的大海一样清楚明白地摆在她面前。托马斯和安娜既然敞开家门接受了她的存在（出于血缘关系的义务），便是承担了原本艾琳和她之间各种理所当尽的责任。他们和波西娅——奎恩家的三个人，整个冬天都同住在一个屋檐下，不仅选择共同生活，还尝试着彼此接纳。三个人都在为同一个目标努力。他们曾走过同一段楼梯，握过同一只门把手，听过同一只壁钟的钟声。在温莎大街别墅紧闭的大门内，他们听着彼此的声音，就像把耳朵贴在海螺上，听着里面绵延不断却模糊不清的嗡鸣。她走进的每一个房间里都残留着他们的气息，大门口的信件上总能看到他们的名字。即使出了门也总有人问：你哥哥嫂嫂还好吗？对外面的世界来说，她的身上散发着托马斯和安娜的味道。

尽管如此，有些本该天经地义的事情却并未如常发生：那些事从头到尾都不曾有过。他们仿佛围坐在一个画出来的壁炉前，没有真实的温度，无论做什么都不能让冻僵的手暖和起来……她试着想象托马斯和安娜倚在船栏杆上，双双眺望远方的画面。那个画面是如此生动，竟让她忍不住想伸手擦去他们脸上那一抹近乎背叛的神情，那神情让他们看起来更像是逃离困苦的难民而非快乐的旅者。托马斯曾说过自己会戴着帽子站在甲板上——在这画面中他也的确戴着一顶帽檐压得低低的帽子，而安娜则把毛茸茸的衣领高高竖起，包裹着脸颊。他们紧紧相依，这姿态让两个人决绝的心意更加明显，他们要团结起来一致抗敌。可即便如此，他们的面容也已经逐渐模糊远去了，取而代之的是达芙妮·赫康柏和迪奇·赫康柏不断清晰的脸庞……想着想着，波西娅忽然意识到，其实他们现在应该还没离开英国呢，实际上他们很可能根本连伦敦都还没出。而且，就算他们真的乘船离开了英国，安娜也一定躲在船舱里躺着：她坐不惯船，也从不会去甲板上看风景。

3

温莎大街 2 号

N.W.I.

亲爱的波西娅小姐：如果我说菲利斯动了你的拼图，你一定会难过吧，我照你说的盖了一张报纸在上面。我跟她说过别碰，可她不听。这都怪我一直忙着帮托马斯先生收拾行李，所以才派菲利斯去你房间打扫，她并不知道报纸下面盖着什么，所以推了一下桌子。她把一部分拼好的天空和军官弄散了，不过我已经把散掉的碎片捡起来放在你床边的小盒子里了。我跟她说你很在意这张拼图，她看起来很自责。我觉得还是跟你说一声比较好，至少这样你回来的时候不会太失望。菲利斯以后不会再去你房间了，本来那儿也不归她管。

托马斯先生和太太出发得及时，赶上了去意大利的火车。今天我把屋里的窗帘拆下来送到清洁工那里去了。收到赫康柏太太为你报平安的电报我很开心。我敢肯定托马斯先生和太太知道了也会开心的。我希望你照顾好自己，别被海风吹着了，每年这个时候的海风是最逼人的。赫康柏太太上次来做客的时候就说过那有多冷，她好像很高兴能得到托马斯太太的海狸鼠皮大衣。你真的应该在外套和罩衫中间加一件针织衫的，我帮你带了两件，你可能不记得了。

我听说马杰尔·布拉特今天下午来过，发现大家都不在他很失望。看来他应该是误会了托马斯太太的话，搞错了日子。他还问起你，才知道你已经去了海边。你要是现在回来一定认不得家里了，因为房子里所有的窗帘都已经拆掉，你肯定不习惯。还有，托马斯先生的书全都搬去做电动清洁了，这样才好彻底打扫每一层书架。你的朋友艾迪登门来拿据他说是忘在家里的围巾，还特别提到家里有浓浓的肥皂味。他还从客厅拿了几本法语书走，说那是之前他借给托马斯太太的。为了让他找书，我不得不把客厅家具上盖的白布又重新揭开，之前为了打扫本来都已经严严实实地盖上了。

我相信你在海边一定会过得开心。我曾经和已婚的姐姐去过希尔，她住在多佛[①]。据说那里很适合居住。时间一定会过得很快的，马上你就能回家了。我就写到这里。祝好。

R. 马谢特敬上

P.S. 如果需要我寄什么东西给你，记得写信告诉我。寄张明信片就可以了。

奎恩与梅里特公司

星期五

亲爱的波西娅：谢谢你在出发前给我写的信。得知你要离开我很难受，我真希望自己不会那么难受，但我控制不住自己。我急匆

① 多佛（Dover），英国东南部的港口，风景优美。

匆地赶去温莎大街拿我的红围巾，却发现那里的景象看起来简直就像遭了瘟疫，而你们都死了，只剩下马谢特在拼命消毒一样。整栋房子闻起来都是讨厌的肥皂味。马谢特把托马斯所有的书全部堆在一起，而且似乎在上面踩来踩去的。她看我的眼神凶巴巴的。我总不自觉地怀疑你的尸体是不是被藏在客厅里，因为一切都用白布遮了起来。那个凶恶的老女人给我开门的时候就不情不愿的，我在翻找《欢乐与时日》的时候，她一直站在旁边看着，不耐烦地磨着牙。那本书我挺喜欢的，所以想在安娜弄丢之前拿回来。我待在客厅里，总觉得哪儿哪儿都不对劲，因为听不见你踩着楼梯吱吱嘎嘎下楼的声音了，而且无论碰到什么都能发出一阵阴森的回音，这光景让我鬼使神差地叹了一句："真是芳华早逝。"

我说，亲爱的，你觉得马谢特对我俩的事知道多少？那天简直就是凄风冷雨，一切糟糕得让我想哭。

你一定要记得我的内心每天是多么煎熬，一定要记得给我写长长的信。你要是总在信里提迪奇，我一定会冲过来一枪毙了他的，我可是个爱吃醋的人。他有安娜说的那么糟吗？达芙妮又是怎样的人？我恨不得你能把耳闻目睹的一切都告诉我，而你竟然还说我不认真看你的信，我真是太伤心了。你说我要不要哪个周末过来看你呢，就算不用枪毙迪奇？我要是真的来了，肯定好玩得很。我觉得他们应该会允许我在家里住两天吧，你怎么想？不过当然了，能不能来还得看这边的事情安排得如何，目前我每天都过得很辛苦。

没有托马斯坐镇，办公室里都快乱套了，托马斯要是知道了说不定会暗自窃喜。我真不知该从何说起，那些员工真是太糟了。其实我早就知道这些人都不是什么好东西，一天到晚就知道要阴谋诡计，什么事也干不好。不过，这样一来倒是给了我足够的时间给你写信。你看，我可没用公司的纸写，托马斯不在的时候我得帮他看着。

噢，亲爱的波西娅，见不到你真难受。请你也务必感到不好受。我在伦敦的霍尔本区看见了一对印度的银制儿童手镯。我想我应该把它们寄给你，让你戴在小手腕儿上。

你还记得星期六那天吗？

我觉得那正是他们的作风，把你像行李一样打包送去海边，本来明明可以三个人一起开开心心度假的。安娜对你简直就像对没用的旧东西一样，锁起来了事。我希望她在意大利的时候每天都风雪交加。我要是真到希尔来一定很好玩。你睡觉的时候能听见海浪声吗？

我不能再写了。我真觉得自己像个无家可归的可怜虫。我得出门找几个人喝一杯，虽然那也没什么用。要是有你在家一边翻着壁炉的柴火、一边等我回来该有多好啊？

再见，晚安，我亲爱的你。要想着我入眠哦。

艾迪

卡拉奇酒店
克伦威尔路
S.W.

亲爱的波西娅小姐：去温莎大街 2 号拜访的时候没能见到你让我很遗憾。我本想来跟你哥哥嫂嫂道别并祝他们旅途顺利的，同时也想亲口感谢你请奎恩太太转告我关于拼图进展的消息，你真是太贴心了。我本来还想问你是否乐意我再寄一个拼图游戏的，因为这个你估计已经快拼完了。同一个拼图玩两次肯定会很无聊。如果你愿意让我再寄一个，上一个就可以送给生病的朋友玩了。我听人说拼图游戏在护理所很受欢迎，由于我的身体一直都很健康，所以没法眼见为实。拼图游戏在战争时期并不怎么受欢迎。

最近天气变糟了，不过好在你正巧像俗话说的那样“远离伦敦”了。我去你哥哥家的时候才发现，原本那个温馨舒适的家里什么都打包好准备做春季大扫除了。这可真是一项大工程啊！希望你已经去过希尔的海边，欣赏过那里的美妙风景了吗？我估计你会觉得海边风很大。过去的这几天我一直忙着参加一个工作的面试。根据我听到的消息，事情似乎正朝着积极的方向发展。

我在住的酒店里结交的一些好朋友最近刚刚启程离开了，我感觉心里好像空了一块。能在酒店里认识志趣相投的人实在是件幸运的事。可是在这样的地方，人们总是来来去去，想留也留不住。

说起来，要是你希望用新的拼图游戏继续练习技巧，不介意的话可以告诉我吗？也许你在海边的时候也希望有空能玩玩拼图，毕竟地方不同，玩的感觉也不一样。要是能知道你的地址，我就可以把新拼图直接寄给你了。当然，你家能干的女佣也可以代为转交。

你忠诚的，

埃里克 E.J. 布拉特

波西娅从未一大早收到过这么多信：看来这是离开伦敦的好

处。这三封信是周六早上一起寄来的，她坐在克罗娜咖啡厅里，一面倚着绿色瓷砖镶面的桌子翻来覆去地看，一面等待着赫康柏太太。自来海边的第二天早晨开始，她便已完全融入了威基基的日常作息。赫康柏太太总会在早上十点半到中午这段时间内出门逛街，中途在克罗娜咖啡厅喝杯咖啡小憩一下。要是到了十点半还没进城，她便会坐立难安。一手挎着像蜂巢一样的购物篮，一手挽着波西娅，赫康柏太太迈着开心的步子，在商业街上下来回悠闲地逛着，时不时过个马路，经常想到什么又回头去逛走过的店铺。喜欢电话购物的女人是无法体会逛街的乐趣的。有钱的女人过着远离世俗的日子，甚至很可能连钱——或者像人们戏称的那样，连“女王”都没见过，因为她们可能从来不需要带着钱包出门。可是赫康柏太太那只连针脚都崩开了的、边角脏脏的摩洛哥钱包却总在她眼前晃悠。她走到哪里几乎都用现金付账，一方面是因为她看账单时总觉得哪里不对劲，上面的数额看起来总比估计的多；另一方面则是由于她天性活泼，不喜欢总千篇一律地在几家店里买东西。她很享受成为各种商店里的熟客，因为那样进门时就能看到店员微笑致意。而她也确实心愿得偿，目前希尔的每一间店铺都认得她。就算不买东西她也喜欢反复查问价格。不过她承认自己有那么一两家特别中意的肉铺和奶制品店，因为它们可以送货。赫康柏太太不喜欢拎着肉逛街，家里的牛奶也必须不间断地供应。但即便如此，她对这两家店也不是百分之百的忠诚，常常在别的什么地方买块儿腰子，或者几块黄油和一罐奶油什么的。

对于从没见过别人如此频繁地掏钱购物的波西娅而言（如果你

总住在酒店里，那么几乎没有什么购物的机会)，赫康柏太太的开销简直能和王公贵族相提并论——就算她一般只用得到几弗罗林[①]的零钱。如果赫康柏太太包里的硬币多起来，便会放在下一家店的收银台上，一枚枚垒成十二个一组或六个一组的硬币柱子，然后小心翼翼地推到店员面前。如果可以只用硬币付账她便觉得自己赚到了：因为纸币若不被换成零钱似乎能用得更长久些，一个节省的人总会在需要掏出纸币之前犹豫再三。每样东西她都只买一点点，恰好是一天所需的量。比如今天，她就买了以下的几样东西：

一块 Vinolia 牌的花香皂，是浴室用的，
半打 Relief 牌的替换笔芯，
一罐鲑鱼和小虾米制成的酱膏（小罐装），
一块用金属丝缠绕而成的洗锅球，
一瓶 Bisurated 牌的氧化镁药片（小瓶装），
一瓶棕色的肉汁着色剂，
一团“天然”羊毛线卷（用来给迪奇织背心），
一只电灯泡，
一颗生菜，
一小匹用来替换家里的躺椅布面的条纹帆布，
一套用来修复紧身胸衣架子的鲸须，
两块羊腰，

① 弗罗林（florin），货币名称，19 世纪末英国的两先令小银币，也称为一个弗罗林。

半打小螺丝钉，

一份《教会时报》。

除此之外她还买了今晚派对用的东西，照着达芙妮给的清单，郑重地掏出一张十先令的纸币付了钱。波西娅买了一套信签纸——有印着淡淡横线的紫色信纸和封面上印着紫色横线的信封——还有好几张价值一个半便士的邮票，邮票总共花了九便士。海边的空气里弥漫着奢侈的味道，波西娅也颇受感染，于是又买了一个碧绿的牙刷盒和一条红色丝带，打算今晚打扮的时候用来扎头发。

这会儿赫康柏太太自己去了房屋中介那里，咨商今年夏天房子出租的事情。除了她，整个希尔镇恐怕再没有别人会这么早就开始考虑夏季出租的事了。她这么做其实是有原因的，那就是达芙妮和迪奇对于在每年天气最好的三个月把别墅租给别人这件事越来越反对。可当初他们父亲修建别墅就是为了夏天出租用的，为此连窗户也都做了相应的设计。每年的七、八、九月她便会收拾好画具，提着箱子四处走亲访友，而达芙妮和迪奇则会被打发到他们的朋友家住。看着两个孩子的反应，赫康柏太太更希望能尽早把租赁事宜定下来，这样才好在事后“无奈”地告诉他们这已是“既成事实”。可当她踏进房屋中介办公室时却有些难过，总觉得像是算计了达芙妮和迪奇似的。

因此，她在实施这一阴谋时并没有带上波西娅，而是派她到克罗娜咖啡厅去订个座位等着。这个时间的克罗娜咖啡馆人满为患。咖啡店的二楼装饰得十分时尚，靠窗的位置可以俯瞰下面熙熙攘攘的商业街，只有外地人才会在楼下喝咖啡。楼上的大厅里阳光明媚，烘焙咖啡的香醇在空气里漫延，藤编座椅偶尔发出吱呀的声响。火炉的滚滚热浪朝四周恣意喷涌，窗外的阳光如水波般荡漾而入，几支明灭的香烟，飘散着浓得近乎凝结的烟雾 。等待同伴的女士们正在一页页翻看《闲谈者》时尚杂志或《素描》杂志。被绳子拴住的宠物狗绕着桌脚打转，直到最后把自己紧紧地缠起来动弹不得。纸折的郁金香煞有介事地插在花瓶里，饼干用彩纸托着放在镶瓷砖的桌台上，色彩斑斓。女服务生好像跟所有人都认识。这里比伦敦欢乐多了——还有一个好处就是，今天早晨她可以不被监视地独自享受这场盛宴了，要想得到这种待遇，就必须表现得斯文得体。

看信时波西娅抬了好几次头，观察通向二楼的阶梯栏杆处逐渐出现的女士帽子，但是一直都没看到赫康柏太太那顶。而当她终于出现的时候，简直就像突然从玩偶盒子里蹦出来的弹簧小丑一样，砰的一声便在眼前了，当时那三封信还四仰八叉地铺在桌子上。赫康柏太太貌似随意地扫了一眼，好奇的神色呼之欲出，却被她迅速地掩藏了起来。几年的家庭保姆可不是白干的。艾迪的字迹干净秀丽，让人见之心喜；马杰尔·布拉特的笔迹则是力透纸背、雄劲挺拔，透着男性特有的力量；马谢特的字体很有个性，让人一看便知。赫康柏太太还不知道这几封信，早上的邮递来时是达芙妮蹦跳着出去收的。

“啊，亲爱的，看到你并不孤单我很高兴。刚才被邦斯塔博太太缠住了。现在我来点杯咖啡吧。看看这个，我们边吃巧克力饼干边等吧。”

还没从刚刚抵达的喘息中平复的赫康柏太太抬手把购物篮搁在了身旁的空椅上，然后向女招待招手示意。她今天穿着粉红色的衣服，整个人看起来一团粉嫩，而她的谨慎和犹豫不决仿佛另一顶帽子笼罩在头顶。“能收到别人的来信真好。”她说。

“哦，是的。今天早上一下子收到了三封。”

“你和母亲常在外旅行，我猜应该结交了许多不错的朋友吧？”

“没有，毕竟我们旅行得太过频繁。”

“但我想，你应该已经和安娜的朋友成为朋友了吧？”

“有一些是的。但并不是和所有人。”

赫康柏太太看起来放心了些。“安娜，”她接着说，“看人的眼光可不一般。还是小姑娘的时候就品位不俗，现在又结识了这么多了不起的人，他们都是家里的常客，对吗？跟她赏识的人交朋友总不会错。她很有魅力，总能吸引别人围在身边。对你来说这样很好，亲爱的，能在那么一个快乐的家庭生活。看见你和她的朋友相处愉快，我敢肯定她也会开心。她对人总是很体贴。我想你一定愿意跟她分享收到这几封信的事，对吧？”

“我也只有在海边的时候才会收到这么多信件。”

听到这话，赫康柏太太看上去有些不知所措。但下一秒有人突然拍了拍她的肩膀，那是坐在另一桌的一位女士，正朝她们这边探着身体。于是两个人很快便愉快地聊了起来，兴奋地评论着什么事情。波西娅迷惑不解地拿起装着奶油的精致水壶，往咖啡里倒了一些。随后她被介绍给赫康柏太太的朋友认识，于是礼貌地站起来和她握了握手，并顺势把信塞回自己斜纹软呢外套的口袋里。

当她们好不容易离开咖啡厅回到主街上时，赫康柏太太在斯穆特图书馆外停了下来，几乎是带着一种怜悯的姿态，抬手指了指这个达芙妮工作的地方。波西娅想象着坐在窗户后面的达芙妮，脑海中浮现出一个愤怒的“夏洛特姑娘”[①]的样子。“她喜欢看书吗？”她问。

“这个嘛，不喜欢，不过他们不在乎这个。他们想找个知根知底的好姑娘来工作，如果你明白我的意思的话。一个——该怎么说呢，我也不知道怎么形容才好——不是出身良好的姑娘这里是不会要的。你想啊，选书是一件非常私人的事情；希尔这地方又小，每个人都很亲切。这里的人很看重品性。你知道吗？克罗娜咖啡厅就是由女士经营的。”

“噢。”

“当然这儿的人都认识达芙妮。她能找到这份工作真是太好了。换作是她父亲恐怕并不认为这是份理想的工作，但谁知道未来会怎样呢，不是吗？”

“是啊。”

“基本上所有人都会来这间图书馆借书。你一定要抽个上午的时间去看看：她一定会高兴的。噢，亲爱的，你看看，已经十二点了！我们得赶紧回去了。”

---

① 约翰·威廉姆·沃特豪斯《夏洛特姑娘》(*The Lady of Shalott*)，拉斐尔前派的代表作品。沃特豪斯以其用鲜明色彩和神秘的画风描绘古典神话与传说中的女性人物而闻名于世。这幅画原本是作家丁尼生的一首诗，被沃特豪斯创作成绘画。画中的女郎正航向自己的死亡，浪漫、唯美又忧伤。

两个人匆匆忙忙地沿着沥青路赶回了海边，在威基基的客厅里休息了大约一个小时，等着朵瑞思做午餐。赫康柏太太一遍又一遍地转着她的灯罩，说上面的涂漆已经快干了。午餐后她说自己要休息一会儿，于是便背对大海在沙发上打起盹儿来。

波西娅等着赫康柏太太睡着，其间偷瞄了她好几次，然后脱下鞋子蹑手蹑脚地上了楼，开始巡视每一间卧室，想看看哪一间可以给艾迪当寝室用。波西娅不敢在赫康柏太太的卧室逗留太久，只匆匆看了一眼，里面有一张中间略微凹陷的宽大双人床和许多年轻女孩的照片。达芙妮的房间散发着科蒂粉（西普香水[①]）的味道，衣柜下面密密麻麻地放着许多宴会高跟鞋，床上卧着一只可怜的戴斯蒙牌玩具狗。梳妆镜四周的缝隙里插满了和达芙妮同岁的男女生照片，每个人的脸上都充满了青春的朝气与活力。迪奇的房间坐南朝北面向着小镇，里面萦绕着一种向北的房间里常有的身体的湿闷味道。房里放着几个脱鞋器、一副拳击手套、一摞《时尚先生》杂志，一个乌木架子上摆着三只闪闪发亮的银色奖杯，上一层的架子上有张用相框裱起来的团队集体照。朵瑞思的房间一看便知主人是谁，波西娅刚打开门又迅速关上。好在她还发现了一间屋子——房间是楔形的，像一块切好的扇形奶酪。房间有天窗，窗口朝北。这里堆着层层叠叠的储物箱，还有一张裁缝师的半身像，画中人神情优雅、气质不凡，墙上挂满了赫康柏医生游览热带国家时所拍的照片。最令人欣喜的是，这里还放着一张担架床、一面四方镜和一张

① 西普香水（Chypre），一种檀香型香精。科蒂粉（Coty）的 Chypre 是一款西普香型的女用香水。Chypre 是在 1917 年推出的。这款香水的调香师是弗朗索瓦·科蒂。

竹制的桌子。波西娅最后环视了一眼房间，然后蹑手蹑脚地回到楼下。等到赫康柏太太睡醒的时候，波西娅的信已经写好一半了。

她写着："这里有个房间可以住，而且我觉得你一定会喜欢。有两条路可以通向别墅，但我想等明天再讨论，就是礼拜日……"

赫康柏太太挠着头醒了过来，仿佛是被头发里的什么声音吵醒了似的。"在忙吗，亲爱的？"她问，"再过一个小时左右我们就该出门了，约好了要去山丘上的人家喝茶——他们有两个女儿，都比你大一点点。"她把松掉的衬衫重新扎回腰带，然后起身带着满足的神情在客厅里四处踱步，不时调整一下摆饰和挂件的位置，仿佛刚才在睡眠中获得了新的灵感。一丝微风穿过阳光房，悄然掀动窗帘，窗户上的挂环发出轻微的声响：威基基像只吱嘎作响的小船，远处的潮水更加用力地拍击着沙滩。

赫康柏太太戴着羚羊皮手套，带上波西娅，迈着悠闲的步伐缓缓向山丘上的朋友家走去。在那里等待她们的是美好的下午茶时光，花园里含苞欲放的黄色水仙在风中前后摇摆。今天的希尔在海风和阳光的包裹下尽情地展示着春日午后的璀璨魅力，湿地上空云朵低垂，远远便能瞧见。极目望去，海湾上绵延着一条银色的光带，在海浪声中明暗起落。

"我猜你一定经常和安娜一起出去喝茶吧？"

"呃，安娜不怎么出去喝茶。"

回家路上赫康柏太太带波西娅去参加了圣母堂的晚祷。结束时又去教堂的祭衣室领了几件白色法衣，需要赫康柏太太带回家修补。她没有勇气承接为教堂圣坛供应鲜花的工作，因为那超出了她的经济承受能力，所以便用修补法衣来表达对教会的敬爱。“这些小男孩可粗糙着呢，”她说，“领子边上的褶皱总是很快就磨没了。”一件件地检查法衣需要不少时间，然而又花了更长时间把它们固定在棕色的纸面上——那是赫康柏太太和其他获准进入祭衣室的女士们带来的，全部囤积在一座刚松木橱柜的后面，以备不时之需。牧师对此并不知情。每次赫康柏太太收到什么包裹，总会把包装用的棕色纸保存下来带到教堂，所以威基基的家中一张也见不到……等到两个人终于拿着法衣回到威基基的时候，达芙妮正在客厅里四处挪动着椅子。

达芙妮的头发已经重新做过了，平顺光洁犹如镀了金的薄铁片。通往餐厅的门开着，好借客厅壁炉的火给冰冷的餐厅送去点温度，那里连空气都散发着一股不容置疑的冷冽。大家在餐厅里四下查看，达芙妮隐忍着怒气，无奈地吹掉了餐桌中心用作装饰的灯笼果上落着的灰尘。

“门铃已经修好了，亲爱的。”

“是啊，门铃修好了，可我按的时候朵瑞思大吼着冲出来发了好一顿脾气。”

“可能铃声还是太大了。”

“我是说她也差不多该改改这动不动就发火的脾气了。明明连罐头肉都找不到。”

“啊，真抱歉，亲爱的，它们在我挂起来的菜篮子里。”

“唉，说真的，姆妈……这像样吗？你看看，她连三明治都还没做呢。我猜你刚才去了教会吧？”达芙妮说着，忽然凑了过来。

“呃，我们只是……”

“唉，我认为教会倒是可以继续去的。毕竟是星期六嘛。”

当天的晚餐都是冷食，并且比平时吃得早，好给朵瑞思足够的时间清理。吃过晚餐大家便开始梳妆打扮。迪奇对于这次晚会态度相当冷淡，因为他原本想去看冰上曲棍球比赛的。整个星期六下午他都在南石头城的泥地里和人玩曲棍球。“真不知道他们为什么要来参加晚会。”他说。

“不管你怎么说，反正今晚克拉拉会来。”

“她来干什么？我可没听她说过。”

“唉、我真受不了你——受不了，真的！是你自己邀请她来的，迪奇，是你邀请的！你问她星期六晚上要不要来家里，那她能不激动吗？我敢说她一定是推掉了别的约会专门来的。”

“我说，虽然我不清楚你的朋友们每天有多少约会，但我肯定没有邀请过克拉拉。你觉得我会在蒙特利尔老鹰队[①]来这里参加比赛的节骨眼儿上邀请她来家里做客吗？”

“什么老鹰，亲爱的？”赫康柏太太问。

“他们今晚就在艾斯德牧冰球场比赛——达芙妮几个星期前就知道了。”

“嘿，我才不关心你那些怪兽老鹰队在哪儿呢。我只知道你确实亲口邀请过克拉拉。你也不需要再啰唆克拉拉有多少别的约会，我又不知道。这是你自己该关心的事，而不是我。”

---

① 蒙特利尔老鹰队（the Montreal Eagles），小说里的冰上曲棍球队名字。

“哦——是吗？”迪奇说着，斜着眼睛夸张地睨了她一眼，“那么请问你站在什么立场来对我说这些话呢？”

“这个嘛，只有你在的时候她才会来。”达芙妮答道，语气略软了些。

“我认为女孩子想去哪里都是她的自由。”

“你也不去打听打听，她可是我的朋友。”

“唉，好好好，不是你邀请的，是我请的好吧？我不想去看蒙特利尔老鹰队的比赛，完全不想。塞西尔也会来吗？”

“我顺便去他家邀请的，”赫康柏太太插话道，“我怕你俩把他给忘了，到时候他得多伤心啊。”

迪奇说：“我不明白为什么非得邀请塞西尔。”

“我知道，”达芙妮说，“姆妈和我都觉得他挺适合跟波西娅做伴。”

“噢，达芙妮啊，我看那是你的主意吧。”

自从波西娅住到海边以来，迪奇第一次用他那双鹿群首领般的眼睛直视着她，说道：“你会发现塞西尔这个人有点娘。”

“啊，迪奇，他才不娘。”

“我并不讨厌塞西尔，但真是受不了他穿的那些女里女气的套头衫。”

“我说，你自己不也有套头衫吗？”

“我可没有女里女气的套头衫。”

“我说迪奇，你真应该看看门铃响时朵瑞思的夸张反应。”

“看来门铃修好了，对吗？”

“修好了也不是你的功劳。”

“迪奇很忙，亲爱的——你看，我们应该上楼去换衣服了。朵瑞思早就在等着打扫餐厅了。”

“那她倒是来打扫啊！让她把窗户打开——我可不希望里面闻起来一股牛肉和火腿味。”

三位女士上了楼，赫康柏太太还顺手端了一杯咖啡。后知后觉的迪奇愣了一会儿，也上了楼。此刻威基基每一间卧室的衣橱都被人打开，浴室的水龙头也被拧开，哗哗地流着热水。黑色的海风从海面扶摇直上，而威基基却张开双臂稳稳地接住了它，像一只满帆待发的游轮：每一块木板都发出吱吱嘎嘎的声响。这一切更加重了晚会开始前的紧张感。波西娅扭动着身体，有些费力地套上那条黑色天鹅绒的连衣裙，之前她把裙子取出来挂在窗帘后面，结果现在里面都被水汽浸湿了，天鹅绒的面料紧紧贴在裸露的皮肤上。她用梳子将头发向后梳起，然后扎上了刚买的红丝带——扎得太紧，眉尾被扯得吊了起来，向鬓角倾斜，眼睛也被拉长，都没法看清镜中的自己了。

她第一个下楼，默默蹲在客厅的壁炉边，听着烟囱里呼啸的气流声。随后，她像壁画里的埃及人那样举起双手，慢慢转动身体烘烤着衣服，过了一会儿才终于感觉一直紧贴在背上的濡湿的天鹅绒面料慢慢松开了些。

这是她有生以来参加的第一场派对。今晚连客厅的天花板看起来似乎都比平时高一些，房间里弥漫着一种不同寻常的张力和神秘氛围。落地灯光的橘黄色光影衬出一道道幽暗而透明的阴影，留声机的盖子翻开来静静地等待着，磁针抬了起来，像一只随时准备出击的手臂。朵瑞思进来的时候没注意到波西娅，她头上戴着一顶宽大的白色女佣头巾，像个游荡的幽灵般兴冲冲地端着餐盘从客厅掠过。此刻若从海面上望过来，人们兴许会把这座别墅当成一艘灯火通明的大船——并且很快便会有人从山下漆黑一片的海滨大道上陆续前来，填满这个充满魅力的房间。波西娅仿佛已经看见了她的舞伴，虽然面容模糊不清，但不管和她跳舞的是谁，在她眼里都是艾迪的样子。

迪奇换上一套深蓝色细条纹的西装下楼来，问波西娅是否愿意和他一起把地毯卷起来。他们刚卷到沙发处，玻璃大门上便传来一阵噼里啪啦的声响，就像蝙蝠不停地拍打着翅膀，迪奇放下地毯咕哝了一声，开门将塞西尔迎了进来。

“看来，”塞西尔说，“我恐怕来得太早了。”

“从某方面来说的确如此，不过你可以帮忙卷一下地毯。每次都是这样，她们总把这些事情留给我做的——哦，对了，这位是塞西尔·鲍沃斯先生，这是波西娅·奎恩小姐……顺便一提，塞西尔，”迪奇说，语气很是严肃，“我家门铃已经修好了。”

“是吗？对不起。以前一直都坏着。”

“那你就记住它现在已经修好了。”

“迪奇，是谁来了？”达芙妮倚着二楼的栏杆大叫道。

“塞西尔。他在卷地毯。”

当卷地毯的重任终于完成后，塞西尔整理了一下领带便进了厕所洗手。波西娅并不觉得他的着装有什么问题，虽然确实没有迪奇那种扑面而来的阳刚之气。西塞尔回到客厅便开始和波西娅搭话：“我听说你刚从伦敦过来不久……”可话还没说完达芙妮就来了，让他帮忙端餐盘。

“我说塞西尔，”她说，“现在可没时间站着闲聊。”她的态度清楚地说明了一个事实，就算塞西尔真是达芙妮给波西娅找的舞伴，那也一定是她选剩下的人之一。今晚的达芙妮穿着一条双绉丝长裙，裙摆开衩至大腿处，上面缀着精致的褶皱：面料上绣满了红罂粟、玫瑰和金莲花，长长的裙摆自然垂落，皱褶间面料上的花朵却依旧清晰可见。她脚上穿着一双祖母绿的高跟鞋，身形显得更加高挑。门铃声再次响起，整栋房子似乎都为之颤抖，迪奇开门将更多客人迎进客厅，达芙妮让塞西尔和波西娅去餐厅，往三明治上插区分馅料的小旗子，并清点用来喝苹果酒的杯子数量。

可是他们只能把每一个三明治面包的角落轻轻翻开才能确定里面究竟是什么馅儿。但光用眼睛看还是无法断定里面究竟夹的是哪种鱼酱：于是塞西尔在确认过餐厅里只有他们两个人后，用指尖把每块三明治的馅料都蘸来尝了尝。“不太礼貌。”他说，然后用法文接了一句，“可我还能怎么办呢？”

“没人会知道的。”波西娅在他身后说。

身为秘密同谋者的她和塞西尔在给所有三明治插完小旗后，分别拣了把椅子坐下，饶有兴趣地打量起对方来。客厅里传来模糊的人语，仿佛蜜蜂的嗡嗡声，没人在意他们的缺席。“达芙妮和迪奇组织的聚会总是非常热闹。”塞西尔开口道。

“他们常常办派对吗？”

“蛮频繁的，总在星期六。他们很随性，不过我想这跟伦敦相比一定是小巫见大巫吧？”

“也不见得。你常去伦敦吗？”

“啊，是的——不过我更常溜去法国。”

“你经常溜去法国？”

“是的，我必须承认。你是不是也觉得我疯了？这里的每个人都这么认为。每个人都装得好像世界上根本没有法国的存在似的。‘你看那边有什么？’天气晴朗的时候我常这么问他们。他们倒是会回答：‘噢，那边是法国。’却不会对它留下任何深刻的印象。我常去布洛涅一日游。”

“都是一个人？”

“呃，一个人也去过，但通常是跟我的一个酷爱运动的婶婶一起，她人特别好。还有几次是和另外一个朋友去的。”

“去了以后你都做些什么呢？”

“嗯……主要就是四处走走。你知道吗？布洛涅虽然离英国很近，却充满浓浓的地道法国风情。我甚至怀疑它比巴黎更有法国味。当然我还没去过巴黎，我的想法是，万一去了却觉得失望可怎么好……‘哦，是你啊。’如果我没有像其他人一样常常出入在东崖阁或者艾斯多姆冰球场和帕莱斯大舞厅的话，他们总会对我这么说，‘你又跑到国外去了吧！’我不知道他们都怎么评价我。”塞西尔显得有些忧虑，眼睛看着鼻尖。“不知你是否发现，”他接着说，“很多人都不怎么在意拓宽眼界这件事，但我希望自己的眼界和心胸都能不断扩大。”

“哦，我也一样。”波西娅有些羞赧地看着塞西尔，顿了顿，又说，“最近，我的眼界就拓宽了不少。”

“我想也是，”西塞尔说，“你给我这样的印象。所以我才能和你这样聊天。”

“有些思想在我意识到之前就已经拓宽了。”

“是啊，我也有过这种感觉。不过，平时我还是比较保守的……你和迪奇相处得好吗？”

“呃，你来的时候我正和他一起铺地毯。”

“我希望我的问题没有冒犯到你。”

“哦，并没有。”

“迪奇非常受欢迎。”塞西尔半忧郁半骄傲地说，“我想他生来就注定会成为一个出类拔萃的男人。我想你也觉得达芙妮十分迷人吧？”

“呃，她今天基本上都不在家。”

“达芙妮，”西塞尔说，语气里有零星的责备，“是我这辈子见过的最受欢迎的女孩之一。我估计今晚是肯定没有机会接近她的了。”

“天哪！你干吗不试试？”

“说实话，”塞西尔说，“我条件也不差。”

就在这个有趣的时刻，赫康柏太太忽然紧张兮兮地探头进餐厅，她穿着一条深酒红色的蕾丝连衣裙，一看便知那绝不是安娜送的。“原来你在这儿啊，亲爱的，”她说，“我还奇怪你去哪儿了。晚上好，西塞尔，你能来我很高兴。我想大家都想着跳舞呢。”

波西娅和塞西尔起身依次走向餐厅门口。此时的客厅笼罩在一种迟疑的安静氛围中，显然跳舞的首次号召不太成功。宾客约有十几个人，或靠墙站着，或稳如磐石地靠坐在沙发上，抑或蜷坐在卷起的地毯上。他们有些被动地看着达芙妮，虽有心听从她的指示，却并不十分积极。赫康柏太太说他们想着跳舞或许很准确——如果他们有在想些什么的话，那也只有这件事了。达芙妮有些不悦地看了他们几眼——在她看来这简直是闲着不干正事的典型。她转身翻转了一下黏腻的唱片，博斯里先生就陪在她身边，她装作检查留声机的样子。

然而这实在是个难解的僵局，因为如果不等到所有人都准备就绪站起身来，达芙妮便不愿启动留声机，可是如果她不启动留声机，人们便不愿站起来。迪奇此刻正站在壁炉架前，和克拉拉在一起，显然觉得自己今晚已经仁至义尽了。他的动作仿佛在说："要是我们早选择去看老鹰队的比赛就不会发生这种事了。"克拉拉是个身材娇小的女子，一头铂金色的鬈发，鼻子长，脖子短，一副低眉顺眼的样子，看上去像一只善良的小白鼠。她的脖子上围着一圈白纱扎成的玫瑰，把她的头衬得像是摆在托盘上的物品似的。她怯生生向上看的模样让迪奇显得更加英俊挺拔。他们之间如果真有交谈，那多半都是克拉拉硬找的话题。

波西娅和塞西尔走进客厅，他们的出现像一颗火星瞬间点燃了达芙妮内心的动力。毫无疑问，这使她想起了安娜——于是，她像突然恢复了活力般一气呵成地放好唱片、压下磁针，并和博斯里先生携手走到房间中央跳起了狐步舞。随即有四五对男女也起身，两两相对加入了舞蹈。波西娅揣测着塞西尔会不会邀请自己跳舞——毕竟目前为止他们的互动仅止于纯粹的精神层面。正想着的时候，迪奇忽然离开克拉拉，风度翩翩地穿过客厅中央的舞池，带着些迟疑地走到波西娅身边。“能与我共舞吗？”他问道。

接下来波西娅便真切地感受到了被人拉着毫不犹豫地前进、后退、左左右右地跳舞是怎样的滋味，每到转角便会像只陀螺一样被带着转一圈。她抬头望去，迪奇的表情和大家开车时的面部表情一般无二。迪奇的一只手环在她背后，用大拇指的压力控制着她的方向；另一只手的拇指和食指托着她的手腕——当别的舞者接近的时候，他会忽然抬高她的手臂避开他们，简直就像匆匆转动的削笔刀一样。波西娅像个钉在十字架上的犯人一样被迪奇紧锁在胸前，感觉自己的双脚仿佛被人操纵的提线木偶般不停地滑过地板。最初的紧张感消退之后，她便将目光牢牢锁定在迪奇下巴中间的凹线上。她还是有自知之明的，迪奇的这个举动背后并无特别的理由——只是纯粹要故意扫克拉拉的面子，好让达芙妮生气罢了。达芙妮果然从博斯里先生的肩膀后狠狠地瞪了迪奇一眼。克拉拉善良谦和又家境优渥，而达芙妮打着心中的小算盘，和克拉拉悲喜与共。

不过，迪奇的性子虽然难以捉摸，却很体贴：第二张唱片放到一半时他对波西娅说：“你跳得挺不错嘛。”突如其来的赞美让波西娅兴奋不已，一不留神便跳漏了一拍，正好让迪奇一脚踩上。“抱歉！”“噢，真对不起！”这个小小的意外确实是她跟掉节拍导致的，所以迪奇便不再言语。为了更好地控制节奏，他张开搭在波西娅腰侧的手将她搂得更紧，继续引导着她跳狐步舞。当音乐声停止，他牵着她的手走回壁炉旁，而可怜的克拉拉还站在那里。波西娅有些瑟缩，心中却满是喜悦，仿佛自己当了一回舞池焦点。她放眼望去：赫康柏太太正坐着织毛衣，博斯里先生伸出一只手从背后搂着达芙妮，手掌就抚在她腰翘上那朵漂亮的双绉丝蝴蝶结附近，两个人背对客厅依偎在阳光房中，悄声呢喃；塞西尔安静地坐在一旁独自沮丧；克拉拉则有些悲伤地垂着头。波西娅希望这些人心里对她都没有恶意。

“你不抽烟的，对吧？”迪奇问道，语气里带着些许压迫感。

“我不会抽。”

迪奇悠悠地为自己点了支烟，说道：“没什么好学的。现在的女孩子都抽得太凶了。”

“唔，我可能永远也不会抽的。”

“还有一件事最好也永远别做，就是往指甲上涂东西。大多数男人都觉得那样很恶心。真不明白女孩儿们为何如此热衷。”

“或许是因为她们并不知道男人觉得恶心？”

“反正我会告诉她们的。男人若是喜欢哪个女孩，就应该把自己的想法坦率的告诉她。还有一件事我也不喜欢，那就是女孩们往嘴上抹那些乱七八糟的东西。给她们倒茶前我总会先看看茶杯。如果茶杯边缘有任何口红印的话，我便会说：‘哟，我怎么不记得你的茶杯口上还有粉红色的花纹。’每次这种时候她们的表情看起来都有点尴尬。”

“可要是那只杯子真的有粉红色的花纹呢？”

“那我就会换个说法了。女孩子们最爱犯的错误就是自以为美，以为那么打扮会吸引男人的目光，结果却适得其反。没有一个男人愿意自己将来的孩子有个喜欢涂脂抹粉的母亲。难怪现在的人口数量一直下降。”

“我嫂嫂说男人都太挑剔了。”

“我并不觉得高标准就是挑剔。我娶的女人必须是自然美，并且会持家。不信你就去问，我敢保证你会发现绝大多数男人都是这么想的。要喝点柠檬汁吗？”

“不用了，谢谢你，我还不渴。”

“哦，请原谅，我得先失陪一下，为下一支舞做准备。我们可以跳第六支曲子。到时候我在留声机旁边等你。”

波西娅本打算去赫康柏太太身边坐会儿，但塞西尔走了过来邀她共舞。“刚才我还没来得及开口你就被拽走了。”他说，他看起来神色如常，依旧彬彬有礼。塞西尔跳舞的风格可以形容为循循善诱，但波西娅觉得自己配合得并不好。她看了一眼克拉拉，后者正用老鼠爪子一样的小手紧抓着舞伴的肩膀，仿佛十分吃力的样子（此时迪奇正和一位身穿橙色精致连衣裙的女孩跳华尔兹），她注意到克拉拉的指甲上干干净净的什么也没涂，反倒是迪奇的舞伴涂了。自从发现这一点，她便忍不住东张西望地去看每一个女孩子的手，这么一来她和塞西尔的舞就跳得更加磕磕绊绊了。连跳三曲之后，塞西尔提议两个人坐下聊会儿天：显然，他对波西娅的好感并不止于精神层面。于是他们在沙发上坐了下来，海风穿过阳光房吹进客厅，波西娅心中忽然有些自责，刚才真不应该腹诽塞西尔缺乏阳刚之气的。这时，塞西尔忽然顿了一下，朝某处瞥了一眼。“那个步枪射击军事学校的博斯里来了。我看他是真拿自己当贵客了，一副满不在乎的样子。我觉得迪奇并不怎么喜欢他。我们得让他觉得咱俩正聊得开心，免得被打扰。”

可是尽管波西娅努力目不转睛地盯着塞西尔，博斯里先生还是径直走了过来，旁若无人地在她身边坐下。“我打扰你们了吗？”他问道，表情却不见局促。

“你说呢？”塞西尔咕哝着。

博斯里先生神色开朗地接道：“你说什么？我没听清。”

“我说，我去找支烟抽抽。”

“他这是怎么了？”博斯里先生随口说了一句。“其实，”他继续对波西娅说，“我刚才做过自我介绍的，但你可能没听见：当时你正望着别的地方。你刚一进门我就问过达芙妮你是谁，可她看起来不太想让我们认识。所以我又去请那位老太太介绍我们认识，但这里太喧哗了，我听不清她说什么。真是场热闹的聚会，对吧？”

“是啊，很热闹。”

“你玩得愉快吗？”

“是的，非常愉快，谢谢您。”

“你看起来心情很好，”博斯里先生说，“眼睛闪闪发光的。我说，你想不想溜出去见识一下真正的酒吧？我们只喝无酒精饮料，我没带证件。几个小妞跟我说这儿的习俗是参加派对前要先喝两杯，所以我就在军队食堂里喝了两杯才来的。”这些话多少印证了刚才塞西尔的评价。波西娅回答说她更愿意待在这里。“哦，好吧……”博斯里先生应道，身体顺势靠着沙发背往下一滑，把脚后跟从棕色皮鞋里抽了出来，只剩一小截脚尖留在鞋里，“你跟他们不熟吗？”

“我周四才来的。”

“正在慢慢认识当地人？”

“是的。”

“我也差不多。不过我们更常去南石头城。”

“‘我们’是谁？”

“我们这些放荡不羁的士兵啊。我说，你多大了？”

“十六。”

“老天——我还以为你才十岁左右。有没有人跟你说过，你很可爱？”

波西娅想到了艾迪。“没有吧。”她回答。

“哈，那我来告诉你好了。你彼得叔叔说你很可爱。永远别忘了彼得叔叔说过的话哦。老实说，我第一眼看到你站在客厅门口的时候，就有种想跟你掏心掏肺、促膝长谈的冲动。我敢打赌一定有很多男人这样为你心动吧？”

波西娅有些烦躁地用手指松了松发带。博斯里先生向右侧着身体斜靠在沙发上，右手抬起搭在沙发靠背上。他看起来干净清爽的脸上此刻正酝酿着某种情绪，缓缓向波西娅靠了过去——波西娅很不情愿地看向他的眼睛，只是看着而非凝视，但对面那双眼睛就像两只蓝色的溏心荷包蛋，对她的尴尬和局促完全视而不见。

“告诉我，”博斯里先生说，“假如有一天我死去，你也会有那么一点难过。”

“呃，我会难过的。但你为什么要这么说?”

“这个嘛，毕竟谁也说不准。”

“不会的——我想你不会的。”

“你果然是个可爱的小姑娘——”

“波西娅，”赫康柏太太忽然叫道，“这位是帕克先生，迪奇的好朋友。帕克先生希望能邀你跳一支舞。”波西娅转过头，眼神寻找着这位几乎可以说是救星的舞伴。赫康柏太太点头示意，帕克先生就站在沙发旁。她站了起来，脚有点发软，但帕克先生脸上挂着理解的微笑，将她迅速带离沙发，向舞池走去。波西娅踩着慢半拍的舞步，和比自己高出一个头的帕克先生跳舞，目光越过他的肩膀看见达芙妮板着脸，十分不悦地坐在博斯里先生身旁她刚才的位置上。

4

在教堂里听布道的时候，波西娅生平第一次扪心自问，为什么博斯里先生所说的话会在自己心中掀起如此令人不安的浪潮，为什么她的内心选择逃避这些话语。有些事情她不愿意面对——这是否能够解释，为什么自从昨晚的派对以来她一次也没有想起过艾迪？试想，如果某天你忽然在一个毫不相干的陌生人身上看到了心上人的影子，然而那影子却如同被扭曲了一样拙劣而讽刺，那将是件多么可怕的事。细细想来，一切的恶因一定都出在博斯里先生身上，从他神色自若地问起有没有人夸过她可爱开始。但最令她震惊的是，如今回头想想，她竟然记不起艾迪除了夸她可爱之外还夸过什么。她坐在赫康柏太太身边，低头盯着自己棕色羊皮手套上的针脚——她学赫康柏太太戴着手套坐着，双手交叠放在膝盖上——她心想：不知道人的感情是否会忽然从心底喷涌而出，以不可抵挡的势头带给人似曾相识的感受。（可是，假如每份爱情都是独特的，并且这种感情是连接两个独一无二的灵魂的唯一方式，那么爱情的重要性就会大打折扣，它将无法成为伟大的普遍法则。我们一生最强烈的情感冲动无非都是对某种固有模式的重复，而这种模式并非我们一己独有。）

那天晚上的博斯里先生，在那张让人看不透的脸和酒精作用下略显迷醉的表情之下，是否也曾怀着与艾迪给她写下第一封信时相同的冲动？那天派对的下半场，在人群的喧嚣和嬉闹声中，她忽然感到忧虑，担心她和艾迪之间原本美好的关系会因心中这突如其来的感伤而减损。这种忧虑不仅让原本就睡不好的她辗转反侧，清醒的时候也在她心中徘徊不去，就像在清晨死寂的沙滩上不断撩拨着碎石的海浪。

突然间一切都变得令人不安。

当你意识到自己在这世上并非孑然一身时——或者说，这世上并非只有自己和身边仅有的那一个人时，总会觉得害怕。沉溺于心事之时，一声电话铃响都可能让人心惊胆颤。人之于这个世界的温柔与善意，尤其是年轻灵魂的温柔善意，往往源于内心对这世界的浪漫幻想。人的快乐而隐忍的天性，就像一面被锁在空屋子里的镜子，一五一十地反映和观察着周遭的一切人事，却不希望被打扰或接近。我们以为若对人生保持恰到好处的距离便能对苦难免疫——然而这种免疫却可能随时被打破——街上的一场偶遇、无意间听到的一场争吵、某种语气语调、过分接近的面孔、被狂风吹倒的树、某人所遭受的不公命运——能让人立刻流下无言的泪水。生活无情地侵略着我们拼命建立的防御，突如其来的混乱让一切都不再浪漫，或许只有爱情除外。但如此一来，爱情的脆弱与不安也随之扩大，追求爱情的代价是让人更加清晰地体会到各种危机与痛苦。有情人化作了名为人类的船舰上活生生的傀儡像[①]，承受着整个物种的重量，被无情地推上船头。爱情是自私的，却又十分可怜：它是如

① 傀儡像（figurehead），镶铸在床头的雕饰，有祈求好运的意思。

此短暂，是绝望的期盼，是无法实现的梦幻。

派对上夸张的笑脸、序曲声中隐藏的绝望、觥筹交错间迷失的灵魂、含情脉脉的眼神、偶尔的打情骂俏、悄悄的亲吻，都是建立关系的捷径——一切都暗示着人是无法独自生存的。我们本能地逃避着孤独，时间久了甚至连选择伴侣的权利都会失去。或许正是对这一现实的反抗，才让温莎大街的家里显得那么不安和寒冷。这种对待生活的错误解答方式——家里上至托马斯·奎恩，下到厨娘其实全都心知肚明——为没有结果的恋情带来了许多压力和阻碍。温莎大街别墅的每个人心中都有各自的烦恼，无论多么微不足道，却必须日复一日地照常生活。每一次电话铃声、门铃声，甚至邮递员的敲门声都预示着某段亲密关系的入侵，尽管人还远在天边。门里门外的巨大反差常常让来者百思不解。不过，奎恩家也在不经意间被某些事物改变着——比如像艾迪这样的人，他的出现和种种行为显然是对家里一成不变的生活方式的干扰和威胁。但与此同时，却似乎没有一个人了解他们究竟舍弃了什么，或者不小心遗失了什么重要的东西。如果马谢特真的令人害怕，如果她真的对这个家构成了某种威胁，那也是因为她最有可能把人人心照不宣的事情挑明。

相较之下，威基基缺乏修饰的生活方式造就了强势而坦率的性格特征。这里没有装模作样的礼仪教条，只有自然质朴的礼节与规则——所以达芙妮虽然喜欢大声说话，却不会恶毒咒骂，而迪奇虽不苟言笑，却谦虚体贴，甚至像博斯里先生这样的人在参加派对时都自觉地克制，只把手轻轻抚在达芙妮后背的蝴蝶结上方，不敢再往下。礼仪教条并不能阻碍天性——相反，人的本能会像湖水般在礼节的堤坝后蓄积——所以才会产生突如其来的冲动，才会瞪大双眼、面红耳赤。在经历过温莎大街的压抑后，波西娅在威基基充分见识了人类最本真的粗犷与坦率——那并不是野蛮和无法无天。当一扇门“砰”地关上或者什么人急匆匆地下楼、当水泵发出咕噜噜的噪声、当赫康柏太太挥霍完两先令六便士的硬币、当朵瑞思不经意地流露出女人味的一面，工作起来遵从本心，从不郁郁寡欢——这一切让威基基成为了遵循天性与自然的生活写照。这里的每一天都充满活力，而波西娅对达芙妮和迪奇也总是充满了惊叹，就像在仰望一台大型发电机一样。夜深人静时，她总会忍不住想象隔壁那几个活力四射的人躺在床上休息的情景。

免费寄宿的日子里，她第一次正视了在威基基认识的众人，并因此重新认识了他们，不仅如此，她还对过去认识的所有人都有了新的认知。这里仅有的几位大人物她都见识过了，他们代表着光彩夺目的上流阶层，她无法否认他们的优渥与富足。她被迫近距离观察着这些人一举一动背后的动机与情绪——毕竟这些动机和情绪极少出现。她依旧极力回避着博斯里先生和恋人艾迪之间的相似性。可无论如何逃避，心中却总有个声音质问着她，或者逼着她质问自己：昨晚坐在沙发上的人真的不是突然凭空出现的艾迪吗？

波西娅把待会儿要捐给教会的六便士握在右手，感受着硬币在掌心与手套间的摩擦。握紧右手，硬币的光滑边缘挤压着手掌产生一阵轻微的酥麻感，这种感觉让她回到了现实——希尔教堂的集会正在进行中，周围坐满了身材魁梧的老先生和穿着各色衣裙的女人，她们的脖子上还围着便宜的毛绒围巾。阳光如碎金般顺着南窗倾倒进教堂，落在围脖上映出朦胧的光晕，光晕中轻尘飞舞，人们的脸颊也被教堂的彩绘玻璃染上斑斓的色彩。轻轻转头，波西娅很快便认出了曾经一起喝过下午茶的人们。教堂的尖顶在笃信的教众眼前向着天空笔直延伸，神圣而庄严。波西娅稍稍抬起下巴，仔细分辨着东大窗上的彩绘图，拼凑着其中的故事。今天的布道会她迟到了，所以直到现在才听懂牧师在讲什么——简而言之就是：虽然复活节已过，我们却不能懈怠，一定要保持和大斋期一样的善良和热情。

随着管风琴中喷出的气流，唱诗班像一柄打开的扇子沿着教堂大厅两侧的过道鱼贯而出，消失在塔楼下的祭衣室里。队伍经过时，赫康柏太太有些兴奋地看着男孩们的法衣衣领。在巴素擦铜水的清洁作用和教会女伴们的努力下，仪式用的十字架铮亮如新。当最后的和弦声响罢，过道两旁的教众们慎重地彼此微笑示意，然后纷纷愉快地起身离开了教堂。赫康柏太太很擅长站在门廊上和认识的人打招呼聊天，最后好不容易要下山的时候，身边已经集结了一大群人。达芙妮和迪奇对于教会活动没什么兴趣，尤其在头天刚举行完派对之后，于是他俩都投票不参加周日的布道会。回到威基基时客厅已经恢复如常，灿烂的阳光洒满整间屋子，达芙妮和迪奇正读着两份散发着强烈烤肉味道的周日新闻报纸。今天早上他俩一直睡到十点过二十才下楼来，那时赫康柏太太和波西娅已经收拾停当准备去教堂了。窗外的海鸥在清冷的天空中滑翔，赫康柏太太赶紧上前关好玻璃门。

“你好啊，”迪奇对波西娅说，“今天早上感觉如何？”

“非常好，谢谢你。”

“哈，总算是结束了。”迪奇说，然后低头继续看他的《星期日画报》。

达芙妮脚上还穿着红拖鞋。“噢，我的天哪，”她说，“塞西尔真没有存在感！明明昨天那么早就来了，结果一直一个人待着。真不知道他怎么受得了，真是……噢，对了，我得告诉你：克拉拉把她的珍珠提包忘在这里了。”

正在重新摆放装饰品的赫康柏太太插嘴说：“你把客厅收拾得真漂亮！”

“除了那个书架。”迪奇语带讥讽地说。

“那个得请专门的玻璃工才能收拾得了。达芙妮的士兵朋友用手肘把架子打穿了——我想你应该也看到了吧，姆妈，你要是有在看的话。看起来他似乎完全没有要赔钱的打算。”

“喔，我想我们也不好问他要，亲爱的……昨天的派对看起来非常成功。”

达芙妮的脸藏在《周日快报》后面，也说：“还可以。”接着她抬高声音，“就是有些人不仅把自己的朋友晾在一边，还对别人的朋友指手画脚。博斯里先生是被帕克先生十分唐突地推到书架上的。他没伤着自己我已经谢天谢地了。我不希望让他觉得我们太计较。”

“要我说，”迪奇说，“我觉得他根本没工夫想。要不是查理·霍斯特把他拉起来，他昨晚可能就要睡在书架里了。他来的时候就已经醉醺醺的，我听说他提前偷摸跑到前面的帝国武器酒吧去喝了两三杯。不知道他下次来准备砸什么。我可说不出喜欢这个家伙的话。不过很显然有人觉得我什么都不懂。”

“哼，克拉拉就没觉得他有什么问题。要不是因为那事儿她也不会忘了拿包。她开车离开的时候送了他一程。”

“你说过了。唔，那包要是克拉拉的，我可不喜欢：看起来就像糊了一大堆蚂蚁蛋。”

“有本事你亲口告诉她啊？”

“说就说。我今天下午就跟她说。克拉拉要和我一起去打高尔夫球。”

“噢，你真是太讨人厌了，迪奇！你都不告诉我！伊夫琳还等着我们一起打羽毛球呢。”

“那她恐怕只能等了。克拉拉两点半来接我。之后我们可能会回来喝个小茶，不过也可能直接去她家——对了姆妈，朵瑞思能不能准时把晚餐做好？”

“她正要安排呢，亲爱的。我可以把你的报纸拿走吗？达芙妮，吃完午餐你要做什么？”

“噢，我们几个朋友可能想去散个步，然后去伊夫琳家打羽毛球。你是不是想让我带波西娅一起？”

“如果可以那就太好了，亲爱的。你也想去对吗，波西娅？那样我可以稍微休息一下子。昨晚的派对办得太好，我们都睡得很晚。”

散步的成员有——达芙妮、波西娅、伊芙琳（就是昨晚穿着精致橙色裙装的姑娘），塞西尔（似乎并没有人邀请他），以及另外两个年轻人查理和华莱士——一行人沿着防波堤上的小道向着南石头城的方向缓步而行。年轻男士们穿着灯笼裤和套头衫，头上戴着顶部凹陷的精致呢帽，脚上的螺纹长袜让他们的小腿看起来更加粗壮结实。达芙妮和伊芙琳都戴着贝雷帽，围着纹有狗头装饰的围巾，穿着时尚整洁的方格纹大衣。伊芙琳还带了她的小狗来。

这条防波堤上的小路一直人迹罕至，今天下午的海面是深青色的，就像鲭鱼背上的颜色。海面在防波堤的包围下温柔地起伏。远远的海上零星地分布着一些浮桩，停在上面的海鸥不时被海浪摇下来，看起来蠢极了。防波堤的独特气味随风而来——有被海水长时间浸泡的浮木的味道，还有深藏在海底被潮汐日夜冲刷的水草和海藻的味道。春日广袤无垠的天空好似穹庐般笼罩着内陆的树林与辽阔的大海。而防波堤是一条蜿蜒在高处的走廊，让行人恰好在大海与陆地的分界线上漫步：回荡在空气里的不只有大海的味道，还有陆地的气息——集市里的花园、石灰岩山谷中的树木和山丘上生满尖刺的金雀花丛，它们团团簇簇地生长在连接山丘的道路上，通往现在迪奇和克拉拉所在的地方。站在这里向远处望去，大地蜿蜒的线条和海浪涌动的弧线仿佛两道雀跃的浪潮，在柏油马路的前方碰撞交融，头顶的天空蓝白相间，这样的日子静谧又可爱，直叫人心中泛起兴奋的涟漪，喜悦而晕眩。

达芙妮一行就这样闲庭信步地走着，深深地呼吸着周围的新鲜空气。他们对这条防波堤上的每一个地方都了如指掌，大家望着远处的南石头城，那座豪华酒店的金色拱顶熠熠生辉。这里的清爽与空旷让他们不自觉地放松下来，举止也变得大胆了些，几个人逐渐并排走在了一起。虽然是并排行走，但彼此之间依旧保持着相当的距离，只偶尔忽然靠近些，不小心碰着对方的手肘，要是走着走着变成两个人一组，那这几对人之间必然彼此喊着说话——这样的聊天方式如阳光般明媚，没有隐秘的窃窃私语。他们不知不觉走了一英里半，抵达一座老旧的救生艇站，于是大家心照不宣地调转方向，准备打道回府。女孩们三个人一组走在前面，剩下的三位男士紧随其后。一行人向西而行。

当傍晚的第一抹霞光拂过双眼，一种氤氲的诗意忽然笼罩了众人。沁人心脾的空气打断了有一搭没一搭的对话。伊芙琳挽起达芙妮的胳膊，塞西尔转身走到海滨大道边，自顾自地踢着一块小石头向前走着。一艘漂亮的双桅帆船摇摇晃晃地出现在海峡间，暮光中泛起粉红的色彩。

波西娅深吸了一口气，然后猛地开口对达芙妮说："我的一个朋友——可以来这里拜访并借宿在你家吗？"

这突如其来的问题此刻倒并不显得唐突。

达芙妮若有所思地转过头，双手插在大衣口袋里，半边脸深深地藏在狗头花纹的围巾中，伊芙琳从达芙妮身侧探出头来，一只手还继续挽着她的胳膊。"什么朋友啊？"达芙妮问，"你是说，男朋友吗？"

伊芙琳说："原来她一直在想着这事呢。"

"他有多大可能性来？"达芙妮接着问。

"拜访并借宿？"

“什么时候来？”

“就一个周末。”

“这个嘛，如果你真有男朋友的话，我是没意见啦。你会有意见吗，伊芙琳？”

“我觉得要看情况吧。”

“是要看看情况，这是自然。不过，你真的有朋友吗？”

“真是稀奇，她有男朋友。”伊芙琳也插嘴道，“不过，我倒觉得没理由不让他来。”

达芙妮飞快地问了一句：“是你嫂子的朋友？”

“呃，是的。她……他，他们……”

“那他可不一定看得上我们这儿，对吧？不过呢，”达芙妮带着些戏谑地看着波西娅，语气中并无嘲讽之意，“他要是真等不及想来就没什么好挑剔的。我说，你可真是一秒钟都不浪费啊，是不是？不过话说回来，这件事你还是得跟姆妈商量，免不了的……怕什么呀，别像个小傻瓜一样。她又不会多想，她早就习惯家里有男孩子了。”

可艾迪并不是那些男孩子。波西娅迟疑了一会儿，然后说：“我是想先问问你，然后或许你可以去问问她。”

“你朋友是做什么的？”伊芙琳插嘴道，“在外交部工作吗？”

“谁在外交部工作？”查理忽然问，从后面跟了上来。

“波西娅的朋友，要来拜访。”

“哦，不是的，他在我哥哥的公司工作。”

“哦，那也不错。”伊芙琳说，试着消化这个信息。她在南石头城最大的一家美容院做前台，脸上的皮肤涂着时尚的杏色，总是一副容光焕发的样子，不知迪奇看了会有什么评价。她父亲姓邦斯泰博，经营着一家实力雄厚的房地产公司，不仅承办了威基基的夏日租赁业务，还几乎包揽了整个郡里的客户。因此伊芙琳在社交圈里一直都很吃得开——也因此达芙妮并不指望她会对自己之于奎恩家的感情产生共鸣。商人就是商人，到哪儿都一样。伊芙琳亲切地对波西娅说："那他一定很开心吧，能够跟你打交道。"

"你嫂子，"达芙妮意味深长地说，"说不定会很生气哦。"

伊芙琳说："有什么好生气的。"

"我说，塞西尔，"达芙妮突然叫起来，猛地转头瞪着他，"你要一直踢那块小石子儿到什么时候？"

"真不好意思，我刚一直在想事情。"

"是吗？你如果有事情要想，干吗还来散步？不知道的还以为我们刚参加完葬礼呢——我说，华莱士，你也听着，查理：波西娅对你们仨可没什么兴趣！她要邀请自己的朋友来玩。"

"我们几个，"华莱士说，"又不是这里的翘楚。再说了，从伦敦来的小姐——怎么会看得上我们？"

"可不是嘛，"达芙妮说，"谁会喜欢看塞西尔一直踢小石子儿呢。"

"啊，不是这样的。"波西娅看着他们紧张地说，"不是你们想的那样，真的。"

"嗨，我倒觉得并无不妥。"伊芙琳一句话结束了这个话题。她向前跑了几步，吹口哨召唤小狗，这家伙跑到了下面的海滩上，在脏兮兮的泥里撒欢打滚。

大伙儿停下来等着伊芙琳。这忽然的停滞似乎给这支行进的队伍带来了轻微的冲击，就像一列突然停下的火车。不过他们大概更像是一列货运火车而不是载人的——每个人都是一个装货的箱子，一旦停下便纹丝不动地等着，呆呆地面对着即将重新启程的方向。远处，希尔镇的教堂矗立在山丘上，仿佛一座王冠；四下里炊烟袅袅，融进春日的余晖。山边的一座座私人别墅掩映在花园的小树林中，仿佛披上了一层朦胧的面纱；一座座阳台和一片片屋墙的背后，山丘被暮色涂抹上风信子的紫蓝色，仿佛静卧在童话世界一隅的小村落。波西娅瞥了瞥众人，很高兴从他们的神色中看出“艾迪”这个话题已经暂告结束。不过他们并不只是不再想着艾迪的事，而是此刻根本什么都没有思考。

对于达芙妮的突然发难，波西娅已经不再那么紧张，因为她逐渐发现他们并不会揪着一个话题不放。人们会对持续不断且不依不饶的纠缠感到恐惧和退缩，但是在希尔，会持续不变的只有行动——如果一个人在做某件事的时候被打断了，那么你也就打断了这个人的思考。所以当这些年轻人被壮丽的暮色震撼而停止说话时，这个话题便彻底结束了，就像停摆的时钟。而当大家重新启程、向着星期天的下午茶进发时，一路上谁也没再说话。因为每个人的眼前似乎都已经看见了伊芙琳家精致的、缀着烤黑加伦果粒的茶点，鼻尖也闻到了刚刚烘焙好的蛋糕和巧克力饼干的香味，还有她家皮革椅的温暖气息。散步已经尽兴，他们很快就可以回去了，这一切真是棒极了。

伊芙琳的小狗沿着台阶跑了上来，背上蹭了一块污泥，毛粘成一团，它一边听着主人的责骂，一边兴奋又讨好地摇着尾巴。主人的指令是让它乖乖地跟在脚边，但是小狗并未领会，于是一行人便继续一言不发地向前走。

等到了伊芙琳家，波西娅终于有时间思考下周日（或者说下下周日？）的安排，因为大家都没怎么聊天，而她又不会打羽毛球。邦斯泰德家宽敞的别墅建于二十世纪初，是一栋老诺曼底王朝风格的建筑——整栋别墅从内到外随处可见凹凸不平的深色橡木结构；室内设计错综复杂，窗户上镶着铅框的厚重绿色玻璃冲淡了春日天空本来的颜色；阶梯如庄园般华丽，客厅装潢富丽堂皇中透着精巧；随处可见的黄铜或铜制器皿被擦拭得光可鉴人，人脸倒映其上总被扯成奇怪的形状，除此之外别墅还铺设了做工精良的釉陶面砖。从海峡对岸乘风而来的诺曼建筑艺术在此落地生根，以至于几乎没有一个希尔人知道这些竟不是英国的本土风格，虽然这个异族曾为英国带来过一段繁荣辉煌的历史。餐厅里昏暗得不像话，那些精美的古董灯很快便要点亮。伊芙琳对她母亲的态度冷淡而客气，此时父亲并不在家。尽管塞西尔表现出想要坐在波西娅旁边的意思，却被安排坐在茶壶旁的椅子上，好跟邦斯泰博夫人讲话。还没等凳子坐热，他就不小心掉了一小块黄油在自己的灯笼裤上，尽管他一直拼命装着不甚在意的样子，却还是趁人不注意偷偷拿茶巾蘸着热水使劲擦，可惜并没擦掉。

用过下午茶，几人来到有着玻璃屋顶的羽毛球室，打球穿的橡胶鞋用鞋带系着挂在一排钩子上。趁着其他人换鞋的间隙，波西娅爬到暖气片旁的一只高脚凳上坐了下来。缩着双脚踩在凳子最上面的脚蹬上，波西娅觉得自己就像一只鸟。她开始想象艾迪下周日来的时候像今天这样和众人一起玩闹的样子。不过真到了那个时候，他们会不会只想一起待在海边呢——不是在海边的防波堤上，而是在更接近大海的石造圆形小炮塔那里，在夕阳的余晖中看潮水来回冲刷平坦的沙滩？不，不需要在那里太久——因为她和艾迪还要好好地享受周日的乐趣呢。他们俩从来没有一起参加过社交活动，今天在海边仅仅只是提到艾迪的名字便遭到了达芙妮和朋友们的各种奚落——尽管他们后来都不记得这事了——但波西娅觉得这样似乎反而让自己与这些人的关系变得亲近了些。假设她需要一个人来帮她把想说的话说清楚，这世上还有谁比艾迪更合适呢？有他在会少掉许多尴尬，而她将多么以他为荣。这种想要向别人引见自己所爱之人的愿望多半来自一种原始的归属感，而想让别人见证自己被爱的心态亦是构成人的自尊的组成部分。而他们将成为彼此的秘密，她的眼神可以穿过整间屋子一动不动地落在他身上。孤独的人对周围的世界很难有全面的评价——很难确定何为有趣、何为无聊。而在爱情中的一个永恒不变的乐趣便是和身边人一起共看人世繁华。自他们上次见面以来，波西娅便觉得自己再没开心大笑过——她会微笑，这是自然，但那主要是为了取悦他人。不，还是不要在海边逗留了，这是个坏主意。

第一局比赛，塞西尔没有被选进任何一方，于是绕着球室的墙边走了过来，坐在波西娅旁边，他把一只脚踏在靠近地面的脚蹬上，高脚凳随着他的动作一阵颤动，仿佛一声叹息。波西娅赶紧收拾好心情。外面的客厅里，伊芙琳的母亲打开了过道尽头的留声机，一阵西欧风格的音乐传来，和现在的比赛气氛恰好搭配——和球场上左冲右闪的身影和击打羽毛球发出的乒乓声——汇聚成一支明快的旋律，让波西娅心中更加喜悦而塞西尔愈加忧郁。“不知为何，我不大喜欢春天，”他说，“春天总让我觉得邋遢。”

“你看起来并不邋遢，塞西尔。”

“这些黄油就是证明。”塞西尔一边说，一边不悦地摩挲着裤子，接着说，“你刚才在想什么？”

“我已经没有想了。”

“可你刚才有，不是吗？我看见了。想得那么入神，我要是个路人，应该会考虑给个一便士之类的。”

“我刚才在想下周日会是什么样子。”

“跟现在差不多吧，我估计。每年一到这个时候人就会希望有些变化。”

“可对我来说，来到这里就是变化。”

“能觉得有变化当然再好不过了。我想这对你朋友来说也一样吧。真有意思，我在达芙妮的派对上第一次见到你的时候，觉得你看起来孤零零的，不像有朋友的样子。我想正是你的这种气质吸引了我。但我似乎判断有误。你真的是孤儿吗？”

“我是。”波西娅简短的答道，“你呢？”

“目前不是，但我想人终究难逃这一命运。一想到未来我便忧心忡忡。我基本上就是只孤狼。刚开始我跟女孩子们一般都能相处融洽，但后来她们便会渐渐觉得我难以捉摸。我对感情总是难以释怀。我认为大多数女孩子并不在乎什么友情，她们要的只是一种刺激感罢了。”

“我很在乎我的朋友。”

“啊，”塞西尔忧郁地看着她叹息道，“请原谅我这么说，但那或许是因为你还小，还没到对男人感兴趣的时候而已。一旦年纪到了，女孩子们似乎突然就懂了，一点犹豫都没有。不过你看起来还挺害羞的。昨天我很为你担忧。”

她不知该如何回答。塞西尔俯下身，再一次研究起他的裤子。“当然，”他说，“我完全可以找洗衣工帮忙，但你说说，什么事不得花钱呢，我还想留着这钱去法国呢。”

“或许你可以请你的母亲用汽油把它弄掉。我每次都是这样把衣服上的油渍去掉的。”

“哦，是吗？”塞西尔应道，“我说，”他又接着说，“我一直想问你愿不愿意哪天下午来南石头城找我，坐五三〇路汽车可以直达，等我下班就能见面。我们可以去东崖阁音乐厅听下半场的音乐会，还可以在那儿吃点东西。那是个不错的地方，挺有大都市的感觉。要是你真感兴趣的话……”

“哦，是的，我非常愿意！”

“那就先这么定了。之后再确认具体时间吧。”

“你真好。谢谢你。”

“不用客气。”塞西尔回道。

比赛结束了：查理和达芙妮赢了华莱士和伊芙琳。伊芙琳过来换塞西尔上场，说他必须让她休息一下。“你真的不要试试看吗？”

她热心地问波西娅，“啊，不过我明白你的心情。跟你说哦，你应该找个周末过来玩，跟克拉拉一起打打球。她可得好好练练。这样你下次就能一起玩了……我的天哪，”伊芙琳叹道，“这里面可真闷！通风条件太差了！”

她温柔地挽起波西娅的手臂，往球场后边走去，用力推开一扇门。外面是花园，在球室灯光的映照下，花园沉浸在深蓝的暮色中；猛然的推门惊起一只小鸟，扑楞楞地从灌木丛中展翅飞走了。透过树丛静止的枝丫，小镇的万家灯火正在温柔闪烁：山脚下传来哗哗的海浪声。伊芙琳和波西娅站在门口，将自己深深地浸入春夜咸腥又甜美的空气里。

5

我亲爱的波西娅：这真是个绝妙的好主意！来拜访你我自然是求之不得，可是要怎么才能请到假呢？如果他们真的欢迎我，再困难我也要试试。我一点也不介意睡在杂物间。我猜晚上应该能听到迪奇在隔壁打呼噜。除了上班的时候，我和托马斯依旧相处愉快，只要别选拉提斯本先生心情不好的时候请假，我想应该都能行。不过还有一件事，接下来的三个星期，周末我应该都会很忙。下个周末，我想，应该是我最有可能忙里偷闲的时候——要是有人反对，你可要站在我这边。如果我真的能来，就会搭乘你说的晨间列车。周五应该能给你一个准确的答复。很抱歉要等这么久才能跟你确认。

真希望你那些时髦有趣的朋友们会喜欢我。我会害羞的。啊，不能再写了，宝贝，我已经连续三天晚上熬夜，现在快要困死了。你一走我就开始失眠，你对我来说就是如此重要。但我不能在家里待着，你知道我有多不喜欢自己的房间。

最近收到了安娜的来信。她听起来似乎过得很开心。我会跟你慢慢讲的。我真的很希望能来。祝你一切安好，宝贝。

艾迪

这封叫人万分纠结的信是星期三一大早送到的——那时，赫康柏太太已经迫不及待地开始收拾杂物间了。对于这次来访她接受得很平静，出于某种不知名的原因，她似乎把艾迪当成了安娜和托马斯的家庭好友，受两个人委托代替他们来看望波西娅的。在她看来这个解释很合理。唯一让她放心不下的，是怎么能让奎恩家的朋友睡杂物间这件事。可惜达芙妮和迪奇都不愿意让出自己的房间，不仅如此，他们每晚都紧紧地看着赫康柏太太，确保她不会偷偷把自己的房间让出来。达芙妮越是语重心长地跟她讲艾迪睡杂物间不会有事，赫康柏太太的眉头就皱得越紧。于是她只能买来许多新地毯垫，又把自己的仿谢拉顿[1]式古典梳妆镜搬进了杂物间。一起被搬进房间的还有她的祷告台，勉强用来当床头柜，还即兴用红纸折了一个灯罩，再问塞西尔的母亲借了一床鸭绒被。波西娅看着她忙前忙后地准备，心中忧虑日甚。他们的反应让她越来越担心，说不定艾迪最后根本来不了。她仿佛看见一座名叫失望的大山笼罩在每个人头顶，并且每天都拔高一点——因为就连达芙妮都不再是一副事不关己的模样，迪奇则已接受并认定了家里会来客人这件事。她试着提醒赫康柏太太，艾迪来做客的事情还没最终确定，但根本没用。

更令她担心的是赫康柏太太对艾迪的印象——她显然已经先入为主地把马杰尔·布拉特当成了艾迪。不过，达芙妮似乎有不同的想法，每次提到艾迪，达芙妮的眼中总会露出一丝狡黠。达芙妮自己的感情最近并不怎么顺利，尽管有一个好的开始，但从上周六

---

① 谢拉顿（George Sheraton，1751—1806），新古典的家具大师，英国细木工家具的代表人物。

起，博斯里先生便没再出现过——这导致达芙妮最近越来越看不惯华莱士和查理的平民身份和作风。

马杰尔·布拉特的第二份拼图礼物也在周三早上寄到了，和艾迪的信同时抵达。波西娅把它拿到阳光房的桌子上，全神贯注地拼着图，好让自己焦虑的神经放松一点。很快，拼图的雏形便显现了出来，那是一场盛大的空中飞行表演。这周阳光很好——一块块拼图碎片让她有些眼花缭乱，每当海鸥掠过，那一闪而过的阴影总会让她不自觉地抬头。慢慢地，她手底下出现了蔚蓝的天空，在这天空中翱翔的各种飞机的独特造型也开始逐一显现；当拼到观众席的时候，她开始在众多扬起的脸庞中寻找惊恐与笃定的表情。有天傍晚迪奇提出要帮她一起拼，那时桌子已经被抬进房间，旁边亮着灯，迪奇帮她把一直不敢下手的救护车部分给拼好了。

波西娅收到了安娜寄来的明信片、托马斯的短信和莉莉安的一封长信，不过她信中的悲伤已经像隔了千山万水般遥远。

每天早晨她都和赫康柏太太一同进城，后者总是殷切地建议她找时间去达芙妮工作的斯穆特图书馆看看。初次拜访令人紧张——图书馆楼上的暖气让整个空间里弥漫着一股层层叠叠的纸张中溢出的黏腻味道。达芙妮的鼻子也一直不满地皱着。无论从哪个角度来看，这里的文章和书籍都散发着一股陈旧的气息。沉闷的光影透过窗户洒在达芙妮卷曲的发梢上，暮光下，她的同事正趴在图书馆后面的桌子上沉醉地看书。达芙妮手里的毛线织个不停，她的动作委婉地流露出对于阅读这种消遣的不屑，她时不时地暂停，检查一下手指甲再继续编织，不耐烦地踱着小步，珊瑚色的羊毛线团伸出一根长长的线晃悠悠地挂在织针间。即使线团每隔一段时间便会轻微地颤动，也撩不起图书馆镇馆之猫的兴趣，它懒洋洋地趴着——这个毛茸茸的家伙是为了解决啃食纯文学书籍的老鼠们准备的，但它只有晚上才精神奕奕。波西娅进来的时候图书馆里一位客人也没有，达芙妮正巧从办公桌前直起身来，她皱着眉头的表情在看到波西娅时也没有任何变化。

“啊，你好啊！”她打招呼道，“你来做什么？”

“赫康柏太太说你或许不介意我顺道来看看。”

“哦，欢迎之至。”达芙妮回答，说完又低头接着织起毛线来，舌头在嘴里从一边滑向另一边。波西娅用一根手指点在达芙妮的办公桌上，抬头四下打量了一番，说：“这里的书真多。”

“还不止你看到的这些呢。不过，你先找个地方坐下吧。”

“真想知道都是什么人来借书。”

“哈，那容易。”达芙妮说，“很快你就会知道了。你嫂嫂喜欢看书吗？”

“她说没时间，要是有的话倒是很愿意看的。”

“人其实拥有大把的时间。我是说，这很值得深思。我敢肯定她一定有图书馆的一等会员卡吧？有这种卡的人一般都很难缠——他们随时可能进来要求借一本根本还没预定过的书之类的。我估计他们觉得这样才够本。我总说……”

斯科特小姐在图书馆后面轻咳了一声，示意有会员进来了。果然，两位女士走到办公桌前打招呼道：“早上好。”她们的声音里透着一种安抚的情绪，把手里要还的书放到了桌上。达芙妮卷起织了一半的毛衣看了她们一眼。

“今早天气不错呢……”

“是的。”达芙妮声音平平。

“你母亲还好吗?”

“哦，还行吧。”

其中那位没怎么说话的女士已经自顾自地走到摆放新进小说的桌前浏览了起来。和她一起来的女士也朝那边好奇地张望了一下，却回头径直走到标注着“纯文学”的书架前。她抬起脸把夹鼻眼镜调整到合适的角度，然后抽出了好几本书一一查看书名和里面的插图，但几乎全都叹着气沮丧地放了回去。她难道不知道达芙妮最讨厌别人乱翻书吗?“我想这里一定有我喜欢的书吧?”她开口道，“光看名字好难了解。”

“斯科特小姐，”达芙妮的声音没有起伏，“你帮亚当斯夫人找找如何?”

亚当斯夫人有些不好意思地说：“我应该提前列好一个清单的。”

“有的话的确很方便。”

亚当斯夫人对于自己被转手给斯科特小姐并不十分开心，不过后者帮她找来了一大堆有名的书，她也不好意思回绝。她一脸羡慕地望着同来的朋友，对方已经开心地拿着一本看上去很有趣的书走了过来。“这些书真的很不错，文笔相当优美。”斯科特小姐对可怜的亚当斯夫人说，并给了她一个带着胁迫意味的眼神——当然，那是隐藏在她一贯恭谨的态度之下，她已经学会了达芙妮欺负人的那套。

达芙妮则从收纳盒里利落地抽出客人的借书卡，拿起铅笔准备在上面草草写下信息。很显然，达芙妮的存在和对客人冷淡的态度，莫名让这间图书馆多了些威严，这一点她自己也觉察得到。她对阅读明显的排斥无形中把那些以读书为乐的访客置于低一等级的地位，好像这些人是为了一些她看不上的事物陶醉。斯科特小姐尽管很乐意帮忙，却也无法打破这样的局面：她（和达芙妮不同）并非窈窕淑女，并且不仅喜欢看书，还边拿着工资边看得不亦乐乎，这才更糟糕。除此之外她也没有达芙妮那样靓丽的外表：希尔镇大多数来借书的都是老年人，堆积的岁月和残留的哪怕一点点智识都让他们对年轻的身体充满了敬畏。或许有的图书馆并不喜欢达芙妮这样的工作人员，但是对于这里的这些被社会遗忘的客人来说，她的风华正茂和漠然态度却在某种程度上赋予了她一种高于书本的姿态。来这里的读者都是对人生早已无所追求的人，只能通过书籍来了解那些已经错失的世界。老年人通常都有些受虐倾向，而他们日渐松弛的心在看到达芙妮公式化却明媚的笑容时会忍不住跳漏一拍。或许这种残酷也算是有来有往，毕竟斯穆特图书馆的来客们把这位正值青春的女孩禁锢在了这个凝固的空间里。但凡他们愿意仔细观察，就能发现达芙妮办公桌下的地毯上那一个个被鞋后跟点出的光秃秃的凹槽，那是她在极端地烦躁与不耐烦中踩出的痕迹。阳光明媚的日子里，客人们总会跟达芙妮说，这么好的天气她不能出去玩真是辛苦什么的，然后拿着书颤巍巍地离开，在带着海腥味的阳光中渐行渐远。

波西娅对达芙妮的敬服之情随着后者每次抽出借书卡的动作节节攀升。抬头看了一圈书架，她发现所有的书籍都按照作者名字的字母顺序井井有条地陈列着。能想出这种安排的人本身便称得上大师。不仅如此，达芙妮虽厌恶阅读，却对书籍的装订和镶边很是上心；所有经她手照管的书籍看起来都整齐如新……等亚当斯夫人带着她的朋友离开，而斯科特小姐带着一脸古怪的微笑重新回到书桌边后，达芙妮先后两次从座位上站起来，踱到窗边，双手轻抚着自己的贴身短裙向外张望，然后轻哼一声又坐回椅子上，拿起织针继续编织起来。

“你的男朋友有消息了吗?”

“还没有……”

“唉，没事，他一定会来的。”

就在周四当天，波西娅按照约定搭巴士去了南石头城见西塞尔。赫康柏太太对塞西尔的无限信任让这趟旅程少了些忐忑与紧张。波西娅到得稍早了些，便在塞西尔上班的大楼外面等待，过不多时终于看到他一边擤着鼻子一边从楼里出来。他们沿着私人酒店林立的街道吹着冷风向东崖阁走去。那是一个巨大的玻璃建筑，有好几层楼高，巧妙地搭建在悬崖峭壁上，想进去必须从地面往下走，仿佛进入了一座设置精巧的宏大的地下墓穴。用玻璃罩围起来的阳台层层叠叠，高悬海上，音乐会结束时，眼前的大海和天空都已被暮色晕染成模糊的灰紫色。波西娅对交响乐其实不太了解，但她认得其中一支曲子是歌剧《蝴蝶夫人》的插曲，这一点完全满足塞西尔对她的预估。实际上，这次乐队演奏的曲目中有不少都是以前她和艾琳一起听过的，她们在国外趴在酒店外墙偷听的。大约六点半的时候，听众们正好欣赏完海景暮色，准备听音乐会；音乐会结束时，塞西尔和波西娅从铺着毛毯的高级座椅上起身来到音乐厅的餐厅里，坐在玻璃桌前点了荷包蛋和碎香蕉粒配鳕鱼。不过，尽管餐厅里灯火通明，用餐的人却很少，整个大厅一片安静。这地方在其他时间无疑是很热闹的。波西娅心不在焉地听着塞西尔聊着他的种种心事，心里却想着：明天的这个时候，她就可以知道艾迪到底来不来了。两个人搭乘八点四十五分的巴士回到希尔，走路回到威基基别墅门口，互道了晚安。分别的时候塞西尔轻轻捏了捏她的手掌，那是纯粹的柏拉图式的友好。

从周五早晨收到艾迪的信，到他实际抵达之前的这段时间仿佛一片空白。不过时间毕竟是存在的，于是这段等待仍叫人生出些沮丧之情。这一周的悬而未决尽管让人紧张，却形成了一种独特的节奏或模式：直到现在她才确定他会来，这种节奏和模式便戛然而止了。对于倚靠希望与期待为生的人来说，面对现实是一项艰巨的挑战。期盼是最险恶的梦境，一旦成真就会把人带回清醒的世界：它们之间的区别尽管看似微妙，却足以令人痛苦。她本该从周五早上开始享受那种叫作“期盼”的愉悦心情——却发现盼望带来的已不再是之前那种纯粹的喜悦了。其实从一年前开始，期盼所带来的绝对的快乐便已减弱了许多，而等待的过程却又十分痛苦。如今，她倒希望星期六晚点再来——她无意识地想要伸手拼命阻止那天的到来。这种渴望感的缺乏和无法再甘之如饴的心情，这种需要足够时间才能让内心平复的状况，都在宣告着她的内心已经从孩童又向成人迈进了一步；这种丧失和变化让她惊恐，她意识到自己或许已经逐渐失去了天马行空和随心所欲的资格。

星期六早晨醒来的时候，她有那么一分钟不敢立刻睁眼。后来映入眼帘的，是被周六的阳光映照得分外洁白的窗帘——多么美好的一天，就这样毫无顾忌地到来了，落在海面上，落在她的窗台上。再后来她又想，或许今天会收到艾迪的第二封信，说他最终来不了。然而并没有这么一封信。

过了一会儿，阳光暗了下去，虽不至于阴沉却没了刚才的明媚。海岸线上笼罩着一抹阴霾，阳光不再耀眼。随着艾迪要搭的晨间列车发车时间临近，谁都不再说话，他会乘着波西娅曾经乘坐过的列车前来。赫康柏太太本打算叫一辆出租车去接他，但波西娅觉得那样会让艾迪有种被人指手画脚地安排的感觉，更何况他多半并不愿支付多余的车钱——因此最后的办法是安排运输公司把他的行李运到家里，然后波西娅走到车站去接他。她听着火车的鸣笛声从身后树林的深处呜呜响起，当这长长的笛声再次响起时，列车正从路尽头的转弯处缓缓驶来。当艾迪终于走出车站后，再次会面的两个人肩并着肩走到临山的护栏前，眺望了一会儿远处的风景，再一起漫步下山。这和她自己来的那个下午感觉很不一样，因为空气里满满的都是发酵了整整一周的甜蜜春意。

艾迪对刚才望见的景色大为惊讶，他没想到希尔竟然离海边那么远。

“哦，是挺远的。”波西娅开心地回应。

“我以为这里曾是一座港口。”

“曾经是的，但是后来大海退了下去就变远了。”

“还有这种事，亲爱的，谁能想象得到！”艾迪捉住波西娅的手腕，开心地轻轻摇了摇，他们随着缓缓移动的人群顺着车站外的斜坡向山下走去。正走着，他忽然放开她的手腕，在自己的衣服口袋里摸索起来。“哦，上帝啊，”他说，“我忘了寄信了。”

“哎呀——是很重要的信吗？”

“必须今晚送到收信人的手上。之前我发的电报得罪了这个人。”

“我真的很感谢你能来，艾迪！”

艾迪笑得很好看，却不怎么走心，神色间藏着一丝忧虑。“我真能闯祸，这信必须今晚寄到。你不知道现在的人有多敏感。”

“现在寄来得及吗？”

“邮筒的标志在……但话说回来，反正大家都讨厌我。不过，伦敦现在看起来好遥远。最近的邮筒在哪里，亲爱的？”

当他发现如此令人头疼的事情竟然可以轻松解决的时候，艾迪的表情又明朗了起来。他不再皱着眉头，一身自在地穿过马路，将信塞进了街角的邮筒。波西娅望着街对面的他，有那么一刻忽然沉浸在“啊，他终将会回到我身边”的感动中，实际上他们也确实很快又肩并肩一起往前走了。艾迪回来的时候说：“嘿，今天你用发带在头顶扎了个丸子头呢。而且还戴着羊绒手套。”然后轻轻握起她的手，把自己的手指挤进手套里。“真好，”他笑着说，“就像里面养了几只病恹恹的小家鼠。”

他们沿着弯弯曲曲的马路漫步而下，艾迪把经过的每一栋度假别墅白色大门上的名字都念了一遍——这些门上还残留着树叶滴落的绿色汁液的痕迹，大门后的别墅在细密的灌木丛中若隐若现。此刻还看不见大海，他们被紧紧包裹在内陆特有的静谧中，随着时间一点一滴的流逝，灰色的暮光慢慢淹没了车站前的长路。希尔被绵延的山丘遮挡着，只看见袅袅炊烟从花园的针叶树林后升起。又走了一会儿，他们还听见山谷溪水的潺潺声。这一切的一切都让艾迪忍不住惊叹道："亲爱的，这地方真是人间仙境！"

"等我们回到家里喝茶的时候你再感叹吧。"

"可是威基基到底在哪儿？"

"啊，艾迪，我跟你说过的——就在海边。"

"赫康柏太太真的很期待见到我吗？"

"是的，非常期待——虽然我得说她挺容易激动的。不过就连迪奇今天吃早餐的时候也专门说，估计今晚就能见到你了呢。"

"那达芙妮呢——她期待吗？"

"我保证她也很想见你，不过她有点担心你是个阔少爷之类的。你可得让她知道你不是。"

"能来这里我真是太开心了。"艾迪说，一面加快了步伐。

抵达威基基的时候，赫康柏太太最初的反应是有些错愕。她忍不住再三打量艾迪，然后说："呃……"不过很快她便反应了过来，并表示很高兴见到他。她靠在桌旁，有些紧张地伸着手，可眼睛还是定定地注视着艾迪，仿佛在辨识一个模糊的幽灵。等到大家在茶桌前就座、准备上茶的时候，赫康柏太太正好坐在背对阳光的位置上，能够更清楚地观察艾迪。每次艾迪开口，她的目光总会聚焦在他的额头，艾迪有一头漂亮的鬈发，时髦地向后梳起。每次聊天的间隙，波西娅都怀疑自己清楚地听见了赫康柏太太的内心活动，那里就像派对前夕的舞厅，正被人大刀阔斧地重新排列摆放着所有的桌椅板凳。下午茶安排得十分丰盛，然而赫康柏太太的注意力却完全在其他地方，反倒是波西娅忙着分发茶点。波西娅忍不住开始思考这顿下午茶究竟该由谁买单，以及邀请艾迪来做客这件事是否错了这样的问题，毕竟威基基是为了招待他才准备了这些东西。

她甚至开始思考赫康柏太太是否也会考虑这件事。过去总住在旅馆里，每个星期都等待着账单送到门前，每一笔开支都必须仔细查看，绝不能放过任何一笔“额外”支出，这种生活在她心中烙下了深深的印迹，以至于此后无论是谁、住在哪里，她都会本能地思考每一次行动又给谁增添了什么样的成本，而这些成本又该由谁买单。她深深地了解，自己在温莎大街居住，每天吃着备好的食物、睡在干净的床榻上，甚至呼吸别墅内温暖的空气都是托马斯和安娜定期且长期的责任与开销。无论他们内心的实际想法如何，对她的这些照顾都在无形中披上了一层名为“亲人”的面纱——而她也逐渐适应了他们的付出，开始像普通人那样习惯并从内心感激着亲人。如今她只盼托马斯和安娜支付了威基基足够的费用来偿付艾迪可能吃掉的蛋糕茶点。这一未知的信息让她不自觉地忍耐着尽量少喝些茶。

整个下午茶期间，艾迪都毫无压力地表现着，因为他不了解赫康柏太太，还以为她是个相当害羞的人。于是他便尽量表现得坦诚、亲和而单纯，这三种特质被他演绎得淋漓尽致。然而他本人无法了解的是，他的外表和周身所散发出的姑且可以叫作气场的东西，却在多年后再次挑起了赫康柏太太心中的某种忧虑——不是对波西娅，而是对安娜。他更不可能知道，赫康柏太太深埋在心底的这份忧虑曾经来自安娜和皮杰昂——这些年她自己的幸福婚姻让她差点忘了从前。她根深蒂固地认为所有俊俏且八面玲珑的男人都不是好东西（这个观点是从她在里士满工作的最后一年开始形成的），这种想法让她的左颊不悦地抽动了一下。自从她执掌威基基以来，还从不曾对某人可能成为家里的常客这种事如此抵触。这个年轻人显然并非不速之客，他是波西娅的朋友，而波西娅说过他也是安娜的朋友之一。可是他怎么会成为安娜的朋友？……而此刻的波西娅在捕捉到赫康柏太太脸颊的抽动后，心中正无限担忧着接下来的事态发展。

艾迪却感觉自己今天的表现简直无可挑剔。他喜欢赫康柏太太，并不遗余力地讨好着她。他的一切举动都是那么自然真诚。他把赫康柏太太的反应简单地理解成被他的魅力折服。诚然，到目前为止他看起来确实不错——自从进屋以来，他便对家里的一应器物赞许有加：悬挂在他头部左侧的蓝色呢绒窗帘、椅背正对着的抽屉柜、描画完成的灯罩——刚看见的时候他便大加赞赏。他的言谈举止是如此自然，对别墅里的摆设装潢也是真心欣赏，他的惊叹之情让波西娅几乎怀疑威基基的客厅是在他来之前专门修的。阳光房里拼了一半的拼图还放在那里，他来之前，这个拼图承载了波西娅所有的期待和恐惧。喝完茶，她向拼图投去了缅怀的一瞥，仿佛在看着一件来自另一个时代的古物。艾迪大方而愉快地聊着天，一只脚潇洒地踏在火炉前隆起的地砖上。这种姿态甚至让朵瑞思进来收拾茶桌的时候也忍不住多看了一眼。

“能见到真正的壁炉真好，”他说，“我住的地方只有燃气炉。”

赫康柏太太从朵瑞思手上拿过一块桌垫布折叠着，这块桌垫四周缝着约八英寸宽的钩花镶边：“我想奎恩先生的办公室里应该有中央供暖吧？”

“哦，是的，”艾迪回答，“设施非常完善。”

“是啊，我也听说条件相当好。”

“不过安娜自己书房的壁炉才是这世上最漂亮的。您一定常去看她吧，我猜？”

“是的，只要我在伦敦就一定会去看她。”赫康柏太太说，态度还是有些拘谨。“他们夫妻俩都十分好客。”她补充道——尽量不表现出奎恩家对自己比对别人多了些亲密和优待的样子。言罢她起身打开画桌上的台灯，在桌前坐下，开始检查画笔。波西娅望着渐渐被暮色包围的阳光房，开口道：“我想带艾迪去看看大海。”

“唉，你们现在去恐怕什么美景也看不到啊，亲爱的。”

“没关系，我们就随便看一眼。”

于是他们出了门。波西娅顺着道路一边走，一边伸手紧了紧外套，而艾迪却只在脖子上加了一条围巾。潮汐渐涨，地平线上的风景在深灰色的天边若隐若现。曲线柔和的海湾在渐沉的暮色中发出嘶哑的低鸣，那声音遥远而缥缈，渐渐消散在静谧的远方。没有风，只有一丝轻微的寒意萦绕在脖颈周围或渗入发根。艾迪和波西娅静静地站在海滨大道上，看海天之色缓缓消失在黑暗中。艾迪放松而疏离地站着，仿佛卸下了一天的重担，正贪婪地享受着一人独处的时光。他对外的友好和内心的真实想法通常并无太大关联——而这一点此刻正以一种阴郁的姿态显露无遗。只有波西娅见过他这个样子——只有在她面前他才不用一直勉强自己装作很感兴趣的样子谈笑风生。成年人的那种似是而非的人际游戏，无论你选择温柔体贴还是大胆热烈，都会经受他们细致而严苛的审视，这让艾迪备感疲惫。只有波西娅能让他放下所有的防备——就像现在这样，只要一个转身——就能简单直白地宣告他的疲倦。而波西娅也对这种特权般的地位甘之如饴：至少他在彻底神游天外的时候还允许她陪在身边。没有人能像她一样如此安静又没有威胁地存在着。他把她当作一种元素（比如氧气）或是一种状态（比如黑暗）：因为这些事物总是平等而轻柔地落到所有人身上，即使对旁人的触碰再怎么反感，也能安然接受它们的存在。他的目光可以穿过她，却不用看着她，他也不用为自己眼神的空洞感到歉疚。

波西娅安静地等待着艾迪从神游中醒来，就像之前每一次的等待那样，可是放在外套口袋里的手却握成拳头轻轻动了动，她有点后悔刚才把他叫了出来。在这不分季节与昼夜的萧瑟中，远处逐渐暗沉的大海和浪花卷起的泡沫都将她心中的孤独无限放大，即便此刻他们都觉得很放松。突然间，远远的海峡中亮起了一道光，斜照在海面上，映出高低起伏的波浪。那是灯塔的夜间探照工作。当那道笔直的灯光扫到他们所站的位置时已经几乎消失不见，只留下半抹光晕映在艾迪脸颊上——片刻后，整条海滨大道的路一盏接一盏地亮了起来。她转过头，海边悬崖上的一排排出租屋墙上光影斑驳。

“多么明亮的灯光！”艾迪惊叹，神情也随之明亮了起来，“这才有点海滨城市的样子嘛。这里有码头吗？”

“呃，没有。不过南石头城有一个。”

“下去沙滩那儿吧。”

两个人迈开步子窸窸窣窣地朝着海边走去，艾迪边走边说：“看来你在这里住得还算开心？”

“你也看到了，这里的生活更合我的性子。在安娜家，我从来拿不准接下来会发生什么——而在这里，虽然我也不知道，但这种不知道并不让人难受。从某个角度来说，安娜家总是一成不变——当然就算有变化我可能也察觉不到。但是在这里，我能了解到别人的想法。”

“我不确定这对我来说是不是件好事，”艾迪说，“我不怎么相信别人的想法，这让我很难受。不知道了解真相究竟是好事还是坏事。当然我指的是关于他人的真相。我只了解自己的想法罢了。”

“我也是。”

“了解我的想法？”

“是的，艾迪。”

“你这样让我很内疚。”

“为什么？”

“因为你根本不知道我在某些场合会做些什么，而我却只有在那么做的当下才明白自己的真实感受。也就是说，我的人生会如何发展完全取决于将来发生的事情。”

“这么说你无法知道自己下一刻会怎么想了？”

“是的，完全不知道，亲爱的。一切都难以预测。这就是最糟糕的地方。你应该对我这种人感到害怕的。”

“可是只有你不让我觉得可怕。”

“等等——该死。我鞋里进了颗小石子儿。”

“老实说，我的鞋子里也有。”

“那你怎么不早说呢，小傻瓜？干吗忍着？”

他们在沙滩上坐了下来，一人脱掉一只鞋。从灯塔射出的光芒恰好转到两个人坐着的方向，波西娅说：“我说，你的袜子破了一个洞。”

“是啊。这座灯塔看上去就像神之眼。”

“你真的是个可怕的人吗？你是认真的吗？”

“你很爱追问啊。你的意思是我小题大做吗？我想，我会变成这样本身就是一个浪漫的错误。虽然这么说可能太把自己当回事了，但至少我知道自己是什么样。当然我们还是有相似之处的，最大的相似点就是都很不招人喜欢。如果我连自己都那么讨厌，你又如何期待我对别人宽容？我们要不要接着走啊，亲爱的？坐在这里虽然不错，但下面的小石头很扎人。”

“是的，我也觉得坐着其实很疼。”

“你这么乖巧真让我过意不去——能和你一起待在这里是件难得的好事，可我开心不起来。”

“是不是你这个星期在伦敦过得不好？”

“啊，这个嘛——托马斯付我一个星期五英镑的薪水。”

“我的老天。”

“没错，这就是脑子的价值……我鞋里差点又进颗石子儿，我觉得咱们最好回大路上去。这些房子都是谁在住？”

“那些只是出租屋而已。其中有三栋还在招租。”

两个人沿路向上返回海滨大道，朝威基基走去。“不管怎么说，”波西娅再次开口，“你不觉得赫康柏太太是个特别好的人吗？”

见到达芙妮和迪奇的时候，艾迪的情绪便如变魔术一般瞬间恢复完美，他们俩正开着无线电收音机、站在壁炉前聊着什么。他们看着艾迪的神色有些迟疑。艾迪十分大方潇洒地和迪奇握了握手，和达芙妮打招呼的时候也毫不避讳地直视着她的双眼。不久赫康柏太太下楼来，而达芙妮则立刻如往常一样和她大声交流着她认为重要的事情。在几乎能盖住收音机音乐的讨论声中，赫康柏太太和达芙妮达成了共识：今天应该早点吃晚餐，因为有些人用完餐要去看电影。

达芙妮大声说道：“到时候克拉拉会在电影院门口等我们。”

迪奇没有反应。

“我说，克拉拉会来跟我们汇合。”

迪奇冷漠地从《标准晚报》后抬起头来说：“我可没听说过她要来。”

“嗨，别犯傻。克拉拉说不定会请客呢。”

迪奇不耐烦地咕哝了一声，俯身挠了挠脚踝，仿佛那里痒得让人无法忍受。有那么一刻达芙妮看起来似乎若有所思地注视着波西娅，接着她问："你和你的朋友要一起来吗？"眼神看似不经意地落在艾迪耳朵后方的壁炉镜上。"要去吗，艾迪？"波西娅问，半跪着从沙发上直起身来。艾迪闻言望着波西娅，眼神流转定定地看进她眼眸深处。他故意一直不朝达芙妮的方向看，脸上却渐渐浮起一抹平静中带着恶意的微笑。"要是我们真的受到邀请的话，"他也大声回应着，尽量盖过音乐，"那将不胜荣幸。"

"你真的愿意让我们一起去吗，达芙妮？"

"哦，对我来说都一样。我是说，只要你们真想去的话。"

于是，吃完晚餐几人便立刻出门了。他们在华莱士家停留了一会儿，接上他一起，五个人并肩走在沥青马路上向城中心进发。树荫覆盖下的道路一片漆黑，城市的灯火在远处闪烁。他们踢踢哒哒地走过运河上的小桥，呼吸间满满的都是脚下河水特有的气息：穿过一片常青树林，格拉托电影院的大型招牌就在眼前，金色、红色、蓝色的霓虹灯灿烂而耀眼。克拉拉的脸上挂着圣洁祭品般的神情，穿着一件貂皮大衣，早已在电影院前庭的棕榈树下等候多时了。买票的时候几人都客气了一下，迪奇、华莱士和艾迪争相表示要请大家看戏，尽管后者的姿态远不如前两个人真诚。最后还是克拉拉从迪奇的手肘边挤进来，给所有人都买了票，就像大家预期的那样。他们沿着放映厅的走道鱼贯而入，按照这样的顺序坐了下来——克拉拉、迪奇、波西娅、艾迪、达芙妮、华莱士。此刻银幕上正放着一出喜剧。

在整出喜剧的放映期间，迪奇对波西娅的态度都比对克拉拉显得亲切些——换句话说，他的一只手肘轻靠在波西娅的手上，而后者的手正搭在两个人座椅中间的扶手上，但他的另一只手却并没有同样靠在克拉拉的手臂上。他的呼吸声很是粗重。克拉拉趁着喜剧因放映问题稍作调整的间隙跟迪奇说，希望他早前的曲棍球赛玩得开心。后来她不小心弄掉了钱包，钱币物件撒了一地，只好一个人默默地收拾起来。波西娅的双眼紧紧盯着荧幕——有那么一两次艾迪调整坐姿的时候，膝盖都会碰到她。当她为此转头看向艾迪时，荧幕的光影正好反射进他的双眼，明暗闪烁。他的肩膀略向前倾，仿佛在和自己商量什么秘密似的。在艾迪的旁边，达芙妮端端正正地坐着，再旁边，昏昏欲睡的华莱士打了一个大大的哈欠。

喜剧演完是广告，然后正戏终于开场了。所有人都来了精神，包括男士们。忽然，波西娅的注意力被电影之外的什么东西吸引住了——那是在艾迪另一边膝盖附近的、令人呼吸急促的某种事物。她屏息凝神——却依旧听不见艾迪的呼吸。艾迪的呼吸声为什么这么轻？究竟发生了什么？她察觉到一丝异样的氛围正从眼前坐着的这六个人间冉冉升起。她再也忍不住心中的疑虑，转头好好地打量起艾迪——光影闪烁间，后者立刻投来一副灿烂却空洞的笑脸。那张笑脸是在对别人微笑的中途忽然分过来给她的。艾迪靠近她这一边的手正斜搭在扶手上，两根修长的手指夹着一支香烟：她只看见这只手。波西娅猛地坐直，重新看向荧幕，仿佛哀求般警告自己绝不要再分心往旁边看。

电影画面上忽然人潮汹涌，似乎有什么骚乱发生，她听见一侧的克拉拉克制地低呼了一声。迪奇对于接下来的情节一点兴趣都没有，他叹着气摸出了烟匣并保持着这种心如止水的状态，拣了一支香烟，放进嘴里动了动下巴，换了个最舒服的姿势，接着摁下了打火机。烟点着后，他好心地朝其他人看过去，以防有人需要借火。

握在迪奇手里的跳跃的火光照亮了众人脚下的幽暗。它闪烁着映照出达芙妮手提包上的铬制挂扣和坐在最后面的华莱士的腕表，光亮晕染在达芙妮光洁紧致的小腿上，也反射在地上废弃的锡箔纸上。会抽烟的人都已点好了香烟，没人需要打火机。然而迪奇手里的火苗却依旧跳动着，他也依旧保持着手举打火机的姿势一动不动，好像在望着什么——这样的静止仿佛用力地推了波西娅一把，她猛地转头朝迪奇眼神落下的方向看去。火光仿佛带着森森的恶意，准确地映照出一只袖口、一只钢铸的手镯和指甲盖微弱的反光。就在艾迪和达芙妮的座椅间隔中那道并不算深的缝隙里，两个人的手紧紧交握着。艾迪的手还不时揉搓着达芙妮的手指，后者的拇指搭在艾迪的手指关节上，警惕地动了动。

6

空空如也的出租屋里回荡着海浪的呼啸，仿佛房子的烟囱和半掩的橱柜中全部存满了经年累月的海浪声和被冲刷成粒的石子儿。波西娅和艾迪上楼的时候，楼梯不停地发出吱吱嘎嘎的惨叫，楼梯扶手也早已松动，在空槽里摇摇晃晃。在潮水湿气的侵袭下，每一扇门都有些变形，露出缝隙无法彻底闭合，斑驳的墙纸在海风中簌簌作响。海水的波光倒映在前庭的天花板上，屋子后墙的窗户向北俯瞰着一大片盐田。上次邦斯塔博先生的小合伙人谢尔顿先生傍晚来威基基打牌，不小心把这间房子的钥匙忘在了那里。钥匙上写着“温斯罗联排别墅 5 号”，迪奇找到了钥匙并借给了艾迪，于是现在艾迪正带着波西娅开门走进屋内。没有什么能比在空无一人的别墅里探险更有趣的了。

时值周日上午，还不到十一点，山丘顶上的教堂钟声穿过关着的窗户传进屋内。赫康柏太太一个人去了教会，迪奇一早便离开去见朋友，据说有事商量，达芙妮躺在阳光房的躺椅上看《星期日画报》——虽然今天并非阳光明媚。她换了一个新发型，前额留了些刘海，在艾迪轻扶着波西娅的手臂离开威基基走上海滨大道的整个过程中，她连眼皮子都没抬过一下。

楼上与大门同侧的卧室看上去就像修道院的格子间，外墙的百叶窗向内拴插着。墙面是深蓝色的，长着霉斑，仿佛一片了无生气的天空；抬头望去，天花板上的裂痕纵横交错，让人不由得同情起那些早上要在这间卧室醒来的度假游客。陈旧的壁炉里传来一股焦臭的气味——威基基仿佛远在天边。这几个房间在好几层楼梯的最顶端，就像一个死胡同的尽头，空洞而破碎的感觉尾随着攀爬的人一路向上，并在他们抵达终点时堵住了回去的路。波西娅觉得自己仿佛被什么追赶着一路爬到了大树的顶端，然而追赶她的东西却未曾离去。她想起来，这栋别墅矗立在悬崖边上，也想起刚来的那个下午，同赫康柏太太搭出租车经过这里时心中的惊悚感。今天，当他们把钥匙插进锁孔、壮着胆子推开大门的时候，屋子里只有废纸在大厅里簌簌作响的声音。即便如此，她却等不急想要一个能和艾迪单独相处的空间。

艾迪点起香烟靠在壁炉上，用眼睛打量着这间小小的屋子，一只手拽着钥匙线不停摇晃着。波西娅走到窗边向外眺望。“这里所有的窗子都装着双层玻璃。”她说。

“如果房子被风吹垮，就算装着双层玻璃又有什么用。”

“你真觉得会被吹垮吗？……钟声停了。”

“是的，你应该去教堂的。”

“我上周日去过了——本来也无所谓。”

“那你上周干吗要去呢，小坏蛋？”

波西娅没有回答。

“我说，亲爱的，你今天早上一直怪怪的。为什么你对我的态度变得这么奇怪？”

“我有吗？”

“你知道你有的，别这么傻。怎么了？”

波西娅转过身背对着他，手无声地捏着窗框。可是艾迪连吹了两声口哨，让她不得不再次转回来面对他。此时那条长长的钥匙线已紧紧缠绕在他手指上了，把被尼古丁熏黄的皮肤勒得一道道皱起。他双眼精光闪烁，眼神中隐藏着一丝令人紧张的压力，仿佛世界末日就在眼前。波西娅下意识地抬起一只手抚着脸颊，望着他唇间显露的牙齿。他说：“说吧！”

“你为什么会握着达芙妮的手？”

“你指的什么时候？”

“在电影院的时候。”

“哦，你说那个啊。那是因为……你知道，我有时也需要找个人解解闷吧。”

“为什么？”

“因为我没办法和他们好好相处，一想到这个我就生气。没错，我看到你当时的表情了。”

“你的意思是，你对我笑的时候？你那个时候就已经牵着她的手了吗？”

艾迪想了想。“是的，我想我应该牵着呢。你在担心吗？我以为那天你很早就睡了。我还以为你知道我原本就是这样的人呢。我喜欢身体接触，你知道的吧。”

“但你从来没有对我这样过。”

“是啊，我想是没有。”他低头看着手指，然后一圈圈地解开缠绕的绳子，“是的，我没有这样对待过你，对吧？”他说，态度和蔼了很多。

“这就是那天你在沙滩上说的永远不知道自己下一刻会如何处事的意思吗?”

“然后你就回家把这句话完整的写进日记了吧，我猜?我不是跟你说过不要写关于我的任何事情吗?”

“不是的，艾迪，我没有写在日记里。这是你昨天喝完下午茶以后才说的。”

“不管怎样，你说的那个并不是我所指的‘处事方式’——还没到那个程度。那又不是什么了不起的大事。”

“对我来说就是大事。”

“唉，那我可无能为力。”他说，脸上挂着耐心的笑容，“我无法改变你的想法。”

“迪奇拿打火机照明之前我就已经察觉到不对劲了。从你当时的笑容里就能看出来。”

“对于你这么一个小姑娘来说，我觉得你有点太敏感了。”

“我已经不是小姑娘了，你还说过要和我结婚。”

“那不过是因为当时你确实还是个小姑娘。”

“所以就可以不算数吗?”

“是的，而且我还以为你是这世上唯一一个不会被扭曲的观点所腐蚀的人。可惜现在的你看上去简直和海边的其他女孩一模一样，总是直着眼睛观察我、论断我，硬要给我拼凑出一个完全牛头不对马嘴的故事。你让我……”

“就算是这样好了，可你到底为什么要握着达芙妮的手?”

“我只是想表示友好罢了。”

“可是……我的意思是……你明明跟我更熟。”

艾迪四平八稳却冷漠的态度忽然有些崩溃，或者应该说有了明显的转变。他穿过房间走到刚才一直盯着的壁橱前，伸手小心翼翼地把门掩上。然后环视了一圈房间，那神情仿佛他曾住在这里，而今天是搬走前最后一次来收拾残留物品似的。他捡起刚才烧剩下的火柴棍扔进壁炉，然后含糊地说：“走吧，我们下楼。”

“你听见我刚才说的话了吗？”

“当然听见了。你总是这么可爱，亲爱的。”

每下一层，远处的海浪声便离他们近了一些。

艾迪抬脚走进客厅，又看了一圈。以前的屋主放置地毯的地方现在只剩一圈粗糙的红色印迹，弧形的窗户上方有一道木勾，那多半是以前用来挂鸟笼的地方。

当艾迪忽然转身开口的时候，海面的波光恰好透过窗户照在他脸上，他的声音很是轻柔：“我真是太难过了。我那么做只是一时兴起而已，根本没想到你会如此介意，亲爱的——或者说，我以为即使你注意到了也不会多想。我们彼此了解，而你也知道我有多傻。但如果这件事真的让你这么难过，那自然是我的不对。你可千万别因为这件事伤心，否则我就万死难辞其咎了。这也是我经常惹出麻烦的一件事。我知道刚道完歉不应该这么说，可说实话，亲爱的，这真不是一件什么天大的事。我是说，不信你去问你的朋友达芙妮，很多人都是这么做的。”

“不，我可问不出口。”

“那就相信我的话。”

“可是艾迪，他们都认为你是我男朋友。你知道他们这么想的时候我有多自豪吗？”

“亲爱的，如果不是为了见你，我又何必大费周章地推掉其他约会专程赶来这里呢？你应该知道我是爱你的，别犯傻了。我只想和你好好享受海滨的周末，现在我来了，并且我们过得很愉快。何必让这么一件无足轻重的小事毁掉我们的美好时光呢？”

“这并不是无足轻重的小事——这不是一码事。”

“你是我唯一真心以待的人。我对其他人从来没有这样认真过，所以我才总是顺着他们的意，做他们想让我做的事……你知道我对你的心意，对吗，波西娅？”他说着，走到波西娅面前深深凝望她的眼睛。百叶窗的倒影在艾迪眼中被风呼地吹开，他的真实的影子就在那电光火石的一瞬间、在自己的双眸中显露出来，旋即又重新隐入黑暗。

今天之前，在那电光火石的一瞬间之前，波西娅从未在与他对视的时候主动挪开过视线。可如今她正失神地望着墙纸上褪色的棕色树叶花纹，那周围有一圈曾经摆放过壁橱的模糊轮廓。“但你说过，”她开口，“刚才在上面的时候（她抬头朝天花板示意），说因为我只是个小姑娘，所以你说话不必认真。”

“我胡说八道的时候自然不能当真。”

“你不应该对结婚的事胡说八道。”

“可是亲爱的，我实在觉得你有点疯狂。你怎么会有跟别人结婚的想法？”

“在海边，你说我应该害怕你的时候，也是在胡说八道吗？”

“你怎么连这也记得那么清楚！”

“这是昨天傍晚才说过的话。”

“那也许昨天傍晚我确实那么想。”

“难道你不记得了吗？”

“听我说，亲爱的，你可别故意找茬儿。一个人每天会遇到多少新鲜事，我怎么可能永远对过去的事保持相同的感受？说自己可以永远保持某种心情不变的人都是装的。我或许不是什么好人，但至少我不会假装——这可是两码事。”

“如果你对任何事情都无法保持始终如一的心情，我要如何相信你是认真的？”

“哈！那就当我不是认真的好了。”艾迪用脚踩熄了烟头笑道，声音中透着愤怒，“你可得想办法好好习惯一下这样的我了。不得不说，我曾以为你是懂我的。要是这么点小事都能让你如此难受的话，我看你最好还是别拿我当真。我倒是记得很清楚，我昨晚就说过你对我的行事为人知之甚少。你肯定会对我做的某些事情深恶痛绝。好吧，现在我知道我错了——我曾经真的以为可以和你坦率地分享一切，甚至让你慢慢了解我做过的所有事情，而我曾相信你会毫不犹豫地全部理解。我曾多少次盼望这世上真能有这么一个人存在，可我对你的这种期待想必是十分荒谬和不切实际的……是啊，现在我懂了，亲爱的波西娅，谁能想到你我之间竟已在不知不觉中变成这样一种令人心碎又悲哀的关系。对我来说这不啻于往我的心窝上插了一刀，而对达芙妮而言呢，这或许不过是耸耸肩就能过去的小事。事情总是变成这个样子——现在你也开始对我穷追猛打了，和其他人一样。算了，我们下楼吧。这间别墅也看得差不多了，最好现在就走，把门锁好把钥匙还给迪奇。”

他言罢转身，头也不回地向客厅门口走去。

“啊，别走，艾迪，等等！我是不是把一切都毁了？我宁愿死也不愿意让你失望。求你了……你是我活下去的唯一理由。我发誓，求求你，我发誓！我是说，我发誓一定不会讨厌你做的任何事情。我只是需要时间适应而已，有些东西还没有完全习惯。我不懂你是我不好，是我蠢。”

“可你永远也无法习惯的，我很确定。”

“可是我有决心改变。我再也不会在没搞清楚事情之前就犯傻了。求求你……”

她伸出双手死死拉住艾迪的胳膊，惊慌中甚至顾不上是否弄皱了他的衣袖或是拽疼了他的手臂。她的眼神悲伤而迫切，虽然还没到绝望的地步，视线却在他的脸上慌乱地游离。他说：“听我说，闭嘴，你让我觉得自己像个欺负人的坏蛋。”为了摆脱她紧握的手，他转过身，有些不耐烦，却依旧不失风度地捉住波西娅的双手，那姿态就像两只胡闹厮打的小猫。“真是吵死了，”他说，“你就不能让我安静地幻灭吗？非要闹得像要拆房子一样？你呀你，真是个小傻瓜。”

“可我不想让你幻灭。”

“那好吧，我没有幻灭。”

“你发誓，艾迪。你能保证吗？我不只是说关于我的事，因为你曾说自己从来不抱任何——希望和期待。你可以发誓吗？你那么说不是为了让我闭嘴而已？”

“不是，不是——我的意思是，是的，我发誓。你看我的眼睛就能明白我是认真的。刚才的谈话真失败。现在我们离开这儿吧？我想喝一杯，希望他们家里有酒。”

两个人的说话声随着下楼的脚步一同落下，楼梯又一次发出吱吱嘎嘎的响声，扶手也再次摇晃起来。一缕阳光冲破大门上的投信件的缺口，落进大厅。他们一边踢开四处散落的宣传单和发霉的购物广告，一边向大门走去。站在门口最后一次回望这间别墅，咖啡色的墙面上只有零星几道从前厅洒落的微弱光芒，一切看起来竟是那样萧索和卑微。会有人愿意再次踏入这栋房子吗？尽管它面朝大海、阳光明媚，屋内还反射着粼粼波光——看上去如此美好。

走到威基基门口时，他们遇到了迪奇，艾迪把钥匙还给他说：“非常感谢，房子很不错。波西娅和我仔细检查过了，我们觉得可以经营一家寄宿公寓。”

“哦，是吗？”迪奇应道，一脸狐疑。他点头示意两位客人顺着花园小路往里走，自己则在后面锁上了大门。达芙妮还躺在阳光房的躺椅上，周日的报纸摊在膝上。

“我们回来了。”艾迪打了声招呼，然而达芙妮没有任何反应。回来的人都站在她的躺椅周围，艾迪很是自来熟地从她手上取过《星期日画报》看了起来，一副用力过度的认真劲儿，每看到一条新闻便轻轻吹一声口哨。当中午十二点的钟声响起时，他开始坐立不安地朝威基基的客厅东张西望，那里看不到任何备好的雪利酒或者加了青柠檬的杜松子酒的迹象（因为本来也没有）。终于，认清现实的他提议大家一起出门喝一杯，可是达芙妮却问他："上哪儿喝去？"随即又加了一句："你知道，这儿可不是伦敦。"

迪奇也说："而且波西娅不喝酒。"

"是，不过她还是可以一起来。"

"我们不能带小姑娘去酒吧。"

"有何不可，这里是海滨。"

"或许在你看来可以，但对我们来说恐怕不行。"

"可以理解，可以理解——唔……呃，迪奇，要不咱们俩一起去？"

"这个嘛，我倒是不介意，如果……"

达芙妮打了个哈欠说："可以，两位男士去吧。我说，别老在这杵着。"于是两个人便出了门。

"你朋友可真是好兴致。"达芙妮望着离开的两个人说，"昨晚他还想约我看完电影单独去别的地方，不过我自然是告诉他所有的店铺都关门了。你觉得他俩相处得如何？"

"谁？"波西娅问，回头摆弄着她的拼图游戏。

"他和迪奇啊？"

"哦……我没有想过。"

"迪奇觉得他话太多了，不过迪奇就那个脾气。他叫什么来着，哦，艾迪，是个很受欢迎的人吗？"

"我不知道你指的是受谁欢迎。"

“容易招小姑娘喜欢的类型？”

“我认识的女孩子不多。”

“可是你嫂嫂喜欢他吧？你说过的。当然她可不是小姑娘。不得不说，这让人觉得有点奇怪。我想说的是，他是个相当风流的人。我猜他一直就是这样吧？”

“怎么风流了？”

“他到这儿以后的表现啊。”

波西娅绕着她的拼图转了一圈，歪着头倒着看。她伸出一根手指推了推其中一片，低声含糊地说：“我想他就是这样的。”

“你看起来对他并不怎么了解，是不是？我以为你说你们是那种朋友。”

波西娅语无伦次地回答了些什么。

“咳，我说，你可别太相信那个男孩子了。当然，我不确定这话该不该由我来说，不过你还是个孩子，这么说确实挺令人遗憾的，但你还是别太迷恋他了，真的。倒不是说这男孩子有什么坏心眼，只是他就是那种喜欢拈花惹草的性格。我也不想说他的坏话，可是说真的——你听我的不会错——你这么黏着他，他肯定开心得很，谁不会呢，毕竟你这么乖巧。再说了，男生通常都不介意有女孩子围着他转——看看迪奇和克拉拉就知道了。你要是和像塞西尔那样单纯的男生出去我倒是一点也不担心，但艾迪可没那么单纯。我不是说他要对你怎么样，那倒不至于，他就把你当小孩儿而已。可是你要是在对他充分了解之前就喜欢得神魂颠倒的话，最后会很受伤的，相信我。我的意思是，你应该明白他只是跟你闹着玩玩而已——就这么跑到这里来什么的。像他那样的男生就是喜欢逗女孩子，要是家里有只猫他也肯定会去逗它。你还不懂，真的。”

“你是指他牵你的手这件事吗？他那么做只是想表示友好而已，他亲口说的。”

这句话达芙妮没有立刻回应，她花了几秒钟才反应过来，斜靠在躺椅上的身体一下子僵硬了起来。她目光猛地聚焦，面部表情也变得凝重。这一阵沉默一点一滴地消化着波西娅刚才那令人震惊的回答。然而就在这阵沉默中，威基基的礼貌也似乎沉到了谷底。当达芙妮再次开口时，声音带上了一种刺耳的音调，仿佛播放着礼仪的音箱哪里坏掉了似的。

“话要这么说，”她说，“我不过是替你感到不值才好心提醒而已，你没必要把话说得那么难听。实话说吧，听说你有男朋友的时候我真的很吃惊。我以为那肯定是个傻小子。但既然你这么想让他来，我也就不遗余力地帮你安排，而且我告诉你，这件事上我还帮你搞定了姆妈。不是我帮自己说话，因为没这个必要，但我还是要提醒你，我并不是什么随便的女人，而且我也绝不会对我朋友的男朋友打什么歪主意。不过，你把他带回来的一瞬间我就明白，他就是那种谁勾勾手指头就能得到的人。他浑身上下都散发着这样的气场，就连递一瓶盐巴他都能眉来眼去。但我还是忍不住觉得不可思议，那天……”

“那天他会握住你的手？是啊，一开始我也很震惊。但我以为你觉得那很正常。”

“波西娅，你给我听好了——如果你学不会像一个淑女一样好好说话，就拿上你的拼图游戏上别处玩去。就这么个玩意儿占了这么大块地方！以前我怎么不知道你竟然这么粗俗，我敢肯定姆妈更是不知道，否则的话她才不会去跟你嫂嫂建议接你来这儿住，也不看看是不是给人添麻烦。这足以说明你家里没把你教好，我真是没想到啊。你现在立刻拿上那盘恶心的拼图回你的房间去，你不是喜欢玩拼图吗？上那儿拼去。真烦人，总在那儿挑挑拣拣的。要我说这儿可是我们家的阳光房。”

“如果你希望我走的话，我可以回房间去，但不是去拼拼图。”

“反正别在这儿到处转悠，谁都看不惯。”达芙妮的音量和怒气都在直线上升，她清了清喉咙。话音落下又是一阵沉默，空气里有一种剑拔弩张的紧张感，就在此时，厨房里的水壶忽然嗡鸣起来，水开了。“你的问题在于，”她接着说，“在这里过得太逍遥，乐昏头了。你发觉自己终于能被别人注意到了。塞西尔同情你是因为知道你是个孤儿，迪奇对你笑脸相迎也不过是为了刺激克拉拉。我让你和我的朋友一起出去玩是想让你多长点见识，否则你总一副没精打采、畏畏缩缩的样子谁受得了。可怜的姆妈说你是个乖巧的小家伙我就信了。但就像我刚才说的，真面目总会露出来的。我是不知道你的嫂嫂和她的朋友平日里是什么做派，不过我们家可是很挑剔的。”

“可你要是觉得他那么做不可思议，为什么还用手指摩挲艾迪的手？”

“鬼鬼祟祟地监视别人，”达芙妮说，声音冰冷，“和说话粗俗是我最不能忍受的两件事。或许是我奇怪吧，谁知道呢，但我就是忍不了，以前不能，今后也不能。我懒得跟你生气，何必自降身份。你的思维方式像个幼稚小孩，又不是我教的——而且还是个很不乖的小孩，请恕我直言。如果你不知道什么是礼貌的话——”

“我不知道为什么要有礼貌……而且艾迪今早还跟我说，人们无法好好相处的时候，就得找点乐子消遣。”

“哈！看来你们谈得很深入嘛！”

“嗯，我直接问他的。”

“说白了就是你大吃其醋，胡搅蛮缠。”

“我现在已经不吃醋了，达芙妮，真的。”

“可你觉得自己有资格为此发点脾气——嗯，没错，我都看见了，你推了他一下。”

“我只有那边手能动。另一边座椅扶手被迪奇的胳膊压着。”

“别把我哥哥扯进来！”达芙妮大吼，“我的天啊，你以为你是谁？”

波西娅双手背在身后，小声说了些什么。

“你再说一遍？你刚才说了什么？”

“我说，我不知道……可我不明白，达芙妮，你为什么会感到惊讶。如果你和他所做的并不是令人愉快的事，我又有什么必要嫉妒？如果你不喜欢那样，完全可以反抗的。”

达芙妮彻底放弃了。“你简直有病。”她说，“你还是回去躺着吧。真是什么都不懂。总是傻兮兮地站着，也不知道想干啥。实话告诉你，恕我直言，就你这副尊容别人搞不好还以为是个傻子。你自己真的不知道吗？”

“不知道。”波西娅有些茫然地说，“就比如，连我的那些亲戚都不知道我出生的意义是什么。我是说，为什么我的父母要……”

达芙妮不耐烦地吐了口气，说道：“你最好还是闭嘴吧。”

“好吧。你希望我上楼去吗？我很抱歉，达芙妮。”波西娅说——站在拼图板的另一端，她低垂的目光此刻正顺着达芙妮的脚趾一路向上，经过她平放在躺椅上的光洁紧致的小腿一直到她“柔软贴身”的羊毛连衣裙裙摆——“很抱歉让你不开心，你对我一直挺好的。我本来没想提你和艾迪的事，我只是以为刚才你说的是这个。还有，艾迪确实跟我说过，要是我不能理解他所说的对别人表示友好的事，可以来问你。”

“哈，无耻至极！事实就是，你和你的朋友都有病。”

“请别告诉他你是这么想的。他来这儿挺开心的。”

“他能不开心嘛——好了，你最好快点上楼去。朵瑞思要来整理桌子了。”

“你希望我在上面多待一会儿吗？”

“不，傻瓜，你不吃晚饭了吗？但你最好尽量别一脸吃了死苍蝇的表情。”

波西娅撩开绒布窗帘上了楼。站在卧室床前看着外面，她用梳子机械地梳理着头发。她能感觉双腿的膝盖在颤抖。朵瑞思烹调的星期天烤肉的味道顺着门缝涌了进来。她看见赫康柏太太握着雨伞拿着祷告经文和一位朋友开心地沿着海滨大道走来——外面一定正吹着午间轻柔的微风，因为两个人灰白的发丝正微微起伏飞扬，而她房间的窗帘也正轻轻拍打着窗框。两位女士在威基基大门口停留了一会儿，热烈地讨论着什么，然后朋友离开，而赫康柏太太一面顺着花园小路往家走，一面朝窗户挥舞着她红色的山羊皮祷告经书，她看上去兴高采烈，甚至带着一丝胜利的雀跃，好像从教会带回了额外的恩赐一般。波西娅倚着窗户，还看不见艾迪和迪奇的身影，又过了好一会儿海滨大道上才远远传来他们回家的声音。

预示着晚餐时间的教堂钟声尚未响起，所以波西娅在五斗柜旁坐了下来，认真研究起那幅安娜的水粉画来。她不知想从那些纵横交错的笔画中看出什么——是想确认就算生活优渥的人也会有痛苦吗？还是每个人都会在同样的年纪感到痛苦？

可是那张痛苦的小安娜画像——因为很多地方都没有画完，被长长头发遮挡的安娜看起来就像一个身体残缺的人——这幅并不成功的肖像画中，主人公焦躁的灵魂只有在夜晚灯光的照耀下才会显现。可就算是白天，那张熟悉又陌生的面孔却依旧让人烦恼：究竟是哪里不像？还是说本来就不像——是露在外面的脸吗？画中人熟悉而生动的表情下，尽管微弱，却凝结着一种隐匿的消极的东西。没有任何一幅写生画会是彻底失败的，画作可以反映出很多隐秘的东西，可以将模糊的事物具像化。赫康柏太太所钟爱的工作能够创造出来的除了粉笔画，还有感受。客气地说，她是一位逆向画家。可惜这样的画家通常只能感受到一种模糊的指引。出现在任何一幅画作中的脸庞、房子或者风景，无论画得多么走样，其微妙却深刻的误差感都会映射在所谓的现实生活中——而一幅画越是画得不好，这一点就越明显。赫康柏太太的粉笔画功力永远地改变了她对安娜的印象。日光下，这幅画不过是一张简单的人像，斑驳交错的笔触勾勒出还算像样的人脸，然而当夜晚的灯光笼罩在这些直白的平面图形上时——头发、脸颊、小猫和凝望的双眼——这幅画却立刻显出一种完全不同的气氛与活力。自从这张脸首次在波西娅的梦里出现以来，她即使醒着也总会想起。她看见那只小猫被紧紧地搂在胸前，那姿势仿佛带着某种难以名状的浓重的悲伤。

波西娅无法从画中获得的安慰倒是在画像的边框和放画的壁炉上找到了。内心翻江倒海的时候，人必须将注意力集中在稳定且一成不变的物品上。那种沉着的安稳感、那种仿佛什么都未曾发生的错觉能让我们安心。如果人生真的无法拨云见日，画像又怎会如此四平八稳地悬挂在壁炉上方正中央的位置，墙上的壁纸又怎能贴得如此严丝合缝、连一道花纹都不错。这些东西便是我们常说的文明：是它们不断地提醒我们，那些难以预测、无法掌控的事情是多么罕见。如此一来，摧毁房屋和家具对人心灵的伤害倒比摧毁人的生活来得严重。与达芙妮的对话虽然让人惊颤，回头想想，却不像一场地震或一次炸弹袭击那般致命。假设波西娅点燃气炉时发生爆炸，把这座温馨的别墅炸成了碎片，那将比她被骂鬼鬼祟祟和粗俗要糟糕很多。尽管刚才她说的话显然也很可怕，却远没有一次海啸所能造成的危害更大。只有外部灾害造成的损伤才是不可修复的。至少现在，晚餐分分钟就要准备好了；至少她，还可以用高级香皂洗手。

最后一声教堂晚钟还没响起，赫康柏太太就已经摘掉了烤肉盘的盖子，用刀切起肉来。她并不知道两位男士去了酒吧，还以为他们只是出去散了个心。波西娅刚溜进达芙妮和迪奇中间的位置坐好，就被要求递一下花椰菜的盘子。威基基的周日晚餐帷幕总是急匆匆拉起：每个人都像在参加进食马拉松似的吃着。艾迪一直在跟迪奇说话——可见之前两个人的小酌会进行得相当顺利。他时不时向达芙妮投去微笑的目光。当他递出自己的餐盘要求再来一块羊肉时，对波西娅说："你看上去很整洁呢。"

"波西娅一直都是这么整洁的。"赫康柏太太自豪地说。

"太整洁了，她刚才一定一直在清洗自己吧。她还不是一位成熟的小姐呢，喜欢用香皂洗脸。"

迪奇说："每个女孩都可以用香皂洗脸。"

"她们都这么想。她们用放在小罐子里的油洗脸。"

"没错，可问题是，她们真的有在好好清洁吗？"

"啊，你是说毛孔粗大的问题吗？这正巧是我工作的一个方面，称得上是我们最值钱的资产之一了，实际上我曾写过一篇关于毛孔的营销文章。第一句是：'为什么许多英国男士都闭着眼睛接吻？'可惜后来被人要求删掉。"

"我真是一点也不意外。"

"不过我倒是听说英国男人的确如此。当然那都是传言，我也没办法亲自验证。"

很显然，艾迪的话让整桌人都有些不太舒服，波西娅心里只盼着他说话前能再过过脑子。好在梅子蛋挞上桌时，聊天的氛围开始朝更加愉悦的方向转变了。他们畅所欲言地谈论着夜食症、刷不均匀的白漆、糖尿病、自我怀疑和干枯暗淡的头发。艾迪还算聪明，没有提过他最擅长的两大业务话题——口臭和胸部松弛。朵瑞思发现那盒九便士买来的奶油实在是太硬了，根本倒不出来，于是直接连着盒子端了上来，这让赫康柏太太很是脸红。达芙妮说："天哪，简直就像块黄油。"于是艾迪帮她舀了一大勺出来。直到此刻，达芙妮才拿正眼瞧了他一眼，眼神谨慎但不失友好。吃完奶油饼干和奶酪，几人起身走向沙发，重重地落座。艾迪说："另一个好话题是，吃撑了的肚子。"

伊芙琳·邦斯塔博传话说要过来，好看看波西娅的男朋友。然而就在差一刻钟三点、达芙妮正询问大家是否要继续待在家里的时候，发生了一件更妙也更重要的事：博斯里先生再次出现了。迪奇先听见他的声音，转头望了望窗外，惊呼："哎呀呀，看看这是谁来了。"赫康柏太太本来要上楼午睡的，结果上到一半又折了回来专程绕到阳光房去看，然后说："真是那个博斯里先生，我想。"

博斯里先生戴着一顶像电影演员罗纳·考尔门[①]那样的帽子，迈着八字步精神抖擞地沿花园小路走了过来，艾迪对他早已久闻大名，叹道："好一番军人风采。"达芙妮眯着眼睛一眨不眨地研究着手上的编织，艾迪朝波西娅靠过去，笑着伸手捏了捏她的脸颊，小声说："亲爱的，我现在很激动！"博斯里先生进了客厅。"很抱歉之前音讯全无，"他说，"上个星期事情实在太多，没有一天能闲着。"说着提了一下两边膝盖的裤子，一屁股坐在了艾迪旁边。波西娅来回地看着两个人的脸。

---

① 罗纳·考尔门（Ronald Charles Colman，1891—1958），英国演员，曾获奥斯卡最佳男主角奖。

博斯里先生对波西娅说："咱们的小朋友过得好吗？"

"非常好，谢谢你。"

博斯里先生给了她一个眼神，然后有些小心翼翼地向达芙妮开了口："我把车开过来了。我想或许你可以跟我一起出去兜兜风。"

"哦，我恐怕现在走不开，手上有事。"

"嗨，那就把手上的事放下，不好吗？走吧，听话，不然我可要以为你讨厌我了。不能带大家一起去实在很遗憾，但你们也知道，车太小，装不下。我都叫它甲壳虫车，一路嗡嗡过来的。它……"

"话说，"迪奇打断他说，"我要去打高尔夫。"

"没听克拉拉说过啊。"

"那是因为我是和伊芙琳一起去。"

"我说，要不这样，大家一起去南石头城找个地方聚一聚吧？东崖阁怎么样，不如都去那儿？"

"也好。"

"好嘞。那就……六点左右吧。每个人都要来哦。"

"波西娅和我，"艾迪说，"想去散个步。"

"那到时候记得带上波西娅小姐一起去东崖阁。"

"得通知克拉拉一声……"

"行，那就六点左右见啦。"博斯里先生说。

7

两个人背朝大海往山丘上走着，爬上山坡，进入车站后面的树林——之前站在海堤上，她看见过这道由树林勾勒出的高低起伏的线条。那个周日她满心欢喜地期待着艾迪的到来，因此心中完全没有留下关于这片树林的任何印象。

如今他们正站在这里，跨过挂着“私人领地”告示牌的木栅栏，翻了进去。抬眼望去，不远处的树林中簇拥着一团团榛子树丛，四周的树木枝干从灌木丛中升起，直插天际。阳光漫过舒展的树枝洒落在灌木丛上，小小的嫩叶上仿佛有绿色的火苗跳动。在这温暖的山窝里，叶子刚怯生生地探出头，娇嫩欲滴，再高一些的山丘上，春意尚未完全抵达，只有些微的绿意顺着树干伸向天空。波西娅的头发上粘着长了倒刺的花骨朵。小小的报春花虽然还紧紧地裹在花苞里，却已精神抖擞地在交错的叶片中抬起了头。橡树粗大的树根下阳光洒落的地方，野生紫罗兰悄悄绽放，仿佛一簇簇鲜艳的蓝色火焰，在尚未被人玷污的纯净空气中燃烧。盎然的生机正在这片山谷树林里悄悄地蔓延，通过一棵棵大树向光秃秃的山丘上涌去。

这里没有路，只有树叶围成的甬道。埋头并肩走在榛子木遮蔽的小径上，两个人不得不每隔几分钟停下来伸展一下脖子。“你觉得我们会不会被惩罚啊？”

“那些讨厌的告示板只是为了让树林看起来不那么令人愉悦。”

波西娅一边拨开挡在眼前的树枝，一边说：“我只想过和你一起在海边散步。”

“海边我已经看够了——无论从哪个角度。”

“但你觉得还算开心吧，艾迪？”

“你的头发上有好多小虫子——别碰，它们看起来挺可爱的。”

艾迪停下脚步，在一棵橡树脚下的草地上坐下，随后干脆躺了下来。他懒懒地抽出一只手，用手背拍了拍身旁的草地，直到波西娅也在旁边坐下。接着，他收起下巴用大拇指甲慢慢掐着树叶，不时停下来望望天空，好像那里有什么声音传来似的。波西娅双手环膝默默地望着一条条榛子木的枝丫。过了一会儿他开口道：“那间别墅可真糟糕！或者应该说，我们的对话真糟糕！”

“那间空房子吗？”

“当然了。回到威基基的时候真是开心极了！还在那栋房子里的时候我真是被吓到了，不过现在没事了。烤牛肉还有血水呢，你发现了吗？——不，我是说今天早上咱们去过的房子。我让你伤心了吗，亲爱的？无论我说过什么，我发誓那不是故意的。我说了什么？”

“你说有些话不是真心的。”

“啊，是吧……我想——我说，那些事对你来说很重要吗？”

“你还说我们之间相处的某些地方你不喜欢。”波西娅说着，撇开了脸。

“不是那样的，我保证。我觉得我们在一起很完美，亲爱的。

可是我更愿意你学会判断我什么时候是在胡说，那样就不需要重提旧事来和好了。”

“可我要根据什么来判断呢?”

“你自己的心。”

“可是达芙妮说我有病。吃午餐之前，她说让我别没事找事。”

“别坐得这么直，我看不清你的脸。”

波西娅躺了下来，转过脸枕在草地上，抬眼望着艾迪的眼睛。他的眼中带着轻松与好奇，直直地望着她——波西娅抬起一只手覆在眼睛上一动不动，微微卷起手指。“她说我对你的事大惊小怪。她说我什么都不懂。”

“贱人。”艾迪说，“他们一个个的都想带坏你，可是除了我，没人可以这么做，亲爱的。我想总有一天你也会有自己的想法，只是我一想到你会变成那样就忍不住难过。就是因为你是现在的你，才会成为我唯一钟爱的人。虽然我也知道这么想让我看起来像个狡猾的混蛋。千万别为了我大惊小怪，我无法为你做任何事。或者说，至少我不愿意做，我不希望你改变。我不想我们彼此伤害。”

“哦别，艾迪——你在说什么?”

“唉，就像安娜和托马斯那样，或者更糟。”

“什么意思?”她担忧地问，覆在双眼上的手抬起来一点。

“这不是经常发生的事嘛。人们把那称之为爱情。”

“你曾说你不爱任何人。”

“我干吗要做那种蠢事?那些花招我见得多了。但你总能让我快乐——除了今天早晨。你可千万别改变啊。”

“好的，我可以做到。但是，我总觉得大家都在等待，每个人都在失去耐心，我不能一直这个样子。他们都希望一两年后能看到什么变化。目前马谢特和赫康柏太太对我还算不错，马杰尔·布拉特总送我拼图游戏，但这样的事情总不能一直持续下去——假如他们不能一直在我身边呢？我知道我有些地方让达芙妮瞧不上。今天早上你说的一些话也让我害怕——是我们有什么不对劲吗？是不是因为我不正常你才觉得跟我在一起有安全感？达芙妮说我不懂的事情究竟是什么？”

“我看那不过是她的个人想法而已。不过……”

“那你不希望我有什么样的想法？”

“哦，更糟糕的想法。”

“你让我觉得好绝望。”她说，依旧静静地躺着。

艾迪伸出手，有些茫然地将她搭在眼睛上的手挪开，轻轻地放在两个人中间的草地上，然后温柔地展开她一根根卷曲的手指，用指尖在她手心轻轻地摸索，仿佛那里镌刻着一段铭文。波西娅望着头顶枝丫横斜的天空，困惑地叹息，再次闭上了眼睛。艾迪说：“你不知道我有多爱你。”

“然后又威胁说不会再爱我了——一旦我长大。要是我二十六岁了会怎样？”

“变成那样可怕的老家伙？”

“哦，别笑，这样我会更绝望的。”

“我只能笑——我不喜欢听你说这些。你难道不知道刚才的话有多可怕吗？”

“我不懂。”她回答，很是害怕，“哪里可怕了?”

“你在指控我是一个恶毒的人。”艾迪说，表情痛苦地躺在草地上。

“啊，我没有!”

“我早该知道会有这样的事。事情总会变成这样，就像现在。”

他的语气和铁青的脸让波西娅惊恐，她哭道：“啊，你别这样!”她猛地翻过身，一把抱住艾迪，整个身体都压在他身上，近乎绝望地亲吻着艾迪的脸颊、嘴唇和下巴。“没人比你更好。”她抽泣着说，“你是我最完美的艾迪。睁开眼睛，我受不了看到你这样!”

艾迪张开双眼，波西娅的身影遮住了整片天空。那一瞬，他的眼神忽然变得疯狂而深邃，一种可怕的光芒在眼中闪烁。为了躲避波西娅的目光，他抬手摁住她的头推向自己，直到两个人都看不清彼此，然后迎上她的嘴唇猛地吻了回去，仿佛要将她刚才的亲吻全数奉还一般，波西娅的嘴里尝到了自己眼泪的味道。过了一会儿他轻轻地把她推开，说道：“走开。看在上帝的分上快走开，别说话。”

“那你也别再多想。我受不了看见你那么难受的样子。”

艾迪翻身一骨碌站了起来，绕着灌木丛踱步。波西娅听见榛子树的枝丫扫过他外套的沙沙声。每走到一条被灌木枝围起来的甬道前艾迪都会停下脚步，用脚后跟无声却用力地踩着地上的苔藓。波西娅就那么躺着，看着他刚才躺过的地上被压瘪的野草——然后转头看向另一边，发现了两三株紫罗兰，于是伸手摘了下来。她把紫罗兰举过头顶，迎着阳光一动不动地盯着。艾迪远远地看着，注视着她的一举一动，说道："为什么把它们摘下来？为了让自己好受点？"

"不知道……"

"你就不能让它们好好地长着。"

波西娅无言，只能静静地望着那些花，握花的手有些颤抖。艾迪每走一步，都会有海浪般的簌簌声传来，像是藏在泥土下的浪潮。"可怜的紫罗兰，"艾迪叹道，"为什么白白地摘了它们？既然摘了，不如把它们插在我的大衣扣子上吧。"他有些烦躁地走到波西娅身旁蹲下，而她也直起身体坐了起来，手指下意识地摸索着花茎。她的脸略低些，离他不过数指的距离。她用手指轻轻拉住紫罗兰的根茎，直到花朵刚好卡在扣孔上，然后移开双眼不敢再看，直到艾迪握住了她的双手。

"我不知道你怎么想，"他说，"也不敢问我自己，我从不想深究自己的心。别那么看着我！也别发抖——那会让我受不了，会发生很糟糕的事情。我无法体会你的心情，因为我早已封闭了自己的心。我只知道你是如此善良甜美。你跟着我是没有结果的，我只会让你受伤而已。波西娅，你根本不知道自己在做什么。"

"我知道。"

"亲爱的，我不想得到你，我的心没有余裕留给你，我只是贪图你的付出罢了。我并不想完全拥有任何人。我也不愿伤害你，从没想过要碰你。当我试着把真相告诉你的时候，却只能让你感到绝望。人生比你想象的要艰难和荒唐得多。你没发觉吗？我们身上都有着可怕的力量，正在拼命地互相折磨？看见你痛苦，我也会痛苦。啊，我的老天，你哭什么——别这样温顺地、默不作声地流眼泪。你想要拥有全部的我——是不是？对不对？！——可是我不会让任何人这样做的。你想要的那个完整的我根本就不存在。是什么让你如此纠结，让你不再满足于你所拥有的那部分真实的我？何必在乎多少，又何必在乎除此之外还有什么？自从那天晚上你把帽子递给我，我在你面前就从未掩饰过自己。别逼我对你变得虚假。你说不会因为任何事情恨我，可你若让我不得不开始痛恨自己，我又如何能够不恨你。"

"可是你一直痛恨着自己。我想安慰你。"

"你一直是我的安慰，自从把帽子递给我的那天起。"

"我们为什么不可以接吻？"

"因为那样太让人痛苦了。"

"可是我和你……"她开了口却又停下，然后把脸深深地埋进他的大衣，埋进那颗插着紫罗兰的扣子下。她的手挣扎着想要摆脱艾迪困惑的双手，嘴里几不可闻地咕哝着什么，但终于还是哽咽地喊道："我受不了你说这样的话。"趁着艾迪松手的时机，她再一次双手环抱住他。她紧紧地拥抱着艾迪，不带任何情欲地用力地拥抱着、摇晃着，以至于同样跪在地上的艾迪被她的力量带得左摇右晃。"你放开我，快放开我！"

艾迪面色苍白，一字一顿地说："我叫你放开我。"

波西娅跪坐在草地上，下意识地抬起头，望着头顶的橡树，似乎要确认它是否还笔直地立着。她握紧双手，手心里有刚才艾迪粗暴拉扯时在大衣上蹭出的伤口，她的脸上还残留着泪痕。好不容易分开的两个人各自气喘吁吁地坐在地上，她把手伸进外套口袋，然后说："我没带手绢。"

艾迪从自己的口袋里掏出一张手帕，还没来得及完全松手，就已经被波西娅拽着擤了鼻子，然后又小心地用剩下干净的部分擦干眼泪。艾迪像一个温柔的、无法被人感知的幽灵般，双手食指轻柔地把波西娅落在脸颊两侧的头发撩到耳后，然后给了她一个悲伤的吻，那是对两个人命运的哀悼，而非为了至今为止谁说过的什么话。可是波西娅很害怕自己刚才的行为是对他的冒犯、伤害和背叛，这种恐惧如此强烈，以至于让她像被烫了一样避开了他的吻。她的膝盖感受到了来自大地冰冷的颤抖，周围的灌木丛矮墙上，新叶正折射着跃动的阳光，让她目眩神迷，仿佛那是从飞驰的火车外掠过的树林的光影。

终于，两个人冷静下来重新坐在草地上，隔着大约一码[①]的距离，艾迪从口袋里掏出一盒二十支装的香烟。香烟盒已经被压扁了。"看看你干的好事！"他说着，还是抽出一支点上，几缕烟雾从他的鼻孔中喷出，被吹熄的火柴棒就扔在苔藓上。抽完一支烟，他在地上挖了一个浅坑把烟蒂埋了进去——不过在此之前，两个人之间已经安静地度过了好几分钟。时间总是有缓和的力量。"好了，亲爱的，"他再次开口，语气又恢复了一贯的轻松，"你一定早就听安娜说过艾迪有多神经质了吧？"

"她会这么跟别人说吗？"

---

① 1码约等于0.91米。

“你应该清楚的吧，你都跟她住了半年多了。”

“我也不总是听她的话。”

“你应该听的，她的话有时候挺正确……你看，如果从远处看着我们，你一定会觉得这是多么幸福的一对啊：他们如此年轻，春色如此美好，林中疏影横斜。从某种角度来看，我们的确爱着彼此，美好的人生也正在前方等待——上帝垂怜！你听见鸟叫声了吗？”

“没怎么听到。”

“是不怎么明显，但你一定要听一听——照我说的做。你闻到什么味道了吗？”

“烧焦的苔藓味，还有树林的味道。”

“是什么烧焦了苔藓？”

“哦，艾迪……是你的烟。”

“没错，是刚才我在这片树林里、在你身边抽的烟——我亲爱的姑娘。不不，你别叹气啊。看看坐在这棵老橡树下的我们。请再帮我划一根火柴，我还想再抽一支，但你不可以，你还太小，不能抽烟。我也有原则，就像迪奇一样。我们不会带你去酒吧，却很喜欢听你一本正经的胡说八道。这些紫罗兰应该戴在你头发上的——我的天哪，他们怎么让你穿了一件这么不保暖的衣服？快把手给我……”

“不要。”

“看看你的手。你我都很会伤人——这样的人又怎能不被自己所伤呢？我们被淹没在这片树林里，感觉就像徜徉在海水中一样。所以我们当然开心了，怎么可能不呢？今晚我搭火车回去的时候，你可要牢牢记住我说的这些话。”

“今晚?！我还以为……”

“我明天一早必须准时上班。要不怎么说，能享受当下的开心时光是件再好不过的事呢?”

“可是……”

“没有什么好可是的。”

“赫康柏太太一定会很失望的。”

“是啊，但我不能再借宿在她温馨的储藏室里了。我们明早不会再在同一个屋檐下醒来了。”

“真不敢相信你刚来就要走。”

“不信的话去问问达芙妮吧，她一定会告诉你的。”

“哦，拜托，艾迪，不要……”

“为什么不要？该做的事就得做，你明白的。”

“别带着一副坏笑跟我说我们在一起很开心。”

“我又不是故意要这么笑的。”

“我们能不能去别的地方走走?”

沿着崎岖的小路，拨开榛子树枝，穿过一丛丛灌木，他们来到了树林的边界。从这里可以看到外面的世界。明媚的阳光沿着高低起伏的树冠倾泻而下，浇灌在一片片绿白相间的新芽上，和煦的午后微风穿过树林，萃取出枝叶中宜人的清香。向南望去，大海一片粉蓝，北面山丘的线条温柔地起伏，山间的铁道反射着星星点点的阳光。两个人的灵魂仿佛轻盈的气泡，随着春风飞向了人生的天穹。艾迪伸手将波西娅揽入怀中，波西娅依偎在他肩头，在阳光下缓缓地闭上双眼。

坐在驶向南石头城的巴士顶层，艾迪细心地为波西娅摘掉挂在头发上的苔藓和几只五颜六色的花骨朵。他取出梳子梳理了一下自己的头发，然后递给波西娅。他的衣领有些皱巴巴的，两个人的鞋子上还粘着湿润的泥土。他没有戴帽子，波西娅也没有戴手套。他俩的这身装扮对于东崖阁来说或许不够体面，但当巴士沿着海边一路向南石头城驶去时，两个人心中都充满了喜悦；他们坐在玻璃盒子般的车中，享受着轻盈的阳光和沿途的风景。艾迪一支接一支地抽着烟，波西娅打开了身边的车窗，将手肘靠在窗框上。海风轻拂着她的额头，她又找艾迪借了梳子。当巴士抵达南石头城山丘时开始减速，他们看见窗外时钟上的指针刚指向五点整——时间还早，可以先点上一杯热茶等待其他人。

"我试着问过达芙妮，什么样的情况下人会对另一个人感到亲密。"

"唉，你还真是傻，怎么会去问她？"

"你知道吗？有一次参加派对的时候，我曾觉得博斯里先生跟你很像。"

"博斯里？噢，对了，那个男的。呃……我想说，不知道他和达芙妮会去哪儿，你说呢？"

"可能会去多佛吧。"

两个人正在东崖阁里坐着喝茶的时候，迪奇、伊芙琳、克拉拉和塞西尔鱼贯而入。伊芙琳穿着一件浅黄色的两件套，克拉拉披着像泰迪熊一样毛茸茸的大衣，领口系着一枚蝴蝶结。迪奇和塞西尔都穿着细条纹的套装——显然每个人都精心打扮过。此刻的东崖阁正如一只尚未点着的大灯笼，悬挂在粉红色的天边，交响乐队正在演奏《参孙和大利拉》[①]中的选段。初次见面的伊芙琳好好地打量了一下艾迪，并问他是否喜欢徒步游。塞西尔看起来一副兴趣缺缺的样子，没什么精神。克拉拉的眼睛从刚才到现在就没有离开过迪奇，默默地一句话也没说，只是时不时紧张地看一眼自己的瑞士手提袋。由于这是博斯里先生提议的聚会，他若不到场，大家也不好开始。迪奇推开一扇镶铬合金的玻璃门，邀请女孩子们到阳台上去看风景。

从阳台上望下去，能看到下面的罗尔大马路、棕榈树盛大的树冠和滑冰场的顶棚。艾迪靠着围栏使劲儿向外探出身体，波西娅以为他要给大家展示（像之前给她展示过那样）高超的吐痰技术。然而什么都没有发生，除了插在艾迪扣孔里的紫罗兰花从高高的阳台上跌落了下去。“看看，你的花都掉了。”伊芙琳笑道。

“我大概是有点晕了吧？”艾迪回答，一副晕眩的表情。

“啊，你可别犯傻。”

“大概是你的漂亮黄色外套让我目眩神迷了吧。”

“才没有。”伊芙琳说，有点不知所措，“我说迪奇，你的朋友可真狡猾。我们要不还是进去好了？”

迪奇看了看手表，表情比刚才更加不悦。“真搞不懂，”他说，“我明明告诉博斯里会带着女士们六点到这里的。我以为他听懂

---

① 《圣经·旧约》中的两个人物。这里指的是根据《圣经》故事改编的交响乐或者歌剧音乐。

了——可现在都已经六点二十多，快到二十五分了。但愿他没出什么事才好。”

“这个嘛，就要看达芙妮的了，不是吗？”伊芙琳说，表情狡黠，正往嘴唇上涂抹着什么。

迪奇等着她抹完口红，才冷冷地说：“我的意思是，但愿车没什么问题。”

“噢，那车挺好开的，连我都开过，克拉拉也是。我敢说今天下午一定是达芙妮驾车。看哪，克拉拉都打冷颤了。你是不是觉得冷，亲爱的？”

“有一点。”

镶嵌着大块巨型玻璃的室内，廊柱林立，众人忽然发现了博斯里先生和达芙妮，这两个人正端着酒杯亲密地说着什么。他们旁若无人地打情骂俏和嬉笑着，然后博斯里先生叫来侍应，总算做了一件让所有人都满意的事。克拉拉和波西娅一人得到了一杯橘子汁，杯子里插着干净的纸质吸管，达芙妮又叫了一杯布朗克斯酒，而伊芙琳则点了一杯赛德卡鸡尾酒。男士们都点了威士忌——除了艾迪，他要了一杯加浓杜松子酒兑一小杯安哥斯图娜苦酒，并且坚持要自己来兑：以前可从没见他这么大费周章过。达芙妮的脸红红的，看起来十分愉快。她把帽子脱下放在旁边，一边说话一边不时用手捋一捋披散的鬈发，或者神态亲昵地瞄一眼脖子上垂下的绿色天鹅绒领巾的尖角。博斯里先生和她并肩坐着，没有过多地言语——眼神中却满满的都是对方。

波西娅默默地吮吸着杯里的饮料，身体往后靠，拉开与众人的距离，独自躲在长长吸管的另一端，一言不发地看着。她的眼睛不时瞄向墙上的时钟——还有三个小时，艾迪就要离开了。她看着他情绪高涨地说着由他来买下一轮酒，她看着他伸手探进衣服口袋——他的钱够吗？他给伊芙琳展示自己的口袋书，卷起袖口给大家展示手腕上的汗毛。他问博斯里先生是否有文身。他捡起克拉拉用完的吸管，趁她低头在手提包里找东西的时候用它来挠她的脖子。“噢，我说克拉拉，”他说，“你还没跟我说过话呢。”克拉拉转头看着他，一副受惊的小老鼠般的神情。他在第二杯杜松子酒里加了太多安哥斯图娜苦酒，于是不得不让侍应生帮忙再多加些杜松子酒。他把一只胳膊肘枕在塞西尔的肩上，对他说真希望自己能和他一起去法国看看。他把克拉拉刚才用过的吸管摊开，用伊芙琳的口红在上面写下自己的名字。“别忘了我哦，”他说，“我打赌你肯定转头就会把我忘了。你看，我都把电话号码给你写下来了。”

迪奇说：“我们这样会吵到别人的。”

可是博斯里先生也在发疯。他和艾迪竟在酒精的作用下建立起某种真诚的关系。他们总不可避免地注意到对方，醉眼蒙眬的眼中透露出欣赏。毫无疑问，艾迪的做法挑起了博斯里先生的兴致——他先是滑稽地模仿了一段唐老鸭，然后一把夺过达芙妮手里的绿色塑料梳子，随着交响乐声，扮出投入演奏的样子。当音乐声忽然停下，他还自己接着哼了一句。他说：“我是一个牧羊人，看顾着我的小羊羔。”“还是看顾好你自己吧。”达芙妮说着，不小心打翻了她的第三杯布朗克斯，“把梳子还给我！别用我的梳子耍猴戏！”“听我说，”迪奇开口，“你们别在这儿闹。”“有什么不能的。”

博斯里先生说，“我们这不正闹着嘛。”

波西娅听见身后传来一阵喧闹，窗帘被谁拉开了，一簇簇金色丝线般的霞光冲破暗紫的黄昏在天际绵延。塞西尔继续一言不发地喝着威士忌。“你们给我听着，”迪奇终于对博斯里先生和艾迪说道，“要是你俩再不闭嘴，我就带女士们离开。”

“别别别，别这样啊，我们可不能没有女人。”

迪奇说：“我看你还是闭嘴吧，不然我马上把你扔出去。这儿可不是巴黎的大赌场……我看我还是送女士们回家吧。”

“遵命，墨索里尼。还是让我来吧。”

“可别把女孩儿们全都带走啊，你哪里吃得消。”博斯里先生说着，眯起一只眼睛从达芙妮梳子的齿缝间瞅着。

“是吗？”艾迪呵呵笑着，一巴掌拍在塞西尔肩上，“那你得问塞西尔，他对法国可是了如指掌。”

“老实说，”伊芙琳淡定地说，“你们确实闹得有点不像话了。”

“那你跟塞西尔说啊，塞西尔大概在梦游吧。”

“塞西尔不论在哪儿都彬彬有礼。”达芙妮说着，手指轻抚塞西尔的酒杯，“塞西尔是个非常温柔的孩子，你们懂我的意思吧。我俩还是小孩的时候就认识了。我们是不是打小就认识了，塞西尔？……我让你别拿我的梳子耍猴戏。那是我的梳子，赶紧把梳子还给我！”

“不行，我正在用它赶羊呢，我正赶着我的小羊羔。”

迪奇放下跷起的二郎腿，身体后靠远离餐桌。“塞西尔，”他说道，“我们最好立刻把姑娘们送回家。”

塞西尔小心翼翼地微笑了一下，用手摸了一下额头。下一秒他猛地站起来，一个转身离开了餐桌。他的身影飞快地穿过其他客人，迅速消失在推拉门后。克拉拉说："现在只剩我们七个人了。"

"他一走这里一下子就冷清了。"艾迪说，"他是我们中间唯一的思想家。我害怕思考，我知道克拉拉也害怕，都写在她脸上了。你确实害怕的，对吧，克拉拉？哦，上帝啊，看看这都几点了。我连火车站在哪儿都不知道，可怎么搭火车啊？我说达芙妮，我去哪儿能搭上火车？"

"越快越好。"

"我没问时间，我知道时间，我问的是在哪儿？啊亲爱的，你还真是个冷漠的女人——我说伊芙琳，你可以开车送我回伦敦吗？让我们一起在夜色中穿行吧。"

然而伊芙琳正在系她黄色外套的扣子，只说了一句："唔，迪奇，我走了。真不知道父亲会怎么说——不了，谢谢——呃，那个谁——我可不想要你的电话号码。"

"啊，上帝啊，"艾迪说，"你是在赶我走吗？"

然后他转身面对着波西娅，从桌子对面直盯着她，眼神疯狂而迷离。他大声地说："亲爱的，我该怎么办？我太失态了。这可怎么办啊？"接着他垂下双眼，又咯咯地笑了起来，划了一根火柴点着了刚才那张用口红写着名字的纸。"就这样。"他说。灰烬掉落在餐桌上，艾迪吹了口气，烟灰四散，接着又用拇指把剩下的灰烬碾碎。"我会走的，"他说，"只是我不知道去哪儿能赶上火车。"

"我们可以去问问别人。"波西娅说，她站起来等着。

“啊，再见了，各位，我得先回伦敦了。再见，再见，感谢你们。”

可是紧接着迪奇便轻蔑地回了一句：“没必要说得这么快，你还得先回威基基拿行李——但愿你还记得威基基在哪儿？还有，你说你要搭十点的火车，现在已经八点过五分了。没必要在这儿说再见。嘿，我说各位！你们都走了吗？得有人留下来等塞西尔啊。”

艾迪脸色苍白地说：“那就你留下来等塞西尔呗，该死，让波西娅照顾我。醉汉不都是这么被送回家的吗？”

其他三个女孩一听这话都忙不迭地加速朝门口走去。波西娅转身走到黄色窗帘遮盖的门口，把窗帘左右分开，一把推开了玻璃门。暗沉的夜风呼地吹进室内，好几个人都打着寒颤抬头看了过来。她走到悬挂在黑色海面上空的阳台，窗内的灯光在身后映照出模糊的影子。过不多久艾迪跟着她走了出来，他抬头望了望眼前的黑暗，说道：“你在哪儿？你还在吗？”

“我在这里。”

“那就好，别太靠边上了。”

艾迪靠在另一扇窗户的窗框上，环起胳膊，突然抽泣了起来。透过窗户上的反光，她看见了他颤抖的肩膀。当人如此痛哭之时，旁人千万不要打扰。

8

日 记

星期一

今天早晨赫康柏太太什么也没说，好像昨天我只是做了一场梦似的。我继续拼图，它被人撞散了，之前拼好的也散掉了，没办法接着之前拼好的地方继续。或许放在阳光房里确实会挡路吧？达芙妮也没再多说什么。现在正下着雨，但天气比平时更阴沉。

星期二

我醒来的时候雨下得很大，不过现在已经停了，海滨大道看起来亮晶晶的。今早赫康柏太太带我去了托因杂货店，买固定的夹子，免得东西被风吹走。走出店门的时候她看起来欲言又止，但最终什么也没说，也可能本来就没有什么想说的吧。下雨天的街道闻起来咸咸的。今天下午我们去了海边，和一些人讨论教会节庆的事情，他们都说我不能参加真是太可惜了。节庆在六月举办，六月之前不知会不会发生些什么？

星期三

离别的日子让人心里空落落的。可是另外的两种情况却不会这样：这个人还在的时候，以及到来之前。我不习惯离别，或者说不习惯被抛下的感觉。

赫康柏太太在南石头城招了一个新的钢琴学生，所以上课的时候便带着我一起去。我坐在悬崖上等她。我看见东崖阁的旗帜在远处飘扬，但并不想靠近。

星期四

达芙妮说我让塞西尔很受伤。她还说艾迪把从塞西尔母亲那里借来的鸭绒被烧了一个洞，这让他们觉得很尴尬，不知该如何面对塞西尔的母亲。达芙妮说事已至此也没办法了，但她觉得应该让我知道。

星期五

我收到了艾迪的来信，赫康柏太太也收到了一封，说他对在这里度过的时光永生难忘。她把信给我看，说这真是太好了，可对于艾迪却依旧只字未提。有那么一瞬间她看起来似乎想要说些什么，但最终还是什么也没说，或许她本来也没有想说什么吧。

塞西尔今天早上来过，说他有些感冒。我没觉得他真的被我伤了心。

星期六

这是上周艾迪来的日子。

迪奇好心地说要带我去南石头城看冰上曲棍球比赛，克拉拉也来了，我们待会儿会开她的车去。达芙妮和伊芙琳要去那座豪华酒店参加舞会，同去的还有博斯里先生以及他的一个男性朋友。塞西尔说他感冒还没好。

星期天

今天早上我和赫康柏太太一起去了教堂，教堂屋顶上的雨声很响。雨下得太大，根本看不清山丘的风景。树林和其他地方应该都被淋湿了。今天我要和塞西尔的母亲一起喝下午茶。

星期一

我收到了马杰尔·布拉特的来信，他谢谢我给他回信为送我拼图的事道谢。他问我们什么时候回伦敦。

我想大家应该已经都忘记了之前发生的事情。

克拉拉人真好，她邀请我一起去伊芙琳家练习打羽毛球。去是去了，但是和她们相处得不是特别愉快。然后我又和克拉拉一起回来喝下午茶。她的父亲很有钱，也一起喝了茶。她家里很暖和，还有大大的游戏地毯，门口的大铜花盆里放着鲜花。克拉拉带着我去了她楼上的卧室，她的床边放着迪奇的照片，上面还有他的签名，写着“你的迪奇”。她说她和我一样，常常觉得无聊，因为其他人都要整天工作，而克拉拉有时候会想自己是不是也应该做点什么。她给了我一条从没用过的薄纱手绢，又从首饰盒里拿了两条项链给我。等迪奇回来我一定要把这些给他看，让他知道克拉拉人有多好。

星期二

我收到了艾迪的来信，他说他很好，并问候了大家。我还收到一封托马斯的信，里面有一页安娜的附言。安娜说一想到艾迪来威基基做客就想笑。我没有告诉她艾迪来的事，可能是赫康柏太太说的。她说如果我在这边过得开心就别写信，他们就快回伦敦了，到时候再慢慢跟他们讲。

星期三

赫康柏太太忽然说她对我有些不悦。我很高兴塞西尔来带我去沙滩散步。

星期四

赫康柏太太说希望她那天的话没有说得太过分，她说她整夜都没有睡好。我说，哦不，怎么会这样，是因为塞西尔吗？我说我希望自己没有做任何过分的事情，她说不是因为那样，只是她不知道。我问她不知道什么，她说不知道自己是不是早就应该做些什么。我问她指的是什么时候，她却说问题就在这儿，她不确定应该什么时候做些什么，她的意思是，如果她能做些什么的话。她说希望我知道她是真的蛮喜欢我，我说我很高兴。

星期五

有些地方我还是不敢去，虽然那两天我们去过的地方很有限。散步的时候我会专门选那些没有和他去过的地方。今天站在运河的桥上，那也是我们曾走过的一座桥，我看见两只天鹅在桥下游水。他们说现在正是天鹅筑巢的时节，可这两只一直别过头不看彼此。今天没有下雨，但天还是很阴沉，尽管花草树木一片翠绿，天空却黑沉沉的。日子一天天过去，我只觉得离艾迪走的那天越来越遥远，却并未感觉离再见的日子更近。

星期六

从艾迪离开到现在已经十四天了。这是我在这里的最后一个星期六。

三点钟，迪奇在曲棍球俱乐部吃完午餐便回来了。他说今年的比赛已经基本结束。他回来的时候我正在阳光房里玩拼图，他问我为什么那副表情。我说这是我在这里的最后一个周六。于是他问要不要和他一起去打高尔夫球。于是等克拉拉开车来他们便接上我一起去了球场。克拉拉之所以学打高尔夫都是为了迪奇，可迪奇一直自顾自地打球。从球场可以看见那片横亘在山谷中的树林，不过球场周围的风景很好，开满了金雀花。打完球迪奇说可以一起喝下午茶，于是我们一起去了俱乐部。俱乐部很漂亮，有一座大大的壁炉，我们坐在弧形的窗户边喝茶。我觉得很开心。我觉得我的存在让克拉拉看起来越发像迪奇的妻子，她坚持要多点些果酱。喝完茶，克拉拉去拿提包，但迪奇说，不用，我来，然后付了茶钱。只有当着达芙妮的面他才对克拉拉不好。

我们在一起待了很久，直到克拉拉说，天哪，她必须走了，今晚有一位法官要来家里吃晚餐。于是迪奇让她赶紧回去，她便走了。然后他和我一起走路回家。他问我马上要回伦敦是否舍不得？我回答说，是的（现在也是）。于是他转头，带着不舍的表情看着我的头顶说，他们也一样。他说我已经成为了家里的一分子。听到这话我问他也喜欢艾迪吗？他说：他当然是一个很有趣的人。我说很高兴他觉得艾迪有趣。他说，他是一个花花公子，对吧？我回答艾迪其实不是那样的。他说，好吧，他有时候不太理智，如果我明白他的意思的话。我回答说不太明白。于是他说，在我看来那很大程度上是性格使然。他说他会从性格来判断一个人。我问他那是不是判断一个人最好的方式，毕竟人的性格有时候很不一样，这往往取决于他们所经历的事情。他说不是的，我错了，一个人会经历什么样的事完全取决于这个人的性格。我知道迪奇的话听起来很对，可我并不那么想。等我们走回海滨大道的时候，夕阳正好映入眼帘。我说大海看起来真像一块大玻璃，他说是啊，他也觉得很像。我说我很喜欢克拉拉，他说，哦，她是挺好，可是她也有点不理智。我问他是不是说克拉拉和艾迪很像，但他说不是。然后我们回到了威基基。

星期天

最后一个星期天。天气非常非常好，很热。栗子树上的叶子已经长出来了，尽管还很小，其他的树也看起来毛茸茸的。参加完教会，赫康柏太太和我受邀去某人的花园参观盛开的风信子。它们就像各种色彩斑斓的瓷器一样。赫康柏太太在花园里对那位女士说，下个星期天吗？哎呀呀，那时候波西娅就没办法参加了。我想：下周日我或许已经见到艾迪了，但我又想：哦，可我还想继续待在这里。夏天就要来了，他们一定会有各种各样的活动，都是我不曾见过的。在伦敦我根本不知道别人在做什么，我根本没法参观别人的活动。虽然自从被送来这里我也曾有过伤心的时候，但还是宁愿和这些事情一起留在这里，而不是回到那个我什么都看不到、也不知道会发生什么的地方。

从风信子花园回来的路上，赫康柏太太说很遗憾我还没能去运河上划过船。她说她们夏天都会在那里划船。我问，难道不是在海上吗？但她说不是的，那里太晒了，而运河有树荫。她问我如果她请塞西尔今天下午带着她和我去运河上划船如何。于是我们转道去了塞西尔家，他不在，但他母亲说一定会转达给他，让他带我们去。

所以下午我们便一起去了。塞西尔划船，他教我如何掌舵，赫康柏太太撑着一把阳伞坐在船上。伞是紫红色丝绸的，有那么一两次我没有掌舵的时候，手里都会飘来几片野草。这些野草很强韧，也落在了船桨上。塞西尔划着船，我们谁也没怎么说话，赫康柏太太沉思着，而我要么低头看着水面，要么仰头看看树梢。阳光强烈得刺眼。一只天鹅跟着船游了过来，赫康柏太太说现在是筑巢期所以它们可能很凶，于是收起阳伞准备打天鹅，塞西尔也说我最好划快点。可是天鹅并没有理睬我们。后来我们经过它的巢，里面卧着另一只天鹅。

其他人都在别的地方打网球。我刚到这里的时候，赫康柏太太还穿着毛皮大衣。如今尽管树叶才刚发新芽，但夏日已至。每年的这个时候事情总会飞快地发生和变化，每天都有新的事情。而之前的整个冬天什么新鲜事也没有。

今晚赫康柏太太要去参加教会清唱剧的表演。因为她不在家，达芙妮、迪奇、克拉拉、伊芙琳、华莱士、查理和塞西尔全都来了家里，在楼下玩扑克。可是赫康柏太太早早就嘱咐我上床睡觉，因为今天划完船我有点头痛。

星期一

赫康柏太太唱完清唱剧很累，达芙妮和迪奇也不喜欢忙碌的星期一。现在我要出门，去沙滩上躺会儿。

星期二

我还没有收到艾迪承诺要寄来的信，但那一定是因为我就快回去了。这周的海边焕然一新，已经完全进入了夏天的状态。海滨大道上散发着沥青发热后的扑鼻气味。人们都说这种情况不会持续太久。

星期三

明天我就要离开了。因为这是我待在这里的最后一个整天，赫康柏太太和塞西尔的母亲要带我去参观古迹。我们要打包好野餐垫和下午茶去搭汽车。

克拉拉明天会开车送我去车站，好节省换乘公车的麻烦。克拉拉说她很难过。因为这是我在这里留宿的最后一个晚上，所以迪奇和克拉拉还有塞西尔要带我去南石头城的滑冰场，说我可以看他们滑冰。

关于离别我不知该说些什么。即使是这篇日记，我也不知道该写些什么。或许什么都不说反而更好吧。我一定要试着忍住不再对艾迪多说什么，每次只要我一开口就会犯错。现在我们必须出门搭汽车去参观古迹了。

星期四

我又回到了这里，回到了伦敦。他们要明天才能回来。

第三部

恶　魔

1

托马斯和安娜要到星期五下午才会回来。

家里一切都已收拾得井井有条，只等主人归来。那个周五的早晨，明亮的阳光像一支支利箭射进温莎大街的2号别墅，以肉眼看不见的速度炙热地扫过刚打好新蜡的地板。它静静地俯瞰着粼粼的湖面，栗子树的嫩叶映入窗棂，这栋别墅正以生活少有的理想姿态散发着焕然一新的美好气息。屋里的时钟都重新上了发条，一丝不苟地在空旷而整洁的房间里嘀嘀嗒嗒地记录着时间。波西娅轻手轻脚地打开每一扇房门，睁着忽闪忽闪的深色双眼向里张望，看一看时钟、瞧一瞧电话——尽量避免留下任何痕迹。

春季大扫除做得很彻底。清新的空气中每一件物品都光洁如新地摆放在他们原来的位置。大理石闪烁着白糖一样细碎的光芒；精心涂刷的象牙白涂漆让墙面看起来比象牙还要光滑平整。每一扇镜面都用清洁剂细心地擦拭，除掉了冬日的雾气。光洁的镜面反射着阳光，几乎刺目，又仿佛隐藏着某种现实。橱柜的贴面泛着棕栗色的柔光。楼上楼下都散发着抛光剂的味道，书架上也传来阵阵清新的皂角香。窗户上挂着的纱窗也被清洗得干干净净，窗户半掩着，好让四月仍带着微微煤灰的空气透进屋内。是的，已经开始了，随着拂过这间别墅的每一抹气息，污染也随之开始。

暖气已经关掉。楼上温度适中。每打开一扇门窗，屋里的空气都仿佛感受到一次春意的震颤。今天早上别墅中靠里面的房间还未受到阳光的洗礼，十分阴凉。地下室依旧冰冷，闻起来有清洁剂的味道；阳光穿过层层阻挡最终只剩下微弱的游丝般的光亮透进来。城市的暗沉——一种忙碌的暗沉，堆积在别墅的这间工作室里。波西娅已经有整整四个星期没有来过地下室了。

“天啊，马谢特，你把每个角落都打扫得一尘不染！”

“哦——原来你去干这个了？”

“是的，我到处看了一圈。真的很干净——虽然平时也挺干净的。”

“刚回来的时候感觉最明显。我知道海滨别墅是什么样——浮夸做作又潮湿。”

“老实说，”波西娅坐在马谢特的桌子上说，“今天这样的日子让我觉得，要是这里只有你跟我两个人住就好了。”

“啊，你可真不害臊！你也不想想，要是没有托马斯先生和太太，你去哪里找这样一个地方。到时候你会在哪儿呢？我倒想问问你。没错，我已经准备好迎接他们了，他们也应该回来。好了，别那副表情——你到底怎么了？至少我敢保证，要是让托马斯先生知道你还希望继续待在那个海滨城市，他一定会很失望的。”

“我可没那么说过！”

“哦，并不是所有的事情都得说出来才明白。”

“马谢特，你真的想多了，我只是说……”

“好，好，好。”马谢特用织针敲了敲牙齿，放慢语速对波西娅叹道，“我的老天啊，”她说，“你在他们那儿学会回嘴了。我都快不认识你了。”

“是你在一直说我，因为我离开了。可那又不是我自己要走，我是被送走的。”

波西娅坐在马谢特地下室的起居室桌子上，挺直身体、伸直双腿，眼睛直盯着自己的脚趾，仿佛马谢特所说的变化（真的有什么改变吗？）是从那里开始的。马谢特坐在尚未点着的燃气炉旁的椅子上，正在编织一只睡袜，双脚搁在另一把椅子的扶手上——脚背上的鞋带被她解开了，看起来有些肿肿的。时间正值中午十二点，指针的角度看上去就像是为了这个时刻而特意摆出一个惊讶的姿势。正午十二点——一切早已就绪，下午的火车鸣着笛缓缓驶进维多利亚车站，堆满皮箱子的出租车穿过伦敦城，从西南区一路驶回西北区，在那之前这栋别墅将一直保持现在的状态，什么也不会发生。正因如此，这一刻才显得如此重要，重要到仿佛静止。厨房里，厨娘正和菲利斯说说笑笑，她们显然正在享受愉快的下午茶时间。而这边厢，马谢特脚下的两只椅子正在她不断更换的姿势下发出单调的咯吱声。

她总是一副气咻咻的样子。织针飞快地在手指间翻飞（就算是休息她也得做点什么），她的手指被泡得又白又皱，像蔫掉的苹果皮，那是长时间浸泡在热水、苏打粉和肥皂水里的结果。她的指甲灰白而粗糙，末端还有些分叉。阳光顺着被煤灰熏黑的砖墙穿过窗户的铁栏爬进室内，落在马谢特毫无血色的脸上。她的深蓝色连衣裙挡住了光线，整个人看上去仿佛和白色围裙后的暗影融为了一体，那一头看起来硬邦邦的发丝又添了几缕新白——然而她依旧一丝不苟，这种姿态清楚表明，她那高超的自控力绝不允许自己显露一丝疲惫。不只是自控力，她的脸上还带着一种仿佛功成名就后的庄严与满足。从地下室往上，每一层楼的房间全部洁净如新，那种细致与周密在她瞧着手中针线时低垂的目光中显露无遗。

波西娅望着铸有铁栏的窗户说："真遗憾砖墙没办法清洁。"

"嗳，我们倒是经常给常春藤喷水，虽然没什么大用。那些公猫总喜欢折腾这些藤蔓植物。"

"我想过你一定会很忙——只是没想到会这么忙，马谢特。"

"我可没接到过你表达思念的任何电话，你跟他们在那边一定也忙得很。"（这话虽有些尖锐，语气却并不刻薄。马谢特说话的时候也一直不停地编织着，织针碰撞传出的"哒哒"声有一种说不出的安详。）"你这年纪可不应该一心两用，在海边的时候就好好待在海边。不需要多想的时候就别多想。赶上今年这样的春天过来伦敦住，该忘掉的都赶紧忘掉才好。哦，今年春天很适合晾晒通风——老奎恩夫人的宅子，我要是还在那儿，一定会把床垫拿出来晒的。"

"可我很想你。你难道不想我吗？"

"我说，你觉得我哪来那么多空闲时间呢？要是你一直待在这儿，会比托马斯先生和太太还要碍手碍脚。别介，你也别跟我说你有多不开心，你在那儿也没少结识朋友，而且我相信那边可做的事一定很多。你不是没什么话好讲，只是你都藏在心里不说罢了。不过，你本来就是这样。"

"你并没有问我，你一直都很忙。现在是你第一次闲下来听我说话，而我却不知从何说起。"

“哦，好吧，不用急，你还有整个夏天可以慢慢说。”马谢特答道，瞄了一眼时钟，“不得不说，他们把你照顾得很好，气色不错。所以我也不认为这个暂时的改变对你有什么坏处。你的性子也活泛了许多，之前真是越变越内向。我还从没见过像你这年纪却跟你一样内向的女孩子呢。倒不是说赫康柏太太有本事教别人说不，啊，可怜的家伙。我从来只听过她对托马斯先生点头说‘是’，可我听说那儿的其他人都不是好惹的。你带的袜子够多吗？”

“够的，谢谢你。不过我恐怕把其中一双的膝盖部分弄坏了。当时我正跑着，结果一不小心在海滨大道上狠狠地摔了一跤。”

“我能问问你为什么要跑吗？”

“啊，是因为海风。”

“哦，是因为海风，不是吗？”马谢特说，“它让你跑的。”手上的活儿一刻不停，她抬了抬眼皮，双眼依旧保持着斜视的姿势，有些发呆地望着前方。过去的几个星期她和波西娅相隔万里，但现在她们之间的距离依然遥远。你永远不知何时才能弥补别离所带来的伤害。马谢特把一只脚重重地从椅子扶手上挪开，伸出去想要把滚跑了的粉色线团勾回来。波西娅跳下桌，捡起线团还给马谢特。她壮着胆子问：“那是你给自己织的睡袜吗？”

马谢特极不情愿地、漠然地轻轻点了点头。几乎没人知道她什么时候睡觉、什么时候上床休息，一到晚上她便嗖地消失了。波西娅知道自己失言了，于是赶紧说：“达芙妮会织毛线，她曾在图书馆里织过。赫康柏太太也会，不过她大多数时间都在画灯罩。”

“那么你做了些什么呢？”

“哦，我玩我的拼图。”

“那可不算有趣。”

“但那是新的拼图，我只有在闲着没事的时候才会去玩。你知不知道……”

“不，我不知道，也没有问你，而且我也不喜欢别人故弄玄虚。”

“我没有故弄玄虚，只是有些事情忘记了而已。”

“你不用多说，我又没问你。你不过是度了个假而已。现在假期结束了，赶紧把这些事都忘掉吧——我看你那件小西装外套的胳膊肘好像磨坏了。我跟托马斯太太说过那件衣服不好穿。你穿过那条天鹅绒的裙子吗？我是不是给你带了多余的东西？”

“不，我穿过那件天鹅绒的裙子。我……”

“哟，这么说他们家都穿正装吃晚餐？”

“不是的，是举办派对的时候穿的。舞会。”

“那我应该帮你带那件玻璃纱的裙子的。但当时我觉得它太容易皱了，而且海风也容易把衣服弄潮，那样就更容易皱了。我想你的天鹅绒裙子一定就变成那样了吧。”

“是的，马谢特，但大家都觉得很美。”

“嗯，那裙子在一般人看不见的地方更美，它的剪裁很精致。”

“你知道吗？马谢特，我在那儿住得很开心。”

马谢特又斜眼瞄了一下时钟，仿佛在用眼神责备它走得太慢似的。她的态度变得比往常更加难以捉摸，神色看起来仿佛沉浸在反反复复的编织动作里，然而与此同时，她的嘴里却怡然自得地哼着几不可闻的曲子。过了大约一分钟左右，她才微微抬了抬下巴，算是对波西娅刚才的话做出点回应。可惜那段沉默的时间早已让波西娅的话在这隐匿于地下的房间内，在黄昏的光影中枯萎了下去——就像壁炉台上那束被粗暴地插在玻璃瓶里的朋友送的野水仙一样。这些礼物一定也让马谢特头疼不已。

“你是开心的，对吧？”波西娅的声音明显弱了些。

“就知道你会问……”

“我想可能是因为海风的关系。”

“我敢说这海风也很适合艾迪先生吧？”

猝不及防地听到这句话，波西娅坐在桌上的身体晃了晃。“哦，艾迪？”她问，“他只待了两天而已。”

“那也是在海边待了整整两天呢。是啊，我可以理解他为什么对那里赞赏有加。至少他是那么说的。”

“他什么时候说的这些话？你在说什么？”

“你别一说到他就跟个炮仗似的。”马谢特一边用粗糙的手指绕着粉红的毛线，一边又小声地哼了几声曲子，“昨天下午五点半，我想应该就那个时候。我刚穿好大衣戴上帽子准备出门去接你的火车，正着急着呢，结果这位祖宗却突然打来电话——哈，当时的铃声简直要把房子震垮了。我想着说不定有什么急事，就接了起来。结果简直没完没了——他就一直说啊说的。我看托马斯先生办公室的电话显然就是拿来这么用的。怪不得他们有三台电话呢。‘不好意思，先生。’我说，‘我得赶紧去火车站接人了。’”

“他知道你说的是我的火车吗？”

“他没问，我也没细说。‘我得马上出门去接火车。’我说。但是你以为这样就能让他停下吗？他想说话的时候就算是火车也得等着。‘哦，我不会耽误你太久的。’他说——然后又重新开启了一个话题。”

“又开启了什么话题？”

“他听说托马斯太太还没有回来，似乎很不开心，当然还有你也没回来的消息。‘哦，天哪、天哪，’他说，‘我一定是记错日子了。’然后他说一定要记得告诉托马斯太太、还有你，他第二天一早（就是今天早上）就要离开伦敦，但希望过完周末可以再打电话来。接着他说他觉得如果我听说你在海边过得很好一定很高兴。‘你一定会很开心的，马谢特，’他说，‘她气色真的很好。’我道了谢，然后问是否还有别的事。他只让我代为转达对托马斯太太的问候，还有你的。他说这样应该就没什么事了。”

“然后你就挂了？”

“不，他就挂了。他肯定是用茶歇时间打的。”

“他说什么时候会再打来吗？”

“没有，他说完那些就挂了。”

“你跟他说我已经在回来的路上了吗？”

“没有，我为什么要说？他又没问。”

“那他以为我什么时候回来？”

“哦，这我可不知道。”

“他到底有什么事非要星期五一大早走不可？”

“这我也无法回答。工作任务吧，肯定。”

“我觉得很奇怪。”

“那家公司做的很多事情都很奇怪。不过还轮不到我来说。”

“可是，马谢特——我就再问一句：他意识到我当天晚上就回来了吗？”

“不管他有没有意识到，我都无法回答。我只知道，他一直在滔滔不绝地说话。”

“他话是很多，我知道。可是你不觉得……”

“听着，我不觉得，我也没有时间觉得，真的。我不会花时间去想我不会想的事情——你应该很清楚。我也不会故弄玄虚。我想要是他没提起，你肯定永远也不会告诉我他曾去赫康柏太太家拜访这件事吧？好了，从我的桌上下来，这才像个好孩子，我要用熨斗了，还有些东西要熨。”

波西娅没精打采地说：“你不是说所有的事都已经做完了嘛。”

“做完？你倒是说说看哪件事情有做完的时候，更别说所有的事了。不，我只是在累得做不动的时候休息一下罢了，那可不是因为做完了什么……我可以说一件你能帮得上忙的事：上楼去，做个好孩子，把托马斯太太卧室的窗户关上。那房间现在应该已经够干净了，我不想让里面落进更多灰尘。然后你就乖乖地让我安静地熨东西吧。要不要去公园走走？那里一定很漂亮。”

波西娅关上了安娜的窗户，无神地看了一眼映在穿衣镜里的自己。她伸手去拉窗户的时候，听见鸽子挥着翅膀呼地掠过，还有汽车在潮湿路面打滑的声音。透过洁净的纱窗，她看见了阳光下挺拔的树木。她拿不定主意到底要不要出门，因为总觉得孤独。一个人独自外出的时候应该满心喜悦。现在的这个时间，独自一人的赫康柏太太应该已经购物完毕，回到威基基了吧……她百无聊赖地晃悠到楼下大厅，这里的大理石桌面上整齐地放着整整两叠写给托马斯和安娜的信。波西娅第三次仔细地一封封看了起来——因为里面其实还是有那么一点小小的可能不小心混了一封寄给 P. 奎恩小姐的信吧。然而事实并非如此——从来也不是……于是她又把每个信封看了一遍，这次是出于纯粹的好奇。安娜朋友的笔迹有的工整、有的潦草。这里有多少封是一时兴起写的，又有多少封是深思熟虑后作为某个计划的一环写下的呢？有些笔迹她猜得出来是谁，那些人她都见过并互相打听过。譬如，这一封是圣昆汀先生的，他的信封是灰色的，剪裁精美。真行，他还有什么话没说完？

给托马斯的私人信件不多，但有很多关于艺术的邮件，叠起来基本上刚好和安娜的信等高。波西娅试想着某天她刚一下出租车就能发现这么多封写着自己名字的信在家里等着会是什么感觉。这应该会让这个人的名字——啊，没错——蕴含更多意义。

长长地叹了一口气后，安娜说：“看看这些信！”

她并没有一来就主动翻看这些信件，而是先扫了眼电话留言，然后又看了看放在椅子上的花店送来的镀金盒子——桌子上已经放不下了。她对托马斯说：“有人送花给我。”然而后者已经一头扎进了书房。于是安娜微笑着和蔼地对波西娅说：“这么多东西一个人哪里看的完，对吧？……你看起来气色真不错，晒黑了，好像还长胖了。”她向楼梯上望去，说道，“唔，家里的确打扫得很干净。你是昨天傍晚回来的，是吗？”

“是的，昨天。”

“你在那边玩得非常开心？”

“哦，是的，我很开心，安娜。”

“你是这么说过，我们希望你是真的开心。见过马谢特了吗？”

“见过了。”

“是啊，你肯定见过了，我差点忘了你是昨天回来……嗯，我得简单看看。”安娜说着拿起了那叠信，“这感觉真奇怪。你能帮我打开那盒花然后告诉我是谁送的吗？”

“盒子真漂亮，我想里面的花也一定很美。”

“是啊，一定很美。但我想知道是谁送的。”

安娜拿着信上了楼，进入浴室准备洗澡。五分钟后波西娅来敲浴室的门。安娜还没进浴缸；她把门拉开一条缝，露出半张脸，门后飘来一阵芬芳的雾气。“哦，你好啊？”她问，“怎么了？”

“是康乃馨。”

“什么颜色？”

“那种挺鲜艳的粉红色。”

“哦，上帝啊——是谁送的？”

“马杰尔·布拉特。他在卡片上写：这花是为了欢迎你回家。”

“就知道会这样。”安娜说，“这花一定费了不少钱，他说不定是省吃俭用存下来买的，真让我揪心。要是没遇到他就好了，我们只会让他有不切实际的幻想。你最好把花拿下楼给托马斯看看。要不然把它们送给马谢特吧，说不定很衬她的房间。我知道这么做很不好，但我觉得太不现实了……然后你可以给马杰尔·布拉特写封短信，就说我已经睡了。我相信他更愿意收到你写的信。哦，对了，艾迪还好吗？我看见留言说他打过电话。”

“是马谢特接的。”

“哦！我还以为是你。呃，波西娅，我们待会儿再聊吧。”说完，安娜关上门洗澡去了。

波西娅捧着康乃馨下楼去找托马斯。“安娜说这些花的颜色不对。”她说。托马斯一如既往地坐在他的扶手椅上，仿佛从未离开过，跷着二郎腿。尽管书房里只透进来几缕微弱的午后阳光，他却用一只手搭在眉骨上，仿佛在遮挡刺眼的光芒。他兴趣缺缺地看着那束康乃馨。“噢，它们的颜色不对吗？”他说。

“安娜是这么说的。”

“你刚说是谁送的？”

“马杰尔·布拉特。”

“哦哦，是的，是的。你觉得他找到工作了吗？”他稍微认真地看了一眼那束康乃馨，它们正被波西娅握在手里，好像一位不悦的新娘手里的捧花。“有空缺的岗位多不胜数，”他接着说，“我想他应该已经找到了。我也希望他找到了，我们什么忙也帮不了……对了波西娅，你怎么样？你真的玩得开心吗？——请原谅我的坐姿，我好像有点头疼——你觉得希尔怎么样？”

“真的非常开心。”

“那太棒了，我真的很高兴。”

“我写信跟你说过的，托马斯。”

“安娜担心你是不是真那么想。我觉得应该挺好的。虽然我自己从来没去过。”

“是啊，他们说你没去过。”

“是没有。挺遗憾的，其实。不过，能再次见到你我很高兴。一切还好吗？”

“都好，谢谢你。这个春天我过得非常享受。”

“是的，很美的春天。”托马斯说，“虽然对我来说有点冷……待会儿你想去公园散个步吗？”

“那真是再好不过了。什么时候？”

“唔，我想再过会儿，你觉得呢？……你刚说安娜在干吗？”

“她在洗澡。她让我给马杰尔·布拉特回几句话。托马斯，我可以用你的书桌写信吗？”

“哦，可以，你随意。”

托马斯结束了自己的惬意时光，轻轻离开书房，留波西娅一个人打开记事簿开始给马杰尔·布拉特写信。他给自己倒了杯酒，端着上了楼，路过客厅时往里瞄了一眼。里面什么都没动过，还是一副无趣的、冷冰冰的模样——显然安娜还没进去过。于是他端着酒走进安娜的卧室，坐在大床上一直等到安娜洗完澡从浴室回来。他沉重的身影逐渐凝固成一座石像——安娜推门进来的时候吓了一大跳。她的浴衣敞开着，手里拿着一叠被雾气氤湿的信纸。明知多此一举，她却还是忍不住说：“你吓死我了！”

“我在想有没有信……”

“有信，当然有了。但没一封有趣的。亲爱的，全在这儿了。”

她把信扔到他身旁的床上，转身走到镜子前，摘下为了保持头发卷度别上的发卷。她拉长脸仔细检查着镜中的面容，然后开始涂抹面霜。她在梳妆台上的一瓶瓶护肤品中挑选着，它们都放在原来的位置——久违的熟悉感立刻包围了她，她确实已经回到了伦敦，回到了自己的家里，又见到了自己的梳妆台。她背对着托马斯，后者正坐在床上浏览信件，她感叹了一声："唉，我们到家了。"

"你说什么？"

"我说，我们终于回家了。"

托马斯环视了卧室一圈，最后目光落在梳妆台上，说道："马谢特这么快就把行李都拿出来收拾好了。"

"只是放梳妆用品的行李而已。然后我就让她出去了，叫她晚点再过来收拾。看得出来她一副有话要说的样子。"

托马斯放下信，身体向前倾斜着说："可能她真有什么事要说。"

"唉，托马斯，偏偏要选这个时间吗？——不是吧！你听见我刚才说我们终于回家了吗？"

"是，我听到了。你想让我说什么？"

"我希望你也多少能说点什么吧。咱们的日子过得连一句感叹、一点想法都没有。"

"你是想要浪漫的风流才子吧。"

安娜用纸巾擦掉手上多余的面霜，走到床前，半嗔半笑地抬手拍了一下托马斯的头。她说："你就像那些人像画里正襟危坐的人，不管画被搬到哪里你都一动不动地坐着。我希望能好好体会生活中发生的事情。我们回家了，托马斯，拜托你对家这个词稍微有点概念好吧……”说着她又轻轻地、略有些嗔怪地敲了一下他的脑袋。

“闭嘴，别动手动脚的。我头疼。”

“哦，天哪，这可怎么好！去泡个澡吧。”

“待会儿再去。但你别再打我的头了……我想波西娅今天给了我们一个大大的欢迎。”

“可怜的孩子，哦，可怜的孩子，是的。她像个天使一样站在那里，是我们失了礼数。我表现得不是很热情，对吧？”

“是啊，不怎么热情。”

“你是觉得你又好到哪里去了吗？你转身就跑进书房了。我估计你当时心里在想，我都没什么反应，你凭什么要有？让我们诚实一些吧——谁都表现得不太好。我们总是自以为是地对别人抱有不切实际的期待，然后又因为对方无法满足而伤心。一个人变得傻里傻气可不总是因为爱情——实际上我认为没有爱情的人更蠢些，因为那种人总是小题大做。至少我就是这样。马杰尔·布拉特送来的那些康乃馨让我很为难。你看到了吗？全是艳粉色的。”

“我才不会小题大做，我不这么认为。”

“不，你有，你说头疼就是小题大做。而且你还把我的床单弄皱了。”

“我很抱歉，”托马斯说着从床上起身，“我这就下楼。”

“你又在小题大做了。我不过就想安静地把衣服穿好，什么话也不说，并不是要大晚上把你赶出去。而且，马谢特一定正瞅着机会好进来东搞西搞，然后再冲我说些什么。我知道我让你失望了，亲爱的。我敢肯定如果待在书房你会更开心。”

“波西娅在下面呢，在给马杰尔·布拉特写信。”

“而你认为你只要下去就得跟她说话：‘波西娅啊，你给马杰尔·布拉特的信写得怎么样啦？’”

“不，我不觉得有必要说这样的话。”

“哦，你说了才好让波西娅抬头看你啊。我说，波西娅最喜欢看到马杰尔·布拉特送康乃馨给我这种事了。”安娜说着坐回梳妆台前，卷开了一双丝袜穿上，“是啊，就连我有时候也觉得你我之间挺不正常的。可我又想，嘿，有谁是正常的呢？”

托马斯把玻璃酒杯搁在地毯上，夸张地把腿抬起来甩到床上，在铺得一丝不苟的床单上伸直。“看来泡澡对你并没有什么帮助，”他说，“还是说，这其实是你一贯的说话方式？我们几乎不怎么交流，连在一起的时间都很少。”

“那一定是因为我太累了，我确实觉得有些晕乎乎的。就像我一直说的，我只想把衣服穿上。”

“那你就穿啊。为什么你不能一边穿衣服一边让我躺着？我们不用一直聊天。就算你很可怕也好，我就是觉得和你在一起更自在，比和那些正常人在一起舒服——如果真有正常人的话。你一定要穿那双可怕的绿色瑞典鞋吗？”

“是的，因为其他鞋子还在箱子里没收拾。今天下午的阳光真毒啊，”安娜说着把梳妆台后的窗帘拉上，“在那边待了那么久，我一直想着回到英格兰能凉快些，没想到一回来就遇上这烈日当头。”

“我想这样的天气不会持久。你对什么都不太满意，是吗？”

“是的，对什么都不满意。”安娜回答，毫不掩饰脸上的坏笑。她在窗帘的阴影里穿好了连衣裙，阳光洒在窗帘上，衬出淡黄和粉红的光影。街道上的车水马龙声从紧闭的窗外传来，又被厚厚的印花棉布窗帘挡住。她又看托马斯一眼，说道：“我想你不会不知道那样会弄脏我的床单吧？”

“可以拿去洗衣房洗。”

“我的意思是，它们才刚从洗衣房拿回来……你觉得波西娅过得怎么样？”

托马斯点了一支烟（头疼时最不该做的事）说：“她说这个春天过得很愉快。”

“她为什么那么说？她这个年纪的小姑娘怎么可能懂得享受天气。肯定是有人让她觉得愉快吧。”

“也可能她并没有那么开心，只是出于礼貌才这么说。我觉得她可能真的很喜欢希尔——如果是这样，就应该让她在那儿多住一段时间的。”

“不，她既然是来投奔我们的，就应该跟我们待在一起，亲爱的。再说了，她星期一还要上课呢。如果这个春天她过得不开心（我看不出来你到底是认为她开心还是不开心）那就一定有问题，而你最好搞清楚原因。你知道她是绝对不会跟我说的。要是真有人让她难过，那绝对是艾迪。”

托马斯俯身把烟灰弹进酒杯。“不管是什么原因都让人扫兴。真不知道我们为什么任其发展到现在这个地步。”

“什么发展，这几个月一直都是那样。你显然不清楚艾迪的为人。他不用多做些什么就能让人失望，随时随地都有可能出状况。你觉得我能怎么说、怎么做呢？一个人可以对另一个人说的话是有限的，而且这种事也不是谁随便做点什么就能改变的。不管怎样，她是你妹妹。说到艾迪，你一定也知道他跟我一起的时候就总喜欢拉拉扯扯。波西娅和我都是害羞的人，而羞涩容易让人暴躁……不，可怜的小艾迪并不是一只饥渴的狮子。”

“当然不是，他算什么狮子。”

“别这么刻薄，托马斯。”

不过，终于穿好衣服的安娜显得很开心，裹在绿色连衣裙里的身体满足地抖了抖，就像终于梳理好羽毛愉快地抖擞着身体的鸟儿。她找到自己的烟匣，抽出一支香烟点上，然后走到床边坐在托马斯身旁。后者转过头，立刻伸手把她的头按到枕头上。“话说回来，”亲吻过后，安娜坐直身体，一面用手整理好披散在颈边的鬈发一面说，“我真的不希望你躺在床单上。”说完她转身回到梳妆台前，把护肤品的盖子一一拧上。托马斯起身，闷闷不乐地细心抚平了床单上的皱褶。“喝完茶，”他宣布，“波西娅和我要去公园里走走。”

“去啊，有何不可？”

“你要是真像表现出来的那么没心没肺，那你真是这世上最无趣的女人。”

下午茶过后，托马斯和波西亚穿过来往两条繁忙的车流，成功地过了街，走进公园。他们走过公园一头的小桥，这里的郁金香正含苞待放，尖尖的花苞还带着些灰色，但即将绽放的花瓣那鲜艳的大红、紫蓝和鹅黄却已透了出来。午后的阳光在公园里的游人脸上缓缓流淌，他们在湖边青草地上放置的躺椅上坐着——有人用手搭了个凉棚遮挡阳光，有的则低着头或者闭上眼睛任由阳光冲刷眼皮，一个个就像被阳光炙烤得发红的石头。

湖水熠熠生辉，上下挥舞的船桨挥洒着晶莹的水珠，捣碎了船帆倒映在湖面上的或彩色或洁白的倒影，光线顺着水波掠过湖心小岛盈盈而去。湖面上还倒映着弯腰用力划桨的人影。清晨的雾气沿着狭长湖心小岛上的树林升腾而起，这里从不允许人踏足，而天鹅的巢就筑在这片神秘之地的边缘。阳光直射进小岛中心的无人处女地，垂柳的枝条泛着银光并恰到好处地分开，好让闪烁的阳光渗进去。树木和游船映着湖水，让水面看起来缤纷而深邃，水鸟游过，这些倒影就在它们身后留下的长长的波纹中分分合合。

公园湖边的斜坡上，人们彼此问候攀谈，大家都大胆地直视着对方的眼睛，仿佛对面是相交已久的朋友。女士轻薄的裙摆在外套下若隐若现。孩子们嬉笑打闹着四处跑跳。而在这生机勃勃的傍晚，所有的成年人都缓缓地走着，公园里悠闲漫步的人们随处可见。

托马斯和波西娅的身影有些相似，他们都望着微风拂来的方向。波西娅觉得风里有一股内陆地区特有的气息。碧空如洗，托马斯一动不动地抬头仰望，金色的阳光在树梢的嫩芽上闪烁，仿佛跃动着黄绿色的火苗，他说感觉要变天了。

“希望等郁金香花都开了再变。这些正是父亲跟我讲过的郁金香。”

“郁金香——你在说什么？他什么时候见过？”

“经过你家别墅的那天。”

“他经过我家别墅？什么时候？”

“有一天，就一次。他说外墙刷着新漆，他说看起来就像大理石一样光洁。你能在这里安家他很高兴。”

托马斯的脸色逐渐变得凝固而沉重，仿佛对父亲多年的孤独感同身受。他看着波西娅的脸，那双酷似父亲的眉毛在她脸上收敛成两道弯弯的弧线。他的神色清楚表明此刻不想说话。穿过湖面，温莎大街联排别墅的外墙和二楼的窗户清晰可见。抹着石灰的墙面已不再整洁如新，看上去有些残破斑驳。“我们每四年粉刷一次。”他说。

路中央车流来往如织，波西娅突然驻足抬头望着二楼客厅的窗户招起手来。“小心！”托马斯大叫着一把抓住她的胳膊——一辆汽车从身边呼啸而过，像一条忽然掠过的大鱼，“怎么回事？”

“安娜在那儿，楼上。现在不见了。”

“你要是不能好好过街，我看最好还是别一个人出来了。”

2

被人瞧见她站在窗口，还向她招手，这一幕让安娜不自觉地后退了一步。她知道从外面看起来，隔窗眺望的人很傻——仿佛在等待着永远无法到来的事情，仿佛奢求着外面的世界能有所回应。应该无所事事地在窗边晃悠的是含着手指的稚嫩幼儿，因为这样的行为本身就有种不可言喻的幼稚。又或者，作出这样的行为如果不是因为愚蠢，那便是包含了某种威胁的意味——屋内的昏暗反衬出人影的苍白，彰显着某种隐藏的恶意。波西娅和托马斯会不会以为她在监视他们？

不仅如此，她手里握着信的样子也被看见了——那并不是今天收到的信。她就是为了逃离被这封信撩起的万千思绪才走到窗前向外张望的。此刻她已回到自己的袖珍写字台前，它被安放在这个明亮的房间里一个隐藏在阴影中的角落，只适合写写便条之类的。写字台的架子上放着她的日程安排笔记本和账簿，写字台的翻盖抽屉很有用，因为有锁。现在抽屉正打开着，里面放着成捆的信。用来扎信封的橡皮圈被拿了下来，好几封看起来皱巴巴的信四散地放着，发出陈旧的气息。她听见托马斯拿钥匙开门的声音，接着大厅的门被推开，响起了波西娅神采飞扬的声音，于是安娜把信飞快地扫进抽屉，又跪下来锁好。可是这场悲哀的小战役尽管显得她身手敏捷，却没什么意义，因为两位奎恩家的人径直走进了书房，没有上楼。

尽管知道她就在楼上，他们却并没有上来找她。望着掌心的写字台钥匙，安娜觉得自己从那些信的阴影中解脱了不少，然而内心又随即被另一种孤独取代。刚用完下午茶他们俩便出了门，而她则走到这个写字台边，打定主意要把皮杰昂和艾迪两个人的虚伪做个比较。总有某一个时刻，人的感觉会把明显的奇怪行为正常化。她在去年一月对圣昆汀说过的话非常正确，至少就她自己而言，如她所说的：经验的乐趣唯有在自我重复之时才能体会。她现在知道了，她生命中的每一件事都重复着同样的轨迹——关于爱情她常感困惑，却从不让自己彻底地面对悲伤，她困惑着究竟是哪里出了问题。行不通的，她想。她以为应当自我反省的是自己的轻信、任性和挥霍——可难道她其实一直比自己以为的更谨慎也更狡诈吗？而且难道这一点也早已被别人看穿了吗？她还没有想好自己是否应该为一直以来发生的所有事负责。人们似乎在以某种她所不了解的方式相互了解着。

我只不过是让托马斯别躺在床单上。然后他就带着她去公园散步了。

安逸与才智在她看来似乎只会导向一个贫瘠的结局。带着这番沉重的心事，她将钥匙放进提包最里面的口袋，然后啪的一声关上了包。举凡像安娜这样容易受伤而又会如此强烈地感到不知所措的人，都有种深切的绝望。这就是一个人总对他人保持友好而疏离的态度、总想着维护他人的脸面并尽量保持冷静的下场。她也不知道自己为何要小心翼翼地藏着这把钥匙，毕竟抽屉里并没有什么秘密，托马斯什么都知道。诚然，她没有给他看过这些信，他虽然知道过去发生了什么，却不清楚经过和原因。假设她把这摞信扔到波西娅面前，对她说："最后就会变成这样，你这个小傻瓜！"又会怎样呢。

想到此处，安娜点起烟，靠着提包在黄色沙发上坐下，问自己为何这么不喜欢波西娅。一想到她我就不得安生，她只要一进这房间我就感到如履薄冰。她对我做的每一件事都不是故意的，若是故意反倒不会如此伤人。她让我觉得自己好像一个难以取悦的讨厌鬼。她把我逼到了一个不真实的立场，甚至让圣昆汀都忍不住问我何必反应过度。她让我和托马斯的关系只剩下彼此嘲弄、彼此刺激的玩笑。我唯一剩下的真实就是对他们两个人的刻薄，而我也的确是这么做的。今天下午她刚听见我们的出租车抵达就推门迎接，眼睛一眨不眨地望着我们。连我在自家窗前站一站都能遇上她挥手打招呼，还是在马路中间。她就不怕被车撞吗？多可怕啊。

不过，说到底，那家人总逃不开死亡。她，到底算什么呢？一个意外而生的孩子，一个仓皇孕育的孩子，一个因为老男人可悲的性欲而来的孩子。在诺丁山门的一间出租公寓里，在散乱的鬓发和意乱情迷间所孕育的。尽管如此她还是继承了一切特点，她在这个家里四处游荡，像这个家族的正统成员一样。他们团结一心迎接这位"年轻的装模作样"小姐。哦，我又怎么会不知马谢特那张专会挑事的嘴。还有艾迪，简直太不像话了，真的太愚蠢了。一想到这些——唉，愿老天保佑她吧：反正我想不出什么帮她的理由。

反正，她在我这儿是得不到任何答案的，安娜想着，双脚搭在沙发上躺了下去，两只手不安地交握在脑后，思考着这兄妹俩能在下面聊些什么。她再怎么东张西望、再怎么寻找也是没有用的。我们是她的什么人呢，何必要承担她的问题？

拿起电话，安娜拨下了圣昆汀的号码。听筒里铃声响了很久——圣昆汀不在家。

星期一一大早托马斯便去了公司，波西娅也回到卡文迪什广场的学校上课。轻灰色的春雨无声地落在枝头，花叶颤动。托马斯，秉承着对小事情正确性的执着，很高兴自己的预言应验了。郁金香花开的第一周一丝阳光也没有，那些紫色、珊瑚色、大红色的娇艳花朵挂着雨珠伫立，无人欣赏。不，这个五月的午后和当初老奎恩先生所目睹的那个五月的公园午后一点也不一样。波西娅直到周末才见到艾迪，星期六回到家时正看见他和安娜喝茶。艾迪看到她露出一副又惊又喜的神色，他跳起来，满脸笑容地握住她的手对安娜惊呼道："她看起来气色更好了！"他让她坐在自己刚才的位置上，然后自己在椅子的扶手上靠坐着。在这一切发生的同时，安娜的眼神只微微动了动，随后便拿起电话叫用人再拿一只茶杯来。是波西娅不对，她本不该这时候回来的，之前说过那天下午会和莉莉安一起喝茶。"你知道吗？"艾迪继续说，"离上次我们三个人的聚会应该已经过了好几个月了吧？"

而圣昆汀上周三和她相遇的时候则表现得更加热情些。波西娅看见他迈着轻快的步伐，漫无目的地走在威格莫尔街上——黑色的卷边绅士帽略向前倾，戴着手套的双手在背后交握。他走走停停，时不时转身，有一搭没一搭地端详着透明玻璃橱窗中陈列的奢侈品。不知为何，他的行为看上去有些难以捉摸，波西娅不能确定圣昆汀是真的没看见她走近，还是看见了却假装没注意到。她犹豫了——自己是不是应该过街？——但最终她还是沿着人行道继续走了下去，握在手里的书包前后晃动着，像一只轻盈的小船在狂风中摇摆，她找不到停下的理由。她的身影映在商店的橱窗上，吸引了圣昆汀的注意，他转过身来。

“哦，你好啊，”他飞快地打了声招呼，“你好！你也回来了，真是太好了！你在做什么呢？”

“刚上完课回家呢。”

“你可真走运——我现在正闲着。我是说，我正想打发时间。你会经过曼德维尔大街吗？我们一起往那儿走吧？”

于是他们一起转过街角往前走去。波西娅把书包换到另一只手上，问道：“你的新书写得怎么样了？”

圣昆汀没有回答，而是抬起头看了看头顶的窗户。“我们最好别太大声，这里全是护理所。你也知道病人最喜欢听壁脚……你玩得开心吗？”他压低声音说。

“是的，很开心。”她也低声回答，脑海里浮现出高高的白色病床、床头挂着的体温记录表和塑料假花。

“我恐怕不太记得你去了哪里。”

“希尔。在海边。”

“好地方。你一定很想念那里吧。真希望我也能离开这里。实际上我真应该这么做。没有什么理由不走，只是我现在的处境有点敏感。跟我说说吧，你的日记写得怎么样了？”

话音刚落他便看见波西娅猛地朝这边看了一眼，那眼神仿佛一只落入陷阱的、惊恐的小鸟。他们停在路边，让一位刚下出租车的人经过人行道，往护理所朴素的楼梯上走去，那人手里握着一捧鲜花。两个人继续前行，圣昆汀又开始东张西望，而波西娅则目不斜视、一言不发地走着。街道两旁高楼林立，建筑物的阴影将这条路衬得仿佛一道幽暗的峡谷，在这阴郁的春日里显得格外阴沉。他说：“我只是随口一说罢了。我只是觉得你一定在写日记吧，我肯定你对生活是有想法的。”

“不，我不怎么想。”她回答。

“我亲爱的姑娘，没那个必要。我可以肯定你至少会有某种反应。而我每次看到你，都想知道那会是什么样的反应。”

“我不知道。我是说，什么反应？”

“呃，我可以解释给你听，但有这个必要吗？比如你会有感觉、有情绪吧，我敢肯定。”

“是的。你没有吗？”

圣昆汀烦躁地咬着上嘴唇，小胡子被扯得往下耷拉了一点。“不，不常有。我的意思是，我没什么感觉。对我来说这些东西没什么意思。话说我为什么会觉得你一定在写日记呢？现在一想，我又觉得你应该不是一个轻率鲁莽的姑娘。”

“即便我写也绝不会让人知道的。为什么说那是鲁莽轻率？”

“把事情写下来是疯子才做的事。”

“可你不是写了那么多书吗，整天都在写？”

“我写的是并未发生过的事——不是不可能发生，而是尚未发生过。虽然那些故事都有可能发生——而且是以一种令人不安的方式，比大多数人所愿意承认的更有可能——但并非事实。所以，你看，从一开始写作就不过是我的游戏罢了。可是我绝不会把真正发生过的事情写下来。人的天性是遗忘，并且应该遵循这种天性。记忆已经足够沉重，可即便如此它也总会留下许多空白。若不能虚构其中的大部分内容，人必将难以承受——我们只会记得自己能够接受的部分。不，说真的，呃，波西娅，相信我：一个人若不撒谎是不可能承受得了过去的一切的。感谢上帝，除了个别情况之外，这世上根本没有所谓的绝对事实。十分钟以后、半个小时以后，人的记忆就会自动添加一些别的东西。和你相处的时光对我来说就像项链上的珍珠一样美好。但日记（如果真的每天都及时记录的话）实在太容易越界了。追溯往事之前，人应该先给自己一些沉默的时间。你想想，那么一来记忆中的事物是不是都显得没那么尖锐难堪了……还有，万一你写的东西被别人看到了怎么办呢？”

这句话让波西娅的脚步顿了顿，她调整了一下握着书包的手。她悄悄瞥了一眼圣昆汀像鲨鱼一样坚毅又令人警惕的侧脸，又迅速地转开视线，依旧一言不发——绝对的沉默让身旁的人不由自主地转过头来看了看她。

“换了是我会把它锁起来的。”他接着说，“我不会相信任何人。”

“可我的钥匙找不到了。”

“哦，是吗？我说，这事可得说明白了：我以为咱们只是假设有这么一本日记。”

“我就只是写了一本简单的日记罢了。”她无助地回答。

圣昆汀咳了一声，略有些自责。“我很抱歉，”他说，“我又自作聪明了。可从长远来看，这并不是件好事。”

“我并不希望别人知道。那只是我写给自己看的。”

“不，这你就错了。世上没有不透风的墙。你做的事情很危险。你总喜欢联想解读一些事情——而这样有时候很不好。”

“我不明白你的意思。”

“你在影响我们，你让我们逐渐变成别的样子。这不公平——我们并未对你设防。举例来说，现在我知道了你在写日记，便总觉得自己落入了某种计划中。可以说，你的行为会促使某些事情发生。”圣昆汀温和地说，“其实你写的东西挺天真的，即便如此，却依旧有些冒昧。你给我们设下陷阱，妨碍我们的自由意志。”

“我写的都是真实发生的事情，不是编的。”

“可你加油添醋。真是个危险的姑娘。”

“别人又不知道我写了什么。”

“哦，相信我，我们能感觉到。你知道我们现在有多不安吗？”

“我又不知道你以前什么样。”

“我们自己也不知道，那时候我们相处得很愉快。但不公平的地方就在于，你藏在角落里，暗中窥探之类的。另外一件令人不悦的事是，你本性良善，就像一辈子住在象牙塔里一样。请原谅我这么说。说到底，我们并未住在同一个屋檐下，我不常和你见面，所以你对我的影响也不大。话虽如此……”

“你是在戏弄我吗？还是说你之前是在戏弄我？你多少有点戏弄我的意思吧。你先是说感觉我一定在写日记，然后告诉我千万别这么做，接着你又问我日记在哪儿，当你发现真有这么一本日记后又装作很惊讶的样子，再然后你又骂我是个坏心眼的窥探者，现在你又说我深爱着大家。我明白了，你知道我在写日记……一定是安娜发现了然后告诉你的吧？是这样吗？”

圣昆汀拿眼角的余光瞄了波西娅一眼。“说了我可吃不了兜着走。”他说。

“是不是这样？”

“我完全可以撒谎说不是，但我的问题就在于没什么忠诚度。是的，安娜发现了日记，就是这样。这下可麻烦了。我说，我能信任你会守口如瓶吗？你看，毕竟我没守住。”

波西娅把帽檐往后推了推，转头直视着圣昆汀上下打量了一番。她认为眼前这个人是故意的，她不觉得他会是个轻率的人。“你的意思是，”她开口道，“别告诉安娜你跟我说了这些？”

“我希望你千万别说。”圣昆汀谦恭地说，“我不想惹麻烦，以后最好多注意你的小书桌。”

“是她告诉你我有一张小书桌的？”

“我猜你应该有。”

“她是不是经常……”

圣昆汀翻了个白眼。“就我所知并不经常，别太担心了。只要把你的日记换个地方藏好就行。我的经验是，如果要藏什么东西，最好经常换地方。”

“谢谢你。”波西娅说，有点茫然的样子，“你人真好。”说完此话她便再不说话了，只是机械地迈着步子。对话仿佛突然落入深渊般戛然而止——留下无法掩饰的空白。和所有处于震惊中的人一样，她根本不知道自己此刻身处何方——他们已经沿着马里波恩商业大街走了很久，周围都是购物的行人——她用受惊小兽般的警惕眼神注视着每一个朝她走来或是面对着她的行人。她知道圣昆汀就在身旁，这让她很想立刻从旁边的小巷子逃开。就在这噩梦般的混沌中，他们步履匆忙地走了好一会儿，直到他忍不住大声叹息道：“人可真是没心没肺啊！”

“你说什么？”

“你居然不问问我为什么要告诉你——你甚至都没有想过这一点。”

她说：“是因为你好心。”

“一个人就算做了再荒唐的事，就算这事再怎么不符合他平日的为人，也激不起别人甚至是朋友的半点好奇。即使这个人自己已经难受得快要断气了，可只要他不说，别人也根本不会注意到。我们可不仅仅是没有好奇心啊，而是根本连对方的存在都不怎么在意。连你这么天性纯良的人也一样——你难道不知道我刚才已经算是在某种程度上背叛了安娜吗？我做了一件她永远也不会原谅的事，而你，波西娅，却连原因都不关心。我有意识地、并且在我看来是白白地做了一件严重违反游戏规则的事情。这完全不像我，我可不是一个爱搅弄是非的人，我没那个时间也没那个闲心。你根本没在听对不对？”

“对不起，我……”

“我知道你不开心。你和我大概是完全不同的两种人。别再想你的日记，也别再想着安娜了，听我说——你怕什么，波西娅，我又不会吃了你。你应该了解人们如此行事的原因。你觉得我们都是坏人——”

“我没有，我……”

“事情可没那么简单。你认为的坏只不过是我们为了让自己能够活得下去而采用的小技巧而已。我们必须生活，虽然你可能看不出这么做的必要。往远了看，这么做最终或许也不讨好，但我们还是尽可能努力让自己看起来更有修养、更善良些。事实上，我们对彼此都没什么太大的期许——换句话说，对别人没有想当然的期待。而缺乏这种情怀就意味着我们不得不遵照某种社交规则行事。我挺喜欢安娜，所以对她的很多毛病都视而不见，而她也挺喜欢我，于是也选择了忽略我的很多问题。对方讲笑话的时候我们会配合地大笑，对方需要面子的时候我们就给他们面子——所以当我把她的事情告诉你的时候，就是破坏了彼此默认的规则。这种事不常发生。一个人得有多歇斯底里才会不断地破坏规则啊，比如你的朋友艾迪，或是那些自命清高的人（而我毫不怀疑艾迪是这样的人）。对他来说遵守规则是件很困难的事：所以即便他作出怎样越界的行为也不奇怪——至少我不会觉得奇怪。我只是不能理解他对安娜的迷恋……”

“他迷恋安娜吗？”

"哈，这不是显而易见的嘛，你难道看不出来？我觉得唯一不足的是，安娜是个思想保守的人。不过他有的是花招——不，对我来说，除非经过了深思熟虑，否则我绝不会打破规则说出事实的。爱情、美酒、愤怒——这些东西能冲破一切平衡：让人一瞬间进入一个难以想象的美妙世界。这个世界是多么不合时宜却又有多么诱人，这一点谁也无法形容，真的。我们仿佛瞬间变成一个巨人……话虽如此，我还是不明白自己刚才为什么会那么做。一定是这让人压抑的春日天气。这天气有种宗教般的压力，我想。"

"你觉得她是不是已经把日记的事告诉艾迪了？"

"我亲爱的，别问我他们之间会说些什么——怎么走这儿？"

"我平常都是穿过这片墓园回家的。"

"看来我的解释是没用的——你还是什么也不明白。或许有一天，你会从别人那里得知我是个大人物，然后就会回过头来好好思考我说的话了。接下来你要去哪里住？"

"我不知道。和我姨妈吧。"

"哦，那里可没人认识我。"

"我想我会去和姨妈住，等我离开托马斯和安娜的时候。"

"或许住到姨妈家之后，你会有时间后悔。算了，我这么说对你也不公平。但若不是你像个石头一样一声不吭，我也不会说这些。"

"你说得有道理。"

"那是自然，那是自然。你喜欢从墓园走吗？这儿中间怎么还有个舞台？你就快到家了，整理一下面容吧。"

"我没有修容粉。"

“对于今天的事我并不后悔，这一天迟早会来的——不，我不是让你打粉，我是说你的表情。你必须学会一件事，就是如何隐藏情绪，在最不想见到某个人的时候还能表现得一切如常。”

“安娜出去喝茶了。”

“要不是聊了这么多，我倒是很乐意请你去喝下午茶。不过现在我得去赴约了，四点三刻的时候得见个人。我想我该回去了。你大概在想，早知如此，今天要是没遇见我就好了吧？”

“我想还是知道了这些事比较好。”

“不，还真不是这样。说实话，今天我对你所做的事若换成是别人对我做，我也会受不了的。但可怕的是，我却觉得这说不定是一件好事。好了，再见。”圣昆汀说着，在墓园的沥青小路上停下，站在林立的墓碑和柳枝间，向她脱帽致意。

“再见，米勒先生。谢谢你。”

“哦，快别这么说。”

那是这周三发生的事。于是星期六这天，波西娅很快便从艾迪的座位上起身，走到壁炉边自己的专属板凳上坐了下来，而艾迪立刻顺势开心地重新坐了回去。壁炉里苍白的火苗在木柴上噼啪作响，被雨水淋湿的树木映入窗户，看起来就像一幅全景图。下雨的午后，房间看起来空旷而暗淡。波西娅和安娜之间静静地横亘着一张放着茶点的盘子。波西娅把盛着岩皮饼①的小盘子紧贴在膝盖上，

① 岩皮饼（the rock cake），一种表面粗硬、用干果做成的小圆饼。

用手保持着平衡。她一小块一块地吃着甜饼，就那么坐着看安娜和艾迪喝茶，就像她之前许多次看她和亲密的友人喝茶时那样。

然而她的出现却让一切都不知所措地暂停了下来。对面两个人也毫不掩饰地让她感受到了这种暂停，并将她推入了一个令她不悦的、被当作多余物品的境地。艾迪一只手搭在椅子上，支起手肘、侧头靠着手掌，双眼注视着壁炉的火光。他的目光随着火光上下跳跃。为了帮自己消磨一点时间，他无意识地动着嘴唇，看起来就像条鱼——他向外翻起下嘴唇，然后又用力吸回去。安娜用拇指指甲划开一包新烟，把烟取了出来放进自己的玳瑁烟匣里。波西娅吃完面前的甜饼，走到茶盘边又拿了一块——艾迪的目光有那么一瞬间从火光中收回，朝她敷衍地笑了笑。“我们什么时候再去散步啊？”他问。

安娜说：“要再喝点茶吗？”

“两周前的今天，”波西娅毫无征兆地突然开口，回手去拿茶杯，“我在希尔的高尔夫球俱乐部和迪奇·赫康柏还有克拉拉一起喝下午茶——那是一个偶尔会和迪奇一起打高尔夫的女孩子。”

安娜收起下巴淡淡地笑了笑，点点头。她心不在焉地问：“好玩吗？”

“是的，金雀花都开了。”

“是啊，希尔一定很有趣。”

“我的房间里有一张你的画像。”

“照片吗？”

“不，是一张抱着小猫的画像。”

安娜抬手按着头。“小猫？”她问，“你在说什么，波西娅？”

“一只黑色的小猫。”

安娜回忆着。“哦，那只小黑猫。可怜的小东西，它死了……你是说，一幅我小时候的画像吗？”

“是的，你留着长头发。”

“是粉笔画对吧。哦，放在她的客房里吗？克拉拉是谁？跟我说说吧。”

波西娅不知该从何说起——她看了看艾迪。后者很快回过神来，语气轻松地说道：“克拉拉？克拉拉的角色很难定位啊。她和周围的人都不怎么合得来的样子。反正，也许正因如此——她让我觉得不舒服。她花了那么多钱，只为了嫁给迪奇——迪奇·赫康柏，你知道吧。除了钱，她还在包里放了个类似于老鼠笼子的东西，每次一觉得紧张就伸手进去摆弄。对吧，波西娅？我们都见过克拉拉那么做。”

安娜说：“真希望我也能看看。”

“哦，你才不需要呢，亲爱的安娜……话说，那天晚上在东崖阁我们胡闹得紧，这让克拉拉不停地把手伸进包里。当然最胡闹的是我。真的很糟糕，安娜。本来波西娅和我去树林里散步挺开心的，结果那天晚上我太闹腾了，把兴致都毁了。刚到威基基的时候我给大家留下的印象还蛮好的，可惜我怕是搞砸了。”艾迪侧目给了波西娅一个暧昧的眼神，然后转过头继续和安娜说话，“我说，克拉拉一直很努力，她的一双眼睛全在迪奇身上，可迪奇一门心思却全在波西娅身上。”

波西娅惊得身体一晃，很是傻眼。“哦，艾迪，他才没有！”

“呵，有是有的——而且完全是单方面的，只不过完全取决于迪奇想不想表现出来而已。看电影的时候我听见他跟你咬耳朵了。他话那么多，连我都听到了。”

“艾迪，”安娜说道，“你真是太粗俗了。”她远远地、一动不动地望着自己的手指甲，但一分钟后终于还是忍不住问：“你们一起去看电影了？什么时候？”

“我刚到的那天晚上。”艾迪立刻回答，“一共六个人。所有的人。不得不说，我真的对迪奇感到震惊，他不光是个霸道的法西斯，还连最基本的礼仪举止都不懂。海滨城市的人还真放荡。”

“你可真不像话。”安娜说，“不过，你做了什么？”

“当时很黑，谁也看不见我抗议的表情。不仅如此，他妹妹还握着我的手。他们可真不是省油的灯——我真觉得，安娜，下次你要把波西娅送过去之前千万得多想想。”

这话并未收到预期的回应。“波西娅知道轻重，”安娜冷冷地说，“比你能想象的要有用得多。”她看了波西娅一眼，眼神中透露着友好，如果她真有此打算的话。而对艾迪，她则用一种压抑着怒火的毫无起伏的声音说：“对于像你这样聪明的人来说，刚才的描述真不怎么高明。先不说别的，我觉得你从来搞不清楚情况，你都忙着瞎琢磨别人的意思了。”

艾迪气鼓鼓地说：“好吧，不信你问波西娅。”

然而波西娅低着头一声不吭。

“总之，”艾迪接着说，“我只是想努力找点话题罢了，尤其是在我没什么心情的时候。可是要待在这儿就得有趣。很遗憾你不喜欢我刚才说的话，可我说的时候眼睛都快困得睁不开了。”

“既然你这么困，不如回家去。”

“真不明白我说我困你怎么那么生气，安娜。在这样一个阴雨的春日午后，这反应不是很正常吗？闲来无事又不必特别做什么，尤其是在这么安静舒适的屋子里。我们都应该去睡会儿，而不是说话聊天。”

“波西娅今天不怎么说话啊？”安娜说着，转头看向壁炉一侧。

艾迪刚才的那番话像一把扇子，撩起了波西娅心中的睡意。她看见雨滴倒映在银色的茶盘上。她感觉自己仿佛与整个房间隔离了开来，仿佛自己并不存在，这倒和另外两个人对她的感受一致。她朝壁炉微微靠过去一点，把脸斜倚在大理石壁上，这旁若无人的动作就像此刻她正独自一人待在别的什么地方似的。她闭上双眼，放松身体，静静地休息。脚下的地毯垫在光洁的地板上往前挪了挪，微微皱起。这个房间，连同其中的残酷一起，在她眼前流动、变形、破碎，然后缓缓褪色，像一张落进水里的纸样，逐渐模糊消失。

自从那天与圣昆汀交谈后，被背叛的感觉便如影随形，无论白天黑夜、无论梦境现实，这反而让她仿佛心中有愧般，无法直面任何人，也躲避着艾迪。能够闭上双眼和他待在同一个房间里，脸颊感受着大理石的坚硬，让她无比安心——仿佛自己被保护了起来，抵挡着睡眠、抵挡着麻木、抵挡着无尽的孤独所带来的痛苦，也抵挡着母亲去世后的第二天横跨瑞士的那段旅途记忆。她看见了火车无故停下时窗外的那棵树，她还看见——在无声的焦虑中——外面的公园里那片似远似近、被雨水淋湿的树林。她听见希尔的海浪声，还有海滩遥远的寂静。

客厅中又是一阵沉默。然后安娜的声音响起："真希望我也能像她那样，真希望我才十六岁。"

艾迪说："她看起来很可爱，不是吗？"过了一会儿，他起身走到波西娅身边，用指尖轻柔地抚摸她的脸颊，而安娜只静静地看着这一切，什么也没说。

3

“难以置信，安娜，事情实在有点夸张！”电话中艾迪突如其来地惊呼道，“波西娅刚给我打电话，说你偷看了她的日记。我什么也回答不了——办公室里有人。”

“你现在用的是办公室的电话吗？”

“是的，不过现在是午餐时间。”

“是，我知道现在是午餐时间。马杰尔·布拉特和另外两个朋友在这儿呢。你真不会挑时候。”

“这我怎么知道？我以为这事儿对你来说很紧急，真的。他们这会儿在你旁边吗？”

“当然了。”

“好吧，那再见吧。祝你好胃口。”艾迪大声说道，听起来很是愤懑。他先挂了电话，安娜转身回到餐桌。三位客人听着她刚才那仿佛恋人嗔怒般的应答，纷纷按捺着心中的疑惑：脸上依旧挂着一副一无所知的表情。裴宾汉先生和夫人是从什罗普郡来的，他们受邀今天周一来家里吃午餐，因为安娜从他们在什罗普郡的一个邻居那里听说，这夫妇俩正在找能做事的人，而她觉得马杰尔·布拉特或许可以试试。可是席间马杰尔的表现却让裴宾汉夫妇越来越确定，他只是个空有一腔抱负却总无法很好地融入社会的人。命途多舛，无法可施。他的态度虽然温和友好却总给人一种格格不入的感觉，安娜为他递出的每一个话头他都没接住。看得出来，裴宾汉夫妇都认为，尽管他在战争中颇有功勋，却多半在很大程度上是因为走运。安娜想帮他说好话的心全都白费了。她努力地反复强调他曾做过橡胶生意，并且曾经——应该有这事吧？——管理过庞大的房地产事业。虽然是在马来西亚，但重要的是——应该是吧？——他懂得如何管人。

“是啊，谁说不是呢。”裴宾汉先生客气地回应。

裴宾汉夫人说：“现在这世道变化如此之大，我都怀疑还有没有人懂得这种艺术了——我是说，管理人才的艺术。我总觉得如果人们心中能有榜样的话，工作会更努力的。”对内心信念的阐述让她的脖子有些泛红，她坚定地说：“我是如此坚信的。”安娜心想：最近的人啊，真是没法儿好好聊天。他们总按捺不住要跟你袒露心迹，还激动得脸都红了。我看还是以前好，心迹什么的都跟宗教信仰有关，而饭桌上没人谈论宗教。她说：“我想可能住在乡下的人会更倾向于这么想。这就是伦敦最不好的地方，没人会认真思考。”

“我亲爱的小姐，”裴宾汉先生说道，“不管思不思考，有些事人总免不了会注意到。破坏传统就是破坏责任感。”

“没错，就比如，你先生的公司……”裴宾汉夫人接口道。

“我从来不去他的公司。我不认为托马斯让人崇拜，如果你是说这个的话。不，要是真被人像英雄一样崇拜的话，他肯定不知所措。”

“哦，我指的不是英雄崇拜。恐怕那样只会导致独裁，不是吗？我说的是，”裴宾汉夫人说着，用手摸了摸项链上的珍珠，脸上带着羞涩却认真的笑容，又微微红了脸，“发自本能的崇敬。对于我们的员工来说这很重要。”

“你真的认为有人能让别人如此崇敬吗？”

“至少会想努力达成这个目标。”裴宾汉夫人回答，看起来不太高兴。

“为这种事情努力听上去有点可悲。我宁愿只给员工支付薪水了事。”

裴宾汉夫人还想说些什么，却被菲利斯一言不发地端到面前的橘子蛋奶酥打断。裴宾汉夫妇家的餐厅壁炉上一定刻着“仆人面前少言语”的家规吧，就刻在“心怀邪念者蒙羞”①的信条下面。裴宾汉夫人吃了一小块甜点，瞄了一眼菲利斯的袖口，沉默不语。安娜毫不犹豫地用勺子和叉子切下一块蛋奶酥，看起来一副典型的衣食无忧之人在家里的自在姿态，然后说：“而且我记得你说过那是出于本能。你指的是谁的本能？”

“崇敬是人类的共同本能。”裴宾汉先生说，垂目看了看蛋奶酥。

“哦，是吗？你觉得现在依旧如此吗？”

裴宾汉夫妇飞快地对视了一眼。他们有同样的信念，安娜想。我和托马斯有吗？或许有，只是不知道是什么。我真希望马杰尔·布拉特能说点什么或者反驳一下：这样裴宾汉夫妇就会觉得他才是那个提倡天下大同的共产主义者②了。看来我们家还真是给人错误的印象啊——这夫妻俩一定以为能在这儿找到什么“有意义的

---

① 英国嘉德骑士团勋章上刻的字句，原文为法语：Honi Soit qui Mal y Pense。

② 20世纪初的英国把掀起俄国革命的共产主义者视为反抗英国及以英国为代表的资本主义制度的人士。

话题”，因为他们觉得在什罗普郡找不到人聊这种事。乡下人的欲望真可怕。他们忘了马杰尔·布拉特今天来是为了找工作的吗？说不定他们还为只见到了马杰尔而不开心呢。要是我邀请了作家什么的来不知道情况会不会好一些，估计他们本来就是这么期待的，那样说不定能让他们心情好点——而不是干巴巴地推荐马杰尔·布拉特。我还以为能仅凭一己之力促成他们双方。裴宾汉夫妻俩真难取悦。不，他们是有备而来的，他们觉得我是在利用他们。要是能利用我倒不会拒绝，只是他们也太难搞了。他们见不惯马杰尔·布拉特表现得比他们更友好，而且并不刻意迎合他们。他就只是乖乖地坐着，而不是兴味盎然的跟他们讨论。哦，老天啊，我的老天，我是不是永远都没法把他推销出去了。

“你不同意我的观点，是不是？”她朝马杰尔·布拉特笑了笑，带着明显的暗示。

然而马杰尔只是默默地掰开面包放进嘴里。“呃，岂敢。至少不是彻底反对。你的观点很有道理，这一点我毫不怀疑。”他用灰色的眼睛坦率而友好地看着她，又说，“我渴望稳定的其中一个理由，就是想好好思考、整理自己的人生。今日不知明日事总让人不安，而我也想要认真思考——毕竟，我不缺时间——但我认为自己还没有定下来，所以也无暇多想。此时此刻对我来说，能听到这番争论就已经很满足了，恐怕并无资格发表意见。”

“我和这位迷人的小姐争论的唯一原因，”裴宾汉先生说（语气开始变得尖刻），“只不过是因为她不肯告诉我们她的想法。”

安娜（此时已经彻底生气了）回答道：“我不说是因为根本不

知道我们在聊什么。”

裴宾汉先生忍让着没有继续说下去，转而挖了一块奶酪。安娜很想伸手抓住桌子那头的马杰尔·布拉特的手说：“不行了。我又没能帮你促成这件事。我没能把你推销出去，而且说实话，你的自我推销技巧也不怎么样。不行、不行、不行——这忙没法再帮了。你还是回去在《泰晤士报》上找求职广告，或者等着遇到某个贵人恰好能把你介绍给某个需要招人的熟人吧。你是遇到了我们没错，好吧，但没什么用。祝你下次好运，老伙计。反正我是不干了。”

其实，皮杰尔已经意识到了——并且喝着咖啡、平静地接受了什普罗郡的工作泡汤的事实。他因深信奎恩一家把他当成自己人而频繁地造访——却不知这样一来，他已在他们眼中逐渐变成了一个和波西娅一样令人头疼的，或者说比波西娅更令人头疼的存在。他和这家人还不够亲密，交往时间也不够长，所以还不足以让他在回肯辛顿的路上心生疑虑，怀疑此前在那栋别墅里感受到的温情是否只是一场幻觉。他依旧把未尝的心愿寄托在奎恩家，无论在酒店客厅里坐着还是在克伦威尔路上走着都会想着他们。他毫不动摇地信任他们——无论是否会再次空手而归，无论是否又一场空欢喜，也不管满怀希望寄出的信有没有回音，哪怕又一簇希望的火苗被彻底熄灭，甚至钱就快花光了也不曾改变。他从不曾隐藏自己对于奎恩一家的信任和关心。一个人被别人看作是好人，或被当成快乐的人就真的会变得更好、更快乐吗？同情心或许永远无法让安娜直白地拒绝对他提供帮助。他是罗伯特这篇早已完结的故事的附录。没用的，在心里后悔遇到他是没用的——因为他们早晚还是会相遇的。在某种意义上，马杰尔·布拉特是罗伯特的遗留物。又或者，她发现每次只要一见到他，心中为罗伯特所受的伤就会隐隐作痛，会痛是因为从不曾完全地怨恨，而洞悉了这样一场荒唐往事——能让她痛苦地意识到自己是多么无能为力的事件之一，马杰尔是不是就以为自己能够摆弄命运，并让她俯首听命？

马杰尔·布拉特一直待到裴宾汉夫妇离开——这让安娜连最后再跟他们单独说说好话的机会都没有了，没办法再跟他们说“谁请了马杰尔都不会后悔”这样的话，或者再强调一下他曾得过“优秀军人勋章”[①]。几分钟后马杰尔也准备离开，他站起身来环视了一下客厅。

“那天你送的康乃馨很美。我太累了才让波西娅给你回的信，也因为我觉得我们应该很快就能再见面。你也知道刚长途旅行回来有多累。但正因如此，刚回来就见到鲜花才更令人欣喜。”

他开心地笑了。“太好了，”他说，“能让你高兴……”

出于某种说不清道不明的自虐心理，也为了表现得更近人情一些，她问：“我们走了以后你没有……我想，再收到任何有关皮杰昂的消息吧？”

“你这么问真是太巧了……”

“巧？”安娜重复了一遍。

“他并没有给我递过什么消息——你知道，这就是没有固定住

① 优秀军人勋章（D.S.O.），英国国内的一种军事奖励。

址的麻烦之处。人们很快就不再给你写信了。当然，我有收信地址，酒店的地址。但那种地址会让人觉得是临时的。人们总觉得你应该已经搬走了——至少我发现是这样。但即便我有固定住址也不见得会收到皮杰昂的信。他从来不爱写信。”

“是啊，他不爱写信——你刚才想说什么？”

“哦，对，对。这真是太巧了。我总遇到这样的巧事。大约十四天前，我几乎就差那么三分钟就能见到皮杰昂了——真的就三分钟，真是太奇妙了——我是说，我连他回国了都不知道，却差点见到他。”

“跟我说说吧。”

“是这样，那天我刚好去一个朋友的俱乐部——我是说，跟这个朋友一起去——然后遇到了另一个朋友（也是多年不见），而这个人三分钟前刚跟皮杰昂说过话。就在那个俱乐部里。‘不会吧！’我说，‘真是巧了。他还在俱乐部里吗？’但朋友说他不在。他已经走了。我问他往哪个方向走的——想看看还能不能追得上——但朋友说他也不知道。在我看来这简直是难得的巧合，所以才想要告诉你。我要是能早去三分钟就好了……说到底，一切都是缘分。没人能预测未来。就好比我无意中遇到了你一样。这种事听起来就像小说里的桥段。”

“嗯，是挺像的，真的。我就从来不会偶遇任何人。”

马杰尔·布拉特把手缓缓插进衣服口袋，有些迟疑地思考着。然后说：“当然了，那个星期你正好在国外。”

“哪个星期？”

“我差一点就见到皮杰昂的那个星期。”

“哦，是啊，我在国外。你……没有再听说些别的什么了吗？他还在伦敦吗？”

“这我就不清楚了，我也想知道。他就是这样，可能在任何地方。不过我的这个朋友好像认为皮杰昂又到别的地方去了——‘来去如风’，我们常说。他很快就会换地方。他从来就不怎么喜欢伦敦。”

“可不是，他从来不怎么喜欢伦敦。”

“不过话说回来，虽然我也很遗憾错过了他，但至少聊胜于无。既然出现过一次，就可能再次出现。”

“是的，我希望他再次出现——只要别出现在我在的地方就好。”

好像终于把心里话说了出来似的，她十分平静地望着酒杯上自己的倒影。马杰尔·布拉特则把肩膀靠在壁炉台边，观察起一捧放在船型玻璃花瓶里的玫瑰，他早就闻到这股浓浓的花香了。他的指尖抚过暗红色的玫瑰，用心感受着花瓣的柔软，然后俯身深深地吸了一口气。这夸张的、于他而言刻意的举动表明他很清楚自己可能已经触及了一些她不愿被触及的东西——像一位站在封闭的门扉前，被主人遗忘的信使，不确定还会不会被召唤。他的脸上明明白白地写着踟蹰、恭敬和随时准备好陪她一起难过、给她安慰的心情。他随时恭候着，只要她一声令下。鲜花也好，房间里的小摆饰也罢，这些东西他平常从不在意，此刻却对这捧玫瑰格外地关注，这让他十分不自在。他又抚了抚花瓣，然后说：“这些玫瑰是从郊外摘来的吗？”

“是的。你送来的美丽的康乃馨不久前凋谢了。”

是不是他没有意会到安娜的暗示？她是不是故意营造了这样一个时刻，好让他主动问起：我说，到底发生了什么事？为什么会变成现在这样？为什么你不是皮杰昂太太？你还是你，而他似乎也还是他。你们都还是原来的自己，而且曾经那么甜蜜。你们都没有变——那么究竟是哪里出了问题？

他看着她——这敏感的氛围让他的眼神闪烁不定。他望过去，却发现她并没有看他，而是从提包里抽出一块手绢，公事公办地快速擤了擤鼻子。她举止自然，似乎只有在放下手绢的一瞬间流露出些许刻意的痕迹。她说：“是皮杰昂让我有这种感觉，否则我也不会说那样过分的话。”

“我的好小姐……”

“是，我是过分，每个人都这么看我。那个可怕的小艾迪刚才午餐的时候还打电话来，说我对波西娅不好。”

“我的天，这是怎么回事？”

“你不太喜欢艾迪，对吧？”

“这个嘛，他不是我喜欢的那类人。但是我说，我是想说……”

“罗伯特从没喜欢过我。”安娜笑出了声，“你不知道吗？他根本对我没有任何想法。什么也没发生，我也没有伤他的心。这种情况下——你现在知道是什么情况了，对吧？——我们根本不可能结婚，你肯定明白吧。”

他喃喃自语地说：“说不定这样反而对大家都好吧。”

“那当然。”安娜说，再次微笑着。

他飞快地应了一声：“那当然。”然后又转头去看这间漂亮的客厅。

“我真是扯远了。”她接着说，神态十分轻松，“过去的事已经不重要了——我只是想把罗伯特和我之间的事说清楚而已。如果我今天看起来有点烦躁，那也是因为本来正好好地吃着午餐呢，却被那个轻浮的年轻人打断，还被告知波西娅对我不满。我能怎么办呢？你也知道她有多不爱说话，能让她不惜打电话跟一个外人抱怨，事情一定已经很严重了。不过，当然了，艾迪也是个爱打听是非的人。”

“如果我可以发表意见的话，”马杰尔·布拉特说，“我想说那根本就是他无中生有、胡说八道。这么说还算客气的。我得说我真是从来没有……”

“他是一直很喜欢胡说八道，那个小混蛋。”她说，手指下意识地敲击着壁炉台，“我担心的是波西娅。那听起来真不像是她会做的事。马杰尔·布拉特，你很了解我们一家人，你觉得波西娅在这里过得开心吗？”

“对于一个刚失去母亲的可怜孩子，我真想不出她在这里会有什么理由不开心。她看上去已经融入了这里的生活，甚至像从小就在这儿长大的一样。对于女孩子来说，这就是最理想的生活。”

“也可能只是你看事情比较乐观而已？我们的确给了她比别的十六岁小姑娘更多的自由，因为她看起来够成熟：她之前一直在照顾自己的母亲。但是现在，我觉得女孩子果然还是得再大一些才能自己交朋友——尤其是年轻的男性朋友。”

“你是说，那个家伙做得有点太过头了？”

“现在看来就是如此。当然了，我更责怪的是我自己。他经常来我们家——他很孤单，我们想对他好。我觉得冬天的时候波西娅在这儿还住得挺开心的。她看起来已经慢慢适应了。可是后来你也知道，她去了海边，我估计麻烦就是在那儿产生的。我原来的看护人是个天使一样的好人，可她的继子继女恐怕不是什么好东西，他们说不定欺负波西娅了。打那儿回家以后她就变得跟以前不太一样。连我家的大女佣都有所察觉。她不像以前那么内向，却也没有以前那么自然了。我觉得我们压根儿就不应该休那个假——我是说离开家休假——那时候她还没有完全适应跟我们一起的生活。一切都太快了，这让她不安，这真是个愚蠢的决定。可是托马斯又需要休假，去年冬天他工作很辛苦。”

“她是个很好的小姑娘。真的是个可爱孩子。”

“所以如果你是我，会跟艾迪说让他见鬼去吗？”

“差不多吧——是的，我一定会那么说的。”

“然后再跟波西娅好好谈谈？”

“我相信你能做得到。”

“你知道吗？马杰尔·布拉特，我其实很不擅言辞。”

“我很确定，”他语气恳切地说，“她要是知道自己竟让你这么难过，一定会比谁都难受的。我敢发誓她一定不知道。”

“她根本不知道艾迪平时都怎么说话。”安娜说，语气中有难以掩饰的尖锐，“马杰尔·布拉特，今天下午对你来说真是太糟了：

先是和两个讨厌鬼一起吃午餐，然后现在又要听我抱怨家里的事。不过你认为波西娅没有不开心，我觉得很欣慰。你一定要再来做客，到时候我们再好好聊聊。你很快就会再来的吧？”

“没有什么能比来这儿更让我开心的了。尽管你也知道，我还不能完全确定下一步该去哪儿。我应该顺其自然、把握机会，天知道命运会把我带去哪里。”

“希望你不要太快离开。但不管怎么说，我很高兴你不用去什罗普郡了。托马斯和我真是疯了才会觉得那里不错，现在我知道了，那儿根本不怎么样。不过，谢谢你听我说了这么多，你真是个天使。可对你来说，”她总结道，“和我这么自私的女人做朋友却是件要命的事。”她的手被他握在掌中，轻轻摇了摇，她保持着微笑，然后微笑变成了大笑，她的眼睛看着窗外，仿佛公园里正有什么有趣的事情发生。

他随后便离开了。而她立刻坐下开始给艾迪写便签，仿佛一秒也不想多等。

亲爱的艾迪：今天午餐的时候我没办法说太多，可我应该告诉你，如果我是你，以后再用办公室电话要小心些。“太过频繁”这个程度要界定起来应该不是件容易的事，但恐怕你已经越过了这个界限。实际上，我听说托马斯和梅里特先生要好好整顿用公司电话接打私人电话的问题。肯定是做接线员的那个姑娘背后说了什么之类的。你千万不要因此对托马斯和梅里特先生有什么不满，他们只是按原则办事而已。虽然你在公司做得很顺利，却还是应该多留点心，多收敛些，也就忍一两个星期的样子。我觉得跟你说一声会比较好：你知道我希望你一切顺利。

无论你的朋友有多少话想聊，我都建议你让他们下班后打到家里去。如果我是你，也会从家里打给他们。这样电话费恐怕是会增加，但那也是没办法的事。

你的，
安娜

写好便签，安娜抬眼望了一下时钟。如果现在寄出去，艾迪要明天早上才能看到。但是如果送特殊邮递，今天晚些时候他回家便能收到。这种时候看到的信最容易留下深刻印象。于是安娜打电话订了特殊邮递服务。

四点半，同一个星期一的下午，莉莉安和波西娅从波利小姐的私塾离开，拾级而上，来到卡文迪什广场。莉莉安刚才花了一点时间洗手腕，因为她的新手链尽管很惹眼却会留下污渍。她俩走在女学生们的长队伍最后。离开了安静的教室，广场上热浪滚滚。周围高低错落的建筑物上嵌着玻璃窗户，在午后阳光中反射着耀眼的光芒。广场中间的绿树在四周萦绕的微风中摇曳，吹得叶片向上翻起，露出背后的灰白绒毛。从课堂解放的女孩们踏入了一个连炎炎夏日也无法融化的钢筋石骨的世界——尽管枝叶正在阳光下泛着金属般的光泽，那一刻她们还是感受到了一丝遗留的料峭春寒。

莉莉安垂目看了看搭在肩上的两条长辫，它们顺着肩膀落在胸前，然后说："你现在要去哪里？"

"我告诉过你：六点钟我要去见一个人。"

"所以我问的是现在——六点可不是现在，你这傻瓜。我是说，你现在是回家喝茶还是别的什么？"

波西娅十分紧张："我不回家。"

"那这样吧，我们可以找家店喝下午茶。我觉得喝点茶会让你放松些。"

"你人真的非常好，莉莉安。"

"那当然了，我能看出来你很难过。我知道这种感觉，非常清楚。"

"可我只有六便士。"

"哦，我有三个先令。我想就我的经历而言，"莉莉安继续说着，一边带波西娅走到广场边上，"你没必要在我面前害羞。今晚我的手绢可以借给你用，免得你待会儿见人的时候需要，但是明天请记得还给我，别拿给别人洗了，那是一套手绢中的一条。"

"你真好。"

"我难过的时候一口饭都吃不下，勉强吃了也会立刻吐出来。今天午餐的时候我就在想，你能吃得下可真幸运，否则的话一定会惹人注意。很遗憾你擅自使用波利小姐的电话被抓住，还搞得人尽皆知。不得不说，我可没那个胆量。她一定很生气吧，我想？"

"她很瞧不起我。"波西娅说：她的嘴唇随着话音再次颤抖了起来，"自从上学期她发现我在课堂上偷偷看信以来就一直觉得我是个很糟糕的人。她让我觉得这是因为我从小家教不好。"

“她只是刚好到了女人脾气开始变得古怪的年龄，你懂的。你刚说要去哪里见朋友？”

“在河岸街[①]附近。”

“哦，那不是在你哥哥的公司附近吗？”莉莉安说，用深嵌在眉骨下方亮闪闪的深灰色大眼睛看了波西娅一眼，“波西娅，我真觉得你应该小心点：一个不值得信任的男人可以轻易毁掉你的人生。”

“如果不是因为这个人身上有值得信任的地方，人又怎么会喜欢上他呢？”

“你要是不老实告诉我要见的人就是艾迪，我们这好姐妹可真是白当了。”

“是他，可我难过并不是因为他，是为了别的事情。”

“家里发生的事？”

“是的。”

“你是说你嫂嫂吗？我早就觉得她不是个好人，只是当时不好跟你说而已。我说，别站在摄政大街上说这些，人家都在看我们呢。我们去工艺学校对面那家叫作ABC的店吧，在那儿不容易被认出来。我觉得那儿比‘弗勒’那家店安全。努力保持冷静，波西娅。”

实际上，人们之所以注意到她们完全是因为莉莉安总直勾勾地盯着每一个从身旁经过的人。跟着这位保护神一般的朋友，波西娅迎着街道上扑面而来的微风低头走着。到十字路口时，莉莉安用戴

---

① 河岸街（官方 Strand，民间 the Strand，音译斯特兰德），或名河岸，是伦敦市中心西敏市一条街道的名称。河岸街西起特拉法加广场，东至圣殿关处与弗利特街汇合。

着手套的手捉住波西娅的胳膊，这只戴着儿童手套的手仿佛一只想要抚慰同伴的动物，在波西娅的胳膊上播下一种安抚的力量，她的手肘不禁放松了下来。她停下脚步回望，一条长长的婚礼地毯从兰厄姆诸圣堂①的台阶上蜿蜒而下——她像一个疲于挣扎而不幸溺死的少女，缓缓地浮上水面，死去，然后重新暴露在阳光下；她仿佛是一具轻如鸿毛的小小尸体，魂不守舍地在巴士来往的车流间飘荡，让莉莉安头疼不已。

“虽然你还能正常吃东西，”莉莉安说着，双手靠在大理石的茶桌上，沿着指尖一点点地摘下手套（莉莉安每次摘下什么衣饰都免不了做作一番：尤其是解开围巾或者脱下帽子的时候更是矫情），“虽然你还能正常吃东西，但我觉得还是别点太油腻的好。”她对一位女侍应示意，点了一些她认为合适的点心。“你看我专门选了一张远离人群的桌子，”她说，“现在你可以放心大胆地说话了。我说，怎么不干脆把帽子摘下来，也免得你一直往后拨？”

“哦，莉莉安，我其实没什么好讲的，你知道。”

“别这么客气，亲爱的。你不是说有人陷害你吗？”

“我只是说，他们在背后嘲笑我。”

“他们笑什么？”

“他们在背后联合起来说我的坏话。”

“你是说连艾迪也是吗？”

波西娅脸上的表情看起来有些心虚。她听话地缓缓摘下头上那

① 诸圣堂（All Souls'），一座圣公会教堂，位于英国伦敦马里波恩摄政街北端的兰厄姆（Langham Place），在BBC广播大厦南侧。

顶稚气的小帽子轻轻放在桌上，那是安娜选的，说跟她的年龄很相衬。“那天，”她说，“就是我们不能一起回家的那天，我遇到了圣昆汀·米勒先生——我没告诉你吗？——他差一点要请我去店里喝下午茶。”

莉莉安脱口而出，语带责备：“一直生闷气，”她说，“可没什么用。你应该为差点能和圣昆汀一起喝下午茶感到高兴才对，他可是个作家。但你并不爱他，对吧？”

“艾迪以前也写过东西，严格来说的话。”

“我估计换了圣昆汀肯定不会像艾迪那么坏，竟然跟你嫂嫂一起嘲笑你。”

“哦，我可没这个意思！从来没有！”

“那你为什么这么生她的气？你说你不想回家。”

“她偷看我的日记。”

“我的老天爷啊，波西娅。我可从来没听你说过……”

“所以啊，我从来没跟任何人说过。”

“你可真出人意料，真的。那她是怎么知道的呢？”

“我真的从来没跟任何人说过。”

“你发誓从没说过？”

“这个除了艾迪我谁也没说……”

莉莉安耸了耸肩，抬起眉毛往茶壶里倒了些开水，脸上的表情让波西娅不敢深究。

“这样啊，”她说，“这个嘛，我的天，你难道觉得还有别的可能吗？这不就得了——你看看，我说什么来着！这难道还不是陷害。”

“我说的不是他。我不是说的那种陷害。”

“我说，吃点清蛋糕吧，能吃就吃一点。不然我恐怕别人会注意到我们的。知道吗？我觉得你根本连走到河岸街去的力气都没有。你要是真的不吃，我们倒是可以叫辆出租车。我会陪你一起去，波西娅，我不介意，真的。我觉得应该让他知道你有朋友。”

“哦，他就是我的朋友。他一直是我的朋友。”

“而且我会等着你，”莉莉安继续说，“免得你太过伤心了。”

“你对我真好——可是我想一个人去。”

伤痛毫无疑问足以令人崩溃。你很快就会发现，那种矜贵的沉默只会在快乐的时刻出现——或者，至少是在痛苦尚可控制的时候。随着痛苦加剧到无法忍受的程度，人的情绪就会变得暴躁且有破坏性，天性中的尊严与骄傲已被彻底粉碎。然后，那些喜欢围观事故现场的人，那些最喜欢流连在死亡、痛苦的分娩或者绝望的病床前的人，就像挣脱了束缚的秃鹫，闻着气味迅速地出现，带着一种令人毛骨悚然的善意步步逼近。天空中若有秃鹫盘旋，你便可知已离死期不远了。不过他们也可能并非秃鹫，而是搭救先知以利亚的乌鸦。他们的到来能让看似无人理解的痛苦变成可以一笑置之的平常事。这些人的身上汇聚了人性中最朴质的智慧和作用，还有无处不在的算计和极致的卑贱。于是不幸逐渐变成了私人物品，出于对生存和对人性本恶的惶恐，人们提出了名为“悲伤隐私”的概念。可是无论在质朴、谦卑还是高贵的社会中，痛苦的人都是公共所有物，任何灾难很快便不再是谁独自哀悼的悲伤。在这里，对伤痛的恰当回应并非表达哀思的优雅言辞，也不是得体的话语或礼貌的默哀，而是朋友们不请自来的粗俗的七嘴八舌——一群无论品位还是思想都各不相同的人。

其实，这样的安慰方式和这样的知己并非不让人心中萌生退意。这种打探与牵扯，突然落下的泪珠和脱口而出的话语，还有不小心暴露的隐秘悲伤相互交织、相互作用，就像一阵阵令人不适的痉挛，让人本能地想要回避。患难中的知己——他们往往在这种时刻出现，并能激起名为坦白的痉挛——十有八九都是那些闲得无聊的人，或者病态的人、青少年，以及那种内心空虚需要填补的人。人在开心的时候绝不会向这些人展露心中深藏的一丝一毫情绪，无论是被爱的骄傲、壮志雄心还是长久的渴望。因为他们并非可以分享生活的细腻喜悦之情的人，和他们是无法认真讨论一件事情的。他们霸道、莽撞又愚笨，但这样的特质对于抗拒轻柔抚慰的人来说却反而容易接受。本性越是良善，越是追求更高层次的精神修养的人，在悲痛中就越容易陷入，甚至深深地堕入卑微的境地不可自拔：他们和乞丐与骗子一同哭泣，因为这样可以让不幸福所带来的羞耻感降低。

于是，对于那个难以忍受的周一下午来说（波西娅见到艾迪和安娜的两天后，与圣昆汀谈话后约一个星期——这时间已足够让她心中那种被两个人联手背叛的感觉疯涨发酵至顶点，犹如两株双生的大树），没有人比莉莉安更适合作伴了。上次的电话事件发生在午餐前波利小姐的私塾里，它成为了莉莉安插手的契机。自从莉莉安发现她在衣帽间里独自哭泣，波西娅便立刻被她亚热带般的温暖所包围：自恋者对被其视为同类之人所展现的关切和善良是无人能及的。莉莉安的安慰和理解让她感觉自己像伏在一片蕨类植物上哭泣，那种潮湿的气息和湿漉漉的叶片在四周环绕弥漫，令人放松的同时也让人消沉。一切事物的大小都被更改：当你抬起泪水盈盈的双眼仰望，哪怕参天大树也似乎并不比蕨类植物高大多少。而那些伤心和痛苦也在真真假假、虚虚实实间逐渐模糊。莉莉安那颗惯爱添油加醋和自行想象的心，带着一丝隐藏的不怀好意，让她在看着波西娅时，眼神中有种看着将死之人的同情与悲悯——此刻她正收回放着蛋糕的盘子开始数钱，计算着出租车的费用。

“好吧，就依你。”她说，“如果你真的疯狂到要自己一个人去的话。不用为出租车钱烦恼。要知道你说不定会被人恐吓，这可谁也说不准。”

“我只不过是去考文特花园罢了。”

“亲爱的——你怎么不早说？”

4

艾迪觉得考文特花园并不是见面的好地方，可一时间也想不出其他更好的去处——他和波西娅的通话忽然被对方挂断，还来不及说完“别冲动、好好想想”这句话。不过他很庆幸自己至少抓紧机会阻止了对方的第一个想法：她提议要在奎恩与梅里特公司的底楼大厅见面。仅凭这一点——她原本是那样一个温和谨慎的小姑娘，又对托马斯的公司一直心怀敬畏——就能看出这一次她是多么的焦急和绝望。她来的时候肯定是一副伤心欲绝的样子。不，这可绝对不行。

这种事尤其不能在这个星期发生。因为艾迪目前在奎恩与梅里特公司的位置（不仅电话风波，这一点他目前还没收到安娜的便签所以还不知道）不是很稳当。他在办公室里的表现就像个未经世事的乐天派一样轻浮招摇，已经让很多人不爽了。不仅如此，由于托马斯不在办公室，而之前梅里特又表现出对他的个性很欣赏的样子，这些都助长了艾迪的行为，让他更加忘乎所以地轻佻起来，他到处和人套近乎，什么事都要插上一嘴；他毫无顾忌地复制并扩大着自己行为中的幼稚和傲慢的特质（仿佛突然觉醒的人格一般），并渐渐超出了公司所能接受的程度。最近他收到了三封来自公司的警告信，全部都有梅里特的签名，还被告知可能会需要接受特别面谈。除此之外，他还在公司附近的酒吧里跟人发生过冲突，闹得很不体面。艾迪被梅里特先生招来的一个很没品的小青年狠狠地警告了，让他别仗着自己是奎恩太太的小白脸就这么嚣张。按照常理，这种时候一个血气方刚的年轻人一定会立刻出手教训对方，打得说话人满地找牙，可艾迪却露出一副毫无心机的神色，仿佛这只是个玩笑话，一边做出又好气又好笑的样子，一边咯咯笑着掩饰心中的震惊，并希望以此化解这尴尬的气氛，可惜并没有成功。要是再让人看到奎恩先生的小妹在办公楼等他，这回他肯定得完蛋。

刚过六点的考文特花园已经关门闭户，显得有些冷清。阳光下四方形的环绕建筑就像一个残破的大戏院。大片的阴影倾泻而下，厚重而冰冷，落在建筑物中间荒无一物的空地上，天空中仿佛暗暗涌动着某种紧张压抑的氛围。地上散落的废纸在微风中颤动，却飞不起来。整个地方都散发着废墟般的空洞感，似乎那种萧瑟将会亘古永恒。伦敦到处是这样的荒漠和这样的时刻，可以瞬间把任何落入其中的兴奋与情绪吞噬殆尽。考文特花园让艾迪的存在感逐渐瓦解：他像只猫一样四处溜达。

忽然，他看到了波西娅，后者正独自一人站在街角等待，那应该并不是他们事先说好的地方。她乖乖地抓着手里的小提包，轻轻地转头，她的手臂消瘦单薄，穿着短袖衫，戴着小手套，这一幕猛地刺痛了艾迪的心脏——可他的心此刻正如同乱麻，她的身影只叫他喜怒参半。

“唉，你这么不远千里的，”他说，“真让我受宠若惊，亲爱的。”

“我搭出租车来的。”

“是吗？我说，发生什么事了？电话上你听起来一副气急败坏的样子，我还在想去哪里见面更好呢。”

“这里就好，没有关系！”

“可是你那么突然打电话给我，我很担心。”

“我用的是波利小姐书房里的电话，结果被她发现了。我们不可以用那儿的电话，只能申请写信。”

“所以你肯定被骂惨了吧。真是太年轻了！”

“我也没你说的那么年轻。”

“好好好，被监护人。现在去哪儿？”

“我们能不能在就这儿附近走走？”

“可是可以，如果你喜欢的话。可那样挺无趣的，不是吗？”

“这种事能怎么有趣？”

“不能，不是什么好事请。”艾迪回答，然后加快了步伐，用她跟不上的速度往前走去，“好了，听我说亲爱的，我真的很为你难过，但你别把自己弄得这么伤心。安娜偷看日记确实很卑劣，但我也早就告诉过你一定要藏好。现在看来，我让你别在日记里写任何关于我们的事真是明智之举。你肯定没写吧？”他追问道，飞快地看了她一眼。

她倒吸了一口凉气，说道：“我总算知道你为什么不让我写了。”

艾迪的身影明显震了震。“你到底想干吗？”他问。

“请别生气，请别生我的气——艾迪，是你跟安娜说了日记的事吗？”

“我怎么可能去做这种事？”

“比如当作开个玩笑那样讲给她听。就像你平时总爱跟她开的玩笑那样。”

“唉，我可怜的、亲爱的小羊羔，我得为自己说句话——不是的，我没有说……其实……”

她傻傻地望着他。

“其实，”他接着说，“是她告诉的我。”

“但是我跟你说过的。”

“唉，是她先跟我说的。她很早之前就开始说日记的事了。她真是个坏心眼的女人，真是。”

“所以我跟你说的时候，你其实已经知道了。”

“是的，我知道。不过说真的，亲爱的，你有点太小题大做了，比如这本日记。写得非常诚恳、非常有意思，也很可爱，就像你本人一样，可这是什么了不起的大事吗？日记这种东西很多女孩子都写。”

“那你，为什么要假装它对你来说很特别呢？”

“我很喜欢让你把它讲给我听的感觉。每次你有事情跟我讲的时候，我都觉得很感动。”

“所以这么长时间你就任由我自说自话。里面还是免不了写了一些关于你的事的。”

“哦，我的天哪，”艾迪说，猛然停下了脚步，“我还以为你值得信任。”

“你为什么觉得对我好是一件羞于启齿的事？”

“因为说到底，那是你我之间的私事。我不想让安娜搅和进来。”

“那你对我人生的其他事情就一点兴趣都没有吗？虽然我的人生其实也没有太多其他的事。可是这本日记就是我的写照。我怎么可能对你只字不提？”

“好罢，那你就继续写吧。让我痛恨自己好了……顺便说一下，你是怎么发现这件事的？”

“是圣昆汀告诉我的。”

“他可真是个混蛋。”

“干吗这么说。他人挺好的。”

“我倒觉得他应该是对安娜感到腻烦了。她总是一个笑话翻来覆去地讲……看在上帝的分上，亲爱的——你可千万别在这种地方哭。”

“我哭是因为脚疼。”

“我不是说过了吗？这么难走的路来来回回地走。听着，闭上嘴——你真的不可以在这儿哭，知道吗？”

“莉莉安也总觉得大家都在看她。现在的你简直跟莉莉安一样。”

“我得叫个出租车。”

波西娅哭得上气不接下气地说：“我只有六便士。你带钱了吗？”

波西娅像块石头一样浑身僵硬地站在街边，等着艾迪去叫出租车。出租车来了，两个人坐进去给了司机艾迪家的地址。一上出租车他便心疼地把波西娅揽入怀中，窗外的亨丽埃塔街一闪而过，他把脸紧紧地贴在波西娅耳后的头发上，带着一种决绝的姿态。“别这样，”他对她说，“别这样，亲爱的，情况已经够糟的了。”

“我做不到，我做不到，我做不到！”

“好了好了，想哭就哭吧。但别再那么生气地骂我了。”

“你把我们去树林里散步的事情都跟她讲了。”

“那只是闲聊而已，你懂的。”

“可是我在那片树林里吻过你。”

“我可不能只靠着那样的事情过活。我不适合充满意外的生活，亲爱的。我和你真应该活在别的世界里。如果世界正在不停地堕落崩坏，我们又何必努力开始新的生活？如果赖以为生的尽是些腐朽堕落的东西，无所依傍的我们要如何活下去？不，别抬头，就这样靠在我怀里。”

“你没有靠在谁怀里，你能看见，我们现在到哪儿了？”

“快到莱斯特广场车站了。正在右转。”

波西娅在他怀里挣扎着羡慕地抬起头来，看见冰冷的日光反射进艾迪眼眸，瞳孔扩张。她努力抽出一只手臂蒙住他的眼睛，说道：“我们为什么不能改变？”

“因为像我们这样的人太少了。”

“不对，是你并不想改变。你总是玩世不恭。”

“你觉得我玩得开心吗？”

“你有时候挺幸灾乐祸的。所以不愿被我打扰。相比于爱别人，你更喜欢鄙视嘲笑。你假装害怕安娜，其实你害怕的是我。”艾迪握住她覆在眼睛上的手，坚定地挪开，但她继续说：“就像现在这样，你不愿意让我陪在身边。”

“你怎么可能陪在我身边？你还是个小孩子，亲爱的。”

“你之所以这么说不过因为我总说真话。我不在你身边的时候你总遇到不好的事情。不，别抱着我，让我坐起来。我们现在到哪儿了？”

“我真想吻你——到高尔街了。”

在自己的位置上坐直，波西娅把被压瘪的帽子放在膝盖上用手轻轻抚平。她用手指慢慢理顺了帽子上的蝴蝶结，微微转开了头，说道：“不要，别现在吻我。”

“为什么？”

“因为我不想这样。”

“你的意思是，”他说，“只许你吻我吗？”

她的脸上浮起一丝礼节性的微笑，缓缓戴上了帽子，仿佛那已是十分久远的记忆一样。前一刻还在不停抽泣、泪水涟涟的她——他虽然有所觉察，却一言不发——此刻却仿佛什么事都没发生过，只剩下被眼泪洇湿而粘在一起的长睫毛。艾迪细细地打量着她的面庞，手指紧张地抚了抚她的帽子。“你现在总哭。”他说，“这真是太糟了，知道吗？……我们快到了。听着，波西娅，你还有多少时间？他们让你几点回家？”

“那不重要。”

“亲爱的，别耍脾气——你要是没回去会有人发火的。你真的有必要到我家去吗？不如我直接送你回家吧？”

“那才不是‘家’！我为什么不可以去你家？”戴着古板短手套的双手紧紧交握着，她撇开头闷闷地说了一句：“还是说你有别的客人？”出租车停了下来。

“罢了，罢了，下来吧。你真是小说看多了。”

自从下车艾迪就没闲着，付车费、掏大门钥匙、在大厅取信，然后手忙脚乱地带着波西娅轻手轻脚地上楼，直到他掏出第二把耶鲁牌的钥匙打开自己的公寓大门才消停下来。然而他的内心此刻正无比紧张惶恐，甚至到了草木皆兵的地步，担心会不会一进门就发现某个最不该在此刻出现的人就在窗边站着，或者背对着门站在屋里。以他现在的状态，就算忽然发现他的敌人都有超能力恐怕也不会觉得奇怪：可以从锁孔穿过厚厚的木门钻进来。其实波西娅的状况到目前为止还不算太糟，可他觉得天就要塌了——就像用黑色石膏涂抹的穹顶，正悄悄地、一点一滴地剥落，就落在他头上。然而房间里并没有其他人。屋子里又闷又冷，空气中还残留着今天早餐的味道和昨晚的烟味。他把两封信（一封是“手递”的，没贴邮票）放在房间中央的桌子上，推开一扇窗户，蹲下来点着了燃气炉。

波西娅像个惊吓过度的人那样，蹑手蹑脚地绕着房间一圈接一圈地踱步，睁大眼睛盯着映入眼帘的每一件物品——这里有两张弹簧坏掉的扶手椅、灰蒙蒙的镜子、布面已有些磨损的天蓝色沙发床、枕头胡乱地塞在同样天蓝色的被单下、大量的外文书被粗暴地塞进用来当书柜的便宜架子。她来过这里，她曾来这里找过艾迪两次。可是此刻她的样子看上去就像一个书看到一半却忘记自己读到了哪里，或者发现自己完全错解了书中内容而不得不从头读起的人。

只有心思极其细腻，且做过许多调查考证的人才能从艾迪的屋内陈设中勉强了解他的性格。如果非要给这间屋子的风格定义的话，那就是充分体现了大学宿舍的单调与荒凉——都是那种非成年人的、缺乏手感和质感却体积庞大、毫无设计感可言的物品，比如桌椅和橱柜，并且没有一件是属于自己的。塌陷的座椅和凹凸不平的沙发床都在宣告，所谓的舒适在这里不过只是简单粗暴的草草了事罢了。实际上即便回到住处，艾迪的行为举止也没什么变化，因为他常带朋友回家——不过他总通过犯各种各样的小错来假装自己很放松的样子。不管艾迪独自一人的时候有什么癖好，就算把房间摆成某种恐怖的布景，把桌椅橱柜摆成陡峭的悬崖或者幽暗的深渊，在访客的眼里（至少在女性访客的眼里）这里的主人给人的印象都是踏实简单且品位陈旧，回到家就会穿着拖鞋放松。被烟熏得发黄的墙壁和暗淡的木质家具上自然不会留下任何痕迹。被艾迪邀请到这个沉闷的地方来做客可以被看作是一种亲密的行为，也可以是怠慢。要是他能买束花（也不可能是什么名贵的花）放进这里唯一还算美观的花瓶，那种反差必能令人动容。可这里令人动容的东西还不止如此：地毯和炉灰的气味，落满灰尘的书本和隔夜茶都散发着某种无奈的隐忍。不过这些气氛也不全都是故意营造出来的——艾迪的确需要人照顾，他没什么审美，对于简约的设计风格有一种天然的蔑视。在他看来，优雅的生活必然与富裕挂钩，而那种富裕是他所不可奢求的。他默许了鄙陋的出租家具和屋里浑浊的空气（带着某种傲慢），并因此保持并行使着参观朋友房间的权利——看看他们的品位，欣赏他们清新的陈设和巧思——带着局外人的赞叹与讽刺，冷眼旁观。要是他有足够的钱，一定会把家里装饰成法国高卢风格的优雅的深红色，就像法国小说里描写的那种豪门贵族一样——厚厚的窗帘、玻璃工艺的灯饰、叮叮当当的青铜器皿、光洁如新的镜子、放一架自动钢琴和一张华贵精致的贵妃榻，还有高级花架上放着的妖娆的人造假花。他和那些拙于观察总结的人品位相同，都喜欢一些几十年前的过时格调和醒目的、有违世俗常规的色彩。然而这些难得的富贵梦中并未囊括进他的动物本能般的多疑和粗浅，所属阶层的道德准则，以及随时准备好在被人公开挑衅后被迫放弃一切、再次逃避的现实——因为幻想是有局限的，它只会以本人所期望的角度呈现。所以他欣然地隐藏着自己的个人喜好。如今所见，这间屋子已成为了他的一项杰作——不仅仅是指住在这里（这多少是不得已的），更包括对它的逃避甚至利用。他可以让这间屋子（甚至连阁楼都算不上）成为和那些挑剔之人打交道的一种特别的甚至是关键的因素……花瓶里插着一束快要枯萎的红色雏菊，这表示上周曾有过访客。

“你的花枯掉了，艾迪。”

“是吗？扔了吧。”

波西娅从花瓶中拿起雏菊，用意味不明的厌恶神情盯着它们瘦弱腐烂的根茎。“正好也该扔了，”艾迪说，“臭味可能就是它们发出来的——扔到废纸篓里吧，亲爱的，就在桌子底下，就在那儿呢。”他拿起花瓶准备到厕所清洗，却听见一阵滴滴答答的水滴声。波西娅手里握着花一动不动。她说：“艾迪……”

他的身子颤了颤。

“你不看看安娜写的信吗？”

“哦，上帝啊！有吗？”

“我是说你刚拿回来的信。上面没贴邮票。”

艾迪手里拿着花瓶，站着尴尬地笑了笑。

“还有这种事？”他说，“真奇怪！她一定是叫了特殊邮递。我就觉着那看起来像她的字……”

“你又怎么会认不出来。”波西娅冷冷地说。她放下雏菊，看着花茎上残留的水滴在桌布上浸出一摊水渍，然后拿起那封信：“不然我看了。”

“闭嘴。放下！”

“为什么？我干吗要放下？你怕什么？”

“别的先不说，这是写给我的信。别故意找茬儿！”

“好啊，继续啊，打开看啊。你干吗怕成这样？你和她都密谈了些什么？”

“我不能告诉你，你还太小。”

“艾迪……”

“好了，别说了，真该死！”

“我不在乎我该不该死。你和她都聊些什么？”

“我们经常聊你的事。”

“可你在认识我之前不就经常和她聊天了吗？在你说爱我什么的之前。我还记得上下楼的时候总能听见你们在客厅聊天，当时我并不在意。你是她的情人吗？”

“你简直不知所云。”

“可我知道这些事里面没有我。我不介意你之前做过什么，但是我一想到你刚才的话可能意味着什么，就无法忍受。”

“那你还问？”

“因为我希望听到你说你不是那个意思。”

“好好好，我就是安娜的情人。”

“啊……是真的吗？”

“你不相信我的话？”

“我无从判断。”

“我还以为没人注意到呢。如果你并不清楚自己想要什么又何必小题大做？说实话，我不是。她这个人谨小慎微又聪明，而且我认为她心里根本没有任何激情。她太麻烦了。”

“那你为什么……我是说，为什么……”

“你的问题就在于太过紧张了，以至于总恨不得把我所说的每一句话都录下来，从一开始就是这样。”

“我哪有？是你说我们彼此相爱的。”

“以前的你要比现在温柔得多，也可爱得多。没错，你曾经是——就像我之前说过的那样，曾是个不费吹灰之力就能让我爱上的人。可你现在已经完全变了，自从去了希尔。”

“马谢特也这么说——艾迪，你可以把火炉关上吗？”

“你怎么了——觉得不舒服吗？你哪里不舒服？要不要坐一会儿？”他飞快地绕过桌子，双眼死死地盯住她，仿佛要用眼神阻止她摇晃或倒下似的。接着他伸出一只僵硬的手按住了她的肩膀，把她按到扶手椅上坐下。他此刻的坚决和无情并不是演出来的——他像以前一样靠坐在扶手上，直直地盯着她的头顶，却轻声笑了起来，仿佛一切一如往常。“你要是昏倒在这儿，亲爱的，会让我丢掉工作的。”他说着，把她的帽子摘下放在地上，“好了，这样好多了。我真想祈祷老天让你会抽烟。”他说，“你还需要火炉吗？为什么头晕？”

“因为你说一切都结束了。”波西娅直愣愣地盯着他的眼睛。他们就这样，在她难以置信的神情中彼此凝望，直到艾迪终于败下阵来。他说：“我是不是对你很不好？”

“我无从判断。”

“真希望你知道。”他皱着眉头，习惯性地咬着上嘴唇，这熟悉的动作让人恍惚以为又回到了当初愉快的时光。他说：“因为我不知道，你懂吗？我可能真不是个好东西，我真的不知道……我从未想过会说出今天这番话来。我的人生难道真的如此不堪、如此与众不同吗？我完全无从了解。真希望你比现在更成熟些，我真希望你能懂得更多。”

“你是唯一一个我……”

“麻烦就在这里，我说的就是这个。你根本不知道会发生什么。”

她的双眼依旧紧紧地盯着他——眼神绝望而真挚，仿佛在拼命理解课堂的教学内容——她开口道：“可是说到底，艾迪，所有现在和将来可能发生的事，都是过去不曾发生过的。我的意思是，我和你是唯一敢于做自己的人。”

“那又如何？绝大多数的人都识时务——一看便知。我认识的所有女人，除了你，波西娅，似乎都知道下一步该怎么走，而这才让我有继续下去的依凭。我不在乎她们想的是否正确，只有这样我才能继续走下去。可是你却一直咄咄逼人地提问，从那天你逼问我为什么要牵别的女孩的手开始。对你来说所有的事情都非黑即白，所有的行动言语都必须完全出自真心。恕我愚钝，也许你是对的，可真这么做却没有人受得了。你让我觉得自己就快要发疯了。我努力地选择了一种生活方式，只因那是我唯一能够生存的方式。我知道你很受伤，却无从知晓这是否你一意孤行的后果；又或者，你其实并不比其他人更受伤，只不过比他们闹得更凶罢了。你想当然地用一种简单的方式衡量所有事情——比如，就因为我说过爱你，你就认为我应该像母亲一样对你好。你能遇到我这么心无算计的人真是走了大运了。我可从没骗过你吧？”

“你跟安娜在背后说我。”

“那根本不是一码事。我是不是从来都只跟你说实话？”

“我不知道。”

“是吗？我没有吗？我要不是对你坦诚得像个白痴，现在又怎会如此焦躁？换成别的男人，早就勾着你的下巴说些甜言蜜语，把你玩够了以后再嘲笑你是个愚蠢的小傻瓜了。”

“你不也嘲笑过我吗？你和他们一起嘲笑我。”

“说起来，我和安娜在一起的时候确实觉得你看起来很好笑。我认为——实际上我敢确定，你在任何人眼中都很好笑，除了我。你自有一套疯子的判断标准，还有一种敏锐的本能，可以探测到另一个疯子，然后要他好看——而这个人同样不清楚自己究竟应该何去何从。你知道我并不下流，我也知道你并不古怪。可是我的上帝啊，我们必须在这世上活下去。”

“你说过你不喜欢这个世界。你说它很邪恶。”

“这又是你老爱干的另一件事：对我说每件事都要追根究底。”

“那你还说你只对我说实话？”

“我曾经的确只跟你说实话，那是因为我觉得跟你在一起很安全。可现在……”

“现在你已经不爱我了？”

“你并不理解你口口声声所说的爱究竟是什么。我们在一起曾经很开心，那是因为我以为咱们能够彼此理解。我依然认为你很可爱，尽管有时候也让我害怕。我感觉你好像总处心积虑要把我推入一个陷阱。我从不曾幻想过和你上床，那简直太荒唐了。但不管怎样，我还是任由你在我面前谈论这些难以启齿的事，这本是对谁也无法直言的东西。而我恐怕也曾对你说过类似的话，对吧？”

“我并不清楚什么是难以启齿的话。”

“你确实不清楚，这是显而易见的。你缺乏一些常识。事实就是，你快要把我逼疯了。”艾迪说，一支接一支地抽着烟。他起身走到一边，把烟扔进燃气炉，静静地望着燃烧的火焰，然后顺势蹲下关掉了炉子。“先不说别的，你现在应该回家了。”他说，“马上就要七点半了。”

“你是说，没有我你会更开心吗？”

“开心！”艾迪叹道，举起双手。

“也有人觉得跟我在一起更开心——比如马杰尔·布拉特，还有马谢特，当然，那是在我还没有小秘密的时候。赫康柏太太也觉得和我在一起很开心，那是她自己说的……你的意思是不是，就算没有我，你现在也能像从前有我的时候——觉得我跟别人不一样的时候，一样开心？”

艾迪的表情已经变得彻底僵硬，他拾起桌上被遗忘的枯萎的雏菊，折起花茎，一把扔进了废纸篓。他环视着房间，仿佛在搜索其他看起来不对劲的东西。然后，用那双永远盛满了烦恼的幽深眼眸，直直地、一眨不眨地朝波西娅望去，定定地看着她。“此刻我确实这么觉得。”他说。

此话一出，波西娅立刻俯身去捡放在地上的帽子。在戴上帽子的这段空白中，两个人之间一片寂静，只能听见屋里那只丑陋的金属时钟发出的嘀嗒声和楼下某个房间不停鸣响的电话铃声。为了戴帽子她不得不放下安娜的信，这信从刚才开始就一直被她无意识地攥在手里：她站起身来，把信放在桌上——艾迪失神的双眼逐渐聚焦于此。“哦，”她开口，“我没带钱。你可以借我五先令吗？”

“从这里回你家用不了那么多钱。”

“我还是觉得五先令保险些。明天会寄邮政汇票给你的。”

“好的，请务必这样做好吗，亲爱的？我想托马斯一定会给你钱的。我最近手头很紧。”

戴好手套，波西娅把艾迪不情不愿掏出的五先令银币滑进右手手套，握在掌心，然后朝他伸出了手，手掌因为装着银币鼓鼓囊囊的。“那么，再见了，艾迪。”她说，并没有看他。她就像一个不小心在别人家叨扰太久直到主人失去耐心的客人，不知该如何优雅又不失礼貌地离开。无法面对艾迪的羞怯和想要远离这里的迫切都让她慌乱，她的眼神不受控制地在地毯和两个人间压抑地游移。

“我送你下楼。不能让你自己一个人下去——这栋房子住满了人，糟得很。”

她沉默着，仿佛在说：“还能比现在更糟吗？”她默默地等待，等他用依然僵硬的手放在她肩头，然后一起走出房门，走下三层阶梯。一路上她忽然注意到了很多以前从未注意过的东西——楼梯间那一簇簇波浪般的墙纸花纹、橄榄绿的护墙板上刻着各种各样的划痕、楼梯间窗户外的杂乱景致、浴室门上贴着打印的告示。下楼的过程中她不时停下，就着艾迪搭在肩头的大手，飞快地查看每一处细节，仿佛这样就能帮助自己整理思绪似的。她在静默中感受着其他人的存在，那些同样住在这里却被她一直忽视的人，就在每一扇紧闭的门后。这间公寓楼里陈旧而浑浊的气息在众人的呼吸中发酵，又在被无数双脚踩踏的尘土间飞扬，沿着逐渐幽暗的楼梯扶手缓缓蒸腾——靠近大厅的过道上没有窗户。

下到大厅后艾迪再一次检视了信架，以防有新的信件寄来。他用力拉开大门说要帮她叫一辆出租车。“不不，不用了，我自己找就好了……再见。”她又说了一遍，态度比刚才更加羞怯。他还没来得及回答——手掌上还清晰地残留着她稚嫩肩膀的触感——她却已飞快地缩开肩膀、走下台阶，穿过马路跑上了对面的街道。修长的双腿稚气未脱，奔跑的动作还像个孩子，如此不协调（因为这是在大街上），又如此迫切地带着她迅速远离，快得令他既惊讶又好笑。她的双手随着脚步前后摆动，手里什么也没拿——这种异样的、仿佛缺失了什么的感觉一直伴随着他上楼的脚步，令他心生忧虑。

不用说，他在房间里发现了被她遗忘的书包，里面装着所有的课本和作业。这个小小的忧虑——比如，他要怎么还给她呢？看来卡文迪什广场私塾这个倒霉学生的麻烦还远未结束——压在他心头，不多不少恰好足够迫使他用处理另一个麻烦的方式来转移注意力，那是一个名为安娜的人带来的更加迫切也更加危险的麻烦。他从橱柜里取出杯子，给自己倒了杯酒，像人在独处时常做的那样自嘲地笑了一声，喝掉一半，放下杯子，把信拆开。

他读完了安娜关于办公室电话的信。

5

卡拉奇酒店由两栋肯辛顿别墅组成，高高耸立着，给人一种扑面而来的巍峨感和压迫感。两栋房子好像被人用力拍击在一起——不，与其说是拍击不如说是在关键之处用拱门连接起来，毕竟它们的结构看起来实在太过脆弱，经不起太大的力道。圆柱撑起的门廊下有两扇巨大的门，其中一扇已经镶上玻璃封了起来，另一扇装着圆形的黄铜门把，只要用力推，午夜之前都能打开。酒店的名字是镀金的大写英文字母，镶嵌在门廊顶上，早已失去了原有的光泽。其中一栋的餐厅被凿通，同酒店大堂连在一起，变成了酒吧沙龙；另外一栋的餐厅依旧保留着，非常宽敞。二楼的其中一间会客室也被保留了下来。这些公共空间有种漫不经心的宏大感，内部空旷、端庄却空洞。壁炉用小架子围了起来，房门一看便知是草草焊接起来的，整片整片的墙壁上镶嵌着苍白而单调的窗户。入夜后，高悬的电灯从半空将亮光洒落在毫无生气的扶手椅上。如果这两栋房子被改造成酒店后依旧没有诱人之处，那只能说明它们原本就没什么吸引力。即便在过去它们还是住所的时候，里面的人也无法把日子过得有声有色，更遑论把这里当作心爱的家园了。它们原本就属于那些从一出生就注定悲惨的阶层，没有祖上的荫庇和与生俱来的特权，更谈不上优雅。修建这两栋房子的人大概是为了聚气，因为外面的空气和雾霾一旦进来就再也散不出去了。在这里生活的人估计随时都在被消化不良、焦虑烦躁、虚荣炫耀和冻疮折磨着。

除了会客室，卡拉奇酒店楼上的所有房间都用简易的木板墙分隔成了两三个更小的房间，就像饲养场的笼子。单薄的卧室隔墙让情侣和任何谈话都毫无隐私可言。地板吱嘎作响，床板也吱嘎作响。只有使出吃奶的劲儿才能打开五斗柜的抽屉，镜子摇摇欲坠，打开柜门时稍不注意就会打到脸上。只有阁楼上的房间有足够的隐私，当然也是空气最差的地方，因为空间实在太狭小，根本无法再分隔。马杰尔·布拉特就住在这么一间阁楼房里。

星期一的一天结束时（因为除了那些欢欣喜悦或十分忙碌的人，对于其他人来说这一天到此便已经结束了），酒店开始供应晚餐。这个时节，旅客们可以沐浴在尚未落山的阳光中用晚餐——或者应该说，是沐浴在街对面的房屋在夕阳下的朦胧倒影中。餐厅里的每张桌子都是几天前才装饰过的，插着三枝淡紫色的甜豌豆花。今晚的餐厅有好几张空桌，为数不多的几桌情侣和三三两两落座的客人都不怎么说话——或许是迫于这里弥漫着的压抑感，也可能是出于在人少的公众场合用餐的羞怯。只有马杰尔·布拉特的沉默显得那么轻松闲适，他一如既往地独自吃着晚餐。与他志趣相投的几房住客都像往常一样外出了，今晚在这里用餐的几乎都是不认识的新客人。他偶尔轻瞥几眼其他餐桌的客人，寻思着谁可能比较容易结交。他正慢慢地以一种谦卑的态度意识到，像自己这样孤身一人的男性，吸引力实在乏善可陈。不过大多数时候他还是盯着自己的餐盘，或者头顶的空气。他努力不去回想中午在安娜家吃的午餐，以免让自己对此刻的盘中餐感到无趣——今晚有一道菜还是做得挺不错的。他刚吃完奶黄酱配大黄的小菜，就听见女侍应过来在耳边轻声说了几句话。

他回应："我没听明白——'年轻的小姐'？"

"来找您的，先生。她就在沙龙里等着。"

"可是我并没有邀请什么年轻的小姐啊。"

"就在沙龙里呢，先生。她说她会等您。"

"你是说她已经来了？"

女侍应冲他点了点头，神情中带着一丝轻蔑。她对他的好印象几乎在瞬间分崩离析，认定他也是个行止不端的轻浮之人。马杰尔·布拉特对此毫不知情，他坐着想了一遭——这说不定只是个玩笑，可是谁又会跟他开这种玩笑呢？他这么一个沉闷的人，哪来这么闲得慌的朋友。羞赧与固执促使他给自己再倒了一杯水，喝光之后才起身离开餐桌——唇齿间还残留着刚才吃的大黄的酸味。他用餐巾擦了擦嘴，叠起来放好，然后心事重重地离开了餐厅——一路上都觉得别人在他路过时暂停了谈话，似乎餐厅里的所有人都在盯着他。

从隔壁餐厅里出来一眼便能望进沙龙，视线被一排斑驳的大柱子挡住，那些廊柱把沙龙与酒店大堂分割开来。一开始，他在细碎的日光中并没有瞧见任何人。四下无人，也没人看见他站着张望的样子，他松了口气开始试着在一排排漠然伫立的扶手椅中搜寻。然后他看见了，坐在远处的一张扶手椅中的波西娅，后者正紧张兮兮地确认着来人，一旦发现不是她要等的人便准备再往沙龙深处躲去。他说："是你……呃，你好啊——你怎么在这儿？"

她看着他的眼神就像一只才长大不久的困兽，刚懵懂地意识到人类的可怕——仿佛他是猎人，把她堵在了这间沙龙的角落。是的，她对这里感到恐惧，像一只误入房间的小鸟，慌乱间扑打着翅膀撞到了镜子或者窗户，晕眩着，不知所措。

他快步穿过林立的桌椅走到她身前，压低声音，少了一丝温和，变得有些急迫："我的好孩子，你迷路了吗？是不是找不到回家的路了？"

"不是的。我是来找你的。"

"呃，我很荣幸。可是这儿离你家很远。这大晚上的……"

"哦——现在是晚上了？"

"呃，还不算，我刚吃完晚饭。按理说这个时间你不是也应该在吃饭的吗？"

"我不知道现在是什么时间。"

她的声音在空旷的沙龙中回响，如此绝望，如此无助，像一个无家可归的孩子。马杰尔·布拉特本能地朝周围看了一眼：门房去休息了，暂时没有新的客人上门，用餐的客人也还没出来——用完晚餐厨房总会再上一道餐后奶酪和消食的咖啡。他绕过挡在中间的扶手椅，仿佛那椅子将两个人阻隔在了各自困惑不解的世界里。他能清楚地感觉到波西娅注视着他的一举一动，眼中满是迫切与渴望——接着，她犹如飞鸟投林般猛地扎进了他怀里。她的双手紧紧地、用力地抓住他胸口的大衣，他能感觉到小小的手指死命地抠进他的衣料中。她哽咽地说着什么，听不清楚。于是他扶住她冰冷的手臂，温柔而坚定地把她向后推开一点点距离。“别急、别急……好了，你刚才说什么？”

“我无家可归了。”

“你说什么呢，真是胡说，你知道……你别着急，慢慢告诉我发生了什么事。你跟谁吵架了吗？”

“是的。”

“那真是太糟了。听着，如果你不想说，我不会逼你。你先在这里坐一会儿，喝点咖啡，吃点东西，然后我送你回家。”

“我不回去。”

“啊，别这样……”

“不，我才不要回那里去。”

“好好好，那你先坐下。”

“不，不要。每个人都叫我坐下。我不要只是坐下，我要留下。”

“好吧，那我坐下行不行。你看，我现在坐下来了。我就喜欢坐着。”他放开她的手臂坐了下来，然后又伸出手，越过椅子的扶手握住她的手腕，把她轻柔地拉到身前，后者看起来像个接受老师训导的学生。“听我说，”他接着说，“波西娅，我很重视你。我还从来没遇到过哪个人能让我如此重视呢。所以别像个闹脾气的小孩子一样，因为你不是，而且看见你这样，我很难过你知道吗？不管发生了什么事你现在都先别去想，不如想想我吧——我知道你会听话的，因为你在我眼中一直非常可爱，你都不知道这对我来说有多重要。你来这里跟我说要离家出走，这可以说是把我推入了一个极为尴尬的境地，毕竟我和你的家人是非常好的朋友。对于一个像我目前这样无依无靠、无事可做而身边又没什么朋友的人来说，能得到你家里敞开大门的热情欢迎，实在是不可多得也无比重要的。而你作为家里的一员总是开开心心的样子，在我看来正是那个家最棒的地方之一。可是我也同样十分重视他们。你不会希望看到我和他们生分起来的，对吗，波西娅？”

“没什么好生分的。”她用微弱却坚决的声音说道，“你是另外那个经常被安娜嘲笑的人。”她继续说着，抬起了双眼，“我想你并不知道，安娜总是嘲笑你。她说你很可悲。她嘲笑你送的康乃馨选错了颜色，然后把它们扔给了我。而托马斯也总觉得你一定有所图谋。不管你做什么，哪怕是送了我一盒拼图，都会让他想很多，也让安娜有更多可以嘲笑的事情。每次你一走他们就互相抱怨。你和我的处境一样。”

身后大厅里的脚步声让马杰尔·布拉特不由自主地回头张望：餐厅的客人已经纷纷出来了。“你得坐下。”他突然对波西娅说，语气意外地尖锐，“别让那些人都盯着你看。”他拉过另一张椅子，波西娅坐了下来，浑身都在为刚才脱口而出的话语微微颤抖。马杰尔·布拉特谨慎地看着四个人走进沙龙，各自找了个地方坐下。波西娅则全程望着他的一举一动，他的双眼紧盯着这些人，而他们完全没有注意到这边的动静，继续按部就班的各行其是，这让他松了口气。有些时候，他人冷漠的表情反倒能给人安慰——至少他们不会搅和进自己现在的烦恼中来。他一直盯着那些人，直到快要引起对方注意才放弃。他转过头，低垂双眼静静地坐着，没有看波西娅。而这一刻，反倒是波西娅强烈地感受到了别人的沉默所产生的压迫感，她和他们离得是那么近——这让她十分紧张，那种被人扫视打量的感觉比今天的任何其他时候都更清晰，她浑身僵直地坐着，一根手指都不敢动。

马杰尔·布拉特一直低头望着地板，仿佛在寻找抬起头来的理由，实际上他正用手挠着头。她忍不住开了口，声音很低："没有别的地方可以……？"

他轻轻皱了皱眉头。

"你在这儿不是有房间吗？"

"我真是个天真又愚蠢的人。"

"唉，我们不能去你的房间说吗？或者去别的什么地方？"

"真不知道我怎么会以为他们能对我另眼相看……你刚才说什么？"

"大家都在听我们说话。"

然而这句话依旧没什么作用。他的脸上挂着某种认命般的笑容，呆呆地望着另外三个人从廊柱间走进沙龙坐了下来。接着，身着半晚礼服的上了年纪的女士们纷纷进入大厅，向楼上走去。她们是楼上会客室里的常客。马杰尔·布拉特灰色的眼睛忽然转向波西娅，盯着她的深色眼珠。"没有了，没有别的地方可以去。"他回答。他一直在等待一个时机，直到沙龙另一头忽然有人开始讲话。于是他用低过于对方的声音说："你只有把声音放轻些，至于你刚才说的——你可没有权利那么说话。"

她悄声回答："可是你和我的处境是一样的。"

"即便如此，"他继续朝她皱着眉头，"也不能改变什么——无论如何——一切还是不会变。你没有权利让他们难过，你不觉得这么做很不像话吗？我现在就送你回去——现在、立刻、马上。”

“哦，不！”她说，态度之坚决令人意外，“你根本不知道发生了什么。”

他们靠得很近，几乎膝盖相接，两个人的身体都微微向右靠近对方，扶手椅也彼此相依。这场突如其来的危机和亟须阻止马杰尔犯下大错的迫切，让此刻的沙龙和周围的一切全都变得不再重要——她像一个无畏的女神般，伸出一只手定定地压住他的椅子扶手。再次开口时他明显有些动摇：“亲爱的孩子，不管发生了什么，你最好还是回家，把心里话都说出来。”

“马杰尔·布拉特，你就算恨他们也不至于让我去做这样的事吧。什么都不会改变的。我是说，即便把什么都说出来也无法改变他们。而且托马斯还是我的哥哥。我不能在这儿说……你喜欢这家酒店吗？”

他花了两三秒来理解这个状况，沉吟着对她说：“我觉得还行。怎么了？”

“如果你明天就搬走，咱们就不用在乎他们怎么想了，你可以跟他们说我是你的侄女，现在有点不舒服需要躺一下，这样我们就能去你房间谈了。”

“那样恐怕不行。”

但她催促道：“哦，快点！我要哭了。”这话不假，泪水飞快地在她失神的双眼中蓄积，她用手指关节用力抵着下巴，拼命忍着不让自己哭出声来，另一只握成拳头的手紧紧地压在肚子上，仿佛在抑制着无法忍受的疼痛。她稍微松了松手指的力道，勉强挤出几个字：“一整天到处都是人……我只耽误你半个小时就好，就二十分钟……然后，如果你还觉得我必须……”

他猛地起身，差点撞翻桌子，桌上的烟灰缸骨碌碌地抖动，他大声说：“走，我们找个地方喝咖啡去。”他们穿过餐厅的拱门走上另外一边楼梯——这里没有电梯——刚一上楼波西娅便像逃命的兔子般越过马杰尔三步并作两步地往上冲去。他跟在后面，故意重重地踏下每一步，故作轻松地吹着不成曲调的口哨，手一直摸索着房门钥匙。每上一层楼都会经过几株用来装饰的棕榈树，他像个梦游者一样浑身僵直地走着——虽然他平时就这么走路。波西娅感觉自己一直不停地爬着楼梯——然而每次回头她的表情都会变得比先前更吃惊、更难以置信，因为总能看见他示意：“继续往上。”这栋房子仿佛没有尽头——直到他们来到阁楼。在温莎大街的别墅里，离天窗最近的阁楼上住着那位身形庞大的女仆，并因此显得有些神秘，那是从未被人看见过的、马谢特睡觉的地方。而在这座酒店的天窗下，他慢慢走上楼和她并肩而立，口哨声更响了，他打开了房门。直到现在波西娅才第一次从他身上看到了类似于主人的姿态。然而下一秒钟她的眼神就变成了疑惑，傻傻地望着屋里一条皱巴巴的橄榄绿棉绒被和一扇开在酒店护墙上的小窗户，小的就像玩过家家时的娃娃屋里的窗子。

“这里对我来说有点挤，”他说，“不过，你知道，住这里有折扣。”

他看似漫不经心的言语中透露着局促与不安，他很紧张——已经出去敲过其他房门两次了，想用这样的方法来确定这层楼上还有没有其他人——这些都让她不敢立刻言语，只是默默地走过床脚，在面对着窗户铺着棉绒被的床边坐下。他说："好了，这就是我的房间。"声音里满是戒备——他才意识到此刻两个人的距离。他的椅背靠着五斗柜，剩下的地面空间只够放下他的一双脚。"好了，"他继续道，"你说吧。刚才为什么哭？"

"所有的人，从头到尾。"

"我想问的是，你为什么会来这里？你说你要离开，离开哪里？"

"他们所有人。他们做的事……"

他打断她，直白地回应："我以为发生了什么特殊的事，我以为真的有什么事发生。"

"有。"

"什么时候？"

"一直都在发生着，并且我知道它永远不会停止。他们对我的父母亲都很残忍，可那种事一定在此之前就有了。马谢特说——"

"你不应该相信仆人的话。"

"为什么？她明明知道到底发生了些什么。他们并不认为我的父亲母亲是坏人，他们只是瞧不起他们、嘲笑他们。就是这个原因让我们三个人相处得那么尴尬，我总算懂了。现在我明白父亲的想法了，他希望我能有所依傍，因为他没有，所以他们才不得不接我来伦敦。我希望父亲永远也不知道事情会变成现在这样。我猜他和母亲从不知道别人一直拿他们当笑柄，他们一直很难过，以为自己做了一件有违常理的荒唐事（他们结婚这件事很不合常理），并始终坚信那些循规蹈矩之人的生活一定非常简单幸福。我父亲常跟我说别人的生活和我们不同，他说我们的生活才是不对的那种——虽然我们在一起很幸福。他坚信只有正常的生活才能长久——没错，那就是我被送到托马斯和安娜这里来的原因。可我现在才发现事实根本不是那样：要是有一天我能再见到他，我一定要告诉他这世上根本没有正常的生活。”

“现在下判断是不是太早了，你年纪还小。”

“有何不可。我以为人们只有在年纪还小的时候才会把未来想象成正常的模样。我在海边的时候生活还正常些，可是艾迪一来一切就都乱掉了，而且我看得出来，就连赫康柏太太一家人也不相信生活能有多正常。如果他们相信的话，干吗那么害怕艾迪？艾迪曾说是我们俩疯了，但他以前似乎认为我们才是正确的。可是今天他说我们错了：他说我让他害怕，还叫我离他远一点。”

“就是这件事，对不对？你们俩吵架了？”

“他把我犯的所有错误都翻出来给我看——可我不知该怎么做才好。他说我总对他的每句话吹毛求疵。我总不停地问他做某些事情的理由：你看，我本以为他和我一样想要了解对方。”

“我们都免不了会受打击——这只是你人生遭遇的第一次打击吧，我敢说。听着，我亲爱的孩子，你需要手绢吗？”

“我带了。”她下意识地从系着扣子的口袋里听话地掏出一块已经被压得皱巴巴的手绢，举起来讨好地给他看，然后一只手保持着高举手绢的姿势，另一只手继续比画着说了下去：“你怎么能说这‘只是第一次’？”她说，“我不要再经历这种事了。”

“唉，人是善于遗忘的，知道吗？人总能找到办法振作起来。”

“我不要，这就是成长吗？”

“胡说什么呢。现在或许不是说这话最好的时机，而且你听了可能会很生气，但我还是要说：离开那个小年轻，你会过得更好。哦，我知道我没有资格评论他，可是——”

“可是不止艾迪，”她说，看起来一副难以置信的样子，“他只不过恰好是我认识的人而已。曾经是他让我觉得跟别人在一起的时候不用再那么害怕。我从没想过事情会变成现在这样。还有马谢特，可是因为艾迪的事，她也不怎么理我了；以前只有我们两个人的时候，她还更喜欢我些，现在我和她的关系已经不像从前了。不是我要在背后说她，可她总是很愤怒，她也希望我愤怒。可是艾迪和我并不感觉愤怒，我们只是让彼此觉得安慰。然而我到现在才发现，他其实一直站在他们那边，并且他们都知道。我只知道我不能再回去了。”

“人的感情的确会受伤，这是无可避免的。但人不应该就此一蹶不振，知道吗？像你这样的女孩子，波西娅，是非常好的姑娘，不该把自己逼入绝境。如果别人对你不好，你应该想想他们曾经经历过些什么。不过你还小……”

“我不明白这和年龄有什么关系。”

他在椅子上不安地转动着身体，就像一个坐不住的学生，他困顿、迷惑、不知所措的目光默默地扫过陈旧的乌木梳、木工箱子和指甲刀——仿佛这些陪伴他走过千山万水的东西可以为见证他至今为止不停奋斗挣扎的人生，直到他可以坦然说出“一切都不要紧”

这样的话。波西娅伤心地坐在床上，窝在这间狭小的临时住所里，即便在这里她的身影看起来也是那么孤独无依。脱离那个温暖舒适的家，甚至也脱离了眼前这个人的期望，她此时看起来凄惨又落魄，就像一个难民——怜悯和自怨自艾的根源都是十足的恐惧。他斟酌着开了口：“不如换个角度来看——”说到一半却又停了下来。因为他忽然发现，所谓的常识此刻是多么虚幻。

无论他说什么她都是听不进去的。她转过身抓住床头，身体蜷作一团，头抵在因紧张而僵硬的指节上。这个姿势让她的身体看起来十分扭曲，双腿好似与身体错位般垂下，她瘦弱的轮廓、弯曲的身影和恍惚的样子凝固成一幅稚嫩而悲伤的图画。在我们被俗世的洪流彻底裹挟之前，对这个世界一无所知实在是一件幸事。幼稚的幻想就像包裹着花蕾的叶鞘，不仅保护并抑制着花朵想要破壳而出的灵魂，也保护着这个世界免遭纯洁与天真的威胁。马杰尔·布拉特说：“好了，别伤心了，我们可是在一条船上。”

她把脸埋在手上说：“我还想着如果再长大一点，艾迪会是那个值得托付终身的人。我知道那时我多少会变得和现在不一样，可并不觉得会有太大的不同。但他说他知道我在想什么，还说那正是他不喜欢我的地方。”

“当一个人爱上别人的时候……”

“我爱上他了吗？你怎么知道？你爱过别人吗？”

“曾经有过。”马杰尔·布拉特回答，带着坦然的笑意，“或许你会觉得好笑，那些感情不知为何总没有结果。可在当时它绝对能让一切都变得颠三倒四。但我现在不还是好好的吗？”他说着向前俯身，椅子随着他的动作吱嘎作响。

波西娅忍不住想抬头看他，却及时地止住了，她撇过头用另一边脸抵在手上。“是啊，你好好的。”她说，“可今天他说我必须离开。现在我该怎么办才好，马杰尔·布拉特？”

“这看上去或许艰难，但我还是不明白你为什么不能回家。我们都必须有个安身之所，无论发生什么事。家里有热乎乎的早餐和晚餐，还有许多其他的安慰。说到底他们是你的家人。血浓于……”

“不，不是那样的，我和安娜没有那样的关系。那里……那里已经不能带来安慰了：我们都为彼此感到羞愧。你知道吗？她偷看了我的日记，她什么都知道了。她很不高兴，还和艾迪一起笑我：他们合起伙来嘲笑我和他的关系。”

这句话让马杰尔·布拉特停顿了下来，脸色有些泛红，并再次转头望着身后的窗户。他盯着窗外的矮墙和逐渐暗淡的天空，问：“你是说，他们私交甚笃？”

“哦，他可不只是她的情人，比那要糟糕一万倍……你和安娜还是朋友吗？”

“我无法否认安娜一直对我很好。我不太想聊这件事……不过，听我说，如果你觉得……如果你真觉得家里有什么不对劲的地方，应该坚定地站在你哥哥那边。”

“他也觉得我很见不得人，因为父亲的缘故。而且他一直怕我会因此同情他。每次我一提起这事他的表情都像在说：‘别说了！’哦，他不想让我待在身边。你一点也不了解他……你是不是觉得我在夸大其词。”

“现在……”

“唉，怎么总提这事……我不要回家，马杰尔·布拉特。”

他用十分冷静的语调说：“那么你想怎么办？”

“留在这里……”她猛地停下，仿佛意识到自己把值得反复思量的事情轻率地脱口而出。但接下来她仿佛下定了决心般，紧紧抿着嘴唇翻身下床站在他身旁——如此，她站着而他坐着，至少可以稍稍比他高出一个头。她仔仔细细地打量着他，那样子就像在寻找可以伸手抓住他、把他摇醒的位置。她的双手紧贴在身体两侧，神情十分坚定，带着无以言表的决绝。她无法也不愿让自己看起来像在恳求，单薄的身躯更让她显得毫不妥协，这姿态让他的心脏猛烈地收缩，仿佛看到了另一个自己。“留在这里和你一起。”她说，“你喜欢我。”她补充道，“你给我写信，给我寄拼图游戏，说你总想着我。安娜说你多愁善感，可那是她对尚未麻木之人的一贯评价。我可以为你做很多事，我们可以有一个家，不用再住在酒店里。告诉托马斯你想留下我，这样他就会把属于我的钱都给你。我会做饭，我母亲住在诺丁山门的时候就自己做饭。你为什么不能和我结婚呢？我可以让你每天都开开心心的。我不会妨碍你，我们在一起就不会如此孤单了。你为什么看起来这么震惊，马杰尔·布拉特？”

“因为我确实感到震惊。”除了这话，他什么也说不出来。

“我跟艾迪说你是其中一个认为和我在一起很快乐的人。”

“我的好上帝啊，是的。可是你不觉得……”

“认真考虑我的话，拜托你。”她冷静地说，“我会等你的。”

“这事根本不用多想，亲爱的。”

“我会等的，无论你说什么。”

“你在发抖。”他低低地回了一句。

“是的，因为我冷。”波西娅换上了一副全新的面孔，用一种理所当然接管了马杰尔房间的态度找了一个让自己舒服一些的办法——她掀开棉绒被，踢掉鞋子，仰身躺在他的枕头上，然后把被子拉至下巴处裹好。这一系列动作让她立刻有了一种找到避风港和栖身之所、可以让自己暂时躲起来的感觉——尤其是最后那一点。仿佛一个病人，或者一个决心今天无论发生何事也绝不起床面对的人，她似乎很快便安心地进入了一个完全不同的世界。她毫不拘谨地一会儿闭上眼睛，一会儿看看顺着屋顶角度倾斜的天花板。“我想，”几分钟后她忽然说，“你也不知道该怎么办。”

马杰尔·布拉特什么也没说。波西娅躺着转了转头，目光平静地在房间里来回移动，观察着洗漱架上放着的物品。“好多清洁布和抛光剂啊。”她说，“你会自己擦鞋吗？”

“是的。我对这些事情要求很高。酒店也不是什么事情都能做。”

她望着排成一列的鞋子，每一双里面都塞着鞋楦。“怪不得你的鞋子都那么好看，它们的颜色看起来真像板栗……我也可以帮你做这个。”

“不知为何，女人好像都不怎么擅长擦鞋。”

“可是，我保证会做饭。母亲曾教过我她的拿手菜。我说过，我和你不会一直住在酒店里。”

这种丝毫不为人所期待的对美好的荒谬想象不能再继续了。但凡马杰尔·布拉特对她的提议有一丝犹豫，以他的为人都会继续温柔地抚慰，想她所想、替她难过——然而此刻他却毫不犹豫地站了起来，不仅如此，还把椅子推回到原来离墙只有几英尺的位置放好，他的决然清楚表示这个话题必须就此打住、不必再提。这番动作所耗费的力气和下定决心结束对话的勇气，让他的行动看起来更加无情也更加悲伤。为了不让自己心软，他手上一刻不停——挑了两把梳子，开始心不在焉但熟练地梳起头来。波西娅呆呆地凝望着他，那一刻她清楚地目睹了这个男人从不为人所见的隐私，他看起来像是要把盥洗室的所有物品都用一遍才能结束心中那不知所措的惶惑。他在不经意间宣告了打算一个人生活的决心。终于，他“啪”的一声合上梳子，放回盥洗台，梳子敲击桌台的声音让两个人同时出声。“我相信你会做饭。”他说，“毫不怀疑。但还要再等几年才行，而且，恕我直言，恐怕不是为了我。”

“我想我不该问你的。”波西娅说——语气中少了犹豫，却多了一份忧虑。

“我感到很荣幸，”他承认，“听到你那么说我其实很开心。可你太高估我了，也没有认真理解我说的话。还有，作为今天这场谈话的结束，我还是要劝你：赶紧把这些忘了，回家去吧。”他不敢转头去看床上，也没听见床单掀起的声音，“这不是你想选择什么的问题，而是你根本没得选。”

波西娅用手紧紧抓住被子一动不动，这是她的最后一道防线，被她紧紧地握在胸口。“那是没用的，马杰尔·布拉特。他们肯定也不知道该说什么才好。”

“既然如此，不如就让我们亲耳听听看。何不给他们一个机会？”他顿了顿，咬了咬被胡子覆盖的上嘴唇，补充道，“我会陪你一起回去，别担心。”

“我看得出你并不真的想去。为什么？”

“因为我不愿这样面对他们——我是说，在明知他们已经担心了好几个小时的情况下，告诉他们你一直在我这儿。我得先打个电话回去——你知道为什么，”他补充道，“否则他们恐怕要打电话报警或者打给火警局了。”

“好吧，如果你这么想告诉他们我在这儿的话，你就说好了。但是拜托你一定不要跟他们说我会马上回去。回不回去要看情况。”

“哦，是吗？看什么情况？”

“看他们会怎么做。”

“行啊，让我先给他们报个平安。”

波西娅不再言语，翻过身把手枕在脸颊下。她的漠然仿佛是一种死心，彻底收起了刚才刻意显露的女性魅力——就像伊丽莎白时代舞台剧里的儿童演员，被人领着上台、下台，没有台词，仅由旁白里简单地介绍一下这个角色早已注定的悲惨命运，并且从此以后再不会出现在舞台上，他们的存在和想法自始至终都未曾真实存在过。与此同时，她的身体又像浮萍被水流推着漂向岸边，虽然一时被卡住，却终归要被汩汩的河水带向远方。马杰尔拾起她落在地上的帽子，挂在床头。此时她忽然开口道：“你打完电话还会回来吗？”

“你会做个好孩子乖乖地等我吗？”

“如果你会回来，我就会等。”

“我会告诉他们你在我这里。”

“你也要告诉我他们是什么反应。”

他又看了一眼这间逐渐暗淡的屋子和里面的波西娅，然后出去、关门，向电话亭走去——他那梦游者般的步伐有些急促，仿佛被噩梦追赶着，不敢醒来。随着楼梯一层层往下，她倚靠在枕头上的面容忽然浮现在他脑海中，他忽然朦胧地意识到所谓的“智慧”有多么华而不实。人的情感——姑且如此称之——和人的忠诚是如此深刻地镌刻在直觉之中，平时几乎感觉不到它们的存在：而只有当这些感受被背叛的时候，或者更糟糕——当一个人选择背叛自己的感情与忠诚时，才会真切地感受到它们的力量。这样的背叛将终结人们内在的某种生命，可是没有它，人生会变得充满不安并且毫无意义。它仿佛是藏在灵魂深处的神秘天地，曾经无限广大，充满一切可能，却在那一瞬间湮灭：像被永远驱逐出境的人，永远无法再嗅到曾经钟爱的城市的气息。

马杰尔·布拉特不是一个善于言辞的人，他只觉得事情正向着糟糕的一面发展。假想中的家园已不复存在，他不能再对温莎大街的那家人有所期待，也不可以再上门叨扰了。他强迫自己集中精神思考当下的问题——但愿奎恩一家已经想到了解决办法，会安排人或者车穿过伦敦城来这里接波西娅，这样他就不用陪她回去了。总之，在踏进笔直耸立的电话亭的那一刻，他心中已再无犹豫：打电话是正确的事，就算会被他们嘲笑，一定会被嘲笑的吧——再一次。

6

事情发生的时候，圣昆汀正巧被招至案发现场——或者应该说是案件的道德争端起始地——并且正和安娜品尝着雪利酒。直到那一刻为止，圣昆汀都心情颇佳，因为他惊喜地发现至今为止心中似乎并无太多愧疚，而这让他舒了口气。那天之后，没有人再提过日记的事。

麻烦是从温莎大街 2 号别墅的底楼开始的，并顺着楼梯爬了上来。在圣昆汀和安娜开心地喝着雪利酒的时候托马斯回来了，并恰巧问起波西娅，却被告知她还没有回家。他本来没多想，直到马谢特亲自跑到书房来告诉他波西娅这么晚了还没回家，并问托马斯打算怎么做。马谢特站在门口眼睛一眨不眨地盯着他：最近他们不常说话。

“我的意思是，”她说，“现在七点四十了，已经很晚了。”

“她肯定有自己的安排，只是忘了告诉我们。你跟奎恩太太说过了吗？”

“奎恩太太在招待客人，先生。”

“我知道。”托马斯应道。他差点忍不住说，不然你以为我为什么跑到书房来？可他只答道：“那不是你不告诉奎恩太太的理由。她可能很担心波西娅现在在哪里、正在干什么。”

马谢特给了托马斯一个不为所动的眼神，托马斯皱了皱眉，低头看着钢笔。“行了，”他说，“你最好去问问她，尽快。”

“要是您这么吩咐的话，先生……”

对面传来的无形的压力让托马斯从书桌上直起身体。很显然马谢特心里有自己的估计——可她不总是对什么都有想法吗？如果抱着怀疑的态度看待生活，一切事物都会变得可疑。托马斯离开书房上了楼，走到客厅门外，心中的思虑被马谢特的怀疑成功挑了起来，他猛地推开了门，从他身上散发出的某种紧迫感和张力让屋里的两个人感到十分不安。“波西娅还没回来，”他开口道，“我想你应该知道她去哪儿了吧？”

圣昆汀闻言立刻站了起来，拿起安娜的酒杯走到放着雪利酒的托盘边，给她续了一杯。这事或许与他有关，这种想法让他一时不敢立刻转身面对奎恩一家：他也给自己加了些酒，然后给托马斯倒了一杯。接着他托着酒杯踱到窗边向外张望，看着湖面上安心划船的人们。他安慰自己，那件事如果要发生早就发生了，因此有理由相信当下这事大概与之无关。毕竟，从他把该说的、不该说的都对波西娅和盘托出，并在墓园里对她脱帽道别至今，已经过了整整五天。可话虽如此——他还是不得不面对一个事实——你永远不知道一个人的反应时间会有多长。打击通常需要时间的消化才能让人做出反应。他的心沉了下去，他对自己与那个孩子偶然建立的同谋关系感到厌恶，只想赶紧离开这里。他听见托马斯同意了安娜的提议，后者此刻已经十分不安，她建议最好给莉莉安家打个电话问问。

可是莉莉安的母亲说莉莉安和父亲出门了，并且非常肯定地说波西娅并未与他们同行。“哦，天哪，”莉莉安的母亲说，声音中透着一丝幸灾乐祸，“我真难过。你一定担心死了！”安娜立刻挂断了电话。

然后托马斯便开始了，语气中的不满很快变成了尖刻：“要知道，安娜，除了我们可没有别人敢让这么一个小姑娘一个人在伦敦到处跑。”“哦，闭嘴吧，亲爱的。”安娜反驳道，“别这么拿腔作调。只有她这个年纪的女孩子才喜欢以偏概全。”“是吗？她可不会以偏概全，她在这儿恐怕什么也学不会。我们以后每天下午还是让马谢特去接她好了。”“这样的安排我们可承受不起，马谢特已经够忙的了。波西娅在这儿住，至少可以学学怎么照顾自己。”“是啊，理论上无懈可击，不过说不定还没学会，就先被车撞了。”“波西娅可不是个冒失的孩子，她很害怕车流。”“你怎么知道她自己一个人的时候什么样？就前几天傍晚，就在这儿外面，我才把她从飞驰的车轮下拉回来。”“那是因为她突然看见了我。”话音刚落，安娜忽然有些害怕，她鼓起勇气问，“嗯，我们要不要现在就打电话到医院去问问？”

“在此之前，”托马斯回答，声音没有起伏，“怎么不先打给艾迪？”

“因为，不说别的，他基本上从来不在家。还有，我为什么要打给他？”

“反正你不也经常打吗？艾迪虽然不够聪明，但我敢肯定他知道些什么。”说完，托马斯拿起刚才圣昆汀倒的酒一口喝下，然后接着说，“毕竟他俩都挺蠢的。”

“先把能想到的、能做的都做了吧。”安娜说，声音平静而冷酷。她拨通了艾迪的电话，等了好一会儿。她的推测是对的，艾迪不在。挂上电话她叹道：“真不知道电话有什么用！”

“她还有什么别的朋友吗？”

“我可真想不出来了。”安娜皱着眉头。她顺手从手提包里拿出一把梳子，下意识地开始梳头——这个突兀的举动将她心中的慌乱暴露无遗。“她应该多交些朋友的，”她说，“可这种事我们能代劳吗？”她的目光在房里四处游移，“你若不在这里，圣昆汀，我说不定会打给你。”

“恐怕我也帮不上什么忙，就算不在这儿……真抱歉，我提不出什么有用的建议。”

“尽量试试吧。你毕竟是写小说的。一般人会做什么？但是话说回来，托马斯，现在还不到八点，也不算太晚吧。”

“对她来说够晚的了。”托马斯冷冷地说，“对一个别无去处的人来说很晚。”

“嗯，她说不定去看电影了呢……”

然而托马斯此刻的语气却变得疏远——透着一种顽固又强硬的压迫感——他毫不犹豫地打断了安娜的话。“听着，安娜。”他说，“有没有发生什么不寻常的事情？是不是有什么事让她不开心了？”

此话一出，另外两个人的脸色瞬间沉了下去，这就表明他们一定知道些什么，却不准备说。房间里的空气顿时紧张了起来，仿佛置身法庭之上。托马斯又看了圣昆汀一眼，心中不解他跟此事有何关系，然后依旧转头盯着安娜，她那拘谨的微笑和低垂的眼帘让他确定她必定有所隐瞒。心中深藏着的不为人知的愧疚感把她和圣昆汀阻隔开来——她根本连圣昆汀脸上可疑的神色都没有注意，她根本不知道对方此刻也正忧心忡忡。托马斯注意到了对面两个人的分裂，这让他更有信心，于是耐心地让安娜说完了这番话："今天早上我没遇到她，老实说。"然后他立刻接口道："那是当然，因为照这情形她肯定不愿待在家里，人之常情。"

"是啊，对你来说是常情。"安娜同意，"可是波西娅体贴得不得了。话说回来，我们又如何知道别人会做些什么？"

圣昆汀有些刻意地放下酒杯，插嘴道："这么说，她在你眼里挺神秘的咯？"安娜无视了他的话，接着说："托马斯，你是认为她在闹脾气吗？"

"每个人都有自己的情绪。"他说着，审视地看着安娜。

圣昆汀说："也可能波西娅真的不太习惯这里的家庭生活。"

"你们两个的意思，"安娜姿态端正地斜靠在沙发一头，面无表情，"是说我对波西娅不好吗？还真会小题大做地给人戴高帽子啊。不不，没关系圣昆汀，我们不是在吵架。"

"我亲爱的安娜，你若是生气尽管发出来。我只是觉得自己在这儿待着也没有用。既然如此，是不是离开更好？如果待会儿有什么我能帮忙的，随叫随到。我回去的话一定会守在电话旁边随时待命。"

"天哪，"她语带讥讽地说，"有这么严重吗？就算有事也还差着半个小时呢。现在才八点——重要的是，我们要先吃晚饭吗？还是不要？我反正不知道，以前从来没有遇到过这种事。"

无论圣昆汀还是托马斯，一时间都无话可说，于是安娜用内线打电话到楼下。“我们现在要用晚餐，”她说，“不等波西娅小姐，她晚些才回来……我认为这样最好，”然后她接着说，“只能二选一。我们要么吃晚餐，要么打电话报警……你能做的，圣昆汀，就是留下来帮助我们——当然前提是，你没有别的晚餐邀约？”

“那倒是没有。”圣昆汀迫不得已勉强答道，“但问题是，我真的有必要留在这里吗？”

“必要性就在于，你是家里的老朋友。”

随着夜晚的来临，气氛愈加阴沉压抑。厚厚的云层遮挡住了最后的阳光，阴云密布下，公园里的树木仿佛灌了铅般幽暗。安娜点起蜡烛准备晚餐，不过由于窗外还有光亮，所以没有拉上窗帘。餐桌上有一大束颜色艳丽的耧斗花，但此刻看来竟泛着夸张的铁青色，公园的湖面上依旧有人划船。菲莉斯为托马斯、安娜和圣昆汀盛上了晚餐，但大家的注意力却不在食物上。当主菜的烤鸭子上桌的时候，餐厅的电话突然响了起来。几人相互看了看对方，谁都没有立刻起身。

“我来接吧。”安娜终于开口——身子却没动。

托马斯说：“不了，还是我去吧。”

“我也可以接，如果你们愿意的话。”圣昆汀也说。

“不，这怎么好意思呢，”安娜说，“当然应该是我了。说不定根本不是我们想的那样。”

圣昆汀默不作声地吃起晚餐，眼睛只盯着自己的盘子。安娜握着听筒的手不停地变换着位置。“喂？”她接起电话说，“喂？……哦，是你啊，马杰尔·布拉特……”

“那个……他说在他那儿呢。”安娜一边说一边坐回椅子上。

“是，我知道了，但他们在哪儿？”托马斯问，“他说她在哪里？”

“在他住的酒店里。”安娜面无表情地回答，“就是他住的那个酒店，你知道的。”她拿起杯子续了些葡萄酒然后说，“看来就是这样了，我想？”

“我想是的。”托马斯说着，望着窗外。圣昆汀此时开口问道：“他有没有说她去那儿干吗？”

“就在那儿待着而已。她突然去找他。”

“那现在怎么办？”托马斯问，“我想他应该会送她回来吧？”

“不，”安娜回答，看起来很惊讶，“他并没有这么说。他……”

“那他想干吗？”

“想知道我们会怎么做。”

“那你是怎么回答的？”

“你不是听见了嘛——我说我待会儿再打过去。”

“所以说，我的意思是，我们应该怎么做？”

“我要是知道早就跟他说了，难道不是吗，亲爱的托马斯？”

“为什么不直接让他立刻把她送回来？那个老混蛋又不忙。我们可以请他喝一杯什么的。不然让他叫一辆出租车也行啊，这有什么难的？”

“没那么简单。”

“我不明白。复杂在哪里？看在上帝的分上，他到底想说什么？”

安娜把酒杯里的酒喝完，只说了一句：“这个嘛，倒也不是不能简单点，你如果明白我的意思的话。”

托马斯拿起餐巾擦了擦嘴，瞥了一眼桌子对面的圣昆汀说：“你的意思是，她不愿意回来？”

“不怎么想，目前。”

“什么叫作目前不想？你是说她想晚点回来？”

“她在等着看我们能不能做得对。”

托马斯无言。他皱着眉看向窗外，双手拇指下意识地叩击着餐盘两边的桌面。“那你是说，确实发生了些什么吗？”他终于问道。

“马杰尔·布拉特似乎是这么认为的。”

“去他的认为，”托马斯斥道，“他凭什么插手？是什么事，安娜？你知不知道？”

“是的，不得不说我确实知道。她认为我偷看了她的日记。”

“她有在写日记吗？”

“是的，她在写。而我也看了。”

“什么！你看了？”托马斯一惊。随后仿佛突然回想起了刚才的动作一样，双手拇指又开始轻叩桌面。

“亲爱的，能不能别敲了？震得玻璃杯都在跳——不，一点也不奇怪，我就是喜欢干这种事。她的日记可有意思了——知道吗？把我们都一字不落地记录了下来。这样一本全是关于我们的日记，我怎么可能不看？虽说这并没有彻底改变我的生活，但让我更觉得活着没什么意思了——或者说至少，像我这样活着没意思。”

“就算如此我还是不明白为什么她会发这么大火。他的酒店远在肯辛顿啊，不是吗？而且为什么偏偏去找布拉特？他跟这事有什么关系？”

“他给她送过拼图游戏。”

“即便是小小的拼图，对她来说也可能是件了不得的大事。”圣昆汀说，“我想那可能，对她来说是一种鼓舞。”

“我知道女仆平时蹑手蹑脚干的那些事，”安娜接着说，“而且我比女仆更闲。但不管怎样，我想知道她是怎么发现我看了她的日记的。明明每次都放回原位了，我又没留下什么指纹痕迹，早知道应该注意一下她有没有绑绳子在上面。不可能是马谢特告诉他的，因为我每次都会先确保马谢特不在家才看……就是这点怎么也想不通。我真的很想知道。”

“是吗？”圣昆汀忽然说，“其实很简单，是我告诉她的。”他很是紧张地看着安娜，仿佛刚才她说了什么令人难以置信的话一样。房间里一瞬间安静了下来，托马斯摆出一副恍然大悟的样子，而这份寂静又因菲莉斯轻手轻脚的推门而入更显突兀，她为每人上了一份糖渍草莓甜点。圣昆汀不得不直面自己刚才所说的话，他一声不吭地低着头，脸上挂着机械的微笑。与此同时：“哦，菲莉斯。”安娜说，“你可以跟马谢特说波西娅小姐来过电话了。她有事耽搁了，应该待会儿就会回来。”

“是的，夫人。要厨师帮她把饭菜热着吗？”

“不必了，”安娜说，“她回来得晚，应该已经吃过了。”等菲利斯离开，安娜拿起勺子，盯着草莓说：“哦，原来是这样吗，圣昆汀？”

“我估计你想知道为什么。”

“不，我宁愿不知道。”

“和波西娅可真像——她也没兴趣。当然，波西娅当时也很吃惊，尽管我突然爱心泛滥地跟她讲了很多知心话，她却根本没心思听。就像我在马里波恩大街跟她说的那样，我们对别人真是一点兴趣也没有……不过我想知道的是，你是怎么知道的呢？”

“是啊，说到这里，”托马斯插口道，突然来了兴致，“你是怎么知道她知道了的呢？”

“我懂了，”安娜的声音微微有些尖，“不管别人做了什么——告密也好，离家出走跑去找马杰尔·布拉特也罢——最后都是我不对，都要怪我。我说听着，圣昆汀，你也听着，托马斯：这事波西娅一个字也没跟我说。那不是她会做的事。不，她直接打电话跟艾迪说了，而艾迪又打给了我，数落我有多不好。那是今天发生的事。你是什么时候告诉她的，圣昆汀？”

“上周三。我记得很清楚，因为……”

“很好。从上周三到今天为止，一定还发生了什么事，才让这件事爆发的。周六的时候我就觉得她看起来怪怪的。她回家看到艾迪在这儿喝茶。可能他们俩在希尔的时候发生了什么不愉快的事。或许艾迪跟她吵架了。”

“是啊，艾迪这人那么敏感。”圣昆汀附和道，“你介意我抽烟吗？”他给自己和安娜点上烟，补充道，“我真讨厌艾迪。”

“是的，我也是。”托马斯说。

“托马斯——这话你可从来没说过！”

托马斯夸张地摆出一副放松的样子，说道：“我讨厌他，他就是一只可恶的小老鼠。而且工作上也尽搞些虚的，梅里特想把他炒掉。”

“你不能那么做，托马斯，他会饿死的。难道就因为你不喜欢他，就要让他饿死吗？”

“难道就因为你喜欢他，就不能让他饿死吗？在我看来这逻辑根本没有分别，而且还很糟糕。好人还会遇到比这更大的磨难呢。”

“再说，”圣昆汀温和地说，“我不认为艾迪会饿死，他会来这儿吃饭。”

“不，你不能这么做，托马斯。”安娜激动地重复，手捻着脖子上的珍珠项链，“如果他工作不认真，好好训他一顿就是了，你不能突然把人给炒了。他除了有点蠢以外，还有什么值得你针对的？”

“我们可养不起五英镑一周的蠢人。当初你劝我把他招进来的时候，一直跟我说他有多聪明——我得说他确实很聪明，但只持续了一个星期。既然你说他有点蠢，当初又为什么说他聪明呢，再说了，他要是真蠢怎么还天天往这儿跑？”

安娜的眼睛看着圣昆汀，而不是托马斯。她松开珍珠项链，吃了一勺糖渍草莓，然后说：“他是来追她的。”

“而你认为这是一件好事？”

“我真的不知道怎么判断。再说了，他是你妹妹。是你想要把她接到这儿来的。不，没关系圣昆汀，我们不是在吵架——要是你不喜欢这样，托马斯，怎么不早说呢？我记得我们早就讨论过这个问题了。”

“她似乎懂得分辨许多事情，以她自己的方式。”

“其实你并不愿意面对她，却总是希望我能。”

“我说，刚才你说，他们在希尔的时候有可能发生了不愉快，是什么意思？他跑那儿去做什么？就不能好好待在伦敦吗？是不是那个叫赫康柏的老太婆帮他们安排了密会厮混？”

安娜的脸色变得煞白，怒道：“你竟敢这么说话？她可是我以前的监护女伴。”

“哦，可不是嘛，我知道。”托马斯回道，“那她真的尽到监护的职责了吗？”

安娜一时语塞，转眼望着烛光映照下的花朵。接着她向圣昆汀再要了一支烟，后者忙不迭地掏出来给了她。做完这一切她才转过头来，一字一句地说：“我恐怕不是很懂你的意思，托马斯。那么我是不是可以把这个理解为你不信任波西娅的人品呢？我想，只有你才知道她值不值得我们信任。你知道你的父亲什么样，我却从来没跟他打过交道。我从不认为有必要监视她。”

“除了偷看她的日记以外。”

圣昆汀背靠着窗户坐着，此时却扭过头认真打量起外面的风景。他说：“外面已经黑了。”

“圣昆汀的意思是宁愿自己现在不在这儿。”

“其实我的意思是，安娜，你刚才不是说要给马杰尔·布拉特打电话吗？”

“是啊，他肯定还在等着，不是吗？也就是说，波西娅也在等。”

“很好，那么，”托马斯回身靠着椅背说，“我们到底应该怎么说呢？”

“我们刚才就不应该跑题。”

“我们离题近得不得了。”

“我们必须说点什么。不然他一定觉得我们很奇怪。”

“他有很好的理由这么觉得，”托马斯说，“并且已经觉得我们很奇怪了。你刚说他的意思是，只有我们选择了正确的做法，她才愿意回来？”

“到底什么是正确的做法？”

“我想我们正在讨论这一点。”

“如果做错了倒是立刻就能知道。很简单，那样波西娅就会留在马杰尔·布拉特那儿不回来了。哦，拜托老天，”安娜哀叹道，“别让我再说羞辱年轻人的话了！但不止是我——知道吗？我们都不能置身事外。我们只能推测是什么导致了一切，却并不知道为何会如此。她本来期待过什么，现在又在期待些什么？这可不仅仅是今晚把她接回来这么简单的事，这是事关我们三个人将来如何一起生活的问题……没错，这是个问题。是因为她产生的问题。”

“不对，她只是提出了这个问题而已。这是完全不同的两个概念。她有自己的看法。”

“谁没有呢。在外人眼中我们或许毫无价值，但对我们自己来说并非如此。一个人如果在乎每个人的感受，一定会疯掉的。就算考虑别人的感受，也根本解决不了任何问题。”

“关于这一点，”圣昆汀说，“恐怕我们这次不得不考虑。前提是，如果你着急让她回家。她所谓‘正确的事’指的是某种确信，而这种确信只存在于感受中。现在他俩都在肯辛顿等着回复呢。你们真的必须赶紧行动了。”

“假设就算忽然有一天想要了解别人的感受，人又怎样才能知道呢？”

“哦，拜托，”圣昆汀说，“就拿今天这个情况来说，我们其实并非一无所知。我是个小说家，而安娜你，看过她的日记，托马斯则是她的哥哥——他们俩不可能连丝毫共同点都没有吧。不管有多不情愿，我们现在也不得不面对一个事实，那就是我们没理由完全不理解她的处境——或者说，我觉得我们有能力站在她的立场去理解……我可以继续说下去吗，安娜？”

“可以，接着说吧。但我们真的必须赶紧决定了。你在干什么，托马斯？”

“关窗帘。人们都在往里看呢……我们不喝点咖啡吗？”

“圣昆汀，等咖啡来了再说吧。”

咖啡被端了上来。圣昆汀双手分别枕在咖啡杯两侧，一直缓缓揉搓着额头。终于他开口说道：“我觉得你很羡慕她。”

“她知道吗？如果不知道，就不能称之为站在她的立场。”

“不，她还不太清楚自己目前享有的一切都是你无比羡慕的。她可能并不觉得那是享受。她对爱情无比渴望——”

“哦，这我可一点也不羡慕。”

“她无比坚信别人所给予的一切都是有意义的。我们永远也不会知道她希望得到些什么。她总在你和托马斯身边流连，观察缺失的东西，并如实记录在日记里。可以说，某种程度上她在这里碰了壁。如果你们更善良些，住在乡下……”

“你凭什么说，”托马斯突然说，这是他首次插嘴，“这世上还有更善良的人？”

“假设有，并且就是你们，那你们就不会对她如此介意了——我的意思是，你们不会如此忧虑。换言之，你们俩都不由自主地对她的存在感到介意：因为谁都明白她知道往事内情……而另外举个例子，托马斯，你的母亲，她就是那种住在乡下的善良人。”

“实际上，我的父亲也是这样的人，在他爱上别人之前。所有那些善良随和的人，圣昆汀，都是无比执着的，却不会永远执着。是的，我知道你心里在想什么样的人——你是个小说家，而且一直住在镇上——但我的经验是，这些人也有爆发的时候。而在我看来，像波西娅这样一个心思细腻的姑娘迟早都会走到这一步。不，事实就是，没有人能受得了让一个这么心思细腻的姑娘整天在身边转悠。”托马斯往酒杯里倒上白兰地继续说，“我不是说我们不能把表面功夫维持得更长久些，要是我们住在一个能送她一辆自行车的地方就好了。可是即便如此，她难道还能一直骑着自行车到处转悠不回家吗？她早晚还是会注意到周围发生的事。安娜和我的生活方式也许经不起推敲，但我们只能用这样的方式生活。就拿我们现在的这番对话来说吧，在我看来就极不体面。我们若真是住在乡下的善良随和的人，根本就不可能容忍你，圣昆汀。实际上，我们应该憎恶亲密关系，并且那毫无疑问是正确的。是啊，那样我们肯定会比现在快乐得多。可是长此以往也不见得会让波西娅感觉好到哪里去。只有一点，她会觉得我们很随便。”

“她不正是如此吗？”安娜说，“对艾迪投怀送抱。”

“这个嘛，你在她这个年纪又是怎样的呢？”

“干吗总提这事儿？”

“干吗总想着这事儿？……不，像她那种在荒谬的环境下长大的孩子看来，艾迪这种有小毛病的人，并没有什么不正常。如果安娜，你和我足够好的话，也许她就不会……”

“没错，她一直这样。她同情他。”

“受害者。”圣昆汀说，“她看到了他身上的受害者人格。她看到了他遭受的一系列苦难和伤害。她从不觉得自作自受的人有错——比如那种为了逃避上学故意把手摔断却跟别人说是被坏孩子欺负了的人，又比如那种害怕面对窃贼所以自己把头撞在椅子上晕过去的人——呵，她把他们看作普罗米修斯。绝望总有种蛊惑人心的力量，得花上好一番力气才能看穿那些浮夸的闹剧。人必须得无耻才能这样四处跟人宣扬自己的悲惨，而我们的艾迪显然并无廉耻。隐忍是需要胆识的，而他并没有这种东西。否则他就不会一直让安娜这么哄着他了。哦，只要有人听，他就会不停地像这样毫无意义地卖惨，而任何人只要这么做，波西娅就愿意买账。”

“你说得一定不错，但也太直白了。这么口无遮拦真的好吗？”

“显然不好。”圣昆汀答道，“看看我们仨现在的处境就知道了。我们想法无比一致，却什么办法也想不出来。今晚我们都被一颗单纯的心搞得焦头烂额。再看看她，多好啊——活在满是英雄的世界里。而我们又凭什么说那个世界一定如我们所想的一样虚假呢？如果世界是一座舞台，就必有其伟大之处。她所求的不过是参与其中罢了。她这样又有什么错呢——大人物失势、失败者逆袭（虽然不一定能）超越那些规规矩矩却逐渐退出舞台的平凡人。虽然这世上多半并没有刻意明哲保身的规矩人。我敢保证我们每个人心中都还住着、并且拼命地压抑着一个疯狂的巨人——不为世间所容却依然强大的存在——而正是因为我们偶尔能从彼此的心中听见这样的骚动，才能让交往变得不那么平庸乏味。但波西娅总能听见，实际上她只听得见这样的内心。如此，她平时那副蠢蠢的样子又有什么奇怪呢？”

“我想并不奇怪。可我们要怎么做她才会回家？”

圣昆汀说：“托马斯，如果你是自己的妹妹，你会怎么想？”

“我会觉得自己出身寒微。我会想要离开那样的地方永远不再回去。但同时，我也会感谢上帝让自己身为一个女人，不必殚精竭虑地向世人证明什么。”

“是啊，”安娜说，“但那只是因为你觉得做男人束缚太多而已。缺乏雄心与激情是你的个人问题。波西娅若是你，别说是男人了，就算是女人也会找点事情来让自己打起精神的。但圣昆汀想说的不是这个。重点在于，如果今天晚上你是波西娅，我们要做什么才能让你开心？”

“简单干脆的事。不绕圈子。”

“可是我亲爱的托马斯，我们和她的关系从来就不简单干脆。

从一开始大家就在彼此试探。”

“唔，如果是我的话，肯定不希望来的人摆出一副高高在上的架子。只要别张着嘴巴讲大道理，就算再生气也无所谓。”托马斯顿了顿，严肃地看着安娜。“平时应该多派人去接她。”他说，“之前去接她的一般都是谁？”

“马谢特。”

“马谢特？”圣昆汀说，“你是说你的女仆马谢特？她们关系好吗？”

“是的，关系很好。我出去喝茶的时候听人说，她俩曾一起去喝下午茶，我不在的时候还会互道晚安。她们还经常聊天——但我不知道聊了些什么。不对，我知道，他们总聊过去的事。”

“过去的事？”托马斯问，“什么意思？为什么？”

“她们俩共同的过去——当然是你的父亲啊。”

“你为什么会这么想？”

“因为她们总在一起。甚至有时候连样子看起来都有点像。除了那个话题——当然还除了爱情以外——还有什么能让她们那么着迷？那些事情从来都是聊天的好材料。像迷药一样令人沉醉，让人堕落，自成一个世界。可能波西娅最近因为艾迪的事已经不怎么聊这些了，但马谢特不会这么轻易放弃，那是她除了这些宝贝家具以外唯一的存在理由，而且尤其不会轻易放弃跟波西娅讲这个家里的事。对她来说，波西娅的到来让这个家变得完整，知道吗？”

“去他娘的完整！她们一直是这样吗？我要是早知道，一定炒了马谢特。”

“你很清楚马谢特是不会丢下这些宝贝家具离开的。是的，你继承了这个家所有的一切。马谢特非常敬重你父亲。波西娅有什么理由拒绝一个如此敬仰自己的父亲，并且从不把他当作无耻之辈的人，跟她讲父亲的故事呢？”

“你没必要说这些。”

“我以前从没提过……是的，圣昆汀，她大部分时候都和马谢特聊天。”

“马谢特——是那个总围着一条粗糙的大围裙，我每次经过都像石像一样靠墙站着的女人吗？总看见她在爬楼梯。”

“是的，她总楼上楼下地跑……话说，不如让马谢特去吧？”

“所以现在是要讨论‘不如’而不是‘为什么’了吗？这个嘛，如果是你会怎么想呢，安娜？”

“如果我是波西娅？我会鄙视我们这帮人，自己的人生过得一团糟还不允许我好好过。无趣，啊，简直无趣得要死，把毫无意义的事情搞得跟秘密集会似的神秘，不断地给彼此一些小暗示。我会根本没兴趣知道我们在干吗。心里还期盼着能有局外人把一切戳破，让一切停止。希望能有自己的空间和隐私。我会瞧不起结了婚还到处调情的人。瞧不起没结婚又一副战战兢兢、脾气暴躁的人。迫切地、疯狂地渴望着能被人真心以待，却又同时希望能自己一个人待着，谁也别来烦我。期待着别人来关心我过得好不好，也迫切地期盼着能够理所当然的……”

“以前我可从没听你说过这些，安娜。有多少是从日记里看的，又有多少是你自己的真心？”

安娜突然安静了下来。过了一会儿，她说："你刚说，假如我是波西娅。可那自然是不可能的，我和她根本就不是一类人。虽然我和她都希望重新开始，但恐怕那并不太可能。我还是会一如既往地羞辱她，而她一如既往地逼迫我……那好，就这么决定了，托马斯——我们让马谢特去接她吧？说真的，早该想到了，白白浪费了这许多时间。"

"就让马谢特去好了。你觉得如何——圣昆汀？"

"哦，就这么办吧——

> 我们让马谢特去接她，
> 去接她、去接她，
> 我们让马谢特去接她，
> 在这又冷又黑的——"

"圣昆汀，看在老天的分上！"

"对不起，安娜。我有点激动。很高兴这事搞定了。"

"还得再想想。应该怎么跟马谢特说？我们谁要打电话通知马杰尔·布拉特？"

"谁也不打。"托马斯飞快地答道，"这事就是要出其不意。话不多说，直接做该做的事就好。"

安娜看着托马斯，紧皱的额头慢慢舒展开来。"好吧，"她说，"那我让马谢特去把她的帽子带上。"

马谢特说："是的，夫人。"然后站着一直等到安娜转身回餐厅为止。然后迈着沉重的步伐往楼上走去，上到三楼的时候，她的手已经快要解开背上拴着的围裙绳子了。她停在波西娅的门前，推开门，趁着黄昏的微光扫了一眼房间里面。被单虽然已经铺好，床上却横放着一条晚礼服长裙，并没有迎接主人回来的温馨感。一日将尽，这个空无一人的房间让人觉得——仿佛白昼是在这里孤独地死去。马谢特一只手搭在腰后，握着松开的围裙带子，用另一只手打开了房间里的电暖炉。她直起身望了望窗外：夜幕下的树梢泛着青灰色，井然有序地排列着，此时公园尚未关门。接着马谢特转身继续上楼，走进了自己从未有旁人来过的房间。

她戴好帽子、穿上深色外套、手里攥着那双黑色的瑞典式手套、腋下夹着摩洛哥手提包下楼的时候，托马斯已经拉开了大门，在大厅里等着了。他着急地朝楼上张望，等着她下来。门外停着一辆出租车，就停在大门外的阶梯边，靠得那么近，几乎和门厅融为了一体。

“这是你的出租车。”托马斯说。

“谢谢你，先生。”

“我给你点零钱吧。”

“我都带好了。”

“那就好。快上车。”

马谢特登上出租车，顺手关上了车门。她笔直地坐着，暗暗地望了望车上的每一扇窗户，然后松开攥着的手套，一只只地戴起来。她透过车窗看着托马斯跟司机说地址和方向——接着，出租车点着了引擎，颠簸着驶离了别墅区。

马谢特耐心地扣好了手套上的纽扣，又用手抹平了上面的每一条皱褶。做完这一切，车已经开到贝克街上。然后，她忽然毫无征兆地张了张嘴、却又停下，双手拇指交握，然后突然很大声地说："呃、那什么……"她紧张地盯着司机背后的玻璃板。随后她把手提包拿起来放在身旁，身体前倾，伸出手想要把玻璃板上的小窗滑开——可是戴着手套的手一直打滑。司机尝试着向后转了两次头，恰好红灯亮了，于是他停下车、帮她推开小窗，一脸恭顺地探出头来。"夫人有什么吩咐？"他问。

"那个……你知道要去哪儿吗？"

"不是刚才那位先生说的地方吗？"

"呃，你知道就好。待会儿可别来问我。我可不管这事。你的路自己找。"

"哈？拜托，"司机有点儿恼怒地说，"是你先问我的，不是吗？"

"跟那没关系，小伙子。你做好自己的事就行，把我送到刚才那位先生说的地址去。"

"哦，原来你想知道的是这个啊？直接问我不就好了？"

"哦，我才不想知道。我只是想确定你知道。"

"好嘞，大婶。"司机说，"那就要看运气了。人生不就是场冒险吗？"

马谢特回身坐好，不再说话，连小窗板也没关上。绿灯亮了，车子继续往前行驶。她把提包从座位上拿起来放回膝盖上，双手交握按在上面，然后一动不动地坐着，仿佛化成了一座石像。从头到尾她一眼也没去看车里的时钟，因为即便知道了时间也无能为力。穿过牛津街宏大又荒凉的街道，车子循着一条小路窜入上流聚居的梅费尔区。每逢转弯或者出租车摇晃的时候，她都伸出一只手笨拙地保持平衡。

身体可以在车里保持平衡，但她的心、她的灵魂却在身体里左冲右撞，难以平静。她思考着，仿佛在和自己对话。

我什么都不知道。

托马斯太太肯定不会讲，而我也肯定不会问。我到底是怎么了？托马斯让我上车，然后不过是问了问我需不需要多带些钱。不不，托马斯先生也没有解释什么，我估摸着他应该是以为托马斯太太说过了。真是的，你看看，要是当时我没关门就好了，就能知道他跟司机说了什么。可是我把门关了。我到底是怎么了？不，我根本没想到要听他跟司机说了些什么。我才不要现在问呢，毕竟刚才闹得有点不愉快。你可不知道这些司机啊，可不好惹。

哎呀呀，这事儿真是让人头疼。我应该这么想，唉，人们总有疏忽的时候。当时那么匆忙。酒店，她就说了去酒店。可是酒店到处都是啊。我真是担心——哦，我真是为难自己，当时怎么没想到要问问。现在我可要怎么知道哪里才是正确的地址？他有可能随便去个地方然后叫我下车，明知我不知道要去哪儿就故意乱开。不能让他知道我不知道。那得多糟心啊……不能对这种跟我们不是一个阶层的司机示弱。

还有啊，到时候要是那些人说：哦，不，马杰尔·布拉特不住这里；或者说：不，我们没听说过这个人，我该怎么办。难道我要跟他们说我不管，听着，这就是别人告诉我的地址，我接到的命令就是在这里等吗？唉，他们说不定会立刻把我赶出去，我又不知道地址。按任何一个小小的门铃都可能不对。他可能会这么说——就像刚才司机那么尖酸刻薄：哦，可惜你找错地方了。

更别提人家还可以说：你怎么不把地址写下来呢。

都怪托马斯太太一副急匆匆的样子。她把我都弄晕了。与其这么着急，当初为什么不早点差人下来通知一声呢？菲莉斯下来说，呃，他们收到波西娅平安的消息了，只是她要晚点才回来。那时候我就准备好要回房间换衣服戴帽子了。菲莉斯说，他们在里面聊得热火朝天。真想不到今晚会这样，她说，肯定是因为那个米勒先生。

要是他们能少说点话，早点决定的话就好了。我还从没见过托马斯太太如此慌乱呢。刚把话说完都不等一下就走了。就跟多不情愿似的。唉，我怕是不习惯听她使唤。来回都打出租车，她是这么跟我说的：我们刚叫了车。她一直盯着我的方向，眼神却没有看着我。而且，她说话的方式就跟要吩咐我配合她变什么戏法似的。说完她就跑回餐厅了，没错，还把门关上了。他们都在里面。

哦，这是海德公园，是吧？……唉，反正我什么也不知道。

我一边上楼拿帽子一边跟自己说：好吧，有些事她没说出来。拿帽子的时候我一直在想。然后我下楼，看到托马斯先生站在那儿，我看着他，心里说：好吧，有些话我得问。早知道我就应该注意他跟司机说了些什么。可惜当时我忙着戴手套，一切都慌乱得很。等车都开到贝克街了我才回过神来。然后我想：哦，我们这是要去——然后我就想不下去了。啊，我是觉得晕头转向的。被打了个措手不及。

他就这么把我送走了。就让我这么昏头昏脑地连去哪儿都不知道。就这么干坐着走了。就这么跑去一个连地址都不知道的地方。

唉，司机应该知道，我想。我没有理由认为他不知道。可是我能信得过这样的人吗？唉，他们真应该告诉我的，随便谁都好。他们真应该想得更周到些的。或许是忘了，但这也太不正常了。

我真是不知所措。我怎么一句话都没说呢。

他们就是这样。这就是他们不一样的地方，老实说。这就是他们和老奎恩先生不一样的地方。

他们和老奎恩先生一点也不像。他想事情总是很周到。他让你去做一件事的时候，会告诉你那么做的原因。他从来不会让人这么不知所措，把人丢给出租车司机了事。他才不会让你这么为难。啊，他是个公平的人，他做的所有事情都很公平。虽然他也有很多缺点。

是啊，他又会怎么看你呢，大半夜的在伦敦到处乱跑？不，你这样做太不应该了，怎么可以这样吓我。你父亲要是还在会怎么说？我想知道。首先，你根本没告诉我今天连下午茶也不回来喝。枉我帮你泡了一壶好茶，专门给你留着。我一直等到五点半才想：啊，好哇！她跟那个莉莉安在一起呢，我想，可是再怎么她也应该告诉我一声啊。然后我以为你会六点左右回来。不，你还真让我意外。看着时钟，我都不敢相信我的眼睛。好不容易听到大门有响动，却是托马斯先生回来了。

我不敢相信这都几点了。这一点也不像你会做的事，真的。你以前不会这样的。你到底是怎么了？啊，这几天你一直傻乎乎地生气。一会儿这样，一会儿那样。把一些不知道是什么的无聊的东西往枕头底下塞——当时就应该说说你的。这样对你不好。你变了。如果不是因为艾迪，那就是因为赫康柏那一家子，还有海边的其他人。你就不应该去海边的，自打从那儿回来以后你就一直闷闷不乐。之前跟你说了那么多，我以为你会更懂事一些。有小秘密从来不是件好事——看看你的父亲就知道了。你更不应该跑到一个男人住的酒店去。

这是南肯辛顿车站……唉，我什么都不知道。

好了，你吃晚餐了吗？干净吗？你都不知道外面的餐馆有多脏，他们有什么用什么的。那个马杰尔·布拉特就是个傻子，他啥也不知道。他和他的拼图游戏。不过……不，我想说的其实是，你像这样待在外面不回家，还跑这儿来，快把我吓死了知道吗？不，现在是时候停止生闷气了。现在你给我安静，好好想想我说的话。我帮你把房间的炉子打开了，你的房间现在应该已经很暖和了，我还带了你喜欢的饼干。你要是能像以前一样的话一切都会好起来的。

不，我不会一直唠叨你。我现在已经说完了。该说的都说了。你可别难过别犯傻。跟着马谢特回家去，做个好孩子。

我的天，这条街上这么多酒店！简直是大海捞针。

这是怎么了，他想干吗？噢，所以我们到了吗？唉，反正我什么也不知道。

出租车司机把车缓缓开到路边，转过头透过玻璃板直愣愣地盯着她。他停下车，然后走过来为她开门——可是马谢特已经自己下了车，站在门边仰着脖子。眼前正耸立着一家华而不实的可悲的酒店，只有高高的屋顶上还残留着一抹苍白的日光。“到了，夫人，”司机说，“小小惊喜。”她昂着头稳稳地朝酒店走了几步，看清招牌上写着“卡拉奇酒店”。她的目光冷冷地扫过酒店大门前的拱廊、酒店的玻璃大门和大门上的黄铜把手，最后落在不远处高高的台阶上。她背对着出租车司机说：“好，要是你送的地方不对，就别想从我这儿拿钱。咱们得立刻回去，我会跟那位先生说的。”

“是。可我怎么知道您是否会从这里出来呢？”

“要是我出来的时候身边没跟着一位年轻的小姐，那就证明你把我送错地方了。”

马谢特双手扶正了帽子，用力攥紧提包，沿着台阶一步一步地走了上去。台阶外泥灰板的路面看起来灰蒙蒙、硬邦邦的——偶尔一辆出租车或者巴士驶过，都能折射出隆隆的声响。夜的光影映在没开灯的窗户上，显得有些阴森，灯火通明的会客室却看起来苍白而空旷。卡拉奇酒店的会客室里有人正在有一搭没一搭地弹着钢琴。

尽管如此，当紫灰色的暮霭在这条街上缓缓蔓延，炎炎夏日的脚步正不紧不慢地逼近——夏日，用其滚滚热浪与刺眼的光芒让一切事物都变得更加热烈。伦敦城外的花园里，火焰般的玫瑰大概已纷纷燃尽，同周围的景色一起隐匿在暮色中。疲惫中隐含的欣喜将在每一个人的心中盛开，因为夏天意味着精彩与丰满的生活。灰尘的味道已经足够浓烈，天空在傍晚的云彩间透着温暖的颜色，地上的建筑物看起来有些膨胀。琴声忽然暂停了一下，弹琴的手指找到了正确的音符，优美的和弦随之响起。

马谢特望着玻璃大门里面：灯光、桌椅、廊柱逐一映入眼帘——然而没有门铃，一个也没有。她想："这是个什么破地方啊！"她放弃了寻找门铃，毕竟这里是公共场所，握住黄铜门把，带着决然的意志推开了酒店大门。